INNER
MONGOLIA 2024
第十四届全国冬季运动会

新华社记者笔下的

第十四届全国冬季运动会

本书编写组◎编

新 华 出 版 社

图书在版编目（CIP）数据

新华社记者笔下的第十四届全国冬季运动会 / 本书编写组编.
－－北京：新华出版社, 2024.4
ISBN 978-7-5166-7378-2

Ⅰ.①新⋯ Ⅱ.①本⋯ Ⅲ.①新闻报道－作品集－中国－当代
Ⅳ.①I253.4

中国国家版本馆CIP数据核字（2024）第075116号

新华社记者笔下的第十四届全国冬季运动会

编　　者：本书编写组

出 版 人：匡乐成　　　　　　　　　选题策划：赵怀志
责任编辑：刘　芳　陈思淇　　　　　封面设计：华兴嘉誉
特约编辑：孟子涵　邱姿爽

出版发行：新华出版社
地　　址：北京石景山区京原路8号　　邮　　编：100040
网　　址：http://www.xinhuapub.com
经　　销：新华书店、新华出版社天猫旗舰店、京东旗舰店及各大网店
购书热线：010－63077122　　　中国新闻书店购书热线：010－63072012

照　　排：六合方圆
印　　刷：河北鑫兆源印刷有限公司

成品尺寸：170mm×240mm　1/16
印　　张：29　　　　　　　　　　字　　数：400千字
版　　次：2024年4月第一版　　　　印　　次：2024年4月第一次印刷

书　　号：ISBN 978-7-5166-7378-2
定　　价：86.00元

目录
Contents

燃情冰雪

程序报道

综述报道

直通赛场

人物报道

赛事报道

亮丽北疆

内蒙古

燃情冰雪

程序报道

第十四届全国冬季运动会隆重开幕
谌贻琴出席并宣布开幕

2024 年 2 月 17 日，第十四届全国冬季运动会在内蒙古自治区呼伦贝尔市开幕。国务委员谌贻琴出席开幕式并宣布开幕。

17 日晚，内蒙古冰上运动训练中心速度滑冰馆内充满着青春活力和欢声笑语。20 时，冬运会开幕式开始，分为开幕仪式、文体展演两大部分。开幕仪式上，内蒙古自治区党委书记孙绍骋致欢迎词，国家体育总局局长高志丹致开幕词。开幕式由内蒙古自治区政府主席王莉霞主持。

20 时 36 分，国务委员谌贻琴宣布：中华人民共和国第十四届冬季运动会开幕！全场响起热烈掌声。

随后，主题为"燃情冰雪　筑梦北疆"的文体展演拉开帷幕。文体展演包括序篇《共同的家园》、主篇章《山河共锦绣》《冰雪共相约》《携手共奋进》和尾声《共同的未来》，展演将中国风范、民族特色、北疆韵味、运动活力通过科技手段创意呈现，在传承与创新的碰撞下，展现了草原文化、冰雪文化和民族文化的多彩魅力。

本届冬运会是历届全国冬运会中规模最大、项目最多、标准最高的一届。除内蒙古各赛区外，部分比赛项目在北京延庆、河北张家口北京冬奥会场馆举办，共有来自 31 个省区市、新疆生产建设兵团、港澳地区的 35 支代表团 3000 余名运动员参加竞技体育和群体项目的比赛，在 8 个大项、16 个分项、180 个小项上展开角逐。

新华社呼伦贝尔 2024 年 2 月 17 日电

延续冬奥激情 放飞冰雪梦想

——写在"十四冬"开幕之际

北国风光，银装素裹。2024 年 2 月 17 日，第十四届全国冬季运动会将在呼伦贝尔草原上开幕。

成功举办北京冬奥会，"带动三亿人参与冰雪运动"的梦想照进现实，在奥林匹克历史上刻下深厚的东方印记。如今，冰雪激情飞扬在中华大地上，民众乐享"十四冬"，开启中国冰雪运动发展的新篇章。

家国同梦，华夏同心。冰雪竞技水平攀升，冰雪产业快速成长，冰雪火炬"传"进千家万户……我国冰雪运动的跨越式发展，正在为建设体育强国、健康中国写下浓墨重彩的一笔。

竞技接轨赶超　冰雪激发信心

2月14日，"十四冬"乌兰察布市凉城赛区传出阵阵欢呼声。在当日举行的越野滑雪公开组男子双追逐比赛中，重庆队的王强以显著优势夺得金牌。

为备战"十四冬"，王强于2023年9月赴挪威集训，并通过以赛代练，和世界顶级运动员比拼，以提升竞技水平。在去年底举行的2023—2024赛季全国越野滑雪锦标赛暨第十四届全国冬季运动会越野滑雪资格赛中，王强获得3块金牌，展现出强劲实力。

作为中国越野滑雪的领军人物，2022年，王强曾代表中国参加北京冬奥会、越野滑雪世界杯，接连突破历史，两度刷新中国越野滑雪的最好成绩。

2023年底，一边赶期末论文、一边参加比赛的谷爱凌，夺得自由式滑雪U型场地技巧世界杯崇礼站冠军。走出赛场，她说："今天三轮比赛下来感觉挺好的，个别动作我都没有在训练里练过。第一轮的动作我全套做完了，第二轮、第三轮我选择了再加难度，加了一点新动作。"

自信而从容，延续强势表现的谷爱凌、王强等人，展现了我国冬季项目运动员的竞技水平和精神面貌，也改变了外界对中国体育"夏强冬弱""冰强雪弱"的刻板印象。

时间拨回到2022年北京冬奥会，中国队9金4银2铜、位列金牌榜第三的成绩至今让人热血沸腾。

"这样一份成绩单，标志着中国冰雪的竞技水平达到了新的高度。"冰雪产业专家、国家体育总局冬季运动管理中心原副主任朱承翼说，"总体而言中国冬季体育的竞技实力和群众基础较为薄弱。2022年北京冬奥会为我们提供了历史性的机遇，让我们能够加快速度朝着冰雪运动强国的目标迈进。"

朱承翼举例说，以谷爱凌、苏翊鸣、高亭宇为代表的新生代，是我国冬季项目发展之路越走越宽的证明，雪上项目屡传捷报，这是中国冰雪运动通过跨界跨项等方式广纳人才结出的硕果，是民间雪圈与专业竞技体育良

性互动结出的硕果。

"十四冬"是北京冬奥会后首次举办的冬季项目全国重大体育赛事，也是内蒙古首次承办全国综合性运动会，此次"十四冬"正是与国际接轨，全面对标冬奥会的一次生动实践。

"米兰 2026 年冬奥会项目在'十四冬'全部设项，共设 8 个大项、16 个分项、176 个小项。"国家体育总局竞体司副司长丁涛介绍，为了让项目齐全，在内蒙古呼伦贝尔市、赤峰市、乌兰察布市三地设了 4 个比赛场地。内蒙古不具备比赛条件的跳台滑雪、雪车、雪橇等项目，在北京冬奥会场地举办。

"作为我国冬季项目水平最高、规模最大、影响力最广的综合性运动会，'十四冬'承担着'后冬奥时代'巩固和扩大'三亿人参与冰雪运动'成果的任务，同时更是对米兰冬奥会赛前的一次大规模练兵，进一步提高我国竞技体育国际竞争力。"丁涛说。

1月14日是"十四冬"速度滑冰（公开组）比赛的收官日，辽宁队选手吴宇以破全国纪录的成绩获得男子10000米冠军，打破了由他本人保持的全国纪录。

"中国的长距离项目在世界赛场上相对比较弱，但是从去年开始有了一些起色，也算是一个非常好的方向。"吴宇说，"我今年在国家队整体成绩的提高也是可见的，在不同的成绩水平上看到了不一样的风景，确实有了更高的期待，将目标放在了2026年冬奥会。"

冬奥点燃激情　冰雪全民共享

正月初五，呼伦贝尔市海拉尔区街头处处张灯结彩，"十四冬"的标语、标识十分醒目，热烈的"中国红"与"冰雪白""冬运蓝"错落有致，互相映衬。

★ 2024年1月14日，河北队选手许一凡在第十四届全国冬季运动会群众速度滑冰比赛4×200米混合接力比赛中。（新华社记者贝赫摄）

前往"十四冬"主会场的冬运大道成了"网红"打卡地，两侧 14 组精美的冰雕和雪雕景观令当地群众和外地游客流连忘返。海拉尔东山滑雪场几乎每天爆满，成为市民的乐园。"呼伦贝尔首次承办全国盛会，带来的变化很大。城市越来越漂亮，参与冰雪运动的人越来越多，人们生活方式越来越健康。"市民朱金丽说。

"十四冬"吸引了全国 31 个省区市以及香港、澳门特别行政区代表团参赛，加上新疆生产建设兵团、中国石油行业体协等，3700 余名运动员将在本届赛事亮相，创历届冬运会之最。

大型冬季运动赛事的筹办和举办，带动了冰雪运动热潮，为全民健身创造了条件。2015 年北京携手张家口成功申办冬奥会以来，全国居民冰雪运动参与人数达到 3.46 亿人，冰雪运动参与率达到 24.56%。

借着北京冬奥会的东风，花样滑冰、单板滑雪等"高冷"的冰雪运动收获了一大批爱好者。在北京的滑冰俱乐部，有四五岁的"冰娃"在准备表演，

★ 2024 年 1 月 14 日，辽宁队选手吴宇在第十四届全国冬季运动会速度滑冰男子 10000 米 A 组决赛中夺冠，并打破由他本人保持的全国纪录。（新华社记者连振摄）

也有成年人在颤颤巍巍地"学走路"。

为了更好地普及花样滑冰，中国花样滑冰协会降低了国家等级测试的门槛，学习 3 到 6 个月即可尝试最低级别测试，还创办了俱乐部联赛，打通从大众普及到专业运动员培养的上升通道。2023 年举办的俱乐部联赛报名比上年增加了 3025 人次；参加花滑国家等级测试的人数也逐年上涨，2023 年比 2021 年增长了 77.94%。

将轮滑鞋改为冰刀鞋，73 岁的内蒙古呼和浩特市民张凯在这个冬天也尝试了一把"跨界"。"我练轮滑十几年了，但是一到冬天地面有冰霜，就没法滑了。"他说，"'十四冬'启发了我们，可以换到冰场上去玩。"

张凯所在的轮滑队大部分是 60 岁以上的老年人，这个冬季有将近 40 人走上冰雪。"现在的冰场越来越多，我家附近的好几个公园都有室外冰场，还有的冰场对 60 岁以上的老人优惠。"张凯说，"参与冰雪运动不分年龄，人人都能感受到乐趣。"

朱承翼说，随着冰雪运动"南展西扩东进"战略的推进，国内冰雪运动持续升温，开展冰雪运动的城市已经从大中城市向小城市、乡镇延伸，今后中小城市、乡镇地区也将成为开展群众冰雪运动的重要力量。

截至 2022 年底，我国冰雪运动场地已有 2452 个，较上年增长 8.45%，贵州、四川、云南等常年无雪的南方地区，也通过建设室内滑雪场等方式开展冰雪运动。

在重庆，滑雪正在成为一项热门运动。目前重庆已建成 8 个室外滑雪场，主城区内还建有两个室内滑雪场，满足滑雪爱好者一年四季"触雪"的需求。很多南方人对冰雪不再是"看稀奇"，而是以运动、旅游、研学等不同方式深度参与，南方地区也形成了冰雪运动文化氛围。

产业热力四溢　冰雪化作动能

入冬以来，呼伦贝尔举行了冰雪那达慕、冰雪"伊萨仁"、冷极马拉松等系列文旅活动，共有 61 家 A 级旅游景区、星级乡村（牧区）接待户及乡村旅游重点村开门营业，同比增长 52.5%，一些景区首次在冬季实现运营。

"得益于'十四冬'的赛事活动吸引，我们酒店相较往年，入住率提升了 20%，去年底还出现了连续好几天满房的情况。"呼伦贝尔市鄂温克族自治旗巴彦托海镇银帆商务酒店经理金越说。随着赛事临近，前来体验冰雪魅力的游客络绎不绝。2024 春节假期前四天，内蒙古接待国内游客 1692.47 万人次，是 2023 年的 6.35 倍，实现旅游收入 119.24 亿元，是 2023 年的 8.62 倍。

冰天雪地也是金山银山。各地、各部门在坚守生态红线的前提下支持冰雪产业发展，让"冷资源"释放经济"热效能"。冰雪产业发展已成为带动新型消费增长的强劲动能，为经济发展注入新活力。

自 2024 年 1 月以来，哈尔滨机场每天进出港旅客 7.2 万余人次，来自北京、广州等地的航班客座率超过 90%，"尔滨"成为网络和线下的热词……哈尔滨的"现象级"爆红，离不开当地围绕丰富的冰雪资源做文章，提升服务业水平，改善营商环境的努力。

除了"尔滨"，还有阿勒泰、长白山、呼伦贝尔……

★ 2023 年 12 月 17 日，赛马选手在内蒙古自治区第二十届冰雪那达慕开幕式上入场。（新华社记者王楷焱摄）

以往因为"猫冬"而沉寂的西北、东北旅游目的地，热度显著增长。

随着"三亿人参与冰雪运动"从愿景变成现实，体验佳、重复消费率高的冰雪运动消费场景受到追捧，这正是各冰雪文旅目的地客流火热的原因之一。

在黑龙江，亚布力滑雪旅游度假区单日最大接待游客量达到1.4万人次。在北京冬奥会雪上项目举办地张家口市崇礼区，往返此地与北京之间的高铁一票难求，铁路部门、民航部门为此已加开线路班次。关于新疆、吉林滑雪目的地的电商平台搜索量大幅增长，"阿勒泰地区滑雪"的搜索量同比增长超12倍。

冰雪文旅的火热，直接带动了乡村振兴和群众就业。长白山、阿勒泰地区滑雪场附近的边远山村，通过发展餐饮、民宿等配套服务业，寻找到致富增收的新路径。雪场、酒店等新增的用工需求，也为当地带来了大量就业岗位。仅吉林市的一个大型雪场，在雪季就能提供2000多个岗位；在阿勒泰地区的可可托海滑雪场　　　　　　　附近，当地牧民或在考

取滑雪教练资格证后应聘到雪场任教，或从事造雪等后勤工作，有的人月收入超过 1 万元……人民群众从冰雪产业发展中获得了实实在在的好处。

在北京冬奥会、冬残奥会闭幕近两年后的今天，往返京张两地的高铁依然繁忙地运送着滑雪者和游客。国家高山滑雪中心、云顶滑雪公园等北京冬奥会设施现已对外营业，群众可亲身体验冬奥"同款"赛道，雪季期间日均吸引数千人"打卡"。位于北京市区的世界首个永久性滑雪大跳台设施——"雪飞天"，在 2023 年再次迎来了滑雪世界杯赛事……

随着冰雪运动相关科研、自主知识产权产品的发展，目前我国的冰雪装备国产化率显著提升，河北张家口、新疆乌鲁木齐等地发展起造雪、缆车等滑雪场设施制造业。我国企业在滑雪机、旱雪模拟训练设施的研发和制造领域已在世界范围内取得领先，不仅满足了国内滑雪培训市场的激增需求，还向欧美等冰雪运动先发地区输出产品。而在冰雪相关的轻工业领域，一些过去为欧美厂家代工生产的企业，开始涉足产业链的上游，不仅深度参与国外品牌的设计和生产，甚至推动了原创品牌的诞生。

不仅"硬件"上的冬奥遗产正为冰雪产业的发展提供坚强基石，"软件"方面，在冬奥会经历过高标准历练的场地运营、安全巡逻、医疗急救等人才，也在冬奥会后向各地开枝散叶，将世界一流的运营管理经验注入群众身边的冰雪设施之中。

文字记者：刘伟、王靖、卢星吉、魏婧宇

视频记者：张晟、彭源

参与采写：林德韧、王春燕

海报设计：潘红宇

编辑：公兵、许仕豪、黄绪国、李莹、白雪飞、孟永民、张晟、邬金夫、胡碧霞

统筹：黄小希

扫码看视频 | 延续冬奥激情 放飞冰雪梦想

留下宝贵遗产　续写冰雪华章

——写在"十四冬"闭幕之际

　　结束，意味着新的开始。2024 年 2 月 27 日晚，随着主火炬缓缓熄灭，第十四届全国冬季运动会在内蒙古自治区呼伦贝尔市闭幕。

　　这是一个令人难忘的时刻，2 月 17 日开幕以来，体育精神奏响友谊的欢歌，激荡在祖国北疆，见证了我国冰雪运动的蓬勃发展。3000 余名运动员用坚毅与拼搏，奉上了一场精彩的全冬会，完成了一场技术与战术的"大

★ 图为 2024 年 2 月 27 日在内蒙古冰上运动训练中心拍摄的第十四届全国冬季运动会主火炬。（新华社记者邓华摄）

★ 2024 年 2 月 27 日，演员在闭幕式上表演。（新华社记者连振摄）

练兵"，我国冰雪运动员迈出矫健步伐，自信从容地向着世界赛场出发。

从接过全冬会会旗起，内蒙古多年苦心经营，最终奉上一届精彩的冬运会——"十四冬"是历届全冬会中规模最大、项目最多、标准最高的一届，在全冬会举办史上镌刻下辉煌一笔，为未来的亚冬会、"十五冬"等赛事积累了宝贵经验。

"'十四冬'实现了'五个第一'。"国家体育总局竞技体育司司长、"十四冬"组委会常务副秘书长张新说，"第一次以省、自治区、直辖市为单位组团参赛；第一次全面对标冬奥会设项，并增设青年组；第一次在冬运会上组织群众赛事活动；第一次将体能作为竞体比赛资格赛的准入标准；第一次在速度滑冰、空中技巧等项目上设定进入决赛的最低成绩标准。"

内蒙古自治区体育局总结称，"十四冬"的成功举办，对内蒙古意义深远：为今后自治区承办高水平冰雪赛事奠定了扎实基础，使全民参与冰雪运动的热情空前高涨，还叫响叫亮了内蒙古地域名片，更进一步丰富了体育消费场景、释放了体育消费潜力。

"'十四冬'这些'首次'和'第一',令人印象深刻。"辽宁省体育局副局长曹阳说,辽宁省需要全方位地向内蒙古"取经",在开闭幕式、场馆建设、赛区布局、赛事组织等多个方面,学习、汲取"十四冬"的成功经验。

本届全冬会,35个代表团中有26个代表团获得金牌、30个代表团获得奖牌。相比上届冬运会,参赛代表团数量、奖牌覆盖面大幅提升。总体来看,"十四冬"竞技成绩亮点突出,达到了检验水平、锻炼队伍、发现新人、为冬奥练兵的目的。

"十四冬"各项目比赛精彩纷呈、竞争激烈,创造了一批优异成绩。张新介绍,本届速度滑冰等有成绩纪录项目的参赛成绩大都超越了上届冬运

★2024年2月27日,第十四届全国冬季运动会组委会主任、国家体育总局局长高志丹(左)与第十五届全国冬季运动会承办地辽宁省省长李乐成在闭幕式上交接会旗。(新华社记者陈欣波摄)

会。单板滑雪、自由式滑雪等打分类项目中，越来越多的运动员高质量完成了之前只有极少数运动员才能完成的高难度动作。在短道速滑、速度滑冰、花样滑冰、自由式滑雪空中技巧等多个项目上涌现出一批有较大发展潜力的年轻运动员。

"但也应清醒认识到，我国冬季项目竞技水平较世界冰雪强国还有较大差距。"张新说，"我们将以成功举办'十四冬'为契机，加大政策改革力度，提高政策的精准性，抓紧出台服务冬奥会备战、带动群众广泛参与冰雪运动、促进冰雪产业提质增效的政策措施，持续巩固拓展冰雪运动发展的良好态势。"

"大练兵"也是"大检验"。"十四冬"承担着提高我国冰雪运动国际竞争力、发现优秀后备人才等重要任务。从这次赛会来看，中国选手总体

★ 2024 年 2 月 27 日拍摄的闭幕式现场。
（新华社记者李博摄）

上保持着较强的实力和良好的势头，也面临着新的挑战，有必要通过本届全冬会查弱项、补短板。

从本届全冬会可以看出，中国选手"冰上尖兵"实力犹存，在短道速滑、速度滑冰等项目上拥有夺金优势。同时，"雪上王牌军"面临新挑战。从"十四冬"来看，中国队有望延续在单板滑雪男子大跳台、坡面障碍技巧，自由式滑雪女子 U 型场地技巧、大跳台等项目上的优势。而自由式滑雪男、女空中技巧以及单板滑雪女子 U 型场地技巧等项目面临新老交替的挑战和成绩下滑的风险。此外，"十四冬"赛场上，还呈现出男子钢架雪车、滑雪登山、越野滑雪等潜优势项目稳中有升的态势。

潜力新人的不断涌现，是"十四冬"的一大亮点，为 2026 年米兰 – 科尔蒂纳丹佩佐冬奥会备战参赛增加了新鲜血液和新生力量。国家体育总局冬季运动管理中心副主任申振刚介绍，短道速滑等传统重点项目梯队建设日益完备，年轻运动员多次破纪录。北京冬奥会周期发展起来的大跳台、坡面障碍技巧、障碍追逐等新兴项目，呈南北并进、多点开花局面。基础大项越野滑雪、高山滑雪青年组比赛运动员数量明显增多，水平也较以往同年龄段运动员有较大提升。"总体上看，基本上各个项目都有新人出现，值得在接下来的备战米兰冬奥会工作中重点关注。"他说。

"十四冬"落下帷幕，中国运动健儿整装出发，向着 2026 年冬奥会等国际赛事发起冲击。在"十四冬"越野滑雪比赛中获得五块金牌的重庆队王强对中国冰雪运动的未来充满信心，他说："我一直想在世界杯上崭露头角，就是想让我们年轻一代的运动员看到机会和希望——我们中国越野滑雪在世界上不是不可以（出成绩）。"

新华社呼和浩特 2024 年 2 月 27 日电
新华社记者：王靖、恩浩、魏婧宇
参与记者：张云龙、王镜宇、卢星吉、王春燕、贺书琛

内蒙古举行"十四冬"倒计时 100 天誓师动员大会

第十四届全国冬季运动会倒计时 100 天誓师动员大会 2023 年 11 月 9 日在内蒙古自治区呼和浩特市举行。

"十四冬"是北京冬奥会后我国举办的规模最大、水平最高、影响力最大的冬季运动综合性赛事，承担着巩固扩大"带动三亿人参与冰雪运动"成果、发现和培养后备人才、提高我国冰雪运动国际竞争力的光荣使命和重要任务。

国家体育总局副局长李颖川在誓师大会上表示，从今天起，筹办工作已进入全力冲刺、全面攻坚、决战决胜的关键阶段。

内蒙古自治区体育局局长杜伯军表示，目前各赛区已完成改造升级，内蒙古各赛区承办的 9 场资格赛已经完赛 4 场，其余资格赛将于 2024 年 1 月上旬前陆续完成。

"在'十四冬'筹备过程中，我们作为参与者、执行者，深感责任重大、使命光荣。我们将按照组委会的统一部署，努力向全国人民奉献一场展现新时代新风貌，体现内蒙古特色，热烈精彩、激情飞扬、文明和谐的冰雪盛会。"杜伯军说。

呼伦贝尔市作为"十四冬"主赛区，承担着开幕式、闭幕式和 5 个大项、8 个分项、96 个小项的举办任务。目前，场馆改造已按期完成并交付使用，先后承办了冰球比赛和冰壶、花样滑冰、短道速滑等"十四冬"资格赛。

★ 2023 年 11 月 9 日，中华人民共和国第十四届冬
季运动会倒计时 100 天誓师动员大会召开。

　　呼伦贝尔市市长及永乾表示，呼伦贝尔市将聚焦"办好一个会，提升一座城"的目标，全力把"十四冬"办成一届特色鲜明、精彩难忘、惠及百姓的体育盛会。

　　"十四冬"将于 2024 年 2 月 17 日至 27 日举办，将是全国冬运会历史上规模最大、项目最全的一届，共设 8 个大项、16 个分项、176 个小项。"十四冬"比赛场馆场地分布在内蒙古呼伦贝尔、赤峰、乌兰察布、呼和浩特以及北京延庆、河北张家口的 7 个赛场。

新华社呼和浩特 2023 年 11 月 9 日电

新华社记者：王春燕

相约冰雪盛宴　内蒙古准备好了

——写在第十四届全国冬运会倒计时 100 天之际

刚刚过去的立冬节气，宣告着冬天正式到来。伴随着呼啸的北风和越来越低的温度，第十四届全国冬季运动会的脚步越来越近了，这场冰雪盛宴的氛围越来越浓了，大众参与冰雪运动的热情也越来越高了。

再过 100 天，"十四冬"将于 2024 年 2 月 17 日在内蒙古自治区拉开帷幕。作为北京冬奥会后首次举办的全国冬季项目大型综合性赛事，预计将有 3700 余名运动员参加"十四冬"各项赛事，这也将是历届全国冬运会中规模最大、项目最全的一届。

"十四冬"比赛场馆场地分布在内蒙古呼伦贝尔、赤峰、乌兰察布、呼和浩特以及北京延庆、河北张家口的 7 个赛场。其中，内蒙古不具备办赛条件的雪车、雪橇、北欧两项等项目，国家体育总局协调由延庆国家高山滑雪中心、雪车雪橇中心和张家口国家跳台滑雪中心异地办赛。

"十四冬"开幕后的全部比赛项目将在内蒙古呼伦贝尔市、乌兰察布市和赤峰市的四个赛区举办，各赛区目前都已准备就绪。

"游客您好，我们美林谷滑雪场是本届'十四冬'的分赛场之一，滑雪场设备齐全，功能完善……"志愿者侯俊即使一个人走在路上，也在复习着讲解词。

美林谷滑雪场位于赤峰市喀喇沁旗美林镇美林村。作为美林村的热心村民，侯俊早早就报名加入了志愿服务队伍，场地维护、器械检修、志愿讲解……到处都能看见他的身影。

"到时候全国的人都会关注这里，服务、环境都要搞好，可不能掉链子！"侯俊笑着说。

坐落于呼伦贝尔市海拉尔区的"十四冬"主场馆内蒙古自治区冰上运动训练中心，是"十四冬"冰上项目的举办地，2023年以来赛事不断，令人应接不暇。7月，"十四冬"的冰球比赛率先开赛。9月，中国杯短道速滑精英联赛呼伦贝尔站比赛暨"十四冬"资格赛又吸引了短道迷们的目光。中国杯速度滑冰精英联赛第一站暨"十四冬"速度滑冰资格赛前不久刚刚结束，全国青年女子冰球锦标赛暨"十四冬"资格赛又将于11月10日至16日在

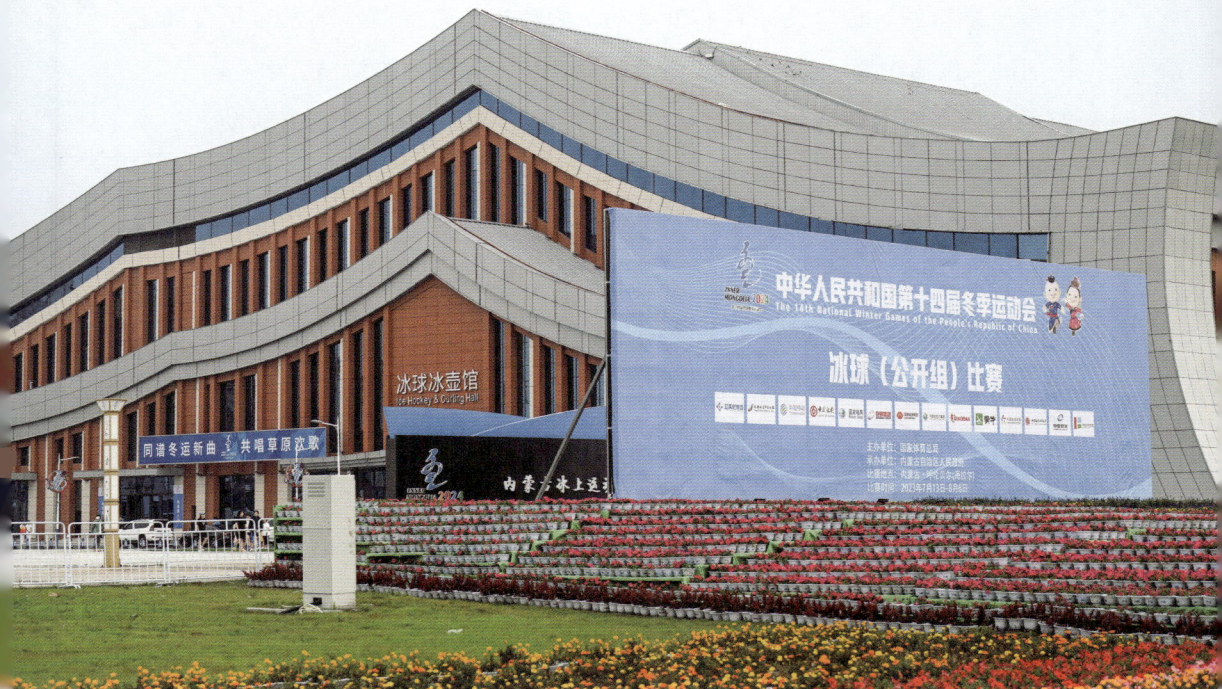

★ 图为2023年7月12日拍摄的位于内蒙古呼伦贝尔市海拉尔区的内蒙古冰上运动训练中心冰球冰壶馆。（新华社记者贝赫摄）

这里举行。

除了丰富多彩的赛事能让老百姓在家门口享受高水平的冰雪盛宴，内蒙古自治区冰上运动训练中心平时还是市民参与全民健身活动的重要场地。

内蒙古自治区冰上运动训练中心短道速滑馆馆长于洋说："场馆建成后，在没有比赛和运动员备战的情况下，这里都是免费向市民开放。我们还会为小朋友免费提供上冰的护具，让教练带着小朋友练习，让冰雪运动进一步普及。"

承担"十四冬"雪上比赛项目的扎兰屯赛区金龙山滑雪场、喀喇沁赛区美林谷滑雪场和凉城赛区凉城滑雪场，这几天的关键词就是"造雪"。进入11月以来，随着气温持续走低，数台造雪机在各个滑雪场开足马力，进行造雪作业。

令人期待的不仅是将在"十四冬"上演的各项高水平赛事，还有在内蒙古各地举行的各种惠民冰雪赛事活动。内蒙古体育局前不久发布了百场惠民活动，包括轮滑、雪地足球、雪合战等青少年冰雪赛事活动，冰雪嘉年华、四季冰雪赛等大众冰雪系列活动，冰雪那达慕等传统体育赛事活动，冬季英雄会、中国冷极马拉松等冰雪品牌赛事活动等。

"十四冬"仿佛是一次"冰雪总动员"，全民健身、全民参与冰雪运动的热情已被全面激发。位于呼和浩特市北郊的内蒙古赛马场秋意刚散，而内蒙古冰球协会主席李学民已经开始畅想这里被皑皑白雪覆盖的场景了。每年冬季，内蒙古赛马场都将摇身一变成为滑冰场和嬉雪场。

"近几年的雪季，人流量都连创新高，这个雪季预计接近10万人次，很难想象2017—2018年雪季只有1万多人次的流量。北京冬奥会的成功举办，让越来越多普通人开始爱上冰雪运动，我对即将到来的这个雪季充满信心。"李学民说。

新华社呼和浩特2023年11月9日电

新华社记者：王春燕、魏婧宇

内蒙古准备好了

——写在"十四冬"开幕倒计时 30 天之际

"唱着悠扬的赞歌，我们来了；聆听冬天的故事，我们来了……"

2024 年 1 月 17 日，第十四届全国冬季运动会筹备委员会宣传部发布了两部"十四冬"主宣传片和会歌《冰雪之约》的主题 MV，发出共赴冰雪之约的热情邀请。

盼望着，盼望着，"十四冬"的脚步近了。2 月 17 日，"十四冬"就将在内蒙古自治区盛大开幕，这是北京冬奥会后国内首次举办全国冬季项目大型体育赛事，也是内蒙古自治区首次承办全国大型综合性运动会。这场姗姗来迟的冰雪盛宴，终于要拉开神秘的面纱，与期待已久的观众再续冰雪情缘。

万事俱备　静待那一天

原定于 2020 年 2 月举办的"十四冬"，因为突如其来的新冠肺炎疫情，按下了暂停键。筹备期延长的四年，漫长却又充实。如今还有一个月就将大幕重启，各项筹备工作的进度条都已接近满格。

在过去四年里，尤其是北京冬奥会之后，中国冰雪运动发生了翻天覆地的变化，体验冰雪运动、参与冰雪运动、吃上"冰雪饭"的人越来越多，大众对冰雪赛事活动的需求和期待也越来越大。

为了办一届满足大众期待的冬运会，"十四冬"的筹备工作也不断精进升级。

★ 2024 年 1 月 17 日拍摄的第十四届全国冬季运动会宣传片和
《冰雪之约》主题 MV 推介发布会现场。（新华社记者贝赫摄）

　　内蒙古冰上运动训练中心是"十四冬"的主场馆，提前开赛的冰壶（青年组）、花样滑冰（青年组）等赛事正在这里火热进行。场上竞争激烈，场下也奔忙不息，呼伦贝尔市冰上运动中心副主任羡雪瑞和同事们忙着对场馆进行一次次检验。

　　"场馆是 2019 年建成并投入使用的，'十四冬'延期的四年里，场馆已参照北京冬奥会场馆的标准进行了一系列升级改造，改造项目包括灯光照明、供电、水源过滤等共 44 项。"羡雪瑞说，对原有的高耗能灯光进行了升级，能耗可以降低 60% 至 70%，同时利用内蒙古丰富的风能和光能，将"绿电"直接引入到场馆使用，践行"绿色"办赛理念。

　　除场馆升级外，赛区设置也实现了整合优化。越野滑雪项目移师到更温暖的凉城赛区；此前需要在国外举行的雪车、雪橇项目，现在可以借助延庆的场地就近举行；米兰冬奥会新增的登山滑雪项目，将在扎兰屯赛区举办。

　　内蒙古自治区体育局副局长张志说，尽管"十四冬"推迟了四年举办，

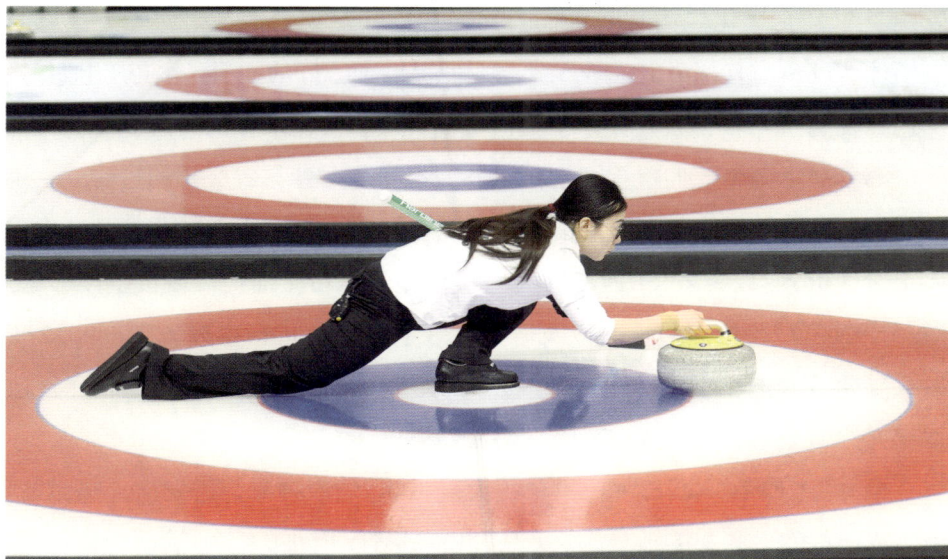

★ 2024 年 1 月 12 日，文馨悦在比赛中掷壶。在第十四届全国冬季运动会冰壶青年组混双金牌赛中，黑龙江队选手李思霖 / 文馨悦夺得金牌。（新华社记者王楷焱摄）

但对我们来说，是成长的四年，能让内蒙古以更好的面貌接待全国的运动员和观众。

以赛营城　城市更美好

雪花飘飘洒洒，落在海拉尔古城景区，路中间"花滑小将""森林精灵"等大型冰雕被积雪覆盖，看上去"胖"了不少。南来北往的游客们在驻足欣赏冰雕的同时，也被路边的"十四冬"官方特许商品零售店吸引了目光。

"这是桦树皮制作的笔，很有呼伦贝尔特色""海拉尔的羊肉特别好吃，这个铜锅涮的徽章很畅销"，推门进入特许商店，和热气一起扑面而来的，是导购员热情的介绍。

"北京冬奥会把大型运动会的文创产品推向了一个新高度，也对文创从业者提出了更高的标准和要求。我们为'十四冬'设计的文创产品，更注重推广内蒙古当地文化和民俗，希望通过'十四冬'让更多人了解内蒙古。"

呼伦贝尔蒙兀文化传播有限责任公司经理徐伟晶说，"'十四冬'虽然是一项体育赛事，但对文化旅游产业的发展提供了很好的契机，参与'十四冬'文创开发的这几年，大大提升了我们文创设计、文化推介的理念。"

筹备"十四冬"的过程，也是主办城市和各方参与者成长的过程。

夜幕降临，漫步在海拉尔的街头，路旁树干上五颜六色的花灯，装点出一个童话世界。以筹备"十四冬"为契机，呼伦贝尔市全面提升城市整体形象：对"十四冬"场馆周边道路以及海拉尔区主次干道进行维修改造，2022年以来新建或改造主干道37条，打通"断头路"27条；推进城区老旧小区改造提升，截至目前已有43个小区完成改造。

申办"十四冬"以来，呼伦贝尔的大街小巷、雪原林海都迸发出火热激情。堆雪人挑战赛、冬季英雄会、冷极马拉松等喜迎"十四冬"的活动轮番登场，冬天到呼伦贝尔不再只有看冰雪，冰雪赛事、民俗表演、美食非遗等项目不断丰富旅游业态，为游客带来多样的旅游体验。

热切期盼　让热"雪"沸腾

时隔四年还能重返"十四冬"的志愿者岗位，呼伦贝尔学院的大四学生包姗姗深感荣幸又幸运。"四年前我是牙克石赛区的礼仪志愿者，现在是冰球场馆宣传工作部的志愿者，虽然岗位变了，但四年前的梦圆了。"包姗姗目前正在进行赛前培训，每天都倒数着日子等"十四冬"开幕，"准备了四年，我有点等不及了"。

在海拉尔区南开路中学，下课铃声响起后，校园内回荡起"十四冬"会歌的旋律，学生们三两结伴来到操场上，有的踢雪地足球，有的玩雪合战，还有的打起了出溜滑。受"十四冬"热烈氛围的影响，学校在这个冬季组建了雪地足球队、雪地曲棍球队、雪爬犁队等18支学生冰雪运动队，操场成了学生们的冰雪运动乐园。

"还有一个月'十四冬'就要开幕了，孩子们都想早点在家门口看到武大靖、范可新的比赛。"南开路中学校长胡慧婷说，"等到再开学的时候，

★ 2021 年 10 月 13 日，呼伦贝尔学院冰雪运动专业学生正在进行滑冰训练。（新华社记者贺书琛摄）

可能学校冰雪运动队的学生们会更多啦。"

北京冬奥会的举办和"三亿人参与冰雪运动"，带动了全国各地开展和参与冰雪活动的热情，而"十四冬"的召开，将为今冬以来的冰雪热再添一把火，为冰天雪地变成金山银山再出一份力。

"通过'十四冬'这个窗口，内蒙古的冰雪资源将会被更多人所了解。"海拉尔区冰雪产业研究院负责人宣明梅说，像是海拉尔还有很多待开发的冰雪资源，具备建设旅游滑雪场的自然地理条件和冰雪户外装备、体育装备测试基地建设条件。

未来，海拉尔区计划发展冰雪装备制造产业，与高校和科研院所对接，探索高寒地区冰雪装备研发测试基地，依托冷资源对产业进行转型升级。"我们迫不及待地迎接'十四冬'的到来，相信借力'十四冬'，我们的冰雪产业将会踏上一个新阶段。"宣明梅说。

新华社呼和浩特 2024 年 1 月 17 日电
新华社记者：张云龙、王春燕、魏婧宇

"十四冬"火炬传递活动在内蒙古呼伦贝尔市举行

★ 在内蒙古呼伦贝尔市满洲里国门景区，第一棒火炬手王桂芳在火炬传递活动中。（新华社记者连振摄）

2024 年 2 月 3 日，第十四届全国冬季运动会火炬传递活动在内蒙古自治区呼伦贝尔市进行，这是"十四冬"开幕前的最后一次火炬传递。本次火炬传递从满洲里国门景区出发，途经陈巴尔虎旗，最终到达"十四冬"开、闭幕式和冰上项目举办地海拉尔，共有 65 位火炬手参与传递，全程 230 公里，用时近 6 个小时。"十四冬"火种于 2019 年 5 月 1 日在内蒙古乌兰浩特市"五一会址"成功采集，随后在内蒙古 12 个盟市传递。2 月 17 日，"十四冬"将在呼伦贝尔市正式开幕。

★ 人们在路边观看火炬传递。（新华社发　康文魁摄）

★ 火炬手宋玉环（前右）、景晓涛（前左）在火炬传递活动中。
（新华社发　康文魁摄）

冰雪之花在草原绽放

——"十四冬"火炬传递活动侧记

腊月的呼伦贝尔草原，白雪皑皑，一场冰雪盛会的帷幕即将拉开。

2024 年 2 月 3 日，第十四届全国冬季运动会火炬传递活动在内蒙古自治区呼伦贝尔市举行。9 时 13 分，圣火护卫手持火种灯走进活动现场，内蒙古自治区副主席么永波手持点火棒点燃圣火盆，国家体育总局副局长李颖川点燃火炬后将其交给第一棒火炬手王桂芳，本次火炬传递活动开始。

今年 62 岁的王桂芳曾代表中国队参加 1984 年第十四届冬奥会速度滑冰比赛。"那时候我才 22 岁，转眼已经过去了 40 年。"王桂芳说，"身为老一辈运动员，希望我能把心中对冰雪运动的这份热情传递给年轻一代运动员，传递给更多热爱冰雪运动的人，让他们在赛场上追逐自己的梦想。"

"十四冬"圣火于 2019 年 5 月 1 日在内蒙古乌兰浩特市"五一会址"成功采集，随后圣火在内蒙古 12 个盟市传递。此次火炬传递是"十四冬"开幕前的最后一次，火炬手从满洲里国门景区出发，途经陈巴尔虎旗，最终到达"十四冬"开闭幕式和冰上项目举办地海拉尔区。共有 65 位火炬手参加，全程 230 公里，用时近 6 小时。

作为本次火炬传递的第一站，满洲里是我国重要的陆路口岸城市和国家向北开放的重要桥头堡，是一座融汇中西文化的"欧亚之窗"。这里"一眼望俄蒙，鸡鸣闻三国"，边境口岸、异域风情、特色城市建筑等资源与传统的国门、套娃景区、呼伦湖等旅游资源形成呼应，冰雪运动也正在这

★2024 年 2 月 3 日，在内蒙古呼伦贝尔市满洲里国门景区，第一棒火炬手王桂芳（前左）展示火炬。（新华社记者连振摄）

座边陲小城逐年升温，成为冰天雪地里的又一独特风景。

跑步，是火炬传递中最常见的形式。然而，在呼伦贝尔这片多彩的土地上，"十四冬"火炬传递将当地的地形、地貌、气候等元素融入其中，采用跑步传递、汽车传递、骑马传递和全地形雪地摩托车传递共 4 种形式，让人眼前一亮。

"这次火炬传递途经呼伦贝尔的 3 个旗（市、区），考虑到距离较远，我们将汽车传递作为重要组成部分，传递距离约 210 公里，共有 7 名火炬手参加。"呼伦贝尔市体育事业发展中心主任温勇介绍。

离开满洲里，"十四冬"圣火在陈巴尔虎旗"乘"上了草原的骏马，伴着静静流淌的莫尔格勒河向前奔驰。

米吉格道尔吉是唯一的"马背"火炬手，今年 42 岁的他在呼伦贝尔市新巴尔虎右旗克尔伦苏木芒来嘎查党支部书记的岗位上工作了 12 年。"全国农业劳动模范""全国劳动模范""全国优秀党务工作者"，一项项荣

★ 2024 年 2 月 3 日，在内蒙古呼伦贝尔市满洲里国门景区，火炬手钱卓在火炬传递活动中。（新华社记者连振摄）

誉见证了他带领牧民增收致富奔小康的奋进之路。"借着这次火炬传递，我希望有更多的人认识、了解呼伦贝尔，也欢迎大家夏天到这里看草原，冬天在这里玩冰雪。"米吉格道尔吉说。

参与此次"十四冬"火炬传递的火炬手，既有驾驶"雪龙"号极地科学考察破冰船的船长朱兵，也有参与国产大飞机 C919 试飞工作的试飞员吴鑫，还有曾奋战在疫情防控一线的医生郭平、退伍不褪色的"的哥"张宝明……他们的每一棒交接，都是希望的传递、梦想的接力。

今年刚上高一的康永强是海拉尔区的第二名火炬手，也是此次火炬传递中年龄最小的火炬手，但 15 岁的他已是一名在赛场上锋芒初显的速滑小将。"我这一棒的距离有 100 多米，虽然不长，但我希望能以此带动更多的同龄小伙伴参与到冰雪运动当中，在运动场上收获成长。"康永强说。

前段时间，鄂伦春族小伙杜金因在哈尔滨将一顶鄂伦春族特有的狍角帽送给小女孩而火爆出圈。当日，他也作为火炬手参加了"十四冬"火炬传递。

★ 2024 年 2 月 3 日，火炬手宋桂旭在收火仪式上。（新华社记者连振摄）

杜金说，他希望未来继续把阳光、团结和希望传递给身边的每一个人。

纵使冰天雪地，也挡不住市民参与火炬传递的热情。14 时 28 分，"十四冬"圣火来到海拉尔区机场路景观大道，火炬手韩云泽在这里乘坐全地形雪地摩托车在 3 公里的上坡路段传递圣火。

"看着火炬手在酷酷的雪地摩托车上传递圣火，想到'十四冬'即将在我的家乡举办，我很骄傲、很自豪。"市民张芮瑜说，"我一定会去看比赛的，哪一场都可以，我要在赛场为健儿们加油呐喊！"

15 时 05 分，最后一棒火炬手宋桂旭高举火炬到达内蒙古冰上运动训练中心，圣火火种随后被存于火种灯内。

点燃激情，放飞梦想。2 月 17 日，相聚呼伦贝尔，一同见证"十四冬"主火炬的点燃，让冰雪之花在呼伦贝尔草原绽放。

新华社呼和浩特 2024 年 2 月 3 日电
新华社记者：朱文哲、连振、张晟

打造亮点突出的体育文化盛宴

——访"十四冬"开幕式总导演沙晓岚

第十四届全国冬季运动会开幕式总导演沙晓岚于 2024 年 2 月 14 日接受记者采访时表示，开幕式以"燃情冰雪、筑梦北疆"为主题，将通过多形式技术手段、多维度演出空间、多层次视听呈现，打造一场体现时代特征、弘扬体育精神、彰显文化自信的体育文化盛宴。

★ 中华人民共和国第十四届冬季运动会开幕式总导演沙晓岚（中）、
 杨嵘（右）和制作人吴敏在发布会现场。

沙晓岚表示，本次开幕式时长 80 分钟，共有 700 多名演职人员参与，着力突出多个亮点，科技创新打造沉浸式体验。开幕式将通过地屏、立屏、顶部环形投影等多种舞台影像载体，让观众置身于冰雪世界、草原风光、都市景观等多维场景中，感受科技与艺术的完美融合；同时利用 AR 虚拟视效，表现内蒙古的壮美山河和辽阔雪原，营造广阔多变的呈现空间。此外，开幕式将专业冰上赛道与舞台融为一体，凸显冰雪运动的速度与激情。

"开幕式将以现代语汇和年轻表达，展现中华优秀传统文化和内蒙古地域特色。"沙晓岚说，入场仪式将通过剪纸、国潮风彩绘等艺术画面，展示各省区市人文风情和地标等元素。在内蒙古特色方面，开幕式邀请内蒙古的专业演员和学生，以时尚化包装和潮流化编排，用激情四溢的歌舞表演展现内蒙古民族风情和文化底蕴。

沙晓岚告诉记者，开幕式上，"十四冬"会旗执旗手由八名来自内蒙古自治区多个行业的先进典型组成，来自北京体育大学的学生将朗诵《中华体育精神颂》。在声声诵读中，14 名新时代青年将簇拥着火炬入场。

沙晓岚表示，"十四冬"开幕式将是一场精彩纷呈的视听盛宴，也将是一次弘扬体育精神、凝聚民族力量的盛会。

新华社呼和浩特 2024 年 2 月 14 日电
新华社记者：赵泽辉、于嘉

不能错过的"剧透"

——"十四冬"五大看点

第十四届全国冬季运动会即将在内蒙古自治区拉开帷幕,作为北京冬奥会后国内首次举办的全国冬季项目综合性体育赛事,"十四冬"可谓看点十足,以下这些精彩内容不能错过。

看点一:内蒙古的第一次

尽管冬运会举办到了第 14 届,但却是首次来到内蒙古。这不仅是内蒙古的第一次,也开创了很多个第一次:这是全冬会首次设置群众项目,首次设置滑雪登山项目,首次以省、自治区、直辖市为单位组队参赛。

看点二:一睹冬奥冠军风采

北京冬奥会的成功举办,让相对小众的冰雪运动变成了全民喜爱的体育项目,也让很多冬奥冠军成为家喻户晓的全民偶像。"十四冬"赛场上自然少不了那些冬奥冠军的身影。武大靖、范可新、任子威等选手都出现在短道速滑项目的参赛名单中,苏翊鸣、徐梦桃也将亮相扎兰屯赛场。至于高亭宇,他已经在 1 月举行的"十四冬"速度滑冰公开组比赛中享受过观众们热情的掌声和欢呼声了。

★ 2024 年 2 月 3 日，人们在路边观看
火炬传递。（新华社发　康文魁摄）

看点三：且听"南腔北调"

　　曾几何时，东北话被调侃地称为全冬会的"官方语言"，因为冬季项目一直都是东北三省的强项。但随着我国深入推进冰雪运动"南展西扩东进"战略，越来越多东北地区以外的运动员站上冰雪赛场、甚至站上领奖台。在"十四冬"赛场听一听那些来自天南海北的运动员说着"南腔北调"的家乡话，不失为一种奇妙的体验。

看点四：赛场之远见证内蒙古之大

因全面对标米兰冬奥会和开展群众项目，"十四冬"比赛分布在内蒙古呼伦贝尔、赤峰、乌兰察布、呼和浩特以及北京延庆、河北张家口的七个赛场。

"十四冬"开幕后的全部比赛项目将在内蒙古呼伦贝尔市、乌兰察布市的三个赛区举办。最东边的两个赛区位于呼伦贝尔市，海拉尔赛区的内蒙古冰上运动训练中心为主赛场，各项冰上赛事在这里进行，扎兰屯赛区的金龙山滑雪场将承办滑雪登山、自由式滑雪等项目。最西边的赛区位于乌兰察布市凉城县，"十四冬"期间将举行越野滑雪、冬季两项等比赛。

从海拉尔赛区开车到凉城赛区，有 2000 多公里的距离，扎兰屯赛区距海拉尔赛区最近，但也有 300 多公里的距离。内蒙古的幅员辽阔，在"十四冬"的几个赛区中，有了最生动的体现。

看点五：深度体验北疆文化

"十四冬"之行，对首次来到内蒙古的人而言，最不能错过的自然是深度体验北疆文化。

将举办开幕式和冰上项目的内蒙古冰上运动训练中心的外形，就融入了蒙古族的哈达元素。文创产品中，既有蕴含内蒙古文物知识的笔记本，也有以大兴安岭桦树林为造型的笔，还有以火锅、马头琴、驯鹿为造型的徽章……那些特色文创产品的背后，有讲不完也说不尽的北疆故事。

走出赛场、走上街头，达斡尔族的肉末柳蒿芽、鄂温克族的红烧鹿肉、蒙古族的手把肉……那些令人眼花缭乱的特色美食，足以抵挡零下 30 摄氏度的严寒。

那一眼望不到边的茫茫雪原，则是免费但却带不走的冬日限定款"内蒙古特产"。

新华社呼和浩特 2024 年 2 月 14 日电
新华社记者：王春燕

燃起心中的光

——"十四冬"主火炬点燃侧记

　　踏上圣洁的雪乡，唱响悠扬的赞歌。2024 年 2 月 17 日，第十四届全国冬季运动会开幕式在内蒙古自治区呼伦贝尔市举行。甲辰龙年的正月，一

★ 2024 年 2 月 17 日，演员在开幕式上表演。（新华社记者连振摄）

场冰雪运动的盛会，在北疆草原正式拉开了帷幕。

晚 8 点，"十四冬"开幕式在内蒙古冰上运动训练中心速度滑冰馆正式开始。会场外，主火炬塔静静矗立。

以祥云、哈达为设计灵感的"十四冬"主火炬塔位于内蒙古冰上运动训练中心的广场中央，浓厚的民族文化特色与周围的三大场馆相得益彰。主火炬塔最上部镂空结构的火盆直径 4.4 米，装饰有民族文化图案并搭配三朵祥云造型，衬托吉祥如意的氛围。而在主火炬塔的颈部，由奥运五环演变的同心圆依次向上排列，既体现出奥林匹克运动精神，也表达出内蒙古人民举起体育圣火的决心。

迎接圣火，内蒙古准备好了。

在激情澎湃的《中华体育精神颂》朗诵结束后，"十四冬"火炬在 14

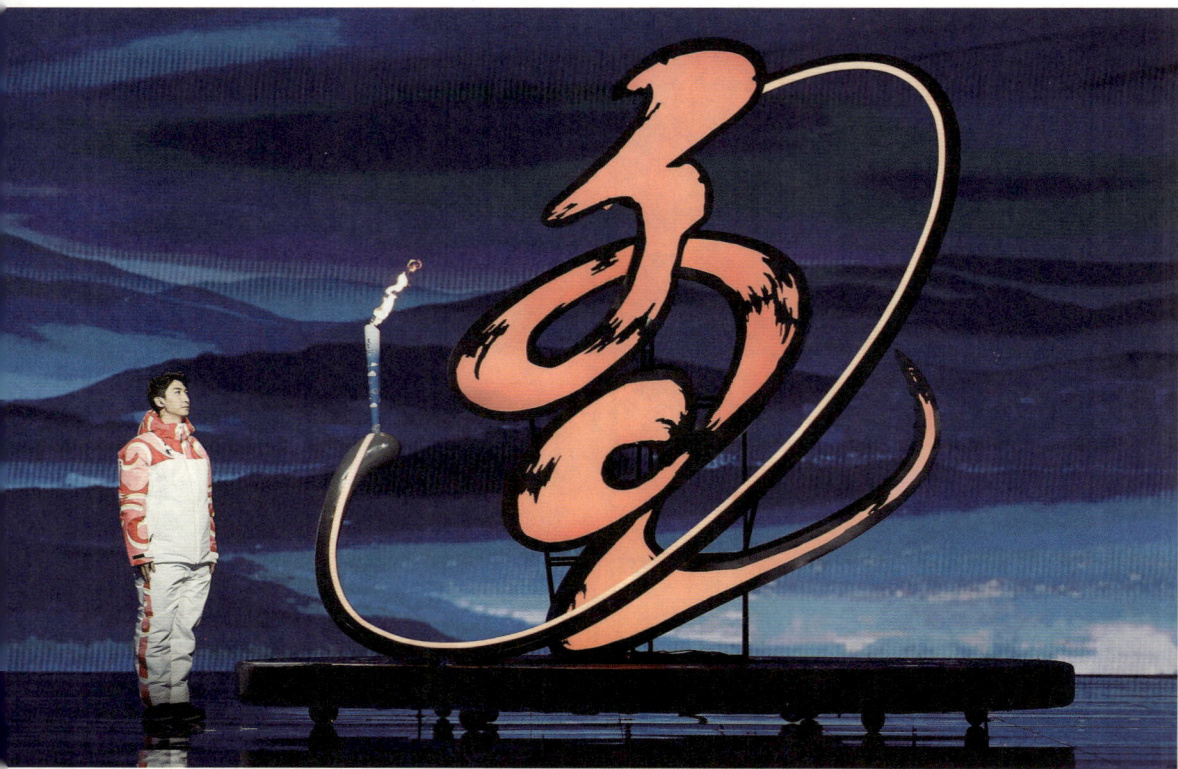

★ 2024 年 2 月 17 日，火炬手武大靖在开幕式上点燃主火炬。（新华社记者李博摄）

名脚踩冰刀的新时代青年簇拥下进入会场。燃烧的火炬升腾着勇气、拼搏、团结与友谊，激荡着每一名健儿的热情与梦想，也照亮了人们追求卓越的征程。

火炬被交到第一棒火炬手、亚运会冠军孙培原手中。他将火炬高高举起，全场观众纷纷打开手机的闪光灯挥舞着。一时间，开幕式现场仿佛变为"浩瀚星河"。

在现场观众的欢呼声中，经过第二棒火炬手、单板滑雪运动员彭程和第三棒火炬手、自由式滑雪运动员刘奕杉的传递，第四棒火炬手、冬奥会冠军武大靖高举火炬，跑向舞台中央，将手中的火炬插入"十四冬"会徽"冬之韵"。只见数字"圣火"在"冬之韵"中"流淌"，最终与舞台"相融"

★ 2024 年 2 月 17 日，第十四届全国冬季运动会主火炬塔在开幕式上被点燃。（新华社记者连振摄）

变为一颗火红的"冰球"，被数字化的"冰球运动员"击向场馆外的主火炬塔。

这一刻，"十四冬"圣火在北疆点燃，梦想之花在冰雪上绽放。

"我们通过'数实交融'的手法点燃主火炬塔，实现室内室外的联动。""十四冬"开幕式总导演杨嵘说，"14 名青少年运动员脚踩冰刀在真实的冰面上簇拥火炬进入场内，将舞台表演和实际的冰面结合在一起，这既是艺术的语言，也是体育精神的展现，更符合'十四冬'此时此地的精神传承。"

燃烧的圣火，象征着中华民族生生不息、薪火相传的精神，也体现出运动健儿不负韶华、接续传承的拼搏之势。

此前参加"十四冬"火炬传递的火炬手王桂芳曾代表中国队参加 1984 年第十四届冬奥会速度滑冰比赛。"那时候我才 22 岁，转眼已经过去了 40 年。"今年 62 岁的王桂芳说，身为老一辈运动员的她希望将心中对冰雪运动的热情传递给年轻一代运动员，让他们在赛场上追逐自己的梦想。

看那熊熊燃烧的圣火，它不仅点燃了人们参与冰雪运动的激情，更在冬日里燃起了人们心中逐梦明天的光。

新华社呼伦贝尔 2024 年 2 月 17 日电
新华社记者：朱文哲

揭秘"十四冬"：《中华体育精神颂》为什么压轴？

"号角已吹响，吾辈当自强，吾辈当自强！"

第十四届全国冬季运动会开幕式上，8 名北京体育大学学生与 100 多名演员共同朗诵《中华体育精神颂》，慷慨激昂的声音在会场内回荡，掌声经久不息，现场气氛达到了高潮。

随着 14 名穿着冰鞋的少年簇拥着火炬滑入场内，火炬传递仪式开始，开幕式的文体展演告一段落。

为什么一个朗诵类节目能够在展演中压轴，并带给现场观众巨大的震撼？

"文艺演出的尾声部分，需要现场观众群情激昂，引出点火仪式，所以最后一个节目要能够把氛围烘托上去，《中华体育精神颂》做到了。""十四冬"开闭幕式总导演沙晓岚说，首次拿到朗诵词时，就觉得这里面"承载的内容很重"。

"彩排时，观众鼓了四五次掌，最后灯光一暗，全场掌声响起时，我觉得就是中华体育精神带给所有人的感动。"参与朗诵的北京体育大学学生汪粤骄傲地说。

8 名学生都来自北京体育大学新闻与传播学院，大都是播音专业解说方向的学生，都经过专业播音主持、语言表达训练，但要演好这个节目并不简单。

★ 2024 年 2 月 17 日，中华人民共和国国旗在
开幕式上升起。（新华社记者姜帆摄）

　　"尽管节目是现成的，但第一个困难就是要压缩时长。初版是 5 分 30 秒，
后来实际朗诵时间是 3 分 25 秒，节奏更快，要求更高。"北京体育大学新
闻与传播学院体育赛事传播系副主任郑珊珊说。

　　演出时，这 8 名学生身后还有 100 余名舞蹈演员组成的方阵。为了呈现
出更好的舞台效果，这些学生纷纷减肥。郑珊珊说，减肥不是导演组的要求，
是他们给自己的要求，"大家都觉得瘦了更有精气神儿"。

　　"十四冬"开幕式是在农历甲辰龙年正月初八，意味着这些来自天南海
北的学生和老师们要在寒冷而遥远的异乡过年。"除夕我们找了个民宿一

★ 2024 年 2 月 17 日，演员在开幕式上表演。
（新华社记者陈欣波摄）

起包饺子，原以为这些孩子们会哭，没想到他们特别开心！"郑珊珊说。

除夕没哭，不代表不会掉眼泪。汪粤在一次比较重要的联排时，没有处理好"当万里长城拥抱奥林匹克"这句话的情绪，当时就急哭了。"这句话回答了'奥运三问'，而且北京又是'双奥之城'。但我当时没做好，我被自己'蠢'哭了！"

王艺晗的眼泪则从刚开始流不出来，到后面难以控制。"登山健儿，以无高不可攀的勇气，将五星红旗插上地球之巅"，王艺晗最初无法理解攀登珠峰的重要意义和当时的重重困难，她查阅史料、翻看相关新闻报道后，与当年的登山健儿深深共情，之后一朗诵到这里，眼泪就在眼眶里打转。

郑珊珊说，准备《中华体育精神颂》的朗诵并不仅仅是在呼伦贝尔的这20 多天，也不仅仅是练习气息和发声，还有平日的"内功"。"我们组织学生观看相关纪录片，因为那些体育事件都真实地发生过，曾影响过一代代人，还将继续给予年轻人力量。"

佟艺在大一时学习了速度滑冰，还解说过花样滑冰和单板滑雪大跳台项目。"无论是自己上冰，还是解说冰雪项目，都能更深入地帮我理解冰雪运动的魅力和中华体育精神。"

在佟艺看来，正是无数运动健儿的努力和坚持，才能让大家去传播这些精神。"所以我们感觉自己身上背负的责任也很重，一定不能辜负运动员无数个日夜的训练，更不能辜负他们为国争光的拼搏。"

"强国建设、民族复兴的接力棒，交在了我们手中！使命在肩，奋斗有我！"北京体育大学新闻与传播学院党总支副书记钟海说，"颂词充满爱国的力量，这就是中华体育精神让人感动的内核，也是节目能点燃全场的原因所在！"

新华社呼伦贝尔 2024 年 2 月 17 日电
新华社记者：张云龙、王春燕、魏婧宇、于嘉

"十四冬"高水平助力米兰冬奥会备战

第十四届全国冬季运动会于 2024 年 2 月 17 日晚在内蒙古呼伦贝尔市开幕，"十四冬"通过对标 2026 年米兰－科尔蒂纳丹佩佐冬奥会（以下简称"米兰冬奥会"）全面设项、设定决赛最低成绩标准、引进外籍裁判、设置青年组等方式，高水平助力米兰冬奥会备战。

作为北京冬奥会后首次举办的全国冬季项目综合性体育赛事，"十四冬"在项目设置、竞赛规则上与两年后的米兰冬奥会全面接轨，共设置 8 个大项、180 个小项，共有 3000 余名运动员参赛，1300 余名技术官员参与执裁。

国家体育总局竞体司司长、"十四冬"组委会常务副秘书长张新介绍说，"十四冬"实现了"五个第一"：第一次以省、自治区、直辖市为单位组团参赛；第一次全面对标冬奥会设项，并增设青年组；第一次在冬运会上组织群众赛事活动；第一次将体能作为竞体比赛资格赛的准入标准；第一次在速度滑冰、空中技巧等项目上设定进入决赛的最低成绩标准。

国家体育总局冬季运动管理中心主任、"十四冬"组委会常务副秘书长王磊表示，"十四冬"承担着提高我国冰雪运动国际竞争力、发现优秀后备人才、巩固扩大"带动三亿人参与冰雪运动"成果、促进冰雪产业提质增效的重要任务。

"'十四冬'在短道速滑、速度滑冰、花样滑冰等冬季重点和基础大项上设置青年组，为米兰冬奥会备战参赛补充新生力量。一些重点项目还邀请了部分高水平外籍裁判来华执裁，确保赛事公平公正。这些都促进了我国冬季项目竞赛组织能力和办赛水平的进一步提升，有利于我们更好地统筹用好国内办赛资源，积极承办冬季项目国际高水平赛事，助力我国运动员争取更多比赛机会、积累参赛经验、实现快速成长。"王磊说。

内蒙古自治区体育局局长、"十四冬"组委会副秘书长杜伯军表示，这个冬季，内蒙古共举办"冬运惠民"系列赛事活动共 240 余场次，直接参与 25 万人次，辐射带动健身爱好者近 300 万人次。

内蒙古自治区文化和旅游厅厅长、"十四冬"组委会委员秦艳在揭秘开幕式亮点时说："点火仪式融合体育元素和 AR 技术，采用虚实结合的方式，跨越室内外场地点燃火炬塔。"

借助"十四冬"东风，内蒙古冰雪旅游迎来发展新机遇。据内蒙古呼伦贝尔市副市长孙微介绍，2024 年春节假期前六日，内蒙古接待游客 2486.12 万人次，旅游收入 177.03 亿元，分别是 2023 年同期的 6.15 倍和 8.25 倍；呼伦贝尔市接待游客 131.29 万人次，旅游收入 9.09 亿元，分别是 2023 年同期的 9.2 倍和 11 倍。

新华社呼和浩特 2024 年 2 月 17 日电
新华社记者：刘艺淳、王春燕、何磊静

预热报道

"十四冬" 是个什么 "冬"？

—— "十四冬" 科普之一

"小土豆""大冻梨""小砂糖橘"……这个冬天，随着哈尔滨的爆火出圈，太多流行词语已脍炙人口。但是，"十四冬"是个什么"冬"，倒不见得谁都能解释清楚。

"十四冬"是中华人民共和国第十四届冬季运动会的简称，将于 2024 年 2 月 17 日至 27 日在内蒙古自治区举办。梳理全国冬运会的历史，会发

★ 2024 年 1 月 18 日，在呼伦贝尔学院体育馆内，"十四冬"志愿者参加趣味体能比赛。（新华社记者刘磊摄）

现一些有趣之处。

1959 年第一届全国运动会举行时，并没有设冰雪项目，但当年 2 月单独举办了冰雪项目的综合性运动会，称为"1959 年全国冬季运动会"，在哈尔滨市和吉林市举办，这就是第一届全冬会的由来。

1965 年举行的第二届全国运动会没有包含冰雪运动项目，因此第二届冬运会也没有举行。此后，从 1976 年到 2012 年，我国共举行了十届冬运会，主要举办地点都是黑龙江和吉林。2016 年在新疆维吾尔自治区举办的"十三冬"，是全国冬运会首次走出东北。

在"十三冬"闭幕式上，内蒙古接过冬运会的会旗，由此开启了"十四冬"的筹备之路。由于疫情原因，原定于 2020 年初举办的"十四冬"推迟了四年。

"十四冬"的会徽为"冬之韵"，以"冬"字字形为创意基础，运用流畅、洒脱的中国书法语言，整体呈现一种旋转升腾的"势"，寓意体育事业高速高质发展，助力提高全民健康水平，倡导追求积极向上、阳光健康的生活方式。吉祥物以蒙古族儿童为创意原型，设计了一对俏皮可爱的蒙古族娃娃形象——男孩"安达"和女孩"赛努"，名字组合后的蒙古语意思是"朋友你好"，传递了内蒙古对全国人民的诚挚邀请。

"十四冬"比赛项目设滑冰、滑雪、冬季两项、冰壶、冰球、雪车、雪橇、滑雪登山 8 个大项、16 个分项、176 个小项。

"十四冬"比赛场馆场地分布在内蒙古呼伦贝尔、赤峰、乌兰察布、呼和浩特以及北京延庆、河北张家口的 7 个赛场。其中，内蒙古不具备办赛条件的雪车、雪橇、北欧两项等项目，国家体育总局协调由延庆国家高山滑雪中心、雪车雪橇中心和张家口国家跳台滑雪中心异地举办。

作为北京冬奥会后首次举办的全国冬季项目大型综合性赛事，预计将有 3700 余名运动员参加"十四冬"各项赛事，这也将是历届全国冬运会中规模最大、项目最全的一届。

新华社呼和浩特 2024 年 1 月 18 日电
新华社记者：蒋婧、王春燕

"十四冬"里的那些"第一次"

——"十四冬"科普之二

尽管全国冬季运动会已经举办到第十四届，这一次的"十四冬"依旧有不少与众不同之处。正如每一片雪花都是独一无二的，"十四冬"也有自己与众不同的魅力。还有不到一个月，"十四冬"就将开幕，内蒙古向全国人民发出冰雪之约——共同见证"十四冬"点燃的冰雪热情，见证"十四冬"上那些与众不同的"第一次"。

冬奥会后"第一次"

"十四冬"是北京冬奥会后，我国首次举办的全国冬季项目大型体育赛事。

我国成功举办冬奥会后，冰雪运动进入了新的发展阶段，"十四冬"如何利用冬奥遗产，继续"带动三亿人参与冰雪运动"？在海拉尔赛区，内蒙古冰上运动训练中心副主任塔娜给出了她的回答："未来，场馆除了可以用作大型赛事场地和专业训练场地，还将定时向公众免费开放，让群众在顶尖场馆感受冰雪运动的魅力，也让冰雪运动后备力量在此扎根发展。"

内蒙古的"第一次"

作为历届全国冬季运动会中规模最大、项目最多、标准最高的一届，"十四冬"对东道主内蒙古的办赛条件提出了更高的要求。首次承办全国大型综合性运动会的内蒙古，也为"十四冬"全面升级了赛事筹备工作。

"十四冬"冰上项目安排在位于呼伦贝尔市海拉尔区的内蒙古冰上运动训练中心；雪上项目安排在呼伦贝尔市扎兰屯金龙山滑雪场、赤峰市喀喇沁旗美林谷滑雪场、乌兰察布市凉城滑雪场。此前需要在国外举行的雪车、雪橇项目比赛，现在借助延庆的场地举行；米兰冬奥会新增的滑雪登山项目，将在扎兰屯赛区举办。

目前，各赛区均已准备就绪，线下售票已经启动，赛事保障、志愿者培训、媒体服务等工作有序推进中。内蒙古已经整装待发，迎接这场群英荟萃的盛事。

第一次设置群众比赛和滑雪登山大项

"十四冬"除了对场地进行升级改造，还在设项上"推新"，在全国冬运会史上首次设置群众比赛。

2024 年 1 月 13 日到 14 日，在呼和浩特东河冰场举行了"十四冬"群众比赛，全国 21 个代表团参与了速度滑冰、越野滑雪两个大项。会玩、爱玩、

★ 2024 年 1 月 14 日，在内蒙古呼和浩特市东河冰场举行的第十四届全国冬季运动会群众速度滑冰决赛中，河北队包揽 4×200 米混合接力、2000 米混合团体两枚金牌。（新华社记者贝赫摄）

2024 年常玩冰雪运动的人越来越多，群众比赛让参赛选手和观众感受到冰雪运动的乐趣。

除此之外，滑雪登山将首次亮相全国冬运会，这项运动也被列入 2026 年米兰冬奥会正式比赛项目。滑雪登山要求参赛者凭借登山和滑雪能力在冰雪覆盖的山上展开竞赛。

参赛队伍第一次以省、自治区、直辖市为单位参赛

与往届冬运会以地市为参赛单位不同，"十四冬"的参赛队伍第一次以省、自治区、直辖市为单位。开展冰雪运动较晚的四川、贵州、香港、澳门等地，也将在全国冬运会的赛场上展现风采。"十四冬"将是中国冰雪运动"南展西扩东进"战略深入推进的成果展示，是真正意义上的"全国冬运会"。

2 月 17 日至 27 日，在万众瞩目中，来自全国各地的冰雪运动健儿将在内蒙古的冰天雪地里书写拼搏者的传说，期待"十四冬"的这些"第一次"给赛场内外带来一次次震撼与感动。

新华社呼和浩特 2024 年 1 月 19 日电
新华社记者：梁婉珊、魏婧宇

内蒙古有多"长"？四个赛区相隔千里

——"十四冬"科普之三

2024 年 1 月 22 日，第十四届全国冬季运动会单板滑雪平行大回转比赛在内蒙古赤峰市喀喇沁赛区开赛。八天后，滑雪登山比赛将在内蒙古呼伦贝尔市扎兰屯赛区展开较量。有些冰雪爱好者想跨赛区观赛"十四冬"，那可要提前做好交通攻略，毕竟这两个赛区可是相隔 1000 多公里。

"十四冬"有四个赛区，最东边的两个赛区位于呼伦贝尔市，海拉尔赛区的内蒙古冰上运动训练中心为主赛场，各项冰上赛事在这里进行，扎兰屯赛区的金龙山滑雪场将承办滑雪登山、自由式滑雪等项目。最西边的赛区位于"北京向西一步，就是乌兰察布"的乌兰察布市凉城滑雪场，此外还有赛区位置居中的赤峰市喀喇沁旗美林谷滑雪场。

很多即将前来观赛的冰雪爱好者发现，内蒙古之大，"不知其几千里也"。

从海拉尔赛区开车到凉城赛区，有 2000 多公里的距离，即使乘坐飞机也需要一个多小时的时间。扎兰屯赛区距海拉尔赛区最近，但也有 300 多公里，如果在内蒙古冰上运动训练中心欣赏完优美的花样滑冰，还想去扎兰屯看苏翊鸣亮相单板滑雪 U 型场地技巧比赛，驾车得四个多小时才能从海拉尔到达扎兰屯的金龙山滑雪场。

相隔上千公里的赛区，对交通保障提出了挑战，这不仅关系到运动员和随队人员的抵离和参赛，也与游客能否"逍遥观赛"息息相关。因此，"十四冬"筹委会和交通运输等相关部门采取了不少针对性的保障措施。

★ 2023 年 7 月 11 日拍摄的位于内蒙古呼伦贝尔市扎兰屯市的扎兰屯金龙山滑雪场。（新华社记者贝赫摄）

在"十四冬"运行指挥调度中心，一块蓝色大屏上实时显示着赛事、气象、人员、场馆等信息，运动员抵离信息、呼伦贝尔市区交通状况等信息都能借助 5G、天眼等技术汇总到大屏幕上，为运动员顺利到达保驾护航。呼伦贝尔市已完成全市巡游出租汽车车载智能终端安装和中心城区重点区域 120 座智能公交电子站牌建设，海拉尔火车站也加强了管理和引导，并为"十四冬"单独开辟了候车专区、运动员专属通道、接送站车辆停车位，保障运动员和观赛旅客出行顺畅。

目前，各大赛区已经准备就绪迎接"十四冬"开幕。四个赛区相隔千里，将冰雪运动的魅力传遍内蒙古。愿所有前来观赛的冰雪爱好者，能够在这片广袤的土地上，领略冰雪飞扬的激情。

新华社呼和浩特 2024 年 1 月 22 日电

新华社记者：梁婉珊、魏婧宇

"十四冬"不是内蒙古办赛吗？怎么还在东北地区比？

——"十四冬"科普之四

春节去东北地区看"十四冬"吧！

东北地区？"十四冬"不是在内蒙古办赛吗？

想说清这个问题，第一件事就是要展开内蒙古狭长的地图。作为我国东西跨度最长的省份，内蒙古的地域范围由东向西延伸，东西直线距离约2400公里，横跨我国东北、华北、西北地区。内蒙古东北部的呼伦贝尔市、兴安盟、通辽市、赤峰市等地，都位于我国东北地区。

因此，从地理位置上来说，"十四冬"确实是在内蒙古举办，但也是在东北地区举办。

想要举办冰雪赛事，必须要"够冷"。在呼伦贝尔，每年的降雪期长达七个月，有些地方一年中的采暖季甚至长达九个月，"冷资源"在东北地区名列前茅。所以，作为呼伦贝尔市行政中心的海拉尔区成为"十四冬"开闭幕式和冰上项目的举办地，呼伦贝尔市扎兰屯市则承办滑雪登山、自由式滑雪等项目比赛。

呼伦贝尔以碧波荡漾的呼伦湖和贝尔湖而得名，这里有广袤的草原和林海，地形地貌多样，发展滑雪运动的条件得天独厚。大兴安岭西侧为呼伦贝尔草原，岭上为山地林区，岭东为低山丘陵与河谷平原，较大的海拔高度区间差有利于形成天然滑雪场。

★ 2023 年 4 月 17 日拍摄的呼伦湖开湖景象（无人机照片）。
（新华社记者王楷焱摄）

　　得天独厚的自然条件，加上即将到来的"十四冬"，让呼伦贝尔热"雪"沸腾。这个冬季，呼伦贝尔到处都奏响了冰雪运动的欢歌。人们在陈巴尔虎旗零下 40 摄氏度的严寒中，感受冰雪那达慕的热情；在"中国冷极"根河畅快地跑马拉松；走进鄂伦春冰雪"伊萨仁"，感受非遗文化和冰雪运动的美妙融合；在国门口岸满洲里欣赏冰球比赛，在冬季英雄会上驾车驰骋雪原；在莫力达瓦冰钓，感受岁月静好；在海拉尔的冰场上体验飞驰人生……

新华社呼和浩特 2024 年 1 月 23 日电
新华社记者：朱文哲、魏婧宇

这项赛事需要"旗"

——"十四冬"科普之五

　　第十四届全国冬季运动会上，有一个需要用到"旗"的比赛项目，恰好在内蒙古的一个旗举行，那就是在内蒙古自治区赤峰市喀喇沁旗举行的单板滑雪平行大回转项目。接下来，让我们一起了解这两个"旗"。

　　先说说内蒙古的"旗"。旗是中国行政区划之一，是内蒙古自治区特有的县级行政区。眼下正在内蒙古喀喇沁旗进行的单板滑雪平行大回转项目，也与"旗"分不开。

　　旗门，是滑雪竞速类项目的专用设备。在单板滑雪平行大回转项目中，两名选手在平行设置的两个旗门同时出发，沿着长400至700米的赛道向下滑降，途中须"丝滑"地绕过18至25组旗门，先行到达终点的选手为胜。由于滑行速度快，这项赛事对于选手的滑行技术、立刃控制、过旗门技术、线路选择及瞬间的判断能力要求很高，因此观赏性很强。

　　这项赛事，为什么会在内蒙古喀喇沁旗举办？

★图为内蒙古赤峰市喀喇沁旗美林谷滑雪场在进行人工造雪。（新华社发　袁园摄）

喀喇沁旗位于我国东北地区，冬季的最低气温在零下 25 摄氏度左右，有利于积雪保存。同时，该旗的地理特征为"七山一水二分田"，较大的海拔高度区间差，也有利于滑雪竞速项目的开展。

这里自然风光壮美秀丽，全旗森林覆盖率达 57.8%，特别是在大赛的举办场地美林谷滑雪场，抬眼可见松树和白桦树等植被布满山坡，洁白的雪道穿插其中，为参赛运动员和观赛者营造了一个亲近自然、回归自然的"世外桃源"，而且在这座赤峰市面积最大、配套设施最完善的滑雪场中，共建有初、中、高级雪道九条，场地设施完全能够满足赛事承办要求。

近年来，当地先后承办了多项国内外大型赛事活动，储备了一大批赛事承办人才，具有丰富的大型赛事承办经验，组织保障能力强，为承办"十四冬"打下了良好的基础。另外，赤峰市距北京、沈阳均在 400 公里左右，方便全国各地的运动代表队抵达赛区。

优美的自然风光、丰富的冰雪资源、便利的交通条件等多重因素相互叠加，让喀喇沁旗有条件、有信心为全国人民带来一场精彩的冰雪盛会。

当然，冰雪运动不仅是高水平的竞技体育活动，普通人都可以参与其中，这一点，呼伦贝尔"感受"尤为强烈。

在呼伦贝尔，小孩子不会几样冰雪运动项目都不好意思说自己是个"东北孩儿"。冬季的呼伦贝尔，即使"大棉袄裹着二棉裤"，人们也要走上冰雪，滑冰、滑雪、冬泳，哪怕就是简单的几个"打出溜滑"，在冰天雪地里都能收获运动的快乐。

2024 年 2 月 17 日，农历大年初八，穿上你的大棉袄、踩上你的厚棉鞋，来东北地区，来内蒙古，来冰天雪地的呼伦贝尔，去感受冰雪运动的火热与激情吧！

新华社呼和浩特 2024 年 1 月 24 日电
新华社记者：王靖、恩浩

听说，"十四冬"的会徽像条河

——"十四冬"科普之六

　　你听说过"天下第一曲水"——莫尔格勒河吗？如果没有也没关系，"十四冬"的会徽可以算是抽象版的莫尔格勒河。

　　"十四冬"的会徽"冬之韵"，以"冬"的字形为创意基础，以天空的蓝色为主色调，运用洒脱的中国书法语言，呈现一种旋转升腾的"势"，表达了体育事业高速高质发展，提高全民健康水平，倡导追求积极向上、阳光健康的生活方式。

　　"冬之韵"充满运动感，也凝聚着自然美感。潇洒飘逸的"冬之韵"笔走龙蛇，笔尖下涌出涓涓细流汇成磅礴江河，犹如蜿蜒流淌在内蒙古大地上的一条条河流，在冬日暖阳下熠熠生辉。

　　在"十四冬"举办地内蒙古呼伦贝尔市，有3000多条河流、500多个湖泊和近3万平方公里的湿地，是我国北疆重要的生态功能区。刚才提到的莫尔格勒河，就是其中的重要代表。

　　莫尔格勒河意为"弯弯曲曲的河"，位于呼伦贝尔市陈巴尔虎旗境内，河道迂回弯曲，时而南奔，时而北进，从空中俯瞰好似一条蔚蓝色的绸带。正因如此，莫尔格勒河成为众多游客和摄影爱好者的"打卡地"，是呼伦

★ 图为2023年7月18日在呼伦贝尔市陈巴尔虎旗境内拍摄的莫尔格勒河景色。（新华社发　王正摄）

贝尔"上镜"最多的河流之一。

作为"十四冬"开闭幕式和冰上项目举办地，呼伦贝尔市海拉尔区因境内的海拉尔河而得名。海拉尔河属于额尔古纳河水系，额尔古纳河右岸不仅有壮美的自然风光，也孕育着灿烂的民俗文化，不久前在"尔滨"街头牵着驯鹿"火爆出圈"的鄂温克族朋友，就来自额尔古纳河右岸的奇乾村。

从呼伦贝尔向西行，在举办"十四冬"单板滑雪平行大回转赛事的赤峰市，西辽河从这里缓缓流过。5000 多年前，在西辽河流域，先民们创造出灿烂的红山文化，成为"满天星斗"的中华文明中璀璨的一颗星。红山文化的 C 型玉龙被称为"中华第一龙"，让我们看到了中国古代早期的龙形象，印证了中华民族源远流长的"龙"文化。

再向西行，滚滚黄河，在内蒙古西部拉出一个"几字弯"。"几字弯"南岸的库布其沙漠曾有"死亡之海"之称，几十年来，内蒙古干部群众种树斗沙，让黄河岸边森林覆盖率和植被覆盖度逐年增加，曾经的茫茫沙海变为郁郁绿洲。

再绕回呼伦贝尔，那里还有一条特殊的"河"——根河。说它是河，因为它以清冽甘甜的河水哺育了两岸的生灵；说它不是河，因为它是一座河边城市的名字，还有一个响当当的名字——中国冷极。如果你来看"十四冬"的比赛，可以再去根河转一转，在这个最低气温近乎零下 50 摄氏度、每年长达 9 个月供暖期的北方小城里，体验"泼水成冰"的快乐。

抽象的河，具体的河，现在的河，历史的河，河流描绘出多彩的内蒙古。在欣赏"十四冬"比赛的同时，不妨再顺着"冬之韵"的潇洒走势，看一看内蒙古蜿蜒的河。

新华社呼和浩特 2024 年 1 月 25 日电
新华社记者：魏婧宇、朱文哲

不约而同，"十四冬"设计元素都用它！

——"十四冬"科普之七

内蒙古那么大，物产那么丰富，但第十四届全国冬季运动会的会旗、会徽、场馆在设计时，却不约而同地用到了同一种"内蒙古特产"——云彩。

没错，是云彩，不是草原。内蒙古可是有着"云彩制造商"的美誉，"蓝天＋白云"是内蒙古最铁的"搭子"。

看，"十四冬"的奖牌上有云，奖牌正面由云纹围绕着运动会会徽；会旗上有云，白色的会旗就是来自朵朵白云，蕴含着纯洁、善良、吉祥与美好；火炬上有云，虚实结合的祥云点缀在火炬上，给人天高云淡的辽阔感，就像是躺在草原上，看着白云那么遥远，仿佛又伸手可得。

"十四冬"场馆里也有云。站在呼伦贝尔市海拉尔区的东山眺望，"十四冬"主场馆内蒙古冰上运动训练中心仿佛天上云朵的倒影，场馆外形如云卷云舒，又好似圣洁的哈达飘然舒展，带着北疆儿女的热情向冰雪健儿敞开怀抱。

"十四冬"主场馆工程建设指挥部总工程师苏宝民介绍说，设计之初就想通过这个场馆来充分展现内蒙古的特点和风貌，让更多的人了解内蒙古，爱上内蒙古。于是经过反复的修改后，最终确定使用卷云、哈达等元素，"卷云"寓意吉祥如意，"哈达"表示内蒙古热烈欢迎八方宾客。

内蒙古的云真就那么多，那么美吗？没错，卷层云、堡状云、高积云……在亮丽的祖国北疆，云朵千变万化，以天空为荧屏，随着时间、天气的变化

★ 2023 年 6 月 11 日拍摄的位于内蒙古呼和浩特市的大青山。
（新华社记者安路蒙摄）

进行各种演绎，时而团团相聚，堆积一起，时而各自行动，伸展开来浸染天际。内蒙古的这方蔚蓝、这份纯净，如今不仅在草原，即使在城市中也可以坐拥蓝天白云。

天高云淡，云卷云舒，是草原最平常的画面，却可能是你从未见过的风景。来内蒙古，看"十四冬"的同时，也抬头看看带不走的"内蒙古特产"——蓝天和白云。

新华社呼和浩特 2024 年 1 月 28 日电
新华社记者：魏婧宇、蒋婧、王春燕

"冠军女孩"徐梦桃要去的扎兰屯是什么屯？

——"十四冬"科普之八

　　还记得北京冬奥会上终于夺冠的冬奥会"四朝元老"徐梦桃吗？她在稳稳落地后的怒喊"我是第一吗？"不知让多少人热泪盈眶。就在这个冬天，"冠军女孩"要来扎兰屯参加"十四冬"了。

　　什么？一个屯子也办得了全国性大赛？别急，虽然名字里有"屯"，但此"屯"非彼"屯"。

★ 2022 年 2 月 14 日，中国队选手徐梦桃庆祝夺得自由式滑雪女子空中技巧冠军。（新华社记者费茂华摄）

扎兰屯市是内蒙古自治区呼伦贝尔市辖县级市，位于呼伦贝尔市南端，背靠大兴安岭，面眺松嫩平原。"扎兰"在满语中意为"参领"，清代曾在这里设参领统辖该地，后逐渐形成村屯，故称扎兰屯。

此"屯"面积达 1.69 万平方公里，这里有建于 1905 年的全国重点文物保护单位——吊桥，也有馆舍始建于 1909 年的中东铁路博物馆，"屯"里甚至还有一座机场。

相较于东北地区其他城市冬天"不是在下雪就是在等雪来"的气候环境，扎兰屯市由于特殊的自然条件而四季分明，有着"塞外苏杭""北国江南"的美称。

扎兰屯是"十四冬"滑雪技巧类赛事承办地之一，滑雪登山、自由式滑雪等项目比赛在扎兰屯市金龙山滑雪场举办。扎兰屯冬季漫长且多晴天，雪情好，雪期长，平均气温低于零下 12 摄氏度、风速超过 4 米 / 秒，出现低能见度天气概率低，未出现过高于 5 摄氏度的过暖融雪天气。得益于地形和气候条件，扎兰屯冬季有效滑雪期平均可达 130 天。

★ 2024 年 1 月 29 日，滑雪爱好者在呼伦贝尔市扎兰屯金龙山滑雪场大众冰雪季活动中体验滑雪。（新华社发　王正摄）

2013 年，金龙山滑雪场被国家体育总局命名为国家队训练基地，并连续多年承办全国单板滑雪 U 型场地锦标赛、冠军赛，全国自由式滑雪 U 型场地冠军赛，全国自由式滑雪空中技巧冠军赛等国家级高水平赛事。

2022 年，扎兰屯市荣登首批"国家级滑雪旅游度假地"名单。目前，大众滑雪、大众速滑、大众冰球、大众冬泳已形成品牌赛事，累计带动全民参与冰雪运动 100 万人次以上。

为了迎接"十四冬"，扎兰屯的软硬件都在升级，还聘请徐梦桃担任扎兰屯市文化旅游体育形象大使，进一步提升城市的知名度和美誉度。此次承办"十四冬"滑雪赛事，扎兰屯已经准备好了，你只管来玩，剩下的交给咱屯里人！

新华社呼和浩特 2024 年 1 月 30 日电
新华社记者：王雪冰、魏婧宇

"十四冬"让更多群众爱上冰雪运动

　　2024年2月17日,第十四届全国冬季运动会将在内蒙古自治区拉开帷幕。恰逢龙年新春,内蒙古大地处处洋溢着浓浓的年味。当大街小巷的"中国红"与"十四冬"的"冰雪白"撞个满怀,丰富多彩的冰雪季活动在各地竞相展开,群众对冰雪运动的热情逐渐升温,走向"沸点"。

　　赏冰雕,滑冰梯,观企鹅赛跑,和羊驼互动……近日的一场降雪,让呼和浩特市变身梦幻的童话世界,将近零下20摄氏度的低温,无法阻挡市民和游客畅玩冰雪的热情。

　　"今年呼和浩特的冰雪旅游热度很高。"内蒙古首府文化旅游发展有限公司负责人杨帆介绍,呼和浩特欢乐冰雪节1月12日在大黑河军事文化乐园开幕以来,10天内游客总量便突破3.5万人次,实现营业收入200万元,远超同期水平。在这个冰雪季,内蒙古各地已累计开展115项各类冬季冰雪旅游活动,火热出圈,频上热搜。

　　内蒙古冰雪资源十分丰富,得益于"十四冬"的举办,不少百姓过上了"靠雪吃雪"的日子。在兴安盟科尔沁右翼前旗居力很镇红心村,这个只有800多人口的小山村紧紧抓住"黄金冰雪期",在村口建起雪村滑雪场,并适时推出冬季研学、惠民低价票等活动,累计吸引了全国各地的10万名"冰雪客"。"滑雪场每年可给村集体带来3万元分红收入,还能带动30多名村民就业,村里的农副产品也找到了销路,收入可达10万元。"红心村党支部书记李英辉说。

　　办好一个会，提升一座城，赛事成为城市的"秀场"。站在呼伦贝尔市海拉尔区东山台地眺望，"十四冬"主场馆内蒙古自治区冰上运动训练中心，既像被捧在手心的哈达，又如飘在空中的祥云，矗立于广袤雪地上，成为这座边疆城市引以为傲的新地标。近年来，内蒙古各赛事举办城市的基础设施建设迈向纵深，城市保障和管理能力大幅跃升，这场冰雪盛会成为各地提升城市品质的契机。

　　作为北京冬奥会后我国首次举办的全国冬季项目大型综合性赛事，"十四冬"是历届全国冬运会中规模最大、项目最全的一届。在赛事筹备过程中，内蒙古各地的冰雪运动基础设施建设也向前迈进了一大步，冰雪产业红利不断惠及百姓。

★ 图为第十四届全国冬季运动会速度滑冰比赛场地。
（新华社记者彭源摄）

★ 2024 年 1 月 18 日,市民在内蒙古赛马场滑雪圈。
（新华社记者贝赫摄）

　　在"十四冬"开幕前,主赛场和各分赛场的"比赛同款"场馆和赛道便向公众持续开放,让冰雪运动爱好者享受优质的雪质和专业的设施。截至目前,内蒙古共有冰雪运动场地 122 个,场地面积 390.06 万平方米,其中滑冰场 79 个、滑雪场 43 个,年接待群众近 400 万人次。

　　滑雪、滑冰等运动对参与者的身体平衡性、协调性要求较高,使不少"运动小白"望而却步。为了让更多群众体验冰雪运动的乐趣,近年来,内蒙古利用公园水域、城市空闲地等建设室外滑冰场,打造了不少群众身边的冰雪运动场地,给群众带来户外冰壶、冰滑梯、冰蹴球等丰富又安全的趣味娱乐项目,大大降低了群众走上冰雪的门槛,还通过举办冰雪那达慕、

★ 在 2023 年 12 月 17 日举办的内蒙古自治区第二十届冰雪那达慕
上，选手在耐力赛马比赛中冲刺。（新华社记者王楷焱摄）

大众欢乐冰雪周、冰雪嬉乐会等活动，进一步激发群众赏冰乐雪的热情。

"随着'十四冬'日益临近，内蒙古各地正用冰雪运动的激情唤醒冬日活力，全力激活冰雪经济新动能，做到冬运惠民。"内蒙古自治区体育局副局长张志说。

新华社呼和浩特 2024 年 2 月 9 日电

新华社记者：恩浩、王靖

"十四冬"文创里的"内蒙古 style"

第十四届全国冬季运动会将于 2024 年 2 月 17 日在内蒙古自治区开幕，这是全国冰雪健儿的闪亮舞台。在徐伟晶看来，这也是属于内蒙古的闪亮舞台，她希望更多人通过"十四冬"认识内蒙古，认识美丽的呼伦贝尔。

要实现这个愿望，徐伟晶有自己的"法宝"，那就是"十四冬"的文创产品。徐伟晶是呼伦贝尔蒙兀文化传播有限责任公司的负责人，她的企业也是全国获准设计、生产、销售"十四冬"文创产品的五家企业中的一家，也是唯一一家来自主会场所在地呼伦贝尔的企业。

对此，徐伟晶感到骄傲，"这对企业来说是一个成长机会，对这里从事文化产业的其他企业也是一个促进"。

五家企业同题竞赛，徐伟晶觉得自己肩上最重要的责任就是展现内蒙古形象，展现呼伦贝尔形象。

"十四冬"因疫情原因推迟了四年举行。这四年的时间里，大型运动会文创产品的设计理念和市场营销都发生了巨大变化。"北京冬奥会的吉祥物'冰墩墩'太火了，真是抢都抢不到，还有成都大运会的'蓉宝'、杭州亚运会的'江南忆'都给我们带来了很大的启示，思路一下子拓宽了。"徐伟晶说。

2019 年，徐伟晶的企业设计了 30 余款"十四冬"文创产品；2023 年，产品增加到 50 余款。设计师马金鹏说："第一次设计相关文创产品时，内心还是有些茫然，不知道该设计什么，也不知道该参考什么。这两年，不仅思路开阔很多，而且有了主动要表达的欲望。"

马金鹏的"表达欲"落在"十四冬"徽章上就是呼伦贝尔民俗系列徽章。这个系列共包含三款徽章，分别是火锅、马头琴、驯鹿与撮罗子。

徐伟晶介绍说，羊肉最有内蒙古特色的吃法其实是手把肉，但火锅在全国都流行，因此从做文创产品的角度，要找到大家的共同点。

"但这儿有一个小细节，你看徽章的背面，写着'呼伦贝尔羊肉'，我希望大家在吃火锅的时候能想到呼伦贝尔羊肉，因为真的好吃。"徐伟晶说。

驯鹿与撮罗子的徽章背面，写的是"敖鲁古雅驯鹿之乡"。徐伟晶说，驯鹿是呼伦贝尔的特色，可能看过《额尔古纳河右岸》这本书的人会知道驯鹿，知道根河，知道这个故事发生在呼伦贝尔，"我希望这一枚小小的徽章成为一个载体，能引起更多人的兴趣"。

除了传统的徽章、冰箱贴、吉祥物玩偶等，徐伟晶还将纯手工制作的非物质文化遗产太阳花与"十四冬"融合起来。

鄂温克族崇拜太阳。相传很久以前，鄂温克人生活在阴暗寒冷的森林里，

★ 2024年1月10日，顾客在"十四冬"官方特许商品零售店内选购。
（新华社记者王楷焱摄）

太阳化身为名叫希温·乌娜吉的姑娘，将光明和温暖带给鄂温克人，使森林不再阴冷。鄂温克人为了纪念太阳姑娘，用皮毛和彩色石头做成类似太阳的吉祥物佩戴，这就是太阳花。

内蒙古自治区鄂温克族自治旗位于呼伦贝尔大草原，是内蒙古三个少数民族自治旗之一。徐伟晶请当地非遗传承人制作的太阳花，一面是"十四冬"的会徽，一面是传统的花纹图案。"因为是纯手工制作，可以说每一朵太阳花都是独一无二的，这上面的配色和图案没有要求，都是手艺人自己的发挥。"

徐伟晶最得意的创意是看起来有些"平平无奇"的笔记本。光从外表看，精细的地方在于这个笔记本的上半部分做了镂空处理，将"十四冬"开幕式场馆——

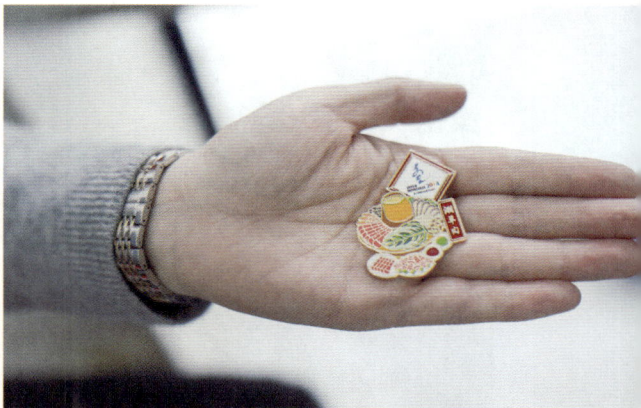

★ 2024年1月10日拍摄的火锅主题的"十四冬"呼伦贝尔民俗徽章。（新华社记者王楷焱摄）

★ 2024年1月10日在官方特许商品零售店内拍摄的太阳花配饰。（新华社记者王楷焱摄）

内蒙古冰上运动训练中心和吉祥物做了立体呈现。但打开笔记本，就会发现另有乾坤。

将笔记本打开平铺，右侧一角是一件文物的图案，左侧则是该文物对应的二维码。扫描二维码，就能在手机上看到这件文物的立体动态图，以及这件文物的详细介绍。整本笔记本共收集了56件来自内蒙古的文物，包括"C"形黄玉龙、鹰顶金冠饰、元青花玉壶春瓶等。

★ 2024 年 1 月 10 日在官方特许商品零售店内拍摄的
"十四冬"文创产品。（新华社记者王楷焱摄）

　　"'十四冬'是宣传内蒙古的绝佳机会，我们希望通过这个机会传播内蒙古的新时代形象，传播内蒙古的北疆文化。其实说到底，还是想让更多人了解内蒙古、爱上内蒙古。"徐伟晶说。

新华社呼和浩特 2024 年 2 月 9 日电
新华社记者：王春燕、魏婧宇

冰雪"热"新春　体育拜大年

如一团火焰从雪道上飞驰而下，身穿红色滑雪服的赵博生在滑雪场上格外显眼，这位来自内蒙古呼伦贝尔市牙克石市的滑雪爱好者，今年除夕又选择在滑雪场度过。

"滑雪迎新春是我坚持了二十多年的传统了。"年过七旬的赵博生说，"以前除夕的雪场人很少，这两年越来越多人选择春节出来滑雪，享受乐趣和健康。"

在驰冰驭雪间，体会温暖与祝福，完成岁序更替，甲辰龙年的春节，神州大地因冰雪运动更添喜乐祥和、更显生机勃勃。

冰雪趣增添快乐新选择

正月初一午饭过后，赵乐凡一家人来到哈尔滨热雪奇迹室内滑雪场。春节期间的滑雪场热闹非凡，不论是摇摇晃晃滑下雪道的初学者，还是脚踩单板"炫"着难度动作的健将，个个生龙活虎。

"滑雪实在是太过瘾了，这种乐趣是任何游戏都代替不了的。"赵乐凡说。

在内蒙古呼和浩特市，春节的东河冰场成了当地居民必去的"打卡地"。一个月前，第十四届全国冬季运动会群众项目的比赛在这里火热进行，冰场在赛后向群众免费开放。现如今，这里成为玩冰嬉雪的乐园，滑冰体验、小冰车、冰上自行车、雪圈……欢笑声回荡在冰场上空。

呼和浩特市民王宏伟说，今年孩子们都嚷嚷着要滑冰滑雪，一玩一整天，家里从"一桌麻将"变成了"一家雪将",每个人都玩得高兴。

选择去新疆阿勒泰地区吉克普林国际滑雪场过春节的游客大多是"冰雪老饕"。在游客任萱媛看来,一家人在春节期间团聚在一起玩喜欢的运动项目,"还有比这更开心的春节吗?哦,还有。如果赶上下雪,能'冲粉'迎新春,那就是最好的新年礼物"。

南方的冰场雪场同样人满为患。江苏无锡的鲸添·冰上运动中心在当地一家商场里,每天下午 5 点到晚上 9 点,花样滑冰小选手们的训练课成了商场里的一道风景。

鲸添·冰上运动中心副总经理金玥说,白天的冰场属于大众上冰体验,傍晚开始是花滑小选手们的集训时间。"每天都有很多人围观,有些人一开始围观,后来也带着孩子走上了冰场。"

今年春节,国家体育总局首次启动了以"体育大拜年,健康迎新春"为主题的全国全民健身大拜年活动,选取安徽、福建、吉林等 6 地作为主会场,新春冰雪嘉年华、乡村新春运动会、社区新春嘉年华等 4000 多项群众赛事

★ 2024 年 2 月 1 日,小朋友与家长在呼和浩特市东河冰场参与冰雪亲子趣味运动会。(新华社记者李志鹏摄)

活动贯穿春节前后，给群众带来新的欢乐。

冰雪白营造祥和新年味

家门口的春联、屋檐下的灯笼、窗户上的窗花、商场里的红包……以往的春节处处都是"中国红"。今年的春节有些不一样，越来越多的人走进冰雪世界，在"冰雪白"中欢度春节，感受祥和年味。

北京冬奥会的比赛场馆，成为这个春节的"新宠"。

位于北京市延庆区的奥林匹克园区内，风趣逗笑的贺岁演出、红火热闹的舞龙舞狮在春节期间上演，将这里变成"春晚现场"。国家高山滑雪中心"雪飞燕"在春节期间开放了"海陀穿越""彩虹大道""彩霞大道"等不同难度等级的线路，受到滑雪爱好者欢迎。

国家游泳中心外立面上的"吉祥龙"巨型景观格外亮眼，成为游客们的拍照"打卡"景点，国家游泳中心首个综合性文体旅游冬季欢乐广场——"ICE CUBE水岸集合冬季嘉年华活动"同样热闹非凡；"鸟巢"欢乐冰雪季作为传统冰雪活动，今年更添了几分创意和惊喜，主题为"龙咚锵 中国年"的冰雪活动喜庆热闹，航天主题冰雪乐园"太空创想冰雪嘉年华"也是首次亮相……

这个春节，约有超过10万名游客来到河北崇礼过年。崇礼的冬奥核心区内"十步一景色"，到处是流光溢彩的景象，各雪场持续推出"万龙除夕晚宴""云顶春节嘉年华""银河专属元宵节活动"等特色活动，让广大游客在体验欢乐冰雪的同时，在他乡也能感受到浓浓的年味。

除了冬奥场馆，这个春节里，冰雪运动和喜庆气氛结合得如此紧密。

正月初四，广东的刘女士一家四口一早就坐上了飞往呼伦贝尔的飞机。随着"十四冬"开幕进入倒计时，呼伦贝尔市的冰雪运动氛围愈加浓厚，吉祥物"安达""赛努"连同龙年装饰扮靓了城市的大街小巷，冰雪嘉年华、社区冰雪运动会、全民上冰雪等大众冰雪活动将持续到2月底，营造"天天能体验、周周有比赛"的氛围。

"吃饺子喽！"辞旧迎新的除夕之夜，包括哈尔滨冰雪大世界在内的
众多冰雪乐园默契地为游客们准备好了热气腾腾的饺子。吃饺子、发红包、
送年货，过年的传统在冰雪大世界里一样都没少。

运动场引领健康新年俗

随着"带动三亿人参与冰雪运动"成果不断巩固扩大，冰雪运动"南
展西扩东进"战略的深入实践，冰雪运动在全国各地持续升温，运动过年、
健康过年正在成为春节最新的"打开方式"。

新疆吉克普林冰雪旅游有限公司运营总监曲松发现，通过滑雪庆祝过年
成为不少中国年轻一代的新选择，不少"雪二代"、甚至"雪三代"已经
踏上雪道，参与冰雪运动的群体在迅速壮大。

"北京冬奥会对全国做了一次冰雪运动的启蒙与普及，冬奥遗产将长期助力国内冰雪运动的发展。"北京体育大学教授白宇飞说。

春节期间并非只有冰雪运动"一枝独秀"，丰富多彩的体育活动足以满足不同人的需求。举家团圆时，运动健儿仍在赛场上冲刺拼搏。中国女篮在家门口获得了巴黎奥运会的参赛资格；在游泳世锦赛上，中国运动健儿摘金夺银的同时，还打破了世界纪录；国乒出征釜山世锦赛，为捍卫"国球"荣誉全力以赴。

春节的年味中，总少不了体育增光添彩。八段锦登上春晚舞台，让很多练习健身气功的年轻人直呼导演组"懂行"；电影《热辣滚烫》春节期间持续"霸占"热搜榜，展现了运动能够带给人刻骨铭心的积极改变。体育之于日常生活的穿透力、影响力越来越大。

2022年，春节与北京冬奥会撞了个满怀；2024年，春节又与第十四届全国冬季运动会亲切拥抱。2月17日，"十四冬"的大幕即将开启，新春佳节与体育盛会交相辉映，喜庆氛围在赛场上积聚。

作为北京冬奥会后首次举办的全国冬季项目大型综合性赛事，"十四冬"不仅将成为高水平运动员的竞技展示，更是群众了解冰雪运动、爱上冰雪运动的又一扇窗。

对健康的向往、对运动的追求、对极限的挑战，不只点亮了这个春节，也会在每一个平凡的日子里闪闪发光，激励人们大步向前，为体育强国和健康中国建设注入蓬勃活力。

新华社呼和浩特2024年2月14日电
新华社记者：张云龙、王春燕、魏婧宇、王恒志、王君宝、李春宇、马锴、杨帆

冰与雪之歌

——"十四冬"赛场巡礼

甲辰龙年的第一天，内蒙古自治区呼伦贝尔市海拉尔区的内蒙古冰上运动训练中心里热闹而繁忙，再过 7 天，"十四冬"的主火炬将在这里点燃。从东到西，位于内蒙古海拉尔、扎兰屯和凉城的"十四冬"赛场已做好准备，静候四海宾朋，共奏冰与雪之歌。

内蒙古冰上运动训练中心是组团式场馆群，包括速滑馆、短道速滑馆、冰球冰壶馆等，作为"十四冬"的主场馆，这里承担着开幕式和全部冰上项目比赛任务。

中心的外形如云卷云舒，又似大兴安岭的巍峨起伏，还好像圣洁的哈达飘然舒展，带着北疆儿女的热情向冰雪健儿敞开怀抱。"有人将内蒙古称为'白云生产基地'，如今白云融入到了'十四冬'的场馆里。"呼伦贝尔市冰上运动中心副主任羡雪瑞说，卷云体现了内蒙古优美的生态环境，哈达代表着欢迎八方来客，希望更多人能通过"十四冬"了解、爱上内蒙古。

中心于 2019 年建成并投入使用，之后又进行了灯光照明、供电、水源过滤等 44 项升级工作。按照绿色低碳的要求，对场馆原有的高耗能灯光进行了改造，这样能降低能耗 60% 至 70%，场馆群内一些建筑的屋顶还铺设了光伏板，可以将"绿电"直接引入到场馆进行使用。"预计将为场馆节约 50% 的用电量，实现了绿色用电、绿色办赛。"内蒙古冰上运动训练中心副主任塔娜说。

★2024年1月11日，第十四届全国冬季运动会速度滑冰公开组比赛在内蒙古呼伦贝尔市海拉尔区内蒙古冰上运动训练中心速滑馆举行。（新华社记者王楷焱摄）

　　"十四冬"开幕后，短道速滑、花样滑冰等项目将在冰上运动训练中心奏响澎湃的"冰上协奏曲"，而扎兰屯、凉城两个赛区则将为"雪上交响乐"增添华丽乐章。

　　扎兰屯位于呼伦贝尔市南端，背靠大兴安岭，面眺松嫩平原。被誉为"北国江南，塞外苏杭"的扎兰屯，冬季漫长而晴朗，雪情好，雪期长，每年有效滑雪期平均可达130天，适宜开展冰雪运动。

　　"十四冬"的自由式滑雪空中技巧、单板滑雪U型场地技巧等雪上项目将在扎兰屯市金龙山滑雪场举办。该滑雪场是国家体育总局命名的国家滑雪队训练基地，连续多年承办全国单板滑雪U型场地锦标赛等国家冬季项目顶级赛事。

在"北京向西一步，就是乌兰察布"的内蒙古乌兰察布市，有一片美丽富饶的湖泊——岱海。岱海国际滑雪场就位于岱海边不远处的卧佛山北坡，"十四冬"期间将举行越野滑雪、冬季两项等比赛。

岱海国际滑雪场的山顶最高海拔达 2100 米，雪道落差 500 米，雪道面积 40 万平方米，雪道总长度有 1.4 万余米，现已建成高、中、初级滑雪道、

★ 内蒙古自治区冬季运动管理中心冬季两项队在位于内蒙古自治区乌兰察布市凉城县的岱海国际滑雪场越野滑雪场地进行训练。（新华社记者贝赫摄）

★ 2024 年 2 月 1 日拍摄的滑雪登山混合接力比赛现场（无人机照片）。
当日，第十四届全国冬季运动会滑雪登山公开组混合接力比赛在内蒙
古呼伦贝尔市扎兰屯金龙山滑雪场举行。（新华社记者贺书琛摄）

教学道和娱雪道 12 条。

从草原都市海拉尔，到"北国江南"扎兰屯，再到岱海之滨凉城，"十四
冬"的三大赛区已准备就绪，等待着北京冬奥会后国内首次举办的全国冬
季项目大型体育赛事盛大启幕，与期待已久的观众再续冰雪情缘。

新华社呼和浩特 2024 年 2 月 10 日电
新华社记者：魏婧宇、王靖

"十四冬"场馆已成大众冰上乐园

第十四届全国冬季运动会还未开幕，但比赛场馆自修建好后一直定期向公众免费开放，早已成为当地群众爱去的冰上乐园。

由于疫情原因，原定于 2020 年初举办的"十四冬"推迟了四年，但 2019 年就已建好的内蒙古冰上运动训练中心并没有闲置，除了服务大型赛事及为专业运动队提供训练场地外，当地群众也一直享受着"冬运惠民"的红利。

内蒙古冰上运动训练中心是组团式场馆群，包括速滑馆、短道速滑馆、冰球冰壶馆等，承担"十四冬"开幕式和全部冰上项目的比赛任务。但对普通人来说，这一场馆群是很多人"种草"冰上运动的初舞台。

镜面般光滑的冰场上，有人弓背抬头、快速摆臂，一看就颇为专业；有人张开双臂保持平衡，身体却依旧趔趄，一看就是"菜鸟"……这是场馆对市民免费开放时常见的场景。

据介绍，免费体验活动从来不缺少人气，每年吸引进馆群众 10 万人次以上，而且很多人慢慢变成了场馆里的熟面孔。

花样滑冰、速度滑冰、冰球项目都非常受欢迎。正在读初中的 13 岁女孩田文泽因为这座场馆而喜欢上了滑冰："班里同学去学滑冰，我就跟着去了，然后就喜欢上了这项运动。"

此外，内蒙古冰上运动训练中心与呼伦贝尔市教育局联合，从 2020 年起连续三年在海拉尔区和陈巴尔虎旗地区的十几所小学开展冰雪公开课和研学交流活动。

"我们把学生们的体育课两节并做一节，冰上运动训练中心提供交通工具、提供冰场、提供教练。"呼伦贝尔市冰上运动中心副主任羡雪瑞说。

49 岁的宋洪亮是呼伦贝尔市哈萨尔冰球体育发展俱乐部的一员，已经打了 34 年冰球的他对冰球馆赞不绝口。

"条件太好了！有了这个场馆，不仅冬天打球不遭罪了，夏天也可以继续训练。去年的场地测试赛还是我们协会上场打的呢！"宋洪亮自豪地说。

由海拉尔区回民小学二、三年级学生组成的海拉尔青少年冰球队在 2015 年初冬成立，随后海拉尔区铁路一中冰球队成立，宋洪亮和俱乐部的队友常常应学校老师的邀请陪孩子们一同练习。战术编排、身体对抗……凡是能够让孩子们提升冰球技能的事情，他们都十分乐意帮忙。

现如今，宋洪亮已经换上第五副冰刀、第三套全身护具，前年又自费买了专业的冰刀磨刀机，"现在打冰球的条件越来越好了，打冰球的年轻人也越来越多了，我觉得自己也越来越年轻了。"

新华社呼和浩特 2024 年 2 月 12 日电
新华社记者：王春燕

在这里，不只是工作

——探访"十四冬"主媒体中心

　　坐在工位旁，即可领略北疆四季风光；走到展柜前，就能欣赏古代石器陶俑……2024 年 2 月 14 日，记者探访第十四届全国冬季运动会主媒体中心时发现，这里不仅有整洁舒适的媒体记者办公区，还有精心打造的摄影展区、文物展柜、文创专柜和读书休闲区等，让人耳目一新。

★第十四届全国冬季运动会主媒体中心。

★ 第十四届全国冬季运动会主媒体中心。

　　"十四冬"主媒体中心位于呼伦贝尔市海拉尔区的内蒙古冰上运动训练中心场馆群。走进主媒体中心一层大厅，"激情在北疆绽放，梦想在冬运飞扬"的巨幅春联映入眼帘，喜气洋洋。

　　一层主要是广播电视媒体的工作区域。据工作人员介绍，除了辽宁、山东、新疆等北方省区市的广播电视台设立演播室外，还吸引了福建、海南等南方地区的广电媒体来此办公。

　　在大厅西侧的文创专柜，与"十四冬"相关的徽章、摆件、明信片等50多种文创产品琳琅满目。"随着开幕式的临近，前来选购的媒体记者越来越多，我们也会继续丰富产品种类，更好地满足大家的需求。"专柜负责人郭佳说。

文字和摄影记者的办公区域主要在二层，包括四个专用工作间和一个公共工作间。公共工作间的面积近 500 平方米，几根立柱的柱体上简练地书写着历届全国冬季运动会举办地等信息，背光是柔和、明快的淡蓝色。

走廊里有序摆放着多个玻璃展柜，展品有呼伦贝尔博物院收藏的汉代陶罐、北魏陶俑、清代簪花木碗等文物，也有精美的太阳花手工艺品、皮雕画作、桦树皮工艺品等非遗作品。"许多媒体老师对这些展品都很感兴趣。"主媒体中心志愿者吴祯容说，"我给他们介绍时，对中华优秀传统文化有了更多更深的认识。"

此外，主媒体中心还设置多个读书休闲区，提供千余册免费阅览的图书和咖啡等饮品。

"十四冬"呼伦贝尔执委会宣传工作部常务副部长乔宇宁表示，主媒体中心全力为媒体记者提供赛事报道所需的办公、交通、餐饮、技术、商业配套等各类设施与服务，协助媒体将各类新闻报道从这里传向世界，让更多人关注"十四冬"、喜爱呼伦贝尔。

新华社呼和浩特 2024 年 2 月 14 日电

新华社记者：于嘉、赵泽辉

综述报道

锤炼实力　寻找差距

——从"十四冬"看中国军团备战米兰冬奥会前景

第十四届全国冬运会即将落幕，冰雪健儿各显其能、奋勇争先。如国家体育总局冬季运动管理中心主任王磊所言，"十四冬"承担着提高我国冰雪运动国际竞争力、发现优秀后备人才等重要任务。从这次赛会来看，在2022年北京冬奥会上创下史上最佳战绩之后，中国选手总体上仍然保持着较强的实力和良好的势头。同时，在备战米兰冬奥会的过程中，也面临着新的挑战。

"冰上尖兵"实力犹存

在2022年北京冬奥会上，中国体育代表团在短道速滑、速度滑冰、花样滑冰项目上夺得4块金牌。从"十四冬"来看，中国选手在这几个传统优势项目上仍有值得期待的夺金点。

在"十四冬"短道速滑比赛中，来自吉林的孙龙在个人和接力项目中独揽4金，成为最大赢家。冬奥冠军林孝埈、任子威、刘少昂、刘少林、武大靖均无缘个人项目金牌，男子短道速滑比赛的激烈程度可见一斑。尽管孙龙的佳绩有一定的偶然性，但他无疑展现了一流选手的实力，这对中国男队而言是一个好消息。在女子个人项目上，臧一泽、张楚桐、赵元微各摘一金，呈现群芳争艳的格局。

结合本赛季世界杯赛的战绩来看，拥有多名奥运冠军和公俐、王晔等新生力量的中国队在世界范围内仍然具备较强的竞争力，有望继续在米兰冬

★ 2024 年 2 月 17 日，孙龙在比赛后庆祝。
（新华社记者胥冰洁摄）

奥会上扮演夺金尖兵的角色。

在"十四冬"速度滑冰赛场上，北京冬奥会冠军高亭宇轻松摘得男子
500 米冠军，宁忠岩、殷琦、田芮宁、李奇时等国家队队员均有金牌进账，
本赛季状态上佳的韩梅更是独揽 3 金。在随后的单距离世锦赛上，韩梅、
宁忠岩又联手取得 3 枚银牌。与北京冬奥会周期相比，中国队的整体实力
尤其是在女子项目上的表现明显提升，两年之后有望在米兰冬奥会上继续
冲击奖牌甚至金牌。

北京冬奥会双人滑冠军隋文静和韩聪双双现身"十四冬"，只是他们的
身份变成了教练员和技术官员。在这对明星组合退役之后，中国花滑军团
失去了米兰冬奥会最重要的冲金点。不过，老将金博洋和彭程 / 王磊仍在为
梦想拼搏，女单小花茁壮成长，中国花样滑冰在第二次登顶冬奥之巅后重
新为未来积蓄力量。

★ 2024 年 1 月 12 日，黑龙江队选手高亭
宇在比赛中。（新华社记者连振摄）

"雪上王牌军"面临新挑战

在北京冬奥会上，中国军团在雪上项目中夺得的金牌数首次超过冰上项目，这要归功于谷爱凌、苏翊鸣的异军突起和徐梦桃、贾宗洋的无悔坚守。

创业容易守成难。从"十四冬"的比赛来看，中国队有望延续在单板滑雪男子大跳台、坡面障碍技巧，自由式滑雪女子 U 型场地技巧、大跳台等项目上的优势。同时，自由式滑雪男、女空中技巧以及单板滑雪女子 U 型场地技巧等项目面临新老交替的挑战和成绩下滑的风险。

在谷爱凌未能出战的情况下，已经入读清华大学的苏翊鸣无疑是"十四冬"赛场上最抢眼的雪上项目明星。经过一个赛季休整，苏翊鸣在本赛季复出后取得了世界杯大跳台项目北京站金牌和埃德蒙顿站银牌。首次参加全国冬运会，苏翊鸣在单板滑雪大跳台和坡面障碍技巧比赛中夺取双金，不过两次都是在第一轮出现失误的情况下翻盘取胜。与北京冬奥会周期初出茅庐时相比，名满天下的苏翊鸣在米兰冬奥周期面临的竞争压力明显增大。

首先，目前部分世界杯分站赛的大跳台和坡面障碍技巧赛事参赛人数增至近60人规模，竞争激烈度仅次于雪上项目中的高山滑雪。其次，国际上涌现了一批年龄在18岁及以下的强手，例如日本的长谷川帝胜、韩国的李超恩等。要想在米兰冬奥会站上领奖台，苏翊鸣需要逐步提高参加国际比赛的密度。

与苏翊鸣不同，自由式滑雪空中技巧名将徐梦桃和贾宗洋未能延续在北京冬奥会上夺金的辉煌，而另一位老将齐广璞直接因伤退赛。在国际赛场上，目前仅齐广璞一人比较活跃，而他在近期参加的一些世界杯分站赛中竞争力已明显不及国际上比他更年轻的对手。年轻选手陈硕、李伯颜、李天马在

★2024年2月24日，冠军山西队选手苏翊鸣（中）、亚军黑龙江队选手高雪松（左）和季军山东队选手刘昊宇在颁奖仪式上。（新华社记者贝赫摄）

"十四冬"上表现出色，但还缺乏大赛历练。一方面他们的动作稳定性不够，另一方面动作难度系数也不高，总体实力与老将们相比还有不小的差距。在米兰冬奥会上，中国队面临青黄不接的挑战，未必能延续以往集团作战的优势。

中国队在单板滑雪女子U型场地技巧项目上也面临类似的问题。在"十四冬"比赛中，老将蔡雪桐和刘佳宇包揽了冠亚军。不过，这两位驰骋赛场多年的名将已经进入了职业生涯末期。在这个小项上，中国队曾经多次冲击冬奥会金牌无果，最好的成绩是刘佳宇在平昌获得的银牌。着眼未来，中国队需要解决新人断档的问题。

北京冬奥会冠军谷爱凌没有出现在"十四冬"的赛场上，但从本赛季世界杯的比赛来看她在自由式滑雪女子U型场地技巧、大跳台等项目上仍具有较强的统治力。此外，中国本土培养的运动员张可欣、李方慧、刘奕杉等人在自由式滑雪女子U型场地项目上有一战之力，在状态好的情况下具备冲击冬奥会奖牌的可能性，不过目前张可欣、李方慧都受到伤病影响。在自由式滑雪女子大跳台项目上，刘梦婷、杨如意夺得了"十四冬"的冠亚军，在国际比赛中也有不错的排名。她们还需要继续积累大赛经验，并且注意保持健康、控制伤病。

潜优势项目稳中有升

在提前进行的"十四冬"男子钢架雪车比赛中，名将殷正、闫文港、陈文浩和耿文强名列前四。近日，殷正又连夺两站世界杯冠军和世锦赛铜牌，势头强劲。在北京冬奥会闫文港夺得铜牌、创造历史之后，中国健儿将在米兰冬奥会上继续向这个项目的奖牌发起冲击。

在首次进入全国冬运会的滑雪登山项目比赛中，3个小项的金牌在"十四冬"正式开幕之前就各归其主。在这个米兰冬奥会新增的项目上，中国队发展态势较好。在2023年滑雪登山世锦赛中，中国队在青年组比赛中收获3枚金牌。为了备战米兰冬奥会，目前国内已组织起一支规模较大的集训队

★2023 年 11 月 27 日，冠军天津队选手闫文港（左二）、亚军河北队选手殷正（左一）、季军辽宁队选手陈文浩（右二）与教练员在颁奖仪式上。（新华社记者王楷焱摄）

伍，后备人才的选择面较宽，有望争取不错的成绩。

在"十四冬"的冰壶赛场上，温哥华冬奥会铜牌得主王冰玉、岳清爽、周妍代表四川队出战，让人回忆起中国冰壶"黄金一代"的美好时光。不过，这个项目在过去几年也出现了人才断档，年轻队员比赛经验不足。面对米兰冬奥会，中国队首先要争取几个小项的参赛资格，眼下正处于艰难的爬坡期。

在"十四冬"越野滑雪比赛中，中国队的领军人物王强荣膺"五金王"，成为本届全国冬运会夺金数量最多的选手。在北京冬奥会和越野滑雪世界杯比赛中，王强都曾刷新中国越野滑雪的最好成绩，在米兰冬奥会上他将继续挑战自我。

此外，在颇受关注的冰球项目上，中国男冰已经提前无缘米兰冬奥会，中国女冰还要为参赛资格而战。

米兰冬奥会将设置 8 个大项、16 个分项和 176 个小项。总体而言，中

★ 2024 年 2 月 24 日，重庆队选手王强（中）、辽宁队
选手宝林（左）和恩特马克·毛吾列提别克（右）在
颁奖仪式上。（新华社记者赵子硕摄）

国军团延续着北京冬奥会主场作战时的良好势头，预计仍将保持较大的参
赛规模。未来两年，中国冰雪健儿将继续厉兵秣马，朝着境外参加冬奥会
时的最佳战绩发起冲击。

新华社呼和浩特 2024 年 2 月 26 日电
新华社记者：王镜宇、卢星吉、姚友明、何磊静
参与记者：王靖、王春燕、王君宝、魏婧宇、张武岳

我和草原有个约定

——"十四冬"赛事综述

2024年2月27日晚，第十四届全国冬季运动会在内蒙古自治区呼伦贝尔市闭幕。3000多名运动员用自己的汗水与拼搏，在祖国北疆完成了一次生理、心理的全面淬炼。老将老而弥坚，新人初露锋芒，中国冰雪健儿壮志满怀，迈出米兰冬奥会周期的坚实一步。

奖牌覆盖面大幅提升

"十四冬"共有35个体育代表团参赛，其中有26个代表团获得金牌、30个代表团获得奖牌，参赛代表团金牌奖牌覆盖面实现大幅提升，广东、四川、贵州等体育代表团不仅第一次参加全国冬季运动会，而且还有选手登上了领奖台，这充分展现了冰雪运动"南展西扩东进"战略的发展成果。

在项目设置方面，"十四冬"竞体比赛设滑冰、滑雪、冬季两项、冰壶、冰球、雪车、雪橇、滑雪登山8个大项、16个分项、176个小项，第一次全面对标冬奥会设项。雪车、雪橇、滑雪登山等项目均是首次在全冬会设项，为运动员提供了更多实战练兵机会。

"十四冬"期间，联合培养政策备受关注。国家体育总局竞技体育司司长、"十四冬"组委会常务副秘书长张新表示，实施联合培养政策还有两方面的考虑：一是联合培养有利于推动全国范围内发展冬季项目，有效促进冬季项目整体水平的提升；二是由于冬运会对各单位参赛运动员人数有规定，

★ 2024 年 2 月 27 日，冠军四川队（中）、亚军河北队（左）和季军吉林队在颁奖仪式上合影。（新华社记者杨晨光摄）

黑龙江、吉林等省份虽然在一些项目上有很多优秀运动员，但可参赛人数有限，造成了人才浪费。

张新表示，"十四冬"落幕后，国家体育总局将对联合培养的相关政策进行进一步优化完善，通过政策的导向作用，引领各省区市继续重视冬季项目发展，进一步加大自主培养人才力度，推动人才有序流动，实现冬季项目竞技水平不断提高。

联合培养之外，众多外籍裁判、教练现身"十四冬"赛场，见证冰雪运动领域中国拥抱世界的决心。在竞赛规则全面对标米兰冬奥会的同时，"十四冬"优质的办赛设施和赛事组织工作也让"洋面孔"们印象深刻。

冰上有"顶流"也有突破

"十四冬"的短道速滑、速度滑冰、花样滑冰等冰上项目竞争激烈，个别项目甚至"得冬奥冠军易，拼冬运冠军难"，这说明我国在一些项目上仍处于国际领先水平。

短道速滑比赛中，吉林队的孙龙成为最大赢家，在个人和接力项目中独揽 4 金，而冬奥冠军林孝埈、任子威、刘少昂、刘少林和武大靖，均无缘个人项目金牌。

　　"十四冬"共产生一项新的全国纪录，并四次刷新全国青年纪录，这些纪录全部诞生于速度滑冰赛场。北京冬奥会冠军高亭宇摘得男子 500 米的冠军，展现了冬奥冠军的风采。宁忠岩、殷琦、田芮宁和李奇时等国家队成员都有金牌进账，韩梅甚至收获三金，这说明速滑队正处于上升期，可能在米兰冬奥会上给观众带来更多惊喜。

　　在花样滑冰赛场，以国家队为班底的北京队表现抢眼，斩获四枚金牌。"老将"金博洋成功卫冕男子单人滑冠军，13 岁的金书贤脱颖而出，逆转全国冠军安香怡夺得女子单人滑项目的金牌，也展现出年轻选手的无限潜力。

　　冰壶比赛中，中国女子冰壶"黄金一代"王冰玉、周妍、岳清爽和柳荫"四朵金花"再现"十四冬"赛场。北京、黑龙江、河北等队竞争激烈，

★ 2024 年 2 月 18 日，吉林队选手孙龙在比赛中。
（新华社记者李博摄）

正如黑龙江队队长马秀玥所说，"十四冬"比赛竞争激烈，说明中国冰壶的整体水平已经提升。

雪车、钢架雪车和雪橇等项目则积极利用北京冬奥场馆设施，在"十四冬"开幕式举行前完成了比赛。殷正在公开组男子单人钢架雪车比赛中夺得一枚银牌，在随后举行的2024年国际雪车联合会世锦赛中，殷正获得男子钢架雪车项目季军，这也是我国钢架雪车选手在世锦赛上获得的历史最好成绩。

雪上有明星更有希望

如果要用一句话总结本届冬运会的雪上比赛，那么用"有明星更有希望"这句话就再合适不过了。在单板滑雪男子公开组坡面障碍技巧和大跳台比赛中，北京冬奥会冠军苏翊鸣均"先输后赢"，站上最高领奖台。比他夺冠更重要的是，他亮相"十四冬"，能够让更多人愿意去了解去接受这项运动，激励更多的青少年去尝试单板滑雪，去尝试做自己喜欢的事情。

在自由式滑雪空中技巧项目中，徐梦桃、贾宗洋这样的冬奥金牌和奖牌选手重返全国冬运会舞台，虽然没能带走一块"十四冬"的金牌，但他们长久以来在这个项目上的坚守和坚持，让人感动。另一方面，老将孔凡钰实力仍在，李心鹏、于圣哲等新人正强势崛起，相信只要他们继续提高动

★ 2024年2月24日，冠军山西队选手苏翊鸣在颁奖仪式上亲吻金牌。（新华社记者李嘉南摄）

★ 2024 年 2 月 24 日，重庆队选手王强在比赛后庆祝。（新华社记者张晨霖摄）

作的难度和稳定性，再经过几次国际比赛的锤炼，就必将能接过老将们手中的旗帜，继续保持我国在该项目上的竞争优势。

在越野滑雪项目上，中国队的领军人物王强加冕"五金王"，成为本届冬运会中收获金牌最多的选手。在单板滑雪 U 型场地技巧、自由式滑雪雪上技巧等一些项目上，一些来自河南、内蒙古、山西等地的选手，正悄然间打破东北选手的绝对统治地位。12 岁的周苡竹和戴宇洋，给来自保加利亚的裁判长伊万诺夫都留下了极其深刻的印象，以他们为代表的"家庭 + 俱乐部"联合培养运动员新模式，也正在为部分雪上项目不断注入"新鲜血液"。

正如吉林雪上技巧队教练员宁琴所说，与过去相比，现在年轻运动员的起点更扎实，会少走许多弯路。我国一些雪上项目的综合实力和竞争力，短时间内或有较大幅度的提升。

新华社呼和浩特 2024 年 2 月 28 日电
新华社记者：姚友明、魏婧宇、黄耀漫

春华秋实　岁物丰成

——探析中国冰雪竞技人才培养新模式

　　"十四冬"赛场，意外不少，惊喜更多。冬奥"四朝元老"徐梦桃、贾宗洋无缘奖牌，冬奥冠军齐广璞因伤退赛，全冬会赛场有老将的遗憾，但更多的是勃勃朝气。

　　北京冬奥会之后，我国巩固扩大"带动三亿人参与冰雪运动"成果，冰

★2024年2月23日，辽宁队选手徐梦桃
　在比赛中。（新华社记者杨冠宇摄）

雪运动的根基更牢、底子更厚、路子更宽、前景更明，冰雪竞技人才培养的新模式逐步形成。

星火成炬

内蒙古乌兰察布市凉城县滑雪场 2018 年建成，是内蒙古为数不多的青少年高山滑雪项目培训机构，目前有 58 名队员，年龄在 8 到 14 岁之间。借助凉城滑雪场设施，凉城县持续开展"万名学生上冰雪"研学实践活动，并在全县中小学开设滑雪课，让滑雪在这个户籍人口不到 23 万的山水小城里得到普及。

据介绍，冰雪运动目前已走进内蒙古全区 300 余所学校，有 20 多万青少年参与。内蒙古冰雪运动协会已累计带动全区 40 余所中小学校打造校园冰雪运动俱乐部，推动组建校园冰雪运动队 80 余支，培养具备俱乐部教学、管理技能的师资技能人才 160 余人。

天津市体育局局长李克敏介绍，天津 2018 年从零起步，成立冬季和水上运动管理中心。如今，天津冬季项目运动员已有近 200 人，派出 150 人参加"十四冬"。这种发展速度，在北京冬奥会前难以想象。

我国首位冬奥会雪上技巧项目参赛选手宁琴如今是吉林雪上技巧队的教练，对于这位常年在雪场打拼的"老人"来说，中国冰雪运动进入了前所未有的好时期。"现在大众对滑雪的接受度越来越高，以前觉得滑雪又冷又危险，现在很多家长和孩子都更了解这项运动，完全有别于老一辈人。大家的接受度稳步提高，对于冰雪运动来讲，我觉得春天来了。"

加拿大人利文斯顿 2023 年 9 月成为平昌冬奥会单板 U 型场地技巧亚军刘佳宇的教练，中国的雪场设施让他赞叹。"在加拿大，我们只有一块世界级 U 型场地，我去年退役前基本只能在那里训练。但在中国，我已经看到了三块世界级 U 型场地，据我所知，当下还有一块正在建设中。崇礼的室内场地可以克服季节限制，满足长期训练需要。这些设施无疑是对（中国）运动员发展的有力支持。"

山西队滑雪教练郑云龙认为场地保障十分重要，好的场地能给运动员带来更好的训练规划，成都和北京等地还建设了尖峰旱雪四季滑雪场，夏天也可以模仿冬季的条件进行训练，气垫落地对于安全也有保障，这些都是他当年做运动员时不具备的条件。

"十四冬"冰壶（公开组）混双冠军、黑龙江选手巴德鑫赛后表示，冰壶运动过去东北地区一家独大的局面不再，如今是多点开花、群雄逐鹿。"此次参赛选手水平都很高，比赛十分胶着。在之前的联赛中，就发现有很多来自不同地区的年轻运动员身影，冰壶项目的普及度提升很快。"

黑龙江队冰壶教练马永俊跟巴德鑫有相似的感受，他说："现在南方省市的冰壶人才越来越多，人才数量和质量比'十二冬''十三冬'提升明显，专业人才的增加会让我国在这个项目上取得新突破。"

科技助力

福建队获得"十四冬"冰壶（公开组）混双亚军，是个小意外。福建冰壶男队队长臧嘉亮赛后透露，赛前一个月，队内通过采血测量运动员的疲劳值，再给出针对性训练计划，提高训练的科学性。福建队冰壶教练李鸿博介绍，福建队在训练中重视思维和技战术训练，除了常规的体能训练，还通过回看比赛视频、做游戏、赛后分析等方式训练队员的思维能力。

内蒙古近年也加大了对冰壶运动的投入，内蒙古冰壶队教练郭文利透露，训练中他们通过高速摄像机拍摄训练画面，再通过软件分析冰壶线路、投壶力量等数据，使训练更加数字化、精细化。

巴德鑫说，现在运动员的各种装备都有很大升级，"我们刚开始训练时基本没有专业场馆，也没有这么好的装备，现在大家看到的冰壶杆和平衡鞋都是世界顶级配备，训练时也会有辅助电子设备。现在还有高校等科研团队帮运动员做数据分析和统计，让训练更加科学有效。"

从以前做运动员到如今当教练，郑云龙深感滑雪训练方式的转变。"现在的训练细节不一样了，现在的方式特别科学，我们（作为运动员）那会就是猛练，就是依靠数量累积，我们之前没有考虑运动员的疲劳，现在更科学化。"郑云龙说，"山西队现在设立了科研组，我们（作为教练）会跟他们沟通，有了科研人员的帮助，这帮孩子进步更快了，我们当年没有这种支持。"

据李克敏介绍，天津每年会投入 4000 余万元用于冬季项目队伍训练、聘请科研和医疗团队、维护设备设施。天津队训练基地已配备高压氧舱、低压氧舱、液氮冷疗舱等训练设施，设施设备条件国际一流，其中液氮冷疗舱能帮助运动员快速摆脱肌肉酸痛与疲劳，保持良好的身体状况。

回顾职业生涯，宁琴不无遗憾，对当下训练方式的羡慕溢于言表。

"2018 年是我竞技水平最高峰的时候，但那时因为前交叉韧带断了，不得不退出竞赛。现在孩子们发展势头都很猛，他们小时候开始就接受正规、系统的雪上训练，基础很扎实，这一代会比我们走得更稳、更远。"宁琴说，"现在的训练，各个方面都融入了科技和科学元素，专业选手得到了充分保障，甚至包括饮食，选手们有专业营养师，保证饮食可以充分满足训练要求。"

多元渠道

"十四冬"上为北京队夺得单板滑雪公开组男子 U 型场地技巧银牌的张义威，目前在北京经营一家单板滑雪俱乐部，他的俱乐部前后培训了 50 多名小学员，他认为逐步兴起的家庭联合培养模式会不断夯实冰雪人才储备。

"家庭联合培养为地方队大大减负，现在很多家长愿意把孩子推上职业化，五六岁时把孩子送到俱乐部培养，费用由家庭承担。10 岁左右，达标选手再转入地方专业队。"张义威说，"地方队人员编制有限，我当年在哈尔滨队，扩招后也才有七个人。地方队培养一个孩子的周期通常是 10 年以上，最后能否出成绩也是未知数。现在通过家庭联合培养，家庭承担了前期的训练成本，有效扩大了可供筛选的人才储备。"

作为"十四冬"单板滑雪公开组女子 U 型场地技巧决赛中最年轻的选

★ 2024 年 2 月 22 日，天津队选手苏亭毓（左）、佘秋彤（中）、姜春梅在比赛中。（新华社记者陈欣波摄）

手，12 岁的周苊竹走的是自主发展之路。5 岁时，周苊竹在日本参加了一个为期八天的训练营，接受一名新西兰教练的指导。之后，父亲陪同周苊竹前往美国训练，帮助她追逐滑雪梦想。9 岁掌握了转体 900 度的难度动作后，周苊竹在圈内已小有名气，现在她每年会在美国科罗拉多州训练几个月。2023 年，周苊竹在冬季激浪巡回赛中获得亚军。

备战北京冬奥会期间实施的跨界跨项选材政策，在本届全冬会上开花结果。自由式滑雪空中技巧赛场上，战胜了贾宗洋、王心迪等名将夺冠的河南队小将陈硕还不满 20 岁，他是 2018 年通过跨界跨项选拔，从体操队转到冬季运动的队员。女子自由式滑雪空中技巧的铜牌得主刘宣赤起初在山东练习体操，六年前到河北改练滑雪，她是本次比赛中唯一尝试三周台动作的女选手。女子单板滑雪 U 型场地技巧比赛，山西队的参赛选手全部由 10 至 12 岁的孩子组成，10 岁的张淑棋原来练习轮滑，2020 年通过测试进入山西单板滑雪队，王嫚妮和郭婉诗最早都是习武之人。

李克敏十分认可各省区市联合培养模式，她认为联合培养既拓宽了北方冰雪运动强队的人才出路，又带动了南方晚起步队伍的发展。"为了更好普及冬季项目，（国家体育）总局鼓励冬季运动传统强省和起步较晚的省份联合培养运动员，强省出人，合作省份提供一定经费，双方共同培养运动员，这一政策对全国竞技冰雪运动发展起到了调动作用。"李克敏表示，冰雪人才引进和合作交流有效带动了天津冬季运动发展。

久久为功

22岁的李天马是"十四冬"自由式滑雪空中技巧公开组男子个人亚军，他认为齐广璞和贾宗洋这些老将的经验传承，是年轻选手的宝贵财富。"我们的很多经验都是从他们那里得来的，他们可能走了很多弯路，我们走的则是直道，可以直接进入冲刺阶段。"李天马说，"我们跟国外的高手对比，

★ 2024年2月23日，吉林队选手李天马（右）在落地后和队友拥抱。（新华社记者谢剑飞摄）

其实动作难度差不多，差距就是经验，把经验积累起来，水平就上来了。"

宁琴表示，雪上项目需要时间沉淀，相较于欧美，雪上运动在中国起步晚，用十几年追赶别人几十年走过的路，还需要时间去补课。"国外选手滑雪玩得很溜的时候，才去做选择，比如选择雪上技巧或 U 型场地。中国可能在滑雪底子还很差的时候，就开始直接练专项，选手的底子就不够扎实，这种情况短期还难以完全改变。"

回顾自己的经历，宁琴认为中国滑雪教练的经验是一个吸收和转化的过程。作为第一批雪上运动员，她觉得当时的队员和教练懂得都不多，只能请外教取经，但外教跟中国队员的磨合期较长，过了磨合期，外教的执教周期可能就结束了。

"外教第一年跟我说的东西，我认为不成立，过去三五年后，我才明白外教当初的意思。"宁琴回忆说，"我们这批老队员成为教练后，掌握了一定的外国经验，跟小队员的磨合期更短，沟通更顺畅，更了解队员的训练习惯，执教周期也会更长。长期来看，优秀的本土教练执教效果会更好。"

新华社呼伦贝尔 2024 年 2 月 23 日电
新华社记者：张荣锋、王春燕、季嘉东、乐文婉
参与记者：赵泽辉、恩浩、戴锦镕、刘艺淳

冰雪星芒初露　照向米兰冬奥

——"十四冬"新人盘点

第十四届全国冬季运动会将于 2024 年 2 月 27 日闭幕。如同阳光照射下的冰晶雪花，众多新人在"十四冬"赛场上初露星芒，折射着北京冬奥会后中国冰雪运动稳步发展成果，也照向中国冰雪人通往 2026 年米兰 – 科尔蒂纳丹佩佐冬奥会、以及更远未来的路。

滑雪登山：玉珍拉姆

西藏代表队 19 岁小将玉珍拉姆夺得滑雪登山项目公开组短距离女子组冠军，这是首枚全冬会滑雪登山项目金牌。

2026 年米兰 – 科尔蒂纳丹佩佐冬奥会上，滑雪登山是新增项目。尽管已经取得不少荣誉，但玉珍拉姆认为自己在下滑技术上和国外高手相比仍有不小差距。"我的目标是踏上 2026 年冬奥会滑雪登山赛场。我会脚踏实地地前进，争取实现这个目标。"

★ 2024 年 1 月 30 日，冠军西藏选手玉珍拉姆在颁奖仪式上庆祝。（新华社记者王楷焱摄）

单板滑雪障碍追逐：叶康佳

在单板滑雪障碍追逐比赛中，21 岁的吉林选手叶康佳夺得公开组男子和混合团体决赛两枚金牌，成为"雪上跑酷"项目最亮眼的新星。

自小练习武术的他在 2018 年入选国家滑雪集训队，出色的身体素质和刻苦的训练令他迅速成长，但他明白成长之路还很长。

★2024 年 2 月 21 日，吉林队叶康佳在比赛中。（新华社记者伍志尊摄）

单板滑雪大跳台：甘佳佳

在单板滑雪公开组大跳台女子决赛中，17 岁的甘佳佳在第三轮放手一搏，挑战了平时成功率并不高的难度动作，稳稳落地，终于夺冠。

首次参加大型比赛就夺得金牌，让这位"小时候没接触过雪"的广西姑娘颇感惊喜。她坦言金牌是"计划之外"的，但当天的发挥不算超常，"就是保持了平时训练的正常水平"。

★2024 年 2 月 23 日，广西队选手甘佳佳在比赛中。最终，她获得冠军。（新华社记者龙雷摄）

冬季两项：渐凯歌

冬季两项公开组男子 20 公里个人比赛中，22 岁的内蒙古选手渐凯歌摘得银牌，在家门口奏响属于自己的凯歌。

渐凯歌 15 岁进入内蒙古越野滑雪队，2021 年转至冬季两项。曾在北京冬奥会做过试滑员的他说，如今的中国冬季项目运动员有更多去国外比赛和训练的机会，"希望通过自己不断的努力站到米兰冬奥会的赛场。"

★ 2024 年 2 月 20 日，内蒙古队选手渐凯歌在比赛中。（新华社记者李志鹏摄）

单板滑雪U型场地技巧：周苡竹

单板滑雪U型场地技巧公开组决赛中，12岁的周苡竹未能站上领奖台。作为决赛中年龄最小的选手，她的单板滑雪经历却很丰富，曾在中国青少年锦标赛、全美锦标赛的多个单板滑雪项目中夺得冠军。

谈及梦想，周苡竹自信地说："成为奥运冠军，这是我最大的目标。对于我来说这很难，但爸爸告诉我要相信自己，相信自己是独一无二的。"

★ 2024年2月17日，山西队选手周苡竹在比赛中。最终，她以68.25分的成绩获得第五名。（新华社记者贝赫摄）

自由式滑雪空中技巧：李天马

在自由式滑雪空中技巧公开组中，22 岁的李天马选择了难度系数高达 5.100 的动作。尽管因落地微瑕仅获亚军，但他已展现出年轻一代在这个项目中的竞争力。

在李天马看来，和国外顶尖运动员相比，中国运动员的差距主要在经验，而齐广璞和贾宗洋这些老将的经验传承，是年轻选手的宝贵财富。"我们的很多经验都是从他们那里得来的，他们可能走了很多弯路，我们走的则是直道，可以直接进入冲刺阶段。"李天马说。

★ 2024 年 2 月 21 日，吉林队选手李天马在比赛中。最终他
  获得亚军。（新华社记者牟宇摄）

短道速滑：张添翼

短道速滑青年组比赛中，吉林选手张添翼独揽男子个人项目的3枚金牌，并与队友合力摘得2枚接力金牌。

北京冬奥会短道速滑男子1500米比赛中，张添翼止步于四分之一决赛。在"十四冬"赛场摘得5金后，他也将目光投向米兰冬奥会，要在接下来的训练中努力弥补在比赛经验和体能分配上的不足，"希望通过努力训练，争取获得米兰冬奥会参赛资格，并在米兰冬奥会上获得优异成绩"。

★ 2024年1月13日，吉林队选手张添翼在颁奖仪式上庆祝。
（新华社记者王楷焱摄）

花样滑冰：金书贤

花样滑冰公开组女子单人滑比赛中，四川队 12 岁小将金书贤凭借自由滑的出色发挥，逆转全国花样滑冰锦标赛冠军安香怡夺得金牌。虽然年龄尚小，但金书贤已展现出不俗实力。

由于两年后未能达到 17 岁的参赛门槛，金书贤将无缘米兰冬奥会，但这位年轻的新星表示，将继续巩固练习难度动作并尝试突破四周跳，踏实打好每场比赛，期望未来在国际赛事中取得好的成绩。

★ 2024 年 2 月 25 日，四川队选手金书贤在女子单人滑自由滑比赛中。（新华社记者黄伟摄）

冰壶：费学清

冰壶公开组男子决赛中，费学清所在的河北队 5 ：4 战胜福建队。从 15 岁北上哈尔滨学习冰壶，到如今摘得"十四冬"金牌，"贵州娃"费学清在冰壶项目之路上越走越稳、越走越宽。

在他看来，"不是我选择了冰壶，而是冰壶选择了我"。2022 年，他曾代表国家队夺得世界冰壶青年锦标赛冠军。对于未来，他希望"有朝一日能站在冬奥会的赛场"。

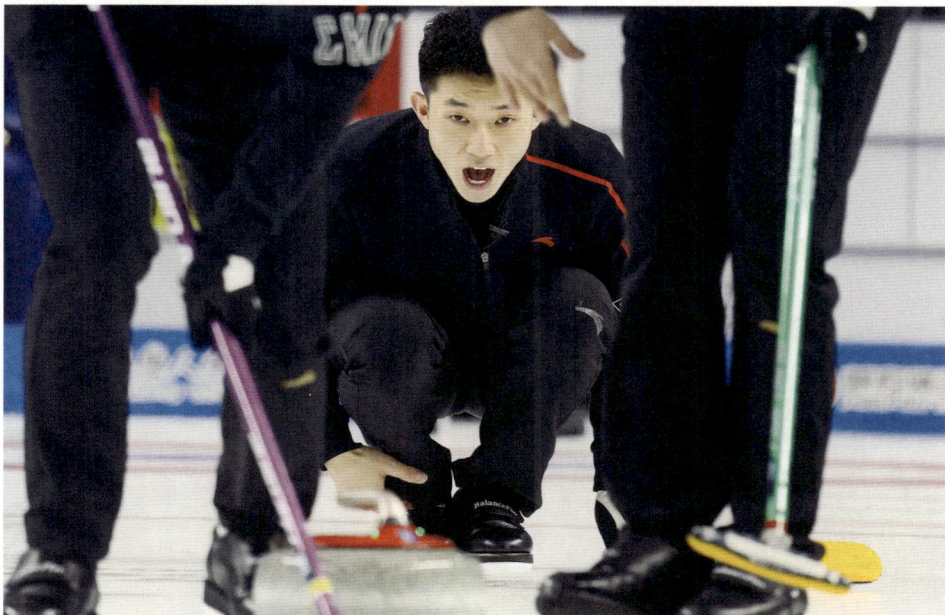

★2024 年 2 月 26 日，河北队选手费学清
在比赛中。（新华社记者姜帆摄）

速度滑冰：刘斌

速度滑冰青年男子组比赛中，18 岁的刘斌摘得 500 米、1000 米两项比赛金牌，让自己的首次全冬会征程闪耀光芒。

速度滑冰是中国传统优势项目，刘斌曾表示，"每个运动员心里都有一个奥运冠军的梦想"。谈到未来发展，刘斌说："希望一步一个脚印地走，争取自己的生涯可以走得更长、高度更高。"

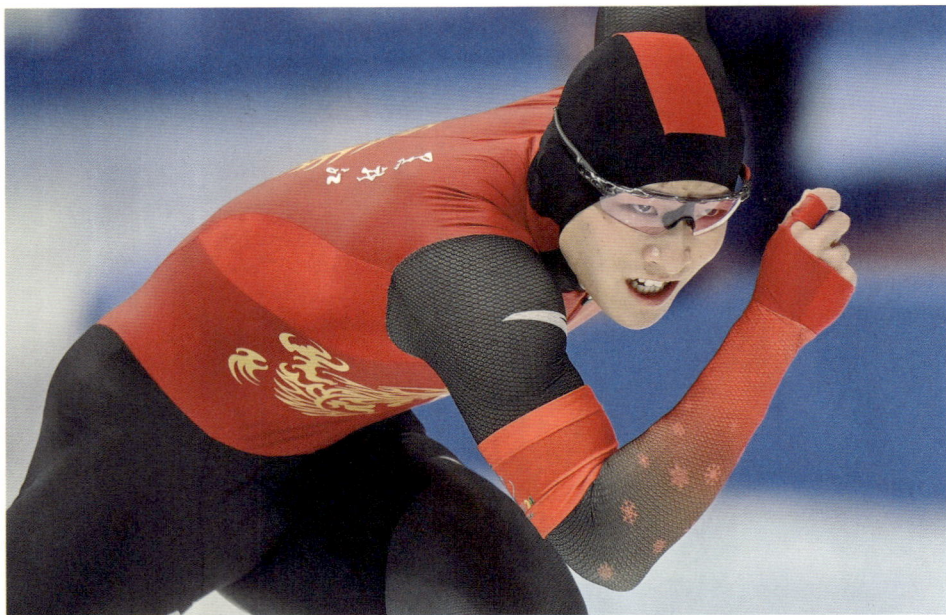

★ 2024 年 2 月 25 日，黑龙江队选手刘斌在比赛中。
最终，他夺得冠军。（新华社记者杨晨光摄）

新华社呼伦贝尔 2024 年 2 月 27 日电
新华社记者：马锴、谷训、李典

冰雪群星璀璨　剑指米兰冬奥

——盘点"十四冬"明星

第十四届全国冬季运动会 2024 年 2 月 27 日闭幕。作为北京冬奥会后首次举办的全国冬季项目综合性体育赛事，"十四冬"充分展示了我国冰雪运动"南展西扩东进"战略取得的扎实成效，也实现了为 2026 年米兰 – 科尔蒂纳丹佩佐冬奥会练兵的目标。3000 余名运动员奋勇拼搏，冰雪赛场群

★ 2024 年 2 月 24 日，山西队选手苏翊鸣在比赛中庆祝。（新华社记者贝赫摄）

星璀璨，奉献了一场场精彩对决。

单板滑雪：苏翊鸣

北京冬奥会冠军苏翊鸣在"十四冬"上获得单板滑雪公开组坡面障碍技巧和大跳台两枚金牌。在赛会期间迎来 20 岁生日的他，剑指 2026 年冬奥会。苏翊鸣说："我的目标一直没有变过，就是冬奥会金牌，想让我们中国的国旗高高升起，一直是发自内心地想要为国争光。"

短道速滑：孙龙

孙龙包揽"十四冬"短道速滑男子个人项目全部金牌，又与队友一起赢下 5000 米接力，成为本次赛事"四冠王"。孙龙说，得到金牌证明了自己的实力，"十四冬"的领奖台是一个新的起点，接下来会把更多精力放在国际赛场，与队友们团结一致。最大目标还是在国际赛场上实现"飘升奏"。

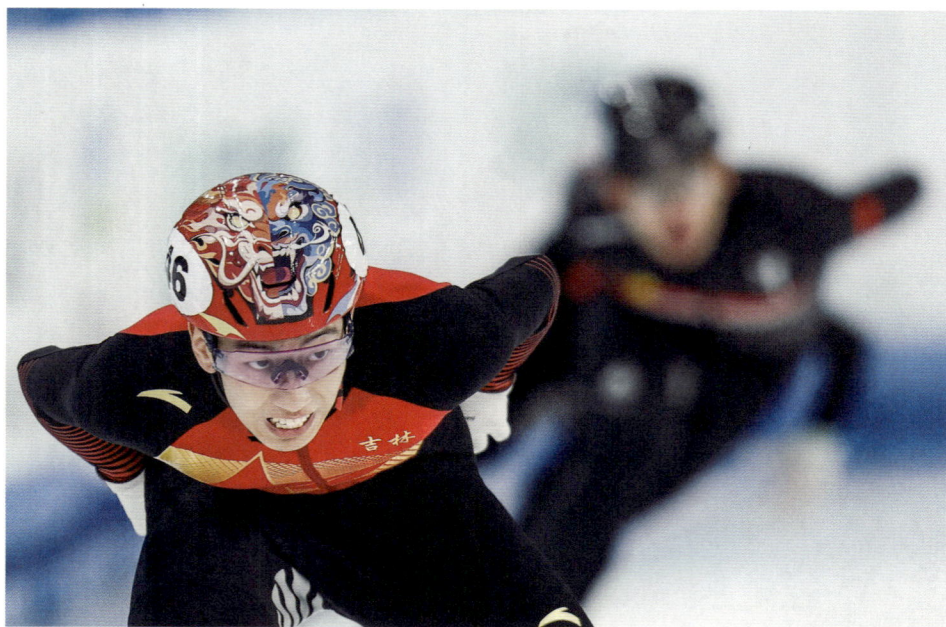

★2024 年 2 月 18 日，吉林队选手孙龙在比赛中。（新华社记者黄伟摄）

越野滑雪：王强

在"十四冬"越野滑雪中，王强先后在男子双追逐（15公里传统技术+15公里自由技术）、男子15公里（间隔出发自由技术）、男子个人短距离（传统技术）、男子团体短距离（自由技术）、男子50公里集体出发（传统技术）中夺冠，五枚金牌的成绩，也让他成为"十四冬"获得金牌数最多的运动员。王强说："比赛时的我看着轻松，是因为我会在赛前的训练中'折磨'自己。'要想人前显贵，就得人后遭罪'，这是我一直坚信的。"

★ 2024年2月24日，重庆队选手王强在比赛中。（新华社记者赵子硕摄）

花样滑冰：金博洋

两届世锦赛季军金博洋获得花样滑冰男单金牌，并帮助北京队夺得团体赛冠军。虽然他近年来状态有所下滑，但依然是目前中国男单领军人物。近期，金博洋的竞技状态回升，上海超级杯大奖赛获得铜牌，四大洲锦标赛获得第五，克罗地亚金色旋转杯夺冠。"作为一名运动员，我每一天都比前一天更努力，这种收获让我感觉很幸福。"他说。

★2024 年 2 月 26 日，北京队选手金博洋在比赛中。（新华社记者黄伟摄）

冬季两项：褚源蒙

在"十四冬"冬季两项比赛中，1999 年出生的褚源蒙共参加 6 项比赛，摘得 4 金 2 银，她在公开组女子 7.5 公里短距离、10 公里追逐、12.5 公里集体出发、混合接力（4×6 公里）项目上拿下金牌。"还是希望自己能够为团队做出贡献，团体项目取得好成绩是整个团队的荣誉，要比个人取得好成绩还要高兴。"褚源蒙说。

★ 2024 年 2 月 20 日，河北队选手褚源蒙在比赛中。（新华社记者李志鹏摄）

单板滑雪：蔡雪桐

30 岁的老将蔡雪桐在"十四冬"单板滑雪 U 型场地技巧比赛女子公开组中夺冠。冠军对于这位三度站上世锦赛最高领奖台、14 次赢得世界杯分站赛金牌的运动员而言并不陌生。"到今年 9 月，就是我滑单板的第 20 年了。我从 2004 年单板刚传入中国那会就开始练，一步一步走到今天。说实话，我当初也没想过自己能滑这么久。"蔡雪桐说。

★ 2024 年 2 月 17 日，黑龙江队选手蔡雪桐在比赛中。（新华社记者贝赫摄）

速度滑冰：高亭宇

　　两年前的北京冬奥会上，高亭宇的男子 500 米冠军，补齐了中国男子运动员在速度滑冰项目上的金牌拼图。在"十四冬"速度滑冰赛场上，高亭宇在此项目上夺冠。高亭宇不仅将目标放在个人发展上，还希望冰雪项目发展得越来越好，速度滑冰能涌现出更多的人才。"我们这个项目不太冷门，本来也是个大项，可能在国内的受众基础还是相对薄弱一些。希望以后通过我们的努力，让这个项目越来越好。"

★2024 年 1 月 12 日，黑龙江队选手高亭宇在比赛中。（新华社记者连振摄）

自由式滑雪：刘梦婷

不只是苏翊鸣，"十四冬"的赛场上还有不少"00后"运动员已经能够摘金夺银。2004年出生的刘梦婷先是以领先第二名近10分的成绩夺得自由式滑雪大跳台女子公开组的金牌，随后又克服了大风天气的影响，在并非自己主项的坡面障碍技巧比赛中夺冠。这位19岁的小将表示，自己首次参加全冬会，能拿下两块金牌属于"超常发挥"，今后还会继续把谷爱凌当榜样，以她为目标不断进步。

★ 2024年2月22日，吉林队选手刘梦婷在颁奖仪式上。（新华社记者谢剑飞摄）

花样滑冰：彭程 / 王磊

花滑老将彭程 / 王磊凭借短节目的稳定发挥，获得"十四冬"花样滑冰双人滑金牌。26 岁的彭程是冬奥会"三朝元老"，如今站在"十四冬"赛场上的，已是她的第四任双人滑搭档；35 岁的王磊，也已经参加过三届花滑世锦赛。尽管这一年，两人都遭受不同程度的伤病困扰，但他们仍然一步一个脚印，尽力参加各种比赛。

★ 2024 年 2 月 25 日，北京队组合彭程（上）/ 王磊在双人滑自由滑比赛中。（新华社记者黄伟摄）

速度滑冰：韩梅

韩梅在"十四冬"速度滑冰的比赛中收获颇丰，斩获女子 1500 米、3000 米和 5000 米三枚金牌，被称为"冰上劳模"。不过韩梅说，她不想作为"劳模"被记住，更想因为成绩被记住。北京冬奥会后，韩梅已将目光锁定在国际赛场。"对我来说，'十四冬'平安顺利完赛，完成了任务，已经很圆满了。我的目标是希望在世界杯赛场上，在一两个项目上站上领奖台。"

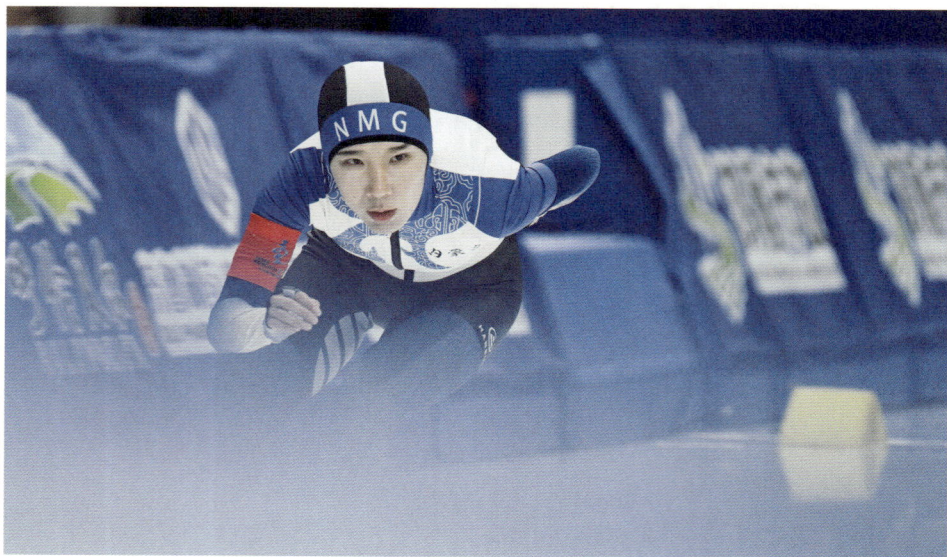

★2024 年 1 月 14 日，内蒙古队选手韩梅在比赛中。（新华社记者连振摄）

新华社呼和浩特 2024 年 2 月 27 日电
新华社记者：张武岳、焦子琦

冰雪体育明星传递响亮中国声音

　　"十四冬"激战正酣，赛场上，现役运动员拼搏进取为观众呈现精彩比赛。走下赛场，更有明星运动员实现完美转型，积极参与国际体育事务，发出中国声音，其中尤以杨扬、张虹为代表。

　　2023年12月，由冠军基金发起的冠军公益梦想行动在深圳和香港举行。

★2002年2月16日，在盐湖城第19届冬季奥运会短道速滑女子500米决赛中，中国选手杨扬夺得金牌，实现了中国在冬奥会上金牌"零的突破"。（新华社记者王岩摄）

谈起十几年前创立冠军基金的初衷，我国冬奥首金得主、世界反兴奋剂机构（WADA）副主席杨扬说："因为我们相信，冠军不只是一块金牌和荣誉，它更是一种能力和素质，希望青少年和退役后的运动员能够在冠军精神的激励下成为更好的自己。"

2002年，在盐湖城冬奥会短道速滑女子500米决赛中，杨扬为中国实现了冬奥会金牌"零的突破"。20多年后，这位"冰上传奇"活跃在体育、公益、国际体育组织等多个领域。

在2010年成为国际奥委会委员之后，杨扬从国际奥委会引进运动员职业发展项目，在中国红十字基金会旗下发起设立了专项基金——"冠军基金"。

在她看来，优秀运动员在役时得到了国家和社会的诸多支持，他们也希望能够回报社会，期望用他们的专业去支持更多普通人，尤其是孩子们。

退役之后，杨扬一直在尝试不同事务，从国际滑联理事到国际奥委会委

★ 2019年11月7日，杨扬在第五届世界反兴奋剂大会上当选世界反兴奋剂机构副主席。（新华社记者周楠摄）

员，从北京冬奥组委运动员委员会主席到世界反兴奋剂机构副主席，从创办公益组织冠军基金到经营飞扬冰上运动中心，她一直用自身经历鼓励着身边人不断突破自己。

2020 年 1 月，杨扬出任世界反兴奋剂机构副主席，至今在反兴奋剂领域深耕四年。对于体育外交，杨扬表示，就像国际奥委会主席巴赫讲的，越是在当前世界比较割裂的环境下，体育外交的功能就更加突出；它首先是国际语言，同时也可以搭建平台，将大家连接在一起。

我国速度滑冰项目的冬奥首金获得者张虹，在结束运动员生涯后，同样活跃在国际体坛，通过体育搭建交流的桥梁，传播奥林匹克精神。

★ 2014 年 2 月 13 日，张虹在夺得索契冬奥会速度滑冰女子 1000 米冠军后庆祝胜利。（新华社记者王昊飞摄）

2014 年索契冬奥会，张虹获得速度滑冰女子 1000 米冠军。她在 2018 年平昌冬奥会后暂别赛场，四年后以国际奥委会委员、解说嘉宾和颁奖嘉宾的身份亮相北京冬奥会。

2024 年 1 月，张虹以国际奥委会江原道冬青奥会协调委员会主席的身份，回到韩国江原道，忙碌于协调解决赛事、场馆、交通等各种运行问题。

"2018 年刚退役时，我很迷茫，现在又慢慢找到了人生方向。我很感谢奥林匹克能给我这样的机会，也希望能尽量多地为奥林匹克作贡献。"近年来，张虹在包括国际奥委会在内的多个国际组织、虹基金以及哈尔滨

★ 2024 年 2 月 1 日，国际奥委会江原道冬青奥会协调委员会主席张虹（右）在发布会上回答记者提问。（新华社记者李明摄）

工业大学国际奥林匹克研究中心，做着推进运动员成长、中国体育文化及冰雪文化的传播等方面的工作，一年有大部分时间都在国外出差。

忙碌的同时她也一直在思考如何更好地发挥奥运遗产的价值。2023 年 12 月，由她发起成立的哈尔滨工业大学奥林匹克研究中心揭牌。该项目的目的，就是在中国青少年中普及和推广奥林匹克价值观，共同塑造全新的奥林匹克价值观教育范式。

她表示，退役后通过各种国际体育工作学到了很多关于奥林匹克的知识，也希望自己未来能够为奥林匹克事业作出更多贡献，并且期待更多中国运动员积极投身国际体育组织工作。

新华社呼和浩特 2024 年 2 月 20 日电
新华社记者：王君宝、姬烨、乐文婉、马锴

积跬步见惊喜

——"十四冬"赛场见证冰雪运动"南展西扩东进"战略硕果

在刚刚结束的第十四届全国冬季运动会冰壶（青年组）混双比赛中，黑龙江队毫无悬念地夺得冠军，然而更大的惊喜是另外两支站上领奖台的队伍成员"不说东北话"。

★ 2024 年 1 月 12 日，冠军黑龙江队选手李思霖（左三）/ 文馨悦（右三）、亚军四川队选手于森（左一）/ 刘思宇（左二）、季军贵州队选手赵泽源 / 谭斯婷（右二）在颁奖仪式上合影。（新华社记者王楷焱摄）

　　获得亚军的刘思宇和于淼是四川本地选拔培养的队员，两人在场上互相喊话时，说的都是地道的四川话；贵州队的谭斯婷和赵泽源都是贵州六盘水人，他们在铜牌战中击败了内蒙古队站上领奖台；获得第五名的重庆队则是与四川队合作发展冰壶项目，参赛的都是"来自四川的娃儿"。在冰雪运动"南展西扩东进"战略的推动下，越来越多的南方省份开始从无到有，书写冰雪故事。

从"没听过"到领奖台

　　站上领奖台的南方运动员们，不论是练了六年的"老将"谭斯婷，还是不到 18 岁的赵泽源，与冰壶接触的最初回忆，都是带着一串问号："这是什么""要怎么玩"。无论是谁，最初听到冰壶这个项目时，都是脑子一懵。

　　贵州冰壶队领队田睿说："为冰雪项目跨界选材时，经常遇到这样的情况，大家对项目都不了解。"虽然贵州省冬季运动管理中心 2021 年才成立，但已经开始为国家队输送冰壶运动员了。2023 年举行的世界青年冰壶

★ 2024 年 1 月 9 日，贵州队选手赵泽源在混双第一轮比赛中掷壶。（新华社记者王楷焱摄）

锦标赛上，贵州籍运动员费学清、谢兴银和队友一起为中国队夺得男子冠军。正在征战"十四冬"青年女子冰壶项目的龚长玉婷，入选了 2024 年江原道冬青奥会的国家队阵容。

四川的冰雪运动发展同样起步晚、发展快。四川体育职业学院冬季运动管理中心于 2019 年成立，目前冰上项目组建了冰壶、冰球、花滑、短道四支运动队，已在多项国内大赛上崭露头角。

四川体育职业学院冬季运动管理中心书记杨宏彦说："（女子）冰球队刚组建的时候，小运动员们还没上冰场，就被穿戴比赛服难住了。（衣服）有好多层，还有不同部位的护具，教练要手把手教着穿。"

从不会穿比赛服，到称霸国内赛场，四川女子冰球青年队仅用了四年。2023 年，四川女子冰球青年队以五战全胜的成绩，获得 2023 年全国青年女子冰球锦标赛（U18）冠军。目前，四川已建立起女子冰球成年、青年、少年三支梯队，共有 70 多人。

从无到有拥抱新世界

此次派出本土选手参加冰壶（青年组）比赛的贵州队、四川队、重庆队，都是在北京冬奥会前后成立的，虽然发展过程中存在"没有专业场地""需要外聘教练""群众基础薄弱"的难题，但说起当地冰雪运动人群"如滚雪球般越来越大"，大家普遍眼神一亮，信心十足。

杨宏彦原本从事排球项目，如今不仅自己跨界跨项搞冰雪项目，也见证了冰雪运动在四川的蓬勃发展。

杨宏彦说，随着冰雪运动"南展西扩东进"战略的深入推进，冰雪运动得到省里的大力支持，在项目设置、选材、经费等方面均给予保障。2022 年，四川省第十四届运动会中首次设置冰雪项目，在 2026 年的省运会上，冰雪项目的金牌预计将达到 30 枚。

四川各类俱乐部储备的人才多，为冰雪运动跨界跨项选材提供了基础。"我特意观察过，成都的商业冰场周末人很多。而且北京冬奥会的成功举办，

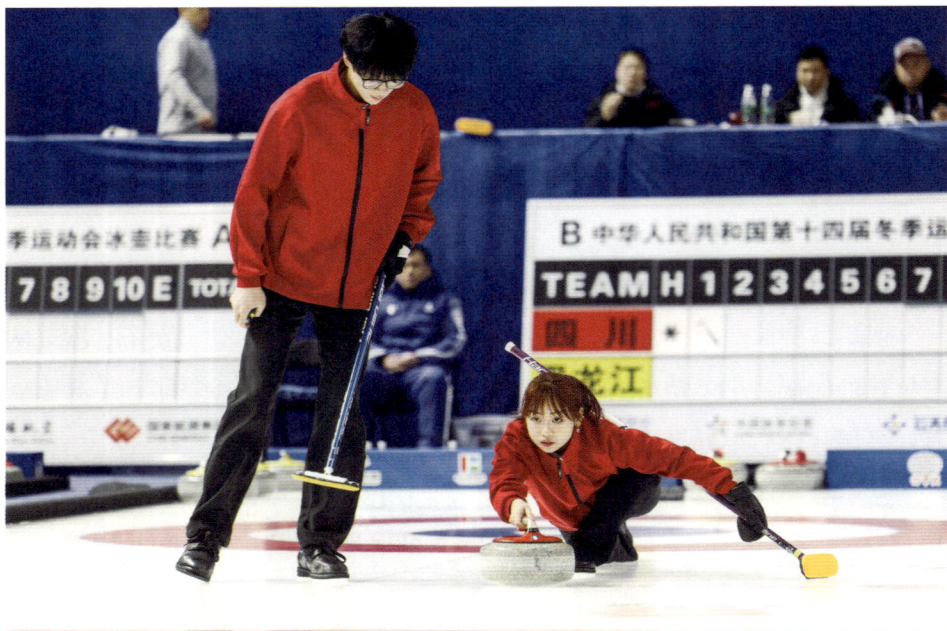

★2024 年 1 月 12 日，四川队选手于森 / 刘思宇（右）在
比赛中。（新华社记者王楷焱摄）

让很多家长了解到冰雪项目，也愿意把孩子送到冰上、雪上。"杨宏彦说。

据了解，贵州冰雪项目的培养方式被他们称之为"与狼共舞"，冰壶项目也不例外。谭斯婷说："贵州目前还没有好的场地和教练，我们在贵州选材后将小运动员送到北方去培养"。

因为冰壶，谭斯婷被保送到北京体育大学读书。"能走出去，看到更大的世界，接触更强的对手，才有努力的方向。"

此前从事速度轮滑项目的赵泽源很想感谢两年多前的自己，"当年是因为参加了贵州省的一个旱地冰壶比赛，才被跨界选材练冰壶，现在看来这个决定非常正确"。

展望未来信心足

首次参加全国冬季运动会就登上领奖台，四川、贵州的教练员和运动员

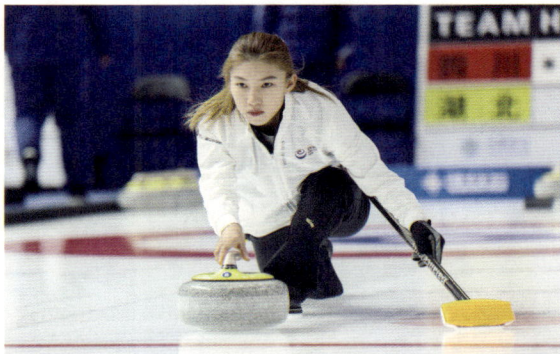

★ 2024年1月9日，湖北队选手李佳玉在混双第一轮比赛中掷壶。最终，湖北组合马梓赫/李佳玉4：7不敌四川组合于森/刘思宇。（新华社记者王楷焱摄）

们在兴奋之余，也将目光投向了更远的将来。

杨宏彦表示，希望四川队在"十四冬"冰壶、冰球、雪上项目能有突破，让更多四川娃娃在冰雪运动中看到乐趣和希望，起到宣传普及的作用。

冰雪运动的种子已播撒，发展的环境也日益完备。目前四川体育运动学校正在建设新校区，建设规划中有两块冰场，一个是短道速滑场地，一个是冰壶场地。

"省内有了自己的冰壶场地，选拔和培养运动员更方便了，可以在本地先进行基础培训，到一定程度再送到哈尔滨、秦皇岛外训。"杨宏彦说。

贵州冰壶队相关工作人员表示，出成绩离不开科学的训练，也离不开吃苦的精神。现在，地方对发展冰雪项目的支持力度非常大，孩子们也很争气，打出了成绩，打出了名堂，对将来继续推广冰雪项目很有帮助。

重庆冰壶混双队尽管没有站上最高领奖台，但第五名的成绩也让他们对冰雪项目未来在重庆的发展更有信心。重庆市冬季运动管理中心副主任张歌表示，重庆冰壶项目起步晚，首次参加全国冬运会获得第五名，对于重庆冰壶项目的发展来说，是一个阶段性成果，也是一个更高的起点。

"冰雪运动明星就来自身边，相信会吸引更多孩子走上冰雪。"重庆市冰壶队领队李川信心满满地说。

新华社呼和浩特2024年1月13日电
新华社记者：王春燕、魏婧宇

"数"读"十四冬"

——冬运会见证中国冰雪运动加速发展

第十四届全国冬季运动会将于 2024 年 2 月 27 日闭幕。作为历届全冬会中规模最大、项目最多、标准最高的一届,"十四冬"见证了我国冰雪运动"南展西扩东进"战略取得扎实成效。以下这组"十四冬"数据,展示了我国冰雪运动发展的新面貌。

3000——"十四冬"首次以省区市为单位组团参赛,共有 35 个代表团3000 余名运动员踏上赛场,创历届全冬会之最,其中 17 个省区市第一次组

★ 2024 年 2 月 26 日,黑龙江队选手杨帆、李婕、周景丽、靳然(从左至右)在比赛后庆祝。(新华社记者赵子硕摄)

★2024年2月1日，第十四届全国冬季运动会滑雪登山公开组混合接力比赛在内蒙古呼伦贝尔市扎兰屯金龙山滑雪场举行。（新华社记者王楷焱摄）

团参加全冬会。相比上届全冬会，黑龙江、吉林、辽宁等冬季项目传统强省继续保持优势，北京、内蒙古、河北等代表团在北京冬奥会后实力提升明显，上海、广东、浙江等南方代表团开始摘金夺银，北京冬奥会对我国冰雪运动的引领带动作用已经充分展现。

400——全冬会上第一次组织群众赛事活动，来自全国21个代表团的近400名冰雪运动爱好者参加速度滑冰、越野滑雪项目的比赛。

176——"十四冬"竞体比赛设滑冰、滑雪、冬季两项、冰壶、冰球、雪车、雪橇、滑雪登山8个大项、16个分项、176个小项，第一次全面对标冬奥会设项。雪车、雪橇、滑雪登山等项目均是首次在全冬会设项，为运动员提供了更多实战练兵机会。短道速滑、空中技巧等传统重点项目梯队建设日益完备；北京冬奥会周期发展起来的大跳台、坡面障碍技巧、障碍追逐等新兴项目，呈南北并进、多点开花局面；基础大项越野滑雪、高山滑雪青年组比赛运动员数量明显增多，水平也较以往有较大提升。

30——参加"十四冬"的35个体育代表团中，有26个代表团获得金牌、

★ 2024 年 2 月 24 日，山西队选手苏翊鸣在比赛中。（新华社记者贝赫摄）

30 个代表团获得奖牌，"十四冬"参赛代表团金牌奖牌覆盖面实现大幅提升。河南、四川、广西、贵州、西藏等地自主培养的运动员站上领奖台，冰雪运动在全国各地蓬勃开展。

11——11 名冬奥冠军亮相"十四冬"赛场。短道速滑成为冬奥冠军"含量"最高的项目，武大靖、任子威、范可新等 8 名冬奥冠军参加角逐。此外，高亭宇在速度滑冰男子 500 米项目中夺冠，苏翊鸣在单板滑雪男子大跳台和坡面障碍技巧两个项目上摘金，徐梦桃获得自由式滑雪空中技巧混合团体的银牌。

5——"十四冬"产生一项新的全国纪录，并四次刷新全国青年纪录。辽宁队选手吴宇在速度滑冰（公开组）男子 10000 米决赛中，以 13 分 16 秒 51 打破由自己保持的全国纪录。速度滑冰（青年组）女子团体追逐赛中，吉林队、四川队、河北队先后刷新该项目全国青年纪录，男子团体追逐赛中，北京队打破全国青年纪录。

新华社呼和浩特 2024 年 2 月 27 日电
新华社记者：魏婧宇、王君宝

三亿人参与，推动冰雪运动高质量发展

福建队在冰壶公开组混双循环赛中排名第二，河南选手郝丽赟夺得自由式滑雪雪上技巧公开组女子个人金牌，天津派出 150 人参加 5 个大项、72 个小项的比赛……正在内蒙古自治区举行的第十四届全国冬季运动会上，许多新势力、新面孔不断涌现。在北京冬奥会之后，我国巩固扩大"带动三亿人参与冰雪运动"成果，冰雪运动正迈向高质量发展的新阶段。

从"有没有"到"好不好"

2018 年，天津从零起步，开始组建冬季和水上运动管理中心。据天津市体育局局长李克敏介绍，位于天津蓟州的国家综合体育训练基地增建的冰上项目场馆群，目前可提供冰球、冰壶、短道、轮滑冰球、花样滑冰、短道速滑等项目备战训练和比赛。场馆在空余时，面向周边中小学生开放，推广普及冰上运动。"如今，天津冬季项目运动员人数已有近 200 人。"

作为"十四冬"的东道主，内蒙古抓住办赛机会，让冰雪运动实现了历史性、跨越式的发展，青少年速度滑冰、短道速滑、越野滑雪、冬季两项、冰球、花样滑冰、冰壶等队伍在近年相继成立，"一旗一品、一旗多品"的人才培养体系正逐渐形成。2020 年，内蒙古冰雪运动学校在呼伦贝尔市正式揭牌，进一步夯实了内蒙古冰雪运动的人才基础。说起全校这次有 30 多名在校或输送的运动员获得"十四冬"入场券，内蒙古冰雪运动学校党支部副书记沙云鹏难掩自豪与激动。

★ 2024年2月17日，天津市体育代表团在开幕式上入场。当晚，第十四届全国冬季运动会开幕式在内蒙古呼伦贝尔市海拉尔区内蒙古冰上运动训练中心举行。（新华社记者姜帆摄）

福建队冰壶教练李鸿博认为，随着"带动三亿人参与冰雪运动"的效应充分显现，冰壶运动在福建迈入了高质量发展的新阶段。"近年来，国内各类冰壶比赛越来越多，社会各界对冰壶运动的推动力量也不断增强。越来越多的人了解并喜爱上冰壶运动，为冰壶运动的普及、发展奠定了良好基础。"

从"硬摔猛练"到科技助力

山西单板滑雪U型场地技巧队的教练员郑文龙今年22岁，因为伤病，他早早结束了运动员生涯。"我们原来没有护垫等设备，就是在雪地上硬练、猛摔，拿训练量累积，发生伤病的概率非常大。"郑文龙说，"现在孩子们的训练方式都特别科学化，我们会测试孩子们的疲劳程度，根据他们的身体状况为他们制定相应的训练计划，我们队里有专业的科研组保障，这能让孩子们训练效果事半功倍。"

★ 乌兰察布市凉城县业余体校青少年高山滑雪队队员们进行训练。（张巧生摄）

　　在天津，相关部门每年投入专项资金用于冬季运动队伍训练、聘请科研团队、组建跟队医疗团队并维护设施设备。目前，天津冬季运动队的训练基地已配备高压氧舱、低压氧舱、液氮冷疗舱等科技训练设施，设施设备条件达到国际一流水平。

　　"以液氮冷疗舱为例，运动员进入其中，会身处低温环境中，这有助于运动员快速摆脱肌肉酸痛与疲劳，帮助他们保持良好的身体状况。"李克敏说。

　　科技助力下，福建冰壶队技战术水平快速精进。据李鸿博介绍，近年来福建队在训练中更重视思维和技战术的训练，除了常规的体能训练外，他们还通过观看比赛视频、做游戏、赛后分析等方式训练队员的思维能力。内蒙古队冰壶队教练郭文利说，队里通过高速摄像机拍摄队员训练画面，再通过软件记录分析冰壶线路、投壶力量等数据，使训练更加数字化、精细化。

"家""俱"共建丰富运动人才供给

中国冰雪健儿优异的竞赛成绩，吸引和鼓舞着更多人参与冰雪运动；随着更多人走向滑雪场、真冰场，我国冰雪运动人才库也被极大丰富，全民健身和竞技体育实现"双向奔赴"，助力中国冰雪运动发展不断迈上新台阶。

在吉林自由式滑雪雪上技巧队教练宁琴看来，以前很多家长会觉得滑雪又冷又危险，现在他们对于这项运动的接受程度正在变得越来越高。"现在年轻的家长们都开始主动去了解滑雪，可能这项运动还不会像乒乓球、羽毛球那样普及，但我觉得冰雪运动的'春天'已经来了。"

"十四冬"单板滑雪和自由式滑雪项目上，人们惊喜地发现一批"05后"甚至"10后"的亮眼新星。12岁的天才少女周苡竹和世界冠军蔡雪桐、刘佳宇"正面交锋"，虽然她最终没能站上领奖台，但正如夺金的蔡雪桐所说："我觉得中国单板滑雪的历史是需要有可持续性的，应该是集团式地往上走，这是我最想看到的。"

★ 2024年2月16日，福建队选手王智宇在比赛中。（新华社记者杨晨光摄）

★ 2024 年 2 月 18 日，河南队选手郝丽赟在自由式滑雪公开
组女子雪上技巧决赛中。（新华社记者刘坤摄）

18 岁的郝丽赟在夺冠后立下了更远大的志向，她表示要更加努力地投入训练，让自由式滑雪雪上技巧这个在我国相对冷门的项目尽快普及、发展起来。

单板滑雪运动员张义威表示，与过去不同，如今传统体制和家庭联合培养运动员的机制正悄然形成。"很多队员在五六岁的时候由家庭出资，送到滑雪俱乐部培养，五六年之后，有一定基础了，就直接送到地方专业队了，这是俱乐部、家庭联合培养的形式，通过这样的联合培养，更多的孩子正加入到滑雪运动当中。"

新华社呼和浩特 2024 年 2 月 19 日电
新华社记者：姚友明、季嘉东、恩浩、乐文婉
参与记者：赵泽辉、张武岳

中国"冰雪热"激发经济新活力

　　"热"力十足的中国冰雪经济正持续吸引世界目光。冰雪旅游人气飙升，踏冰逐雪热情高涨，冰雪装备消费增长……在"冷资源"成为"热经济"的背后，是中国多地厚植冰雪优势、释放冰雪红利，对"冰天雪地也是金山银山"的成功实践。为使"冰雪热"持续升温，中国着力高质量培养冰雪人才，不断激发冰雪旅游、冰雪装备、冰雪运动等冰雪产业融合发展的新活力。

冰雪旅游爆火"出圈"

　　这个冬天，冰雪旅游火了。

　　常年往来于北京、哈尔滨之间的闫亮，从去往哈尔滨的高铁客流中感受到了冰雪旅游的火爆。"现在去往哈尔滨的高铁票真是一票难求。"闫亮说，以前，从北京向东北方向开的火车，每到一站多是乘客下车，很少有新客上车。而如今，不仅始发时的客流明显增多，多数人是一坐到底赴哈尔滨游玩，车上还不乏外国面孔。

　　这个冬天的每一个清晨，当东北早市的叫卖声此起彼伏时，远道而来的各地游客挤满街巷，品尝美食，品味民俗，感受冰天雪地中的人间烟火；每到傍晚，当圣索菲亚教堂的灯光亮起时，天南海北的"公主""女王"们身着盛装，抢占最佳拍摄位置，以最美的姿态出镜；每天，数以万计的游客在冰雪大世界中感受"临冬城"的震撼肃杀，在冰天雪地间体验万人蹦迪的激情活力……

作为今冬中国最热门的旅游城市，哈尔滨以丰富的冰雪旅游产品和热情暖心的服务屡屡成为互联网热搜。

不只是哈尔滨，2024 年入冬以来，中国冰雪消费整体升温。冰雪旅游已成为冬季旅游和冰雪经济的核心引擎，冰雪旅游的诗和远方强势复苏。

中国旅游研究院发布的《中国冰雪旅游发展报告（2024）》称，在政策红利、需求释放和产品创新等因素激励下，中国冰雪旅游市场将迎来大幅度反弹，预计 2023 年至 2024 年冰雪季，中国冰雪休闲旅游游客有望首次突破 4 亿人次，冰雪休闲旅游收入有望达到 5500 亿元。

在中国各地，以冰雪旅游为纽带，涵盖特色餐饮、主题住宿、休闲娱乐、文化演艺、户外运动、医药健康等多业态的冰雪产业链正在延长，不断完善的"冰雪 +"模式为持续扩大冰雪消费注入新动能。

在北方，"冰雪 + 国潮"已深入老百姓的日常休闲旅游中，展现着中国人的文化自信。什刹海溜冰、哈尔滨冰灯艺术、查干湖冬捕、呼伦贝尔冰雪那达慕等一批创新性的传承历史和面向未来的冰雪文化产品深受游客喜爱。

在内蒙古的最东北端，呼伦贝尔市刚刚举办了一场冰雪那达慕。中外游客在极寒中尽情狂欢，在热情奔放的迎宾曲中围着篝火与牧民共舞，在冰天雪地里开展射箭、摔跤、骑马等比赛项目；在跌破零下 30 摄氏度的气温中，

★2023 年 12 月 17 日，选手们参加内蒙古第二十届冰雪那达慕的赛骆驼比赛。（新华社记者贝赫摄）

超百名冬泳运动员和世界各地马拉松运动员挑战极限、超越自我……

在辽宁，"冰雪＋温泉"成为冰雪旅游消费的亮点和卖点，滑雪场就在温泉边，游客同时领略冰火两重天。各大旅行社以冰雪引流量，以温泉增"留"量，纷纷推出冰雪温泉旅游套餐。近一个月，辽宁省温泉相关的住宿预订量同比上涨 91%。

"中国冰雪经济的创新发展和高质量发展特征日益明显。"中国宏观经济研究院研究员魏国学说，一方面，冰雪产品和服务不断丰富，产业链延长，能更好满足群众愈加多元化的冰雪消费需求；另一方面，供给质量进一步增强，国家级滑雪旅游度假地、冰雪旅游精品线路等的示范效应持续释放，带动各地和各类经营主体优化相关设施及服务。

装备制造国货"破冰"

如覆银沙的雪道上，身穿多彩滑雪服的"雪友"们有的像离弦之箭急速下滑，有的自如转弯、滑出优美的 S 形轨迹……内蒙古呼和浩特市马鬃山滑雪场，正在上演冬日里的"速度与激情"。在冰雪热潮带动下，滑雪成为这座中国北方城市许多人冬季的"标配"运动，其中不少滑雪爱好者将国产品牌作为滑雪服、滑雪板等装备首选。

34 岁的宝晓龙从 2021 年冬季开始滑雪，所用装备大多是国产的。"价格亲民，舒适度好，设计也很时尚。"宝晓龙说，2022 年北京冬奥会后，更多国产装备兴起，他身边爱滑雪的亲友们也越来越青睐国货。

在呼和浩特市多家雪具店内，GOSKI 等国产滑雪服成为近期热卖的"爆款"，NANDN 南恩等国产滑雪板吸引不少初学者选购。

"以前主要销售欧美品牌，近两年受冬奥冰雪热的影响，我们开始代理更多国产装备，顾客们特别是入门级爱好者的反馈都不错。"一家雪具店经营者邱磊说。

这只是中国国产冰雪装备崭露头角的一个缩影。分析人士认为，中国出台产业政策、增加科研投入，打出加快发展冰雪装备产业的"组合拳"，培育具有国际竞争力的企业和品牌，着力构建具备高质量发展基础的冰雪装备产业体系，已取得一定成效。

在内蒙古，冰雪装备制造产业的空白正在填补。"呼伦贝尔市将加快冰雪装备制造产业园建设，引进先进冰雪装备和除雪机械制造企业，壮大冰雪产业集群。"呼伦贝尔市海拉尔区冰雪产业研究院负责人宣明梅说。

对于科研投入，中国 21 世纪议程管理中心研究员张贤表示，国家重点研发计划已设立"科技冬奥"重点专项，加大对造雪机、滑雪板、冰刀等装备的研发投入，有效提升冰雪运动装备自主研发和供给能力。他介绍，在北京冬奥会上，212 项技术落地应用，国产大型冰雪机械陆续亮相。

吉林大学"冰雪旅游场地装备与智能服务技术"文化和旅游部重点实验室，已推出智能全季室内滑雪场样机、冰雪运动柔性可穿戴设备、数智雪场无人空地协同装备等科技创新成果。

以冰雪产业起家的黑龙江省齐齐哈尔市黑龙国际冰雪装备有限公司，借助冰雪运动的火热，在冰刀研发能力和销售额上都有提升。"公司已有 8 项冰雪体育运动产品专利技术，还有机器人智能化冰刀生产线。"该公司技术质量部负责人李明阳说。

冰雪热也让"非遗"项目——古老毛皮滑雪板制作技艺焕发新生机。在新疆阿勒泰市，毛皮滑雪板曾是当地人冬季生产生活的重要工具之一，如今在"非遗"传承人的带动下，当地人手工制作的毛皮滑雪板受到滑雪爱好者喜爱。

中国还积极为国内外冰雪装备企业展示、交流、合作搭建平台。2023 国际冬季（北京）博览会吸引奥地利、意大利、加拿大、新西兰、法国、日本、斯洛文尼亚等 20 多个国家和地区的 450 多家品牌商参展。

人才培养赋能产业

冬季的内蒙古鄂温克族自治旗，尽管气温低至零下 20 多摄氏度，每当下课铃声响起，伊敏河镇第二学校的学生们还是飞奔向操场。操场已被浇成冰场，有的学生拉着爬犁、雪圈在冰场上嬉戏，有的换上冰鞋转圈滑冰，还有的打起了"出溜滑"。

"冬天的操场变成了学生们的冰雪乐园。"伊敏河镇第二学校体育老师赵晓东说，孩子们在嬉戏玩闹中逐渐培养起对冰雪运动的兴趣，其中有些孩子会加入学校速滑队，接受专业训练。1991 年，伊敏河镇第二学校成立滑冰队，30 多年来，400 多名学生接受专业速滑训练，其中有的还进入国家队、自治区队。冰雪人才的种子就这样在中国基层学校发芽、成长。

中国各地正在建设一批青少年校园冰雪运动特色学校，夯实冬季运动人才基础。教育部提出，到 2025 年计划遴选出 5000 所特色学校，开展冬奥会及冬残奥会项目、传统民俗冰雪项目及其他群众喜闻乐见的冰雪项目，不断丰富体育教学活动内容，构建具有中国特色的冰雪运动教学、训练、竞赛和条件保障体系。

曾几何时，中国参与冰雪运动的人群主要集中在东北、华北和西北等部分区域，但随着北京冬奥会的成功举办，"地域冰雪"正成为"全国冰雪"，巨大的群众参与规模创造了庞大的市场需求，呼唤更多冰雪运动技能人才的到来。

乘着北京冬奥会和第十四届全国冬季运动会（简称"十四冬"）的东风，内蒙古呼伦贝尔学院体育学院在 2021 年增设冰雪运动专业，旨在培养能系统掌握冰雪运动技术教学训练、运动防护、竞赛组织、科学管理等方面知识技能的冰雪运动人才。这也是内蒙古唯一开设"冰雪运动"专业的高校。

呼伦贝尔学院体育学院（冰雪运动学院）副书记凌占一说，学院借助"十四冬"的 4 个冰上场馆进行专业教学，目前已开设短道速滑、冰壶、冰球、高山滑雪等专业课，还设有运动生理学、运动训练学、冰雪运动概论、冬季奥林匹克运动等理论课程，学生们毕业后可从事冰雪运动教学、训练、竞赛、管理等方面工作。

作为冰雪资源大省、冰雪运动强省，黑龙江省不断加强冰雪体育相关专业应用型人才的培养力度，批准成立黑龙江冰雪体育职业学院，在哈尔滨体育学院建立冬季奥林匹克学院，并支持哈尔滨体育学院获批博士学位授予单位，持续加强体育学博士点建设，培养高端冰雪体育人才。

黑龙江省每年输送各类冰雪体育人才 2000 余人，从大型赛事裁判员到俱乐部教练，黑龙江输出的冰雪竞技体育人才、群众体育人才、管理人才，特别是以滑雪社会体育指导员为主的技术技能型人才遍布全国。

随着冰雪经济业态日渐丰富，对人才的需求早已不局限在运动领域。为适应冰雪产业发展的多层次需求，一些高校探索复合型冰雪产业人才培养模式：北京体育大学体育商学院开设冰雪产业与冬奥项目管理方向；首都体育学院在休闲体育、新闻学、体育经济与管理等专业中设立冰雪运动方向，讲授研究咨询、策划营销、赛事组织和场馆运营相关知识技能；北京、河北等地的多所职业学院与冰场雪场合作，培养制冰、电气、焊接等冰雪机械设备类人才……

业内人士认为，以人才链支撑产业链，源源不断的冰雪人才供给将持续推动中国冰雪产业高质量发展。

新华社北京 2024 年 1 月 28 日电

新华社记者：殷耀、张云龙、于嘉、勿日汗、魏婧宇

冰雪产业激发体育强国建设新动能

以北京冬奥会、冬残奥会为契机，我国深入推进冰雪运动"南展西扩东进"战略，不断巩固和扩大"带动三亿人参与冰雪运动"成果。这个冬天，我国冰雪文旅、冰雪体育消费迎来现象级增长，带动更多人感受到冰雪运动魅力并参与其中，冰雪产业对于体育强国建设的助力作用日趋显现。

基础设施完善推动群众参与冰雪运动

随着我国雪场、冰场等冰雪运动基础设施的完善，以及冰雪运动的社

★ 游客在重庆市南川区金佛山北坡滑雪场滑雪。
（新华社发　瞿明斌摄）

★ 2024 年 2 月 23 日，由中国残联主办的第八届中国残疾人冰雪运动季大众滑雪项目推广活动在河北省张家口市启动。（新华社发 中国残联供图）

会认知度、关注度提升，参与群众性冰雪运动的人口基数显著扩大，地域、年龄等分布情况持续丰富、优化。

国家体育总局提供的数据显示，我国目前拥有冰雪场地达 2452 个，居民参与冰雪运动人数 3.46 亿人。春节 8 天假期，26 个国家级滑雪旅游度假地接待游客达 282.61 万人次，实现体育及相关消费 25.61 亿元，部分滑雪场收入涨幅超过 346%。

直接受益于北京冬奥会遗产的河北省张家口市崇礼区，本雪季各大雪场"开板"以来接待游客总人次已突破 250 万。

地处西北边陲的新疆阿勒泰地区，近年来也新建起一批对标国际顶级雪场标准的大型滑雪区，除了满足本地需求，还受到来自全国各地滑雪爱好者的追捧，几乎不愁客源。

新疆吉克普林冰雪旅游有限公司运营总监曲松表示，就该滑雪场的游客数据分析来看，来自长三角、珠三角地区的南方游客占比较大，这正是中国冰雪运动"南展西扩东进"战略成果的真实显现。

文旅＋群众冰雪赛事玩出新花样

结合冬季文旅产业的开发，近年尤其是今冬以来，不少地方推出了一些独具特色的群众性冰雪体育赛事、体验项目，在带火当地文旅消费的同时，增加了群众冰雪运动的趣味性、丰富性。

1月30日，在吉林省靖宇县冰封的松花江上，举行了一场别具一格的冰雪马拉松挑战赛。宽阔的冰封江面上，选手们分别穿着冰鞋、跑鞋、雪板，或是划着龙舟、骑着自行车，从各自起点共同出发，罕见地上演蔚为壮观的"项目同框"。

除此之外，吉林省长春市还持续举办品牌冰雪赛事中国长春净月潭瓦萨国际滑雪节，至今已是第22届。近年来，这一越野滑雪赛事除了设置专业组，吸引来自国内外的运动员参赛，还通过推出适合大众的2.5公里迷你赛事、

★ 2024年1月30日，参赛者在冰上龙舟超级联赛中。（新华社记者颜麟蕴摄）

与国内大学生赛事同场举办等形式，助力群众性越野滑雪运动推广。

2023 年 12 月 31 日，世界野雪巡回赛 FWT（Freeride World Tour）在阿勒泰地区举行，这一赛事充分利用了阿勒泰地区独特的大山粉雪资源，富有趣味性和挑战性，吸引了来自国内外的滑雪爱好者参与。

同时，世界野雪巡回赛也是 2023 年新疆热雪节的一部分，该文旅活动不仅有体育赛事，还有文化演出、美食推介等内容，人们在体验高质量群众性冰雪赛事的同时，也从多方面获得了满足与乐趣。

冰雪产业发展助力竞技训练提效

北京冬奥会周期以来，随着冰雪运动相关自主知识产权产品的开发，以及相关创新、科研的突破，目前我国的冰雪装备国产化率显著提升，不仅在造雪、制冰、缆车设备制造等方面直接服务于冰雪运动硬件设施的建设，也助力了我国冰雪竞技体育的发展。

★滑雪爱好者体验滑旱雪。
（新华社记者彭源摄）

在北京冬奥会备战期间，我国科研团队研制了具有自主知识产权的跳台滑雪风洞、六自由度模拟训练器材等设施设备，帮助作为不少雪上项目"后起之秀"的中国运动员在短时间内实现了竞技水平的提升，进而实现了北京冬奥会全项目参赛的目标。

其中，位于北京的二七国家冰雪运动训练科研基地，利用综合风洞实验室为多支国家集训队提供服务，并为竞技服装、雪板等器材提供模拟测试，帮助运动员们用上了更趁手的装备。此地的六自由度训练馆，则为高山滑雪队、越野滑雪队、雪车队、雪橇队等项目安全高效地模拟训练比赛环境。

此外，近年来成都、北京等地还出现了具有自主知识产权的旱雪训练设施，经过技术攻关，现已可以较好地模拟自由式和单板滑雪公园类项目、空中技巧项目的真实比赛环境。在成都尖峰旱雪四季滑雪场，现在长期有数十支专业队伍、上百名运动员常驻训练。

除了"硬件"方面，我国在冰雪赛道设计、冰雪运动医疗、安全保障等"软件"方面的团队也在壮大，技术水平不断提高，为中国冰雪健儿的训练备战保驾护航。

新华社呼和浩特 2024 年 2 月 25 日电
新华社记者：卢星吉、王春燕、马锴
参与采写：杨帆、李典

从冰天雪地中深挖竞争力生产力发展力

——冰雪运动跨越式发展激发中国新活力

江南春意暖，北国雪未融。2024 年 2 月 17 日，第十四届全国冬季运动会在银装素裹的内蒙古自治区呼伦贝尔市隆重开幕。从申冬奥成功，到办冬奥惊艳世界，"带动三亿人参与冰雪运动"的梦想照进现实，"一起向未来"的宣言激发出奋进伟力。如今，冰雪激情飞扬在中华大地上，人民群众乐享"十四冬"，在后冬奥时代掀开了中国冰雪运动跨越式发展的崭新篇章。

推动我国冰雪运动跨越式发展是实现第二个百年奋斗目标的重要组成部分。当前，冰雪竞技迎风展翅，冰雪激情全民共享，冰雪产业热力四溢，我国通过积极谋划、接续奋斗，管理好、运用好北京冬奥遗产，充分释放冰雪运动在经济社会发展各方面的增长动能，冰雪事业红红火火向新向前。

国内外勇争先　竞技实力攀升

提高现代竞技体育水平，既要靠气力，也要靠技力。我国冬季项目运动员们夏练三伏、冬练三九，加强技术创新，学习借鉴国外先进理念和技术，不断提高训练和比赛水平。

2 月 15 日，"十四冬"短道速滑比赛在呼伦贝尔市海拉尔区开赛，武大靖、范可新、韩天宇等众多现役冬奥冠军、世界冠军在全冬会赛场亮相，观众纷纷表示"十四冬"短道速滑比赛的"冠军含量"太浓了，竞争激烈程度不逊于奥运会。

★ 2024 年 2 月 1 日，小朋友在呼和浩特市东河冰场参与冰雪亲子趣味运动会。（新华社记者李志鹏摄）

北京冬奥会冠军范可新认为此次短道速滑比赛很精彩，她说："全国比赛是良性竞争的平台，最终目标是角逐出国内最顶尖的运动员，两年后在米兰冬奥会上为国而战。这次比赛也是为了共同进步，你快我才能更快。"

为提高冬季运动竞技水平，近年各地、各部门及早谋划、持续推进，在加强冰雪运动员培养的同时，不断提升冰雪运动训练水平。在时间上长短结合，既立足长远，扩大冬季运动覆盖面，又着眼参赛，集中兵力提高技战术水平。国内大型赛事上，新老选手磨炼技战术，补差距攒经验。同时，运动员们更是"走出去"长经验、强技术、拼实力。

2 月 1 日在韩国江原道闭幕的第四届冬季青少年奥运会上，中国代表团派出 56 名运动员参赛，获得 6 金 9 银 3 铜共 18 枚奖牌，位列金牌榜第五名，并列奖牌榜第三名，奖牌总数创造历史新高，金牌总数也超过上届。

56 名参赛运动员由 15 个省市输送，其中广东等 6 个南方省份共输送 11 人，充分体现冰雪运动"南展西扩东进"战略的丰硕成果。中国体育代表团负责人表示，这些运动员不仅是巩固和扩大冰雪运动的人才基础，而且可以承担在国际赛场为国出战、为国争光的重任。

在国际赛场上一次次刷新成绩，改变着外界对中国竞技体育"夏强冬弱"、中国冬季运动"冰强雪弱"的刻板印象。冰雪产业专家、国家体育总局冬季运动管理中心原副主任朱承翼坦言，总体而言，中国冬季体育的竞技实力和群众基础较为薄弱，而 2022 年北京冬奥会，为我们提供了历史性的机遇，让我们能够加快速度朝着冰雪运动强国的目标迈进。

回看 2022 年的北京冬奥会——9 金 4 银 2 铜、位列金牌榜第三，这一创造了冬奥参赛史上最好成绩的盛会，推动了我国冰雪运动跨越式发展。

提升冰雪运动竞技水平，我国在项目上扬长避短，既优先保证、重点发展优势项目和潜优势项目，又积极发展一般项目和新开展项目，抓紧开展缺项运动项目，推动冰雪运动全面发展。"十四冬"作为北京冬奥会后我国首次举办的全国冬季项目大型综合性赛事，承担着巩固和扩大"三亿人参与冰雪运动"成果的任务，通过对标 2026 年米兰冬奥会全面设项、设定决赛最低成绩标准、引进外籍裁判、设置青年组等方式，高水平助力米兰冬奥会备战。

"'十四冬'在短道速滑、速度滑冰、花样滑冰等冬季重点和基础大项上设置青年组，为米兰冬奥会备战参赛补充新生力量。一些重点项目还邀请了部分高水平外籍裁判来华执裁，确保赛事公平公正。"国家体育总局冬季运动管理中心主任、"十四冬"组委会常务副秘书长王磊说，"这些都促进了我国冬季项目竞赛组织能力和办赛水平的进一步提升，有利于我们更好地统筹用好国内办赛资源，积极承办冬季项目国际高水平赛事，助力我国运动员争取更多比赛机会、积累参赛经验、实现快速成长。"

点燃全民激情　乐享冰雪魅力

大型冰雪运动赛事的筹办和举办，带动了群众冰雪运动热潮，增强了广大人民群众特别是青少年体育健身意识。

呼伦贝尔市海拉尔区街头处处张灯结彩，"十四冬"吉祥物、宣传海报与红灯笼、中国结共同扮靓了城市的大街小巷，热烈的"中国红"与壮丽的"冰雪白""冬运蓝"错落有致，互相映衬。

海拉尔区的古城休闲街区里，游客纷纷围着"十四冬"主题冰雕打卡拍照。一只手拎着刚买的"十四冬"文创，另一只手捧着热腾腾的奶茶，山东游客邱晓彤漫步在古城休闲街区，又被60米长的冰滑梯吸引了目光。"这里冷极了，也好玩极了。"邱晓彤说，"我们来呼伦贝尔第一次体验了滑雪，过两天还要看'十四冬'比赛，过了个有'冰雪味'的春节。"

作为历届全国冬运会中规模最大、项目最多、标准最高的一届，"十四冬"承载着大众对大型冰雪赛事的关注与期待。国家体育总局竞体司司长、"十四冬"组委会常务副秘书长张新介绍，"十四冬"实现了"五个第一"：第一次以省、自治区、直辖市为单位组团参赛；第一次全面对标冬奥会设项，并增设青年组；第一次在冬运会上组织群众赛事活动；第一次将体能作为竞体比赛资格赛的准入标准；第一次在速度滑冰、空中技巧等项目上设定进入决赛的最低成绩标准。

"十四冬"从一个只有部分省份、城市参加的比赛，真正变成了一个全国性的运动会。北京冬奥会、冬残奥会对全国做了一次冰雪运动的启蒙与普及，冬奥遗产将长期助力国内冰雪运动的发展。以"带动三亿人参与冰雪运动"为引领，群众冰雪运动实现了跨越式的发展。

实现体育强国的梦想，需要体育事业的全面发展，满足人民群众日益丰富的体育文化需求。借着北京冬奥会的东风，花样滑冰、单板滑雪等"高冷"的冰雪运动收获了一大批爱好者。在北京的滑冰俱乐部，常见四五岁的"小冰娃"在准备表演，也有成年人在"颤颤巍巍"地"学走路"。

为了更好普及花样滑冰，中国花样滑冰协会创办了俱乐部联赛，打通从大众普及到专业运动员培养的上升通道。如今参加花滑俱乐部联赛的人数持续增长，2023年举办的俱乐部联赛报名环比去年增加了3025人次。

在这个冰雪赛季，北京延庆奥林匹克园区发布了适合全民健身的雪场开放计划，推行游客免门票入园、免费观赛等系列优惠举措，通过"赛事＋旅游"发展模式，让大众近距离享受冰雪运动。一群孩子在一段平缓的雪坡上练习滑雪，不远处就是全国高山滑雪锦标赛的竞赛雪道，孩子们观赛滑雪"两不误"，冰雪运动的种子就此生根发芽。

内蒙古包头市劳动公园的人工湖上，滑冰声、撞击声、欢呼声交织在一起，激烈的冰球比赛每日都在冰冻的湖面上进行。71 岁的南为民是冰球队的一员，三年前重返冰球场后，他感觉冰雪运动令他找回了年轻时的精气神。南为民说："这两年冬天出来运动的人越来越多，冰球队里年纪大的有六七十岁，年纪小的才十一二岁。小区附近的冰场越来越多，每天在冰场玩两三个小时，是我们一天中的快乐时光。"

内蒙古自治区体育局局长、"十四冬"组委会副秘书长杜伯军表示，这个冬季，内蒙古举办"冬运惠民"系列赛事活动共 240 余场次，直接参与 25 万人次，辐射带动健身爱好者近 300 万人次。

朱承翼说，随着冰雪运动"南展西扩东进"战略的推进，国内冰雪运动持续升温，开展冰雪运动的城市已经从大中城市向小城市、乡镇延伸，今后中小城市、乡镇地区也将成为开展群众冰雪运动的重要基地，我国群众冰雪运动正在实现飞跃式发展。

群众冰雪运动广泛开展，冰雪运动场地设施也在逐步完善，吸引越来越多人走上冰雪。截至 2022 年底，我国冰雪运动场地已有 2452 个，较上年度增长 8.45%，贵州、四川、云南等常年无雪的南方地区，也通过建设室内滑雪场等方式开展冰雪运动。

数据显示，2015 年北京成功申办冬奥会以来，全国居民冰雪运动参与人数达到 3.46 亿人，冰雪运动参与率达到 24.56%，美好梦想如今成为现实。

建设体育强国、健康中国，最根本的是增强人民体质、保障人民健康。"以人民为中心"的理念贯穿于冰雪运动发展普及的各个环节，越来越多群众从冰雪运动中受益并获得了幸福感。

冰天雪地处　金山银山起

"冰天雪地也是金山银山"。我国非常关注冰雪产业发展，大力发展特色文化旅游，把发展冰雪经济作为新增长点，推动冰雪运动、冰雪文化、冰雪装备、冰雪旅游全产业链发展。

这个冬天，内蒙古兴安盟科尔沁右翼前旗红心村的雪村滑雪场"火了"。"这里以前是 110 亩荒山，村里在 2018 年引进一家企业，建起了滑雪场。"红心村党支部书记李英辉说，雪场建起来后，人气越来越旺。"村里现在有将近 40 人在雪场就业，有的做教练，有的做安全员，会滑雪的村民越来越多了。"

乘着"十四冬"的东风，雪村滑雪场每天都有滑雪竞技赛，游客可以现场报名参赛，还有冬季研学等活动，吸引更多群众接触滑雪。雪场年接待游客从最初的不到 5000 人次，到这个雪季预计将超过 10 万人次。

近年来，各地、各部门千方百计让冰雪变金银。放眼神州大地，以冰雪旅游为纽带，涵盖特色餐饮、主题住宿、休闲娱乐、文化演艺、户外运动、医药健康等多业态的冰雪产业链正在延长，不断完善的"冰雪+"模式为持续扩大冰雪消费注入新动能。以内蒙古为例，2024 年春节假期，内蒙古全区接待国内游客 3140.55 万人次，是 2023 年的 5.76 倍；实现国内旅游收入 221.22 亿元，是 2023 年的 7.63 倍。

同时，南方冰雪产业也在升温，烟雨江南正在成为冰雪产业的热土。浙江形成了冬夏两季各具特色，冰上雪上全面开花的冰雪体育产业新格局。截至目前，浙江共有 24 家冰雪运动场所。2022 至 2023 年雪季，浙江参与冰雪运动的人数达 168.99 万人次，同比增长 17.77%，总产出达 4.73 亿元，同比增长 25.8%。

北京体育大学教授白宇飞认为，只要能够因地制宜、因城施策、因势利导，冰雪完全可以成为激发消费潜能、展示城市形象、推动区域发展的着力点和加速器。

当冰雪经济的热度从北向南延伸，各地的冰雪产业形态、冰雪经济业态日渐丰富之时，传统的冰雪产业城市也不遑多让，根据地方特色，努力开拓冰雪新赛道。黑龙江省黑河市冬季最低气温达零下 30 摄氏度以下，这里正依靠全年 200 多天结冰期的天然优势，将寒地试车产业打造成一块特色招牌。目前，黑河市每年试车经济直接收入 1.7 亿元，由此衍生出的餐饮、住宿、交通、购物等间接收入达 4.3 亿元。

从数据里不难看出，如今我国冰雪旅游、冰雪装备、冰雪休闲等行业正在强势发展。飞猪数据显示，2024 年春节冰雪游产品的预订量，同比 2023 年春节增长近 12 倍；京东数据显示，1 月以来，滑雪服、滑雪裤同比 2023 年成交金额增长超 70%；电力数据也折射出冰雪经济的向好态势，崇礼滑雪行业 1 月用电量达 1571 万千瓦时，同比增长 20%，创历史单月用电量最大值。

中国旅游研究院发布的《中国冰雪旅游发展报告（2024）》称，在政策红利、需求释放和产品创新等因素激励下，中国冰雪旅游市场将迎来大幅度反弹，预计 2023 年至 2024 年冰雪季，中国冰雪休闲旅游游客有望首次突破 4 亿人次，冰雪休闲旅游收入有望达到 5500 亿元。

在滑雪产业新业态方面，冰雪产业与相关产业融合已成为创新发展的主流趋势。此外，冰雪旅游度假作为典型的新业态，为冰雪产业提升作出了重要贡献。朱承翼认为，智慧数字冰雪是冰雪产业新的发展趋势，将推动产业迈上新台阶。

朱承翼说："大众对线上场景和非接触消费的需求增加，使得冰雪产业与互联网、大数据、人工智能等技术结合更为紧密，呈现出冰雪产业数字化升级的特征。智慧滑雪服、智慧冰雪产品、冰雪场馆数字化运营成为冰雪产业发展的新趋势。"

新华社记者：刘伟、张云龙、王靖、魏婧宇、王春燕、恩浩

中国拥抱世界

——冬运会"洋面孔"这样说

　　来自奥地利的塞巴斯蒂安靠在裁判楼外的台阶上沐浴阳光，眼前这座他参与修建的场地即将暂时归于宁静——"十四冬"单板滑雪 U 型场地技巧男子公开组决赛即将收尾，北京队的王梓阳正站在终点处等待分数。

　　当裁判团队确认王梓阳的成绩后，现场播报了他夺得冠军的消息。裁判长伊万诺夫站起来，向身边的同事们握手致谢，从 2024 年 2 月 15 日到 17 日，

★ 2024 年 2 月 17 日，北京队选手王梓阳在比赛中。
（新华社记者龙雷摄）

他们顺利完成了三天高强度的执裁工作。

伊万诺夫是一名国际 A 级裁判，有二十多年的执裁经验，这是他第一次执裁中国的全国冬季运动会。王梓阳的最后一滑获得 94.25 的高分，力压张义威第一滑获得的 90.50 分，这场高水平的比赛让伊万诺夫感到兴奋。

"获得奖牌的三位选手都很出色，他们的技术真的很棒。冠军还很年轻，他绝对有站上世界大赛领奖台的潜力。还有那个 12 岁的小男孩（戴宇洋）让我印象深刻。"伊万诺夫说。

伊万诺夫说，15 年前他来过中国，如今回到这里，一切发生了翻天覆地的改变，"十四冬"的比赛设施达到了国际雪联世界杯的办赛水准。"你们为裁判创造了很好的环境，组织工作和各种服务都很棒。这几天的比赛只是一个开始，这里还会有大跳台等比赛，还有很多精彩值得期待。"

伊万诺夫不是唯一感受到"十四冬"高水平办赛的外籍裁判。据国家体育总局冬季运动管理中心主任王磊介绍，"十四冬"在竞赛规则上全面对

★ 2024 年 2 月 19 日，在"十四冬"凉城赛区，一位志愿者（左）与裁判员交流赛场情况。（新华社记者李志鹏摄）

标 2026 年米兰－科尔蒂纳丹佩佐冬奥会，在一些重点项目上特意邀请了高水平外籍裁判。

来自英国的亨德森有 15 年执裁短道速滑的经验，参与"十四冬"是她第四次来到中国，此前三次她分别执裁了北京冬奥会测试赛、北京冬奥会，以及 2023—2024 赛季短道速滑世界杯北京站的比赛。

亨德森表示，执裁"十四冬"是令人难忘的经历。"这里场馆设施很好，具备承办短道速滑比赛的一切条件，冰面也很棒，很适合运动员比赛，赛事组织井然有序，现场氛围很热烈，真是令人难忘。"亨德森说，"能看出来短道速滑在中国地位独特，深受人们喜爱。"

亨德森认为，北京冬奥会对于冰雪运动的带动作用明显，也让短道速滑项目得到更多普及。"我认为青少年应该坚持他们所热爱的短道速滑项目，向优秀的前辈们学习，坚持下去一定能收获未来。"

"十四冬"的氛围延伸到了赛场之外。

俄罗斯小伙安德烈·马可和家人今年春节期间来到呼伦贝尔体验冰雪旅游项目。恰逢"十四冬"举办，不少全民冰雪运动体验活动正在举行，马可在莫尔格勒河景区体验了一把。

"这里的冰雪运动氛围太棒了！景区结合了赛事、民族文化和天然的冰雪资源，有雪地冰壶、雪地摔跤、雪圈比赛等，体验感非常棒！"马可说。

"中国的全国冬运会感觉就和奥运会一样！"来自美国的花样滑冰教练肖恩·拉比特在个人社交媒体上称赞"十四冬"。拉比特是此次花样滑冰青年组选手赵启涵的教练，"这次'十四冬'比赛细节感满满，让人印象深刻。"

"十四冬"更是实现梦想的驿站。

33 岁的德里克·利文斯顿 2023 年退役，结束了持续 15 年的单板运动生涯；31 岁的刘佳宇是四届冬奥会选手，她在 2018 年平昌冬奥会单板 U 型场地技巧比赛中获得银牌，实现了我国在该项目上奖牌"零"的突破。年龄相仿的两人 2023 年 9 月成了师徒，携手开启逐梦 2026 年米兰－科尔蒂纳丹佩佐冬奥会的新征程。

刘佳宇复出后首战成绩不俗，在 2023—2024 赛季国际雪联单板滑雪 U 型场地技巧世界杯崇礼站中获得亚军。在"十四冬"单板滑雪 U 型场地技巧女子公开组决赛里，刘佳宇只顺利完成了第一轮，后两轮的失误让她腿部受伤，但她还是摘得了一枚银牌。

作为运动员，德里克曾两次参加冬奥会，但领奖台对他来说始终遥不可及。刘佳宇是德里克执教的第一名专业选手，这让他感到冬奥会领奖台不再遥远。

"如果佳宇再次登上冬奥会领奖台，我自然与有荣焉。帮助佳宇在冬奥会夺牌也是我的梦想，（作为教练）我才刚刚起步，未来我们会走向何方，拭目以待吧。"德里克说。

决赛后，德里克推着轮椅把刘佳宇送到新闻发布厅，他安静地坐在过道里。伤腿被固定着的刘佳宇笑着完成了整场发布会，她将和德里克一起，开启逐梦冬奥的新征程。

新华社呼和浩特 2024 年 2 月 22 日电
新华社记者：季嘉东、张荣锋、李典

国家体育总局："十四冬"达到为冬奥练兵目的

国家体育总局竞技体育司司长、"十四冬"组委会常务副秘书长张新2024年2月25日在接受记者采访时表示，总体来看，"十四冬"竞技成绩亮点突出，达到了检验水平、锻炼队伍、发现新人、为冬奥练兵的目的。

本届冬运会共有35个代表团参赛，参赛规模接近夏季全运会。截至2024年2月24日比赛结束，"十四冬"已完成156个小项的比赛，占全部小项的87%。目前已有26个代表团获得金牌、30个代表团获得奖牌，相比上届冬运会，参赛代表团数量、奖牌覆盖面大幅提升。

黑龙江、吉林、辽宁等冬季项目传统强省保持优势，北京、内蒙古、河北、山东、天津、新疆等在北京冬奥会后进一步提升实力并在"十四冬"上展示出竞争力，上海、广东、浙江、四川、重庆、贵州、云南、广西等南方省区市也有金牌进账。张新说，可以看出，北京冬奥会对我国冰雪运动的引领带动作用已充分展现，冰雪运动"南展西扩东进"战略取得扎实成效。

此外，本届冬运会比赛精彩纷呈，竞争激烈，创造了多个优异成绩。以有成绩纪录的速度滑冰项目为例，公开组12个比赛小项中，男子全部6个小项、女子3个小项的成绩超过上届冬运会，辽宁队选手吴宇在速度滑冰男子10000米A组决赛打破由他本人保持的全国纪录。

"十四冬"赛场还涌现出一批成绩优异、有较大发展潜力的年轻运动员。"十四冬"内蒙古代表团旗手、21岁小将班学福获得单板滑雪公开组男子平行大回转冠军。19 岁小将陈硕在自由式滑雪空中技巧公开组比赛中，完成难度系数 5.1 的动作并平稳落地，最终以 125.97 分的成绩获得男子项目金牌。短道速滑青年组女子 500 米项目比赛中，3 名运动员的成绩超世界青年纪录。

张新说，总体来看，"十四冬"达到了检验水平、锻炼队伍、发现新人、为冬奥练兵的目的，但也应清醒认识到，我国冬季项目竞技水平较世界冰雪强国还有较大差距，冬季项目发展的基础还不牢靠，"冰强雪弱"的局面还未得到根本转变。

"我们将以成功举办'十四冬'为契机，加大政策改革力度，提高政策的精准性，抓紧出台服务冬奥备战、带动群众广泛参与冰雪运动、促进冰雪产业提质增效的政策措施，持续巩固拓展冰雪运动发展的良好态势。"张新说，"十四冬"全部比赛结束后，将全面转入 2026 年冬奥会备战工作。

新华社呼和浩特 2024 年 2 月 25 日电
新华社记者：王春燕、何磊静

国家体育总局：联合培养政策将优化

国家体育总局竞技体育司司长、"十四冬"组委会常务副秘书长张新在2024年2月25日接受记者采访时表示，联合培养政策意在全国范围内推动发展冬季项目、给优秀人才集中地区的运动员创造更多参赛机会，相关政策将在"十四冬"后进一步优化完善。

"十四冬"期间，联合培养政策备受关注。张新表示，长期以来，我国冬季项目主要依靠东北地区，南方经济社会发展水平较高的地区基本不开展。为调动运动员输送单位积极性，在"十四冬"实施了联合培养政策。联合培养政策的实质内容，就是运动员所取得的成绩同时计入输送单位和联合培养单位。

张新说，实施联合培养政策还有两方面的考虑：一是联合培养有利于推动全国范围内发展冬季项目，有效促进冬季项目整体水平的提升；二是由于冬运会对各单位参赛运动员人数有规定，黑龙江、吉林等省份虽然在一些项目上有很多优秀运动员，但可参赛人数有限，造成了人才浪费。

"黑龙江七台河市是短道速滑之乡，形成了从小学开始的体系化训练模式，培养了大量短道速滑人才，但这些优秀苗子缺少参赛机会。通过联合培养政策，能够有效激励像七台河体校这样的基层单位开展冬季项目训练。"张新说。

张新表示，国家体育总局2018年实施冬季项目省区市联合培养运动员政策以来，各单位在人才、场地、科医等方面资源共享、优势互补，冬季项目加速发展，竞技实力不断提升，为北京冬奥会取得历史最好参赛成绩提供了有力的政策支撑。

但张新也表示，联合培养政策是一把"双刃剑"，在产生正向作用的同时，也可能因利益关联存在默契比赛等赛风赛纪风险。为防范风险，北京冬奥会后，国家体育总局及时对该政策进行了规范调整，压缩了冰球、冰壶、接力等多人项目联合培养范围，最大程度减少利益关联，同时加强赛风赛纪监督，化解风险隐患。

"由于现阶段我国竞技冰雪发展还不平衡，优秀运动员大多集中于黑龙江、吉林等少数几个省份，在'十四冬'个别项目的半决赛、决赛中，出现了多名运动员实际上来自同一省份的情况。"张新说，"十四冬"结束后，国家体育总局将对相关政策进行进一步优化完善，通过政策的导向作用，引领各省区市继续重视冬季项目发展，进一步加大自主培养人才力度，推动人才有序流动，实现冬季项目竞技水平不断提高。

新华社呼和浩特 2024 年 2 月 25 日电

新华社记者：王春燕、何磊静

国家体育总局："十四冬"生动体现"带动三亿人参与冰雪运动"的丰硕成果

国家体育总局冬季运动管理中心副主任于海燕 2024 年 2 月 26 日在接受记者采访时表示，第十四届全国冬季运动会是冰雪运动"南展西扩东进"战略实施、"带动三亿人参与冰雪运动"丰硕成果的生动体现。

"十四冬"是北京冬奥会后首次举办的全国冬季项目综合性体育赛事。"十四冬"首次设置群众比赛项目，所设的越野滑雪和滑冰都是群众喜闻乐见、参与度高的冬季项目，覆盖各年龄段人群，体现群众参与冰雪运动的厚度以及群众冰雪运动的整体水平，将激发越来越多人参与冰雪运动，推动冰雪运动从小众走向全民、从地区走向全国、从冬季变为全季。

于海燕表示，"十四冬"举办恰逢春节和寒假，无论是到现场还是在电视机前，越来越多的人通过"十四冬"再次感受到冰雪运动的魅力。"这也将进一步激发更多人，特别是青少年关注冰雪运动、喜爱冰雪运动。"

目前，作为"带动三亿人参与冰雪运动"核心发展区域，京津冀地区以北京冬奥会为契机加快协同发展，在赛事活动举办、冰雪场所利用、冰雪爱好者组织等方面深度融合，全民冰雪氛围浓厚；黑龙江、吉林、辽宁、内蒙古、新疆等冰雪运动重点发展区域创办了一系列群众性冰雪赛事活动和冬季旅游节庆品牌，推动冰雪运动和文化旅游等相关产业融合发展；南方地区借助经济发达、科技进步的优势，因地制宜、各有侧重地开展群众冰雪运动，不断满足群众日益增长的冰雪运动需求。

★ 2023 年 12 月 24 日，游客在首钢滑雪大跳台下的"首钢园冰雪汇"体验雪上游乐项目。（新华社记者鞠焕宗摄）

现阶段，我国南方地区与北方地区在群众冰雪运动发展模式上有较大区别，北方地区更偏向"发烧友"市场，冰雪场地设计更为专业；南方地区则以家庭游体验为主，冰雪场地设计在兼顾专业的同时，更注重群众体验。

于海燕表示，正是由于这种差别，让更多南方地区冰雪爱好者在雪季"北上"，形成冰雪运动"南客北上"的大趋势。

"随着我国经济社会和科学技术的不断发展，以及冰雪运动'南展西扩东进'战略的深入实施，冰雪运动场地设施已遍布我国南方地区，冰雪运动的热度和参与度在南方不断提升。"于海燕说。

INNER
MONGOLIA 2

直通赛场

人物报道

苏翊鸣：正视光环　剑指米兰

在"人生中最重要的一场比赛"——北京冬奥会上获得单板滑雪男子大跳台金牌和坡面障碍技巧银牌后，苏翊鸣给自己放了一个长假，他去了不少地方旅行、尝试冲浪等新运动，用这段时间沉淀下来，放松了因高强度的备战而紧张的身体和内心。

2023—2024赛季，这名中国单板明星强势再出发，在高手云集的国际雪联世界杯赛场已斩获一金一银，在刚刚落幕的"十四冬"比赛中，也收获了两枚金牌。

在"十四冬"赛场上刚刚迎来20岁生日的他，现在剑指2026年米兰冬奥会。苏翊鸣说："我的目标一直没有变过，就是冬奥会金牌，一直是想让我们中国的国旗高高升起，一直是发自内心地想要为国争光。"

但他也坦言，米兰冬奥会的备战会比北京周期更艰难，他会尽力地从竞技训练、身体状态，以及心态上去准备好自己。

"在北京冬奥会，我是以一个新人的方式加入其中。现在，不仅是我的身体，我的心态，包括很多外界的原因，会让我的下一届冬奥会备战变得更难。"

苏翊鸣没有避讳谈及目前正经受的更大压力。在全国冬运会赛场的两场胜利后，他经历激烈心理活动后的"释放"场景也给观众们留下深刻印象。大跳台比赛后，他紧紧与家人相拥，眼里闪出泪光；在坡障比赛后，他激动地将雪板掷向天空、振臂欢呼。

冬奥冠军的光环、赛前突遇伤势的困扰、突变天气的挑战，让作为苏翊鸣20岁揭幕之战的"十四冬"，变得"比北京冬奥会还要沉重一些"。压力，可能是早早成名、站在聚光灯下的他在接下来很长一段职业生涯中都必须常伴的状态。

对于赛场和训练场上的自己，苏翊鸣用了三个短句来形容他的个性：一个完美主义的人、一个渴望胜利的人、一个深思熟虑的人。但对于这些个性的每一面，他也在不断调试、打磨。

"在训练中我是一个完美主义的人，想把每一个动作都做到最好。"苏翊鸣说。但他也表示，大量的实战经验使他明白一个道理——有时追求完美的心必须和现实达成妥协。恰如他在"十四冬"比赛时因天气原因必须要降低动作难度，哪怕最终以自己不太喜欢的方式完赛。

需要"在短短时间内改变自己想法"的情形，定然令其纠结过，但这就是竞技比赛中的现实主义，他坦言自己需要学会适应——"我是一个对于成绩非常渴望的人，在比赛中我是非常想去拿金牌的……我会去不惜一切努力，付出自己的全部去获得金牌。"

在北京冬奥会成功后，更加渴望金牌的内驱力，确实会让他去想"更多的东西"，但他说，当站在出发台上时，必须要忘了这些："脑海里剩下的只有怎么去把每一个动作做好。"

单板滑雪公园类项目在大众视野中属于极限运动，不少参与其中的运动员表示，在上难度时，总会有一些打破常规、冒险的成分。但反差的是，苏翊鸣坚称："我是不太爱冒险的，所有尝试的新动作，所有做出的新选择都会去经过深思熟虑。"

这也符合苏翊鸣在北京冬奥会后在人们心中建立起的印象，当他背手站在场边时，显得少年老成，冷静而有范儿；在爆发出激烈的情感时，则散发出远超年龄的气场力量。

"我的心态上肯定是比那个时候（北京冬奥会时）成熟了。"

除了做好自己，在越来越呈现"成名要趁早"特征的国际单板界，苏翙鸣正受到比他更年轻选手的挑战，这位曾经的"超新星"现已位置转换，成为对手们挑战的目标。

"在北京冬奥会，我可能扮演的是他们的角色，当时我是以一个飞快的速度去进步的。但是现在我看到了这些青少年的努力，我也想要能够让自己的技术一直保持在世界最高水平，这是要付出很大努力的。"

此外，单板大跳台和坡障项目的整体动作难度水准也在提升，苏翙鸣表示，之前1440°转体可能是金牌动作，但现在只是热身动作，而且每5到10年难度又会发展到完全不同的水准。

"但我觉得，滑雪不仅仅是一个追求难度的运动，在提高难度的同时，还需要加入自己对滑雪风格的理解，展现出独特的风格。"苏翙鸣表示，在米兰冬奥会上，大家有望看到他为自己的动作加入更多灵感。

在北京冬奥会后的"放空"期，苏翙鸣没有放下对单板灵感的探索。"我去了很多地方，接触了很多人和事，对人生有了更多理解。这些在单板滑雪上也都是相通的，可能好多动作，包括一些道理，也是从这种经历中来获得的。"

回到训练场上的苏翙鸣，更是无时无刻不在钻研新的技巧与风格。他介绍道，自己和世界上很多优秀的选手在一起练习，包括他在内，他们都是发自内心地热爱单板、停不下思考单板滑雪的一群人。

"我们会早上第一个上山，一直滑到晚上太阳都落山了，雪场关门了我们才会下来。"

走出赛场和训练场，成名带来的影响力，也需要苏翙鸣去处理好生活中的方方面面。譬如，最近有剧组炒作他将出演电视剧，但苏翙鸣表示，这其实只是在他的训练场地拍摄而已，他本人并未参与演出。当下，他的主要任务还是放在备战米兰冬奥会上。

但他也表示，自己的人生路还有很长，他乐于探索职业生涯和人生的所有可能性。"一切在我身上都会有可能发生。"苏翙鸣说。

"只是，现在我需要专注于最重要的任务。"

"我希望可以脚踏实地地对待好每一天的训练，也对待好我的大学生活，还有和家里人在一起的时光。我希望能够做一个特别幸福的人，能够享受这一路的过程，去完成目标。"

苏翊鸣对"粉丝"们的厚爱表达了感谢。尤其让他看重的，是他对于青少年参与冰雪运动的榜样作用。

"作为一名单板滑手，一名运动员，我不仅要在比赛中取得更好的成绩，我身上还有一个特别重要的任务就是去推广滑雪运动，让更多人了解、接受这项运动。"

苏翊鸣谈到，他已在2023年启动了个人专项公益基金——翊基金，促进青少年体育教育发展。"我是从看我的榜样如何成为冠军中成长起来的，我知道榜样的作用有多大。"

新华社呼和浩特 2024 年 2 月 25 日电
新华社记者：卢星吉、贺书琛、谷训

扫码看视频｜苏翊鸣：正视光环 剑指米兰

不服气的徐梦桃

"十四冬"自由式滑雪空中技巧公开组混合团体赛在 2024 年 2 月 23 日正午时分落下帷幕。冬奥冠军徐梦桃"赢了"，她两次三周台跳跃均堪称完美，每跳都得到 90 分以上的高分；但她所在的辽宁队却输给了东道主内蒙古队，最终收获一枚银牌。

面对失利，徐梦桃有些不服气，她赛后没在混采区接受任何采访。等待颁奖时，她的眼泪似乎就要夺眶而出了。身边的工作人员只能轻轻地拍着她的背，抚慰她的情绪。徐梦桃的爱人兼队友王心迪最后一轮出现失误，他坐在凳子上，低头沉默不语，就像是犯了错的孩子。

三天前，2 月 20 日。考虑到 21 日大风、低温的天气状况，扎兰屯赛区决定调整赛程安排。组委会制定了两套赛事预案，供自由式滑雪空中技巧项目各参赛队投票决定：一是将女子个人赛放在 24 日下午；二是不变更赛程，只是将 21 日的女子个人赛开赛时间往后顺延 90 分钟。

"我当时掰着指头，一条一条地列举原因，向大家阐释 21 日比赛的种种不利因素，建议大家选择把女子项目放在 24 日。"徐梦桃说。不过，事与愿违，经过投票，少数服从多数，女子个人赛只是顺延、而未改期。

空中技巧女子个人赛举行时，比赛地扎兰屯金龙山滑雪场的最高气温只有零下 10 摄氏度，山顶西北风最大时达到 18 米 / 秒。看到天气状况不稳定，黑龙江队的孔凡钰改变了之前想完成三周台动作的想法，最终在大决赛中以 94.82 分的成绩夺冠。

徐梦桃也没有尝试三周台动作，她首轮得到 94.82 分和孔凡钰并列头名，次轮 81.27 分在 12 位参赛选手中位居第一。但最后一轮，最后一个出场的她在完成难度 3.525 的动作时，落地出现严重失误，仅获得 78.96 分。赛后，仅获第五的她直接返回运动员休息区域。看到爱人王心迪无缘男子个人赛大决赛，徐梦桃和王心迪不等比赛全部结束就滑下雪坡，匆匆离去。

23 日，徐梦桃在赛前训练中罕见地练习了三周台动作。她稳稳落地后，早早守候在赛场边的近百名观众异口同声地喊着："桃桃加油！"

徐梦桃面带微笑，向观众们站立的方向挥手致意。熊先生特意从上海赶来支持徐梦桃，他的棉衣上挂满了与冬季运动有关的徽章。他说自己与徐

★2024 年 2 月 23 日，辽宁队选手徐梦桃在比赛结束后。（新华社记者杨冠宇摄）

梦桃因为交换徽章而相识，还特意针对冬奥夺金、公布婚讯等时刻为"桃桃"专门设计、定制了三枚徽章。

"这回她是真急眼了！"就连赛场边的保安，也感受到了冬奥冠军、世界冠军志在必得的勇气和决心。

混合团体赛第一跳，徐梦桃在北京冬奥会后首次在正式比赛中使用三周台动作，得到 96.59 分。随后，队友贾宗洋和王心迪先后顺利完赛，辽宁队在预赛中收获 322.26 分，以排名第一的成绩昂首挺进决赛。

决赛轮次，徐梦桃采用了和预赛中完全相同的技术动作，表现比预赛稍差，收获 93.58 分。在所有女运动员都完成比赛后，辽宁队暂居头名。徐梦桃完赛后兴奋地连续发出五声怒吼，她的吼声在山间回荡，似乎要将个人赛时的愤懑宣泄而出、一扫而空。

可"桃桃"在此时，实际已无法掌控辽宁队的命运。内蒙古队李伯颜用 120.36 分的一跳，给贾宗洋带来了一定的压力。最终，贾宗洋在着陆时出现失误，仅获得 106.64 分。内蒙古队在决赛两跳之后领先辽宁队 10.23 分，胜利的天平已经开始向他们倾斜。

最后一跳，王心迪着陆时背部率先着地，在回到等候评分区域的第一时间，他懊恼地用双手猛击了一下自己的头盔，贾宗洋上前拍了拍他。最终，辽宁队以 13.44 分的差距不敌内蒙古队，屈居亚军。

"明天是正月十五，是贾宗洋的生日，也是他儿子的生日。"徐梦桃告诉记者，在这场比赛开始之前，贾宗洋曾表示这可能是他的最后一场全冬会比赛了，这让她很感动，本打算和王心迪一起把混合团体赛金牌作为生日礼物，送给"老贾"父子。

"我马上 34 了，我不怕受伤！为了胜利，其实我能豁得出去！这个时候就该孤注一掷！"徐梦桃赛后说。

"是我没比好！"赛后见到徐梦桃，王心迪有些心疼，又感到自责。

"一个你，一个老贾，你们两个都没比好。"徐梦桃说，"不过其他队在个人赛中都拿牌了，我们没有牌，所以他们在团体赛中都没有压力了，发挥得很好。"

虽然徐梦桃没有明确回应这是否会是她的最后一届冬运会,但她此前曾告诉过新华社记者,自己正在为第五次参加冬奥会做准备。"这意味着我可能要'脱三次皮',但一旦我能够再次站在奥运赛场上,我的战斗就胜利了一半。"

不服气的徐梦桃,也是不服输的徐梦桃。她的自传《命运翻转》中,一段话解释了她不服输的原因:我希望用我追求梦想、力拼冠军的劲头,带动身边所有的人,希望把中国体育的精气神传承下去。

新华社呼和浩特 2024 年 2 月 23 日电

新华社记者:姚友明、季嘉东、王雪冰

孙龙：终极目标是国际赛场"飘升奏"

1500 米成功上演"兔子战术"，500 米一骑绝尘强势摘金，在"十四冬"短道速滑赛场上，孙龙状态正酣，高歌猛进。

2024 年 2 月 17 日，第十四届全国冬季运动会短道速滑男子 500 米决赛起跑线上，孙龙的对手包括任子威、林孝埈、刘少昂等一众好手。此前，武大靖、李文龙等选手先后折戟，退出奖牌争夺。

决赛中，孙龙位于第一道，他身旁是三位冬奥冠军以及近来上升势头强劲的新星钟宇晨。发令枪响后，孙龙抢到第一的位置，并一路领滑，许多人预想的你追我赶并没有上演，这位吉林选手最终以 41 秒 046 的成绩第一个冲过终点线，收获个人本届赛事第二金。撞线后他振臂高呼，激情怒吼。

"我们五个人都在国家队训练，今天主要以低姿态去跟哥哥们比拼，沉着冷静去应对，敢打敢拼，希望在过程中得到锻炼。"赛后孙龙说。

孙龙在本届"十四冬"的表现可谓亮眼。前一日的比赛中，他在 1500 米赛场成功上演"兔子战术"获得金牌，还在 2000 米混合团体接力比赛中收获银牌。

"其实这次运用的'兔子战术'是受到上周举行的短道速滑世界杯德累斯顿站 1500 米决赛的激励，当时决赛选手的成绩在 2 分 11 秒左右，我想尝试一下自己在国际赛场上是否有竞争力。"孙龙说。

北京冬奥会时，孙龙在男子 5000 米接力决赛中摔倒，中国队仅获第五名，无缘领奖台。赛后，孙龙通过社交媒体致歉，一连用了 6 个"对不起"。"北

★ 2024 年 2 月 17 日，孙龙（右一）和任子威（右二）
赛后拥抱庆祝。（新华社记者李博摄）

京冬奥会后，我一直在反思，打磨技术，让自己强大起来。"这两年孙龙的进步有目共睹，成绩稳步提升。

谈及未来，这位 23 岁小伙的目标并不局限于国内比赛。

"能得到金牌证明了自己的实力，'十四冬'的领奖台是一个新的起点，接下来会把更多精力放在国际赛场，与队友们团结一致，共同为国争光，再创佳绩。"孙龙说，"十四冬"后，他将与队友全力备战世锦赛，"作为中国短道运动员，最大目标还是在国际赛场上实现'飘升奏'，这也是整个团队的目标。"

对于米兰冬奥会，孙龙坦言，还要一步一步走。"接下来还是要把备战过程做得更扎实，一步一个脚印地完成训练计划，在比赛中和队友、前辈们打好配合。"

18 日，孙龙还将参加男子 1000 米以及 5000 米接力比赛。

新华社呼和浩特 2024 年 2 月 17 日电
新华社记者：李典、李春宇、魏婧宇、王君宝

为花滑新生代编织梦想

——专访冬奥冠军隋文静

2022 年北京冬奥会上，隋文静与搭档韩聪携手夺得花样滑冰双人滑金牌。这是继 2010 年温哥华冬奥会申雪 / 赵宏博之后，中国花样滑冰再登奥运之巅。这之后，隋文静解锁了诸多新身份：在读硕士、作家、编导……虽然远离赛场，但她从未远离花滑。

接续梦想

在"十四冬"花滑赛场，隋文静的身影随处可见。她或是屏气凝神地站在冰场旁，注视选手的表现、帮忙查动作定级；或是在场边搂着小选手，等待分数公布；或是陪小选手走进混采区，分享执教过程中的心得体会。

一年前，在启蒙教练栾波的邀请下，隋文静开始指导广东队双人滑选手郭蕊 / 张益文。新身份下的隋文静"感觉很从容"。"更多的是辅助团队和教练完成好（队员）作品的呈现。在我之前，教练们已经把小运动员的底子打得非常好了，我做的编导工作，更像是锦上添花。"隋文静谦虚地说。

此前，在"十四冬"花滑团体赛自由滑的比拼中，郭蕊 / 张益文技术分得到 59.27 分，是五组选手里的最高分。

"他们跟着栾老师组队训练才两年时间，取得这样的成绩非常了不起。"隋文静说，"去年，我给他们编的节目，其实是高于他们能力的，但今年他们已经完全掌握了这套节目，甚至说（他们的能力）已经超出这套节目。

所以，我在想明年怎么样能给他们留出更大的空间，让他们有更多的进步。"

在为小选手们编排节目时，隋文静会先观察孩子们的性格与特点，帮助他们在赛场上塑造独特的个性。"让他们被裁判记住，这一点对打分项目来说至关重要。"过去一年，在隋文静的帮助下，郭蕊 / 张益文的艺术表现力已有约 2 分的提升，这对于他们来说是不小的突破。

"隋老师编排的节目，我们滑下来感觉很舒服。她会教我们很多衔接方法，所以我们整套动作滑出来都不会乱。她说话也特别有意思，跟她沟通我不会很紧张，感觉就像跟朋友说话一样。"张益文在赛后说。

在北京冬奥会夺金后，隋文静与韩聪远离赛场，国内目前还没有能在国际赛场上称雄的接班人。对此，隋文静说："栾老师几十年来在做的事情，就是不断培养小运动员往上输送。在场上出现的运动员都是我们的后备力量，郭蕊 / 张益文组队两年就能取得这样的成绩，那谁知道未来呢？我们还需要时间去沉淀。"

镜头扫到冰场的另一边，韩聪坐在技术官员席，专注地为每位选手打分。曾经，隋文静与韩聪执手在冰场中央，为了冠军的梦想咬牙奋斗；如今，分坐冰场两端，他们依然向着共同的事业拼搏。

"中国的故事还是要中国人去讲"

时针拨回 2015 年，加拿大编舞师劳瑞·妮可帮隋文静编排节目时，让隋文静萌生了成为职业编舞师的想法。"我看到她的工作状态特别有激情、有创造力，我想这不就是我的梦想吗？"隋文静说，"我也想通过自己的创造力，不断编织各种各样的梦想，帮助运动员编织更好的未来。"

如今，隋文静的梦想已经照进现实。过去两年，她为单人滑、双人滑等多个项目的选手编排过节目。"我希望通过编导的身份，在运动会开闭幕式和选手节目中，传达中国传统文化，因为我觉得中国的故事还是要中国人去讲，才能讲得更原汁原味。"

2023 年 9 月，中国双人滑运动员史文凝 / 王志宇首次亮相国际滑联花样滑冰青年大奖赛。隋文静为这对组合编排节目时，大胆地选用了佤族音乐《China（中国）》。

"当时也担心过，怕民族性的东西，国外裁判会看不懂。但分数出来以后，他们得到了一块铜牌。"隋文静说，"所以我觉得好的艺术品，大家是会有共鸣的。国际裁判和世界会慢慢了解中国文化，我也希望作为编导，更多地去输出我们的传统文化。"

两个月后，在中国杯世界花样滑冰大奖赛上，隋文静编导的中国风表演滑节目《泰山之巅》再度"破圈"，引发热议。"这个节目融入了太极元素和中国舞蹈元素，展示处于泰山之巅的磅礴心境。很多人都觉得，原来传统元素还可以这样运用啊。"

为了更好地在国际冰场上呈现中国故事，隋文静不断在学习和思考。有一次，她在写了几十副对联后，突然有了灵感。"写书法时，纸上的留白，跟冰面上难道不是一样的吗？笔锋的韵律和感觉，用身体在冰面上表现出来，不也是一样的吗？书法讲究蚕头燕尾，从我们写字开始，老祖宗就告

★ 北京2022年冬奥会花样滑冰双人滑自由滑比赛在首都体育馆举行，中国选手隋文静／韩聪夺得双人滑冠军。（新华社记者曹灿摄）

诉我们应该怎样去运用我们的身体了，运用到滑冰场上也是这个道理。"

"在未来，希望我能通过不断学习，创造出更多更好的中国作品。"隋文静说。

"输入、输入、再输出"

回望过去两年，隋文静感受最深刻的关键词是"忙碌"。"我主要做的事情就是，输入、输入、再输出。"

她考取花样滑冰国家级技术专家证书；去到北京舞蹈学院访学一年，学习敦煌舞、水袖舞等多种舞蹈；在北京体育大学念硕士研究生，正着手写毕业论文。最近，她开始学钢琴与乐理。

输入是为了更好地输出——输出作品，也输出力量。她发表自传《不止文静》，并将全部版税捐赠给中国儿童少年基金会。"十四冬"花滑赛场上，有 11 套节目都出自隋文静之手。在她的帮助下，广东队在花滑团体赛中收获一枚银牌。

过去两年，她还去往各地演讲，分享自己与花滑的故事。"在华坪女高，我讲述冬奥的故事后，一个妹妹拥抱了我。她在我耳边说，'姐姐，你加油先跑，我随后就到'。我觉得这是特别有力量的事情，希望更多的孩子能通过我做的事情，得到一些助力。"

如今，不断输入已成为隋文静的生活习惯，就连吃饭的间隙，她也会把艺术史、绘画史等相关视频当作"下饭菜"。"很多朋友觉得我很神奇，但我很享受这种生活状态。"

"希望我的创造力与热情，能感染更多的小朋友，哪怕只让他们多一丝丝追梦的力量。"隋文静说。

新华社呼和浩特 2024 年 2 月 26 日电
新华社记者：乐文婉、黄耀漫、魏婧宇

扫码看视频 | 为花滑新生代编织梦想——专访冬奥冠军隋文静

摘下三金，但银牌最难忘

——记"冰上劳模"韩梅

三金一银，代表内蒙古参赛的速滑名将韩梅在第十四届全国冬运会速度滑冰（公开组）的比赛中收获颇丰，但要说最令她难忘的奖牌，她的选择是那枚唯一的银牌。

女子 1000 米是韩梅在"十四冬"参加的第一个项目，她与新疆队的田芮宁被分在了最后一组。在韩梅上场前，另一名新疆选手殷琦刚刚结束比赛，她的成绩是 1 分 15 秒 17。韩梅的成绩为 1 分 15 秒 30，获得银牌。

"不算遗憾吧，但确实运气差了一点。"韩梅说，"殷琦、李奇时的水平都非常高，并不是说 1000 米的金牌就非我莫属了。"

令韩梅念念不忘的，是她在 1000 米比赛中最后一圈滑得不够好的"不甘心"。"前 600 米我也很意外，因为我前 600 米的水平非常高，这是我自己也没想到的。不过，我也高估了自己最后一圈的实力。"

韩梅在 1000 米比赛中的前 600 米用时 45.45 秒，仅次于女子 500 米冠军田芮宁。这个成绩如此难忘，也因为韩梅"这七八年其实并没有重点练过 1000 米"。

继第一个比赛日摘银后，"赛场天天见"的韩梅每天都有金牌入账：女子 1500 米金牌、女子 3000 米金牌、女子 5000 米金牌。

被大家戏称为"冰上劳模"的韩梅，每次赛后采访都被问到这一如此有挑战性的赛程安排。

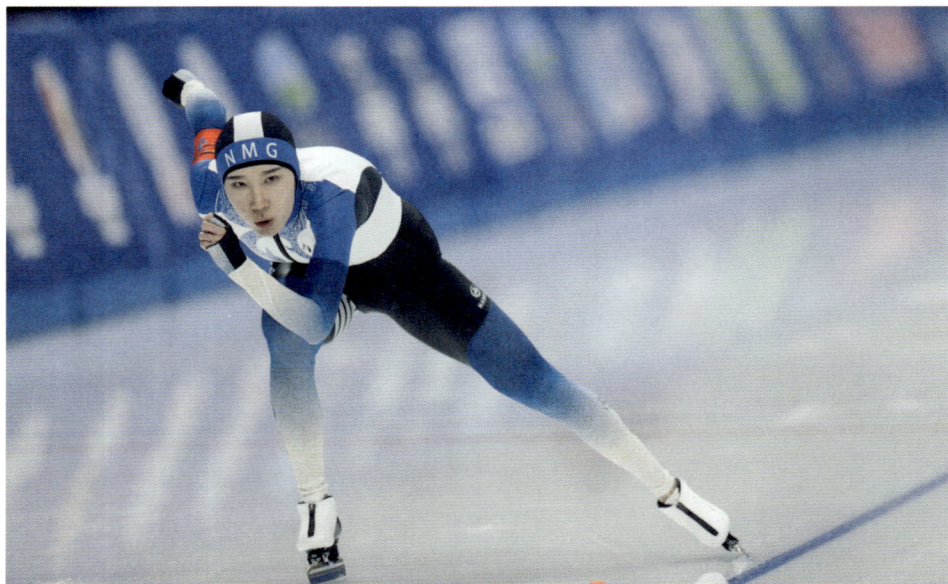

★ 2024 年 1 月 11 日，韩梅在第十四届全国冬季运动会速度滑冰公开组女子 1000 米比赛中，她以 1 分 15 秒 30 的成绩获得亚军。（新华社记者王楷焱摄）

"赛程就是这样。""大家都围绕这个赛程做准备。""赛程不是挑战。""我相信我们大家都准备好了。"……韩梅的回答并非"妄言"，因为从结果看，她确实准备好了。

之所以成为"冰上劳模"，韩梅觉得："我可能每一项都行一点，但每一项……"她欲言又止。

北京冬奥会上，韩梅一人参加了四个项目：女子 1500 米第 11 名，女子 3000 米第 15 名，女子 5000 米第 11 名，女子团体追逐比赛第 5 名。

但提起北京冬奥会中国速滑队的表现，人们脑海中第一个蹦出来的名字是打破奥运会纪录并获得男子 500 米冠军的高亭宇。

25 岁的韩梅不想因为是"劳模"才被记住，更想因为成绩而被记住。

北京冬奥会后，韩梅已将目光锁定在国际赛场。"对我来说，'十四冬'平安顺利完赛，完成了任务，已经很圆满了。我的目标是希望在世界杯赛场上，在一两个项目上站上领奖台。"

在新赛季之前的训练备战中，韩梅曾去国外跟随日本名将高木美帆的教练团队训练了一段时间，这段经历对她来说非常珍贵。

"看到更好、更高水平的运动员的自律和求胜的欲望，对我来说是特别大的感染。"韩梅说，接下来的目标就是米兰冬奥会，至于选择哪几个项目作为自己的主项，她还没有答案。

"这个问题我也请教过外教团队，但他们没有给出确切的答案。也许觉得我还年轻吧，还能全面发展，毕竟距离米兰（冬奥会）还有两年，慢慢来，不着急。"

新华社呼和浩特 2024 年 1 月 14 日电

新华社记者：王春燕、魏婧宇

换个赛道，冠军

——记速滑运动员殷琦

她对全国冬季运动会的领奖台并不陌生。"十三冬"时，她以季军的身份站上了短道速滑女子1500米的领奖台，身边站着的是后来的北京冬奥会冠军范可新；"十四冬"时，她一次次站上速度滑冰项目的领奖台，身边站着的是一起参加过北京冬奥会的队友韩梅、李奇时。

她是殷琦。

在第十四届全国冬季运动会速度滑冰（公开组）比赛中，新疆队选手殷琦以一枚金牌开始，一枚铜牌结束，用一金两银一铜的成绩为自己的"十四冬"比赛划上了一个句号。

"从'十三冬'到'十四冬'，我等了8年，从第三名站到第一名，我非常努力，上场前我告诉自己，相信自己的积累，相信这8年的努力。"

退役，复出，转项，夺冠。殷琦换了赛场，却改不了"血液里对这块冰的爱"。

殷琦来自一个"冰雪世家"，她的姥爷是滑雪运动员，父母和舅舅都是速滑运动员。然而她一开始并没有选择速度滑冰，而是走上了短道速滑的冰场。"2002年盐湖城冬奥会上，看到杨扬前辈为中国获得冬奥会首金，脑海里忘不掉她冲刺挥臂的瞬间，从那之后就开始练短道了。"

2015年，殷琦入选短道速滑国家集训队，并在国内外大赛中崭露头角。但她未能入选2018年平昌冬奥会阵容，这对她来说是一个巨大的打击。"冬

★ 2024 年 1 月 12 日，新疆队选手殷琦在比赛中。（新华社记者连振摄）

奥会是我从小的目标，落选后失去了目标，不知道接下来怎么走，就退役了。"

离开冰场的殷琦带着遗憾，更多的还是不甘心。平昌冬奥会，殷琦不是参赛选手，只能在电视机前当观众，她也在电视里看到了新的希望。她说："我注意到有很多速滑运动员都是从短道转过去的，而且取得了好成绩。我的身体告诉我还没有走到头，我还有冬奥梦，那就换个赛道。"依托跨项选材项目，2018 年殷琦走上了速度滑冰的赛场。

短道速滑和速度滑冰，虽然都是滑冰，但滑起来却是天差地别。"速滑比的是绝对的身体能力，要尝试不停地挑战身体极限，太难了。"刚开始速度滑冰训练时，殷琦连基本的训练任务都完成不了。"大家都能滑十圈，我滑到四五圈就力竭了，我接受不了自己这么差，中间休息的时候就坐在厕所地上哇哇哭，哭完再到场上接着练。"

减脂、加练、研究战术、改掉短道的习惯动作……殷琦一点点将自己"掰向"速滑，即使改动作导致肌肉长期酸痛，即使"牙都要咬碎了"才能完成训练，她都觉得"不算事儿"。"我挺享受训练的，累是真累，但晚上累得躺在床上只有眼珠子能动的时候，我心里会特别满足。"

转项初期，殷琦很难一下子爱上这个全新的项目，为了增加对速滑的了解，她开始学习世界顶尖选手的比赛录像。在一遍遍看录像时，荷兰速滑名将伊琳·伍斯特的拼搏精神反反复复感染着她，"伍斯特是我的偶像，她在参加的每一届冬奥会上都得了金牌"。从那时起，殷琦有了练习速滑后的第一个目标——"去参加世界杯，去赛场上见真人伍斯特"。

2018 年 11 月，殷琦第一次踏上速度滑冰世界杯的赛场，然而却没有如愿见到偶像伍斯特的出色表现。"年初她刚拿了冬奥会冠军，但是世界杯却没有登上领奖台，如果放在我身上，我是接受不了的。"殷琦说，"我想去给她个拥抱安慰她，却发现她很平静地站在休息室门口和教练员交流。那一刻我突然明白，冠军不是最重要的，重要的是真正去享受这个项目。"

带着热爱与执着，殷琦的努力日积月累，进步也积少成多。2022 年，她终于身披国家队战袍出现在北京冬奥会赛场，在女子 1000 米和 1500 米两个个人项目中均获得第 15 名。

实现了参加冬奥会的梦想，又在全运会上摘金夺银，但殷琦还不想停下来。"等滑到滑不动了再说。"殷琦说，"我们都是中国速滑金字塔的一部分，希望通过我们运动员一步一步的努力，把中国速滑整体抬到世界（高水平）的位置上。"

新华社呼和浩特 2024 年 1 月 15 日电

新华社记者：魏婧宇、王春燕

12 岁 "超新星" 周苡竹：滑雪是我的生命

7 岁成为世界知名滑雪板品牌 Burton 的赞助选手，未满 8 岁就在中国青少年锦标赛（12 岁年龄组别）坡面障碍技巧项目夺冠，随即在全美锦标赛上夺得坡面障碍技巧、U 型场地技巧、道具比赛总冠军，9 岁会做转体 900 度的高难度动作，10 岁成为红牛签约赞助的最年轻滑雪运动员，11 岁时在众多冬奥奖牌获得者参加的冬季激浪巡回赛上夺得单板滑雪 U 型场地技巧亚军……

12 岁的周苡竹在 "十四冬" 赛场登场亮相前，如此光鲜的履历，很难不引发人们对这位滑雪天才少女的关注。

2024 年 2 月 16 日，"十四冬" 单板滑雪公开组女子 U 型场地技巧比赛迎来预赛轮，周苡竹与世界冠军蔡雪桐、刘佳宇同场竞技，最终顺利晋级决赛。

谈及这次参加全国冬季运动会的目标，周苡竹说希望自己能站上领奖台，将奖牌作为送给家中长辈的春节礼物。她的爸爸周志国则希望小苡竹通过竞技向对手学习，持续提升自己，"就像英文歌曲《英雄们》中所唱的那样，'终有一天，我们将成为英雄'"。

寒假作业

2011 年 9 月，周苡竹出生在北京市。谈到她名字的由来，周志国说，一方面家里她这一代是 "苡" 字辈；另一方面，"苡竹" 倒念音似 "足以"，想取"知足常乐"之意。

"当时我只有两岁，好像是幼儿园老师让我们每个月都去参加一个不同的活动，还要拍照片、做作业，我就开始接触滑雪，作为12月参加的活动。"谈起自己第一次接触滑雪的缘由，周苨竹这样说。

当时为了完成这项寒假作业，周苨竹的妈妈购买了两个小时的滑雪课程，可小苨竹只感受了十几分钟，就想离开了。为了不浪费，周志国换上装备，听完后面一个多小时的课。

两年后，周志国的一个朋友向他引荐了一名新西兰滑雪教练，当教练通过一段视频录像看到在万龙滑雪场滑雪的小苨竹时，当即对周志国说："我建议你（为你的女儿）准备10年时间。"

内心有所触动的周志国，在女儿5岁时筹集经费，让小苨竹和那名新西兰教练在日本碰面。"那个训练营大概有8天，结果第一天教练就摔断了胳膊，他带着伤坚持指导Patti（周苨竹的英文名）。"训练营结束后，回到万龙滑雪场的周苨竹"脱胎换骨"。"转180度上下公园道具的动作，她全都学会了。"周志国说，在朋友的建议下，他决定带着全家陪周苨竹前往美国训练，继续追逐女儿的滑雪梦想。

"我觉得滑雪给我带来了很多收获——它陪伴我一起成长，给我带来了坚韧，并让我感到快乐，滑雪太有趣了。"周苨竹说，"当然也有很多时候，我会因为滑得不好而伤心，但我觉得我应该坚韧一些，因为有爸爸妈妈，有这么多人爱着你、围绕着你，我需要坚持下去。"

山海之间

在美国刚开始滑雪训练不久，周苨竹就被加拿大名将马克·麦克莫里斯的经纪人"盯上了"。那位经纪人很快故意创造了在滑雪场缆车上"偶遇"周家人的机会，并表示要向小苨竹赠送个人定制滑雪板。周志国有些犹豫，他不明白以后出现在他和女儿面前的是一条怎样的路。

9岁时，周苨竹已在圈内小有名气，周志国却变得忧心忡忡。"我觉得

★ 2024 年 2 月 16 日，山西队选手周苡竹在比赛中。最终，她以 65.25 分的成绩晋级决赛。（新华社记者李嘉南摄）

女儿进步得太快了，她能做转体 900 度后，发生了许多让她感到害怕的事情。我决定让她从头开始学习基本功，重新建立、修复动作。不积跬步，无以至千里。"周志国说。

在日本时，周志国认识了 12 岁的苏翊鸣，此后见证了这位冬奥冠军的"升级"之路。他决心仔细梳理其成功经验，避免自己的孩子走弯路。周志国说："小鸣 12 岁时很少有人认识他，正是当时的那种'真空'状态，保住了他的滑雪兴趣。所以我也希望女儿用最放松的状态，做自己最想做的事。

等有一天生理和心理机能健全时，她将一发而不可收。"

现在周苡竹每年差不多花一半时间在美国科罗拉多州滑雪，同时也常冲浪。滑雪之余，她会跟训练营中的小队员们一起打闹、捣乱。"但练习的时候，我们会对捣乱说'no（不）'，因为如果大家一起捣乱，就会忘了我们本来要干什么。"周苡竹说。

她也很喜欢冲浪的感觉，因为在冲浪时周围很多人都不认识她，当她有出色的表现时，人们往往会惊呼：快看啊，那个新来的小孩真厉害！

"这两项运动的感觉是一样的：能跟大自然交流，自己就会感到很开心、很自由。当然冲浪是在水上，滑雪是在山上，一热一冷，还是有点不一样。我希望把这两项运动都进行下去。"周苡竹说。

在这个 12 岁的孩子心中，有两个梦想，其中一个就是抱着她的滑雪板和冲浪板去环游世界。

蓄力冬奥

16 日的比赛中，小苡竹做出第一滑的最后一个动作后，未能平稳落地。第二轮时，她调整了自己的技术动作，最终晋级决赛。

谈到蔡雪桐、刘佳宇等名将，周苡竹说："其他运动员都比我大很多，但是我不紧张，我都认识她们，很开心有这个机会。输了比赛也许会伤心，但是我还是个小孩，可以好好地（向对手）学习。"

谈及自己的另一个梦想，周苡竹自信地说："成为奥运冠军，这是我最大的目标。对于我来说这很难，但我的爸爸告诉我要相信自己，相信自己是独一无二的。"

在 2022 年北京冬奥会上，日本选手平野步梦发挥出色，完成全场最高难度的三周偏轴转体 1440 度，获得单板滑雪 U 型场地技巧男子项目冠军。这给周苡竹留下了深刻印象，她坦言自己也会模仿男性的力量型风格滑法，向自己的偶像学习，挑战更多高难度动作。

"我最期望自己能达到的滑行风格是像李白的诗那样，'飞流直下三千尺，疑是银河落九天'。"周苡竹说。

按照现行规定，周苡竹在 2026 年还达不到最低参赛年龄，无法参加冬奥会。不过她考虑在满 13 岁后参加世界极限运动会（X Games）以及 2028 年冬青奥会。

小苡竹并不认为她是同龄人中的佼佼者。"我是小孩，不喜欢比较。三百六十行，行行出状元。而且我觉得自己其实滑得马马虎虎。"

预赛时可能有所保留，决赛时必将倾尽全力。当被问及会在决赛中使用什么样的"杀手锏"动作时，小姑娘笑着说："保密！"

新华社呼和浩特 2024 年 2 月 16 日电
新华社记者：姚友明、卢星吉、刘博

扫码看视频 | 12 岁"超新星"周苡竹：滑雪是我的生命

"北欧两项第一人"赵嘉文：我比冬奥会时更强了

第十四届全国冬季运动会北欧两项比赛日前在河北崇礼收官。在这片熟悉的赛场，中国北欧两项"冬奥第一人"赵嘉文收获两枚个人项目金牌、一枚团体项目金牌。

"比赛的最后一天，是这次参加全冬会最开心的一天。团体项目上和大家一起拿到冠军，这是很开心的事情。"赵嘉文说，"参加团体比赛的状态比参加单人项目时好很多，感觉自己进入了状态，脑子非常清醒。"

本次"十四冬"的北欧两项比赛，在北京冬奥会的竞赛场馆国家跳台滑雪中心和国家冬季两项中心举行，设置个人标准台 +10 公里越野滑雪、个人大跳台 +10 公里越野滑雪、男子团体大跳台 +4×5 公里越野滑雪接力赛共三个小项，吸引了 41 名选手参赛。

在北京冬奥会上实现中国北欧两项"冬奥首秀"的赵嘉文，在一众国内顶尖选手中依然足够闪光。几场比赛中，他的跳台成绩远远甩开其他选手，越野滑雪也能跻身前列，"一跳一滑"综合能力出众。

谈及参赛目标，赵嘉文说："赛前想的就是尽自己所能，表现出最好的自己就行。最近感冒挺严重的，体能方面有一些影响，所以在完成所有比赛之后，对自己的表现还挺满意。"

对比北京冬奥会的成绩，可以看到赵嘉文在跳台方面进步明显。对此他说："北京冬奥会之后能力确实有一些提升，最主要的是在跳台上提升了

很多。"

"一方面是自己的能力有进步，另一方面是通过参加冬奥会，熟悉了崇礼的天气和这里场馆、场地的情况，所以'十四冬'再回到这个场地比赛感觉很好，能力和成绩提高了一大截。"

赵嘉文曾是一名越野滑雪运动员，2017 年转练北欧两项。这或许正是命运的转折：他在该项目上迎来高光时刻——2021 年冬，他为中国队拿到史上首个冬奥会北欧两项参赛资格。北京冬奥会上，他成为最后一棒火炬手之一，完成北欧两项比赛，还参加了跳台滑雪混合团体标准台比赛。

冬奥会之后，因为教练员米卡·柯乔恩科斯基的原因，这位"中国北欧两项第一人"有大段时间在芬兰训练，还参加了当地一些比赛。作为世界级的跳台滑雪教练员，柯乔恩科斯基曾执教奥地利、芬兰、挪威国家队。师徒二人在长期接触中，产生了很多"化学反应"。

"因为他的原因，我的心理方面有不少提升。他是我的一个大的依靠，他能给我支持和安慰。很多时候我不太相信自己，但和他在一起，他可以让我相信自己。"

赵嘉文坦言，他在此前夏训转冬训的阶段遇到了一些困难，也是在教练的帮助下去克服的。"主要是伤病。在国外时我一直是一个人，没有康复师，没有治疗师。之前摔伤了两次，治疗康复比较贵，也只能保守治疗，所以伤情有一些积累。那段时间，竞技状态上不去，心理压力挺大的，不过还好有我的教练。"

在社交平台上，这个 23 岁的小伙子日常会分享训练、比赛、生活，他也曾在伤病期写些文字鼓励自己："跌倒会让你更强，更清醒。笑着清理掉灰尘，让我们坚定向前的勇气，坚定必胜的信念，战胜软弱的自己。"

根据计划，"十四冬"比赛后赵嘉文和队伍将留在崇礼训练到 2 月中旬，然后出国训练和比赛。赵嘉文说："3 月有世界杯比赛，但是身体还是要恢复和调整。期待到时候，我能调整到一个好的状态。"

新华社河北崇礼 2024 年 1 月 30 日电
新华社记者：杨帆、董意行

扫码看视频 | 赵嘉文：我比冬奥会时更强了

"十四冬"大赢家王强：为更大的目标继续拼

　　拿下"十四冬"越野滑雪公开组男子50公里集体出发（传统技术）金牌后，王强以五块金牌的成绩，成为目前"十四冬"获得金牌数最多的运动员。

　　"十四冬"越野滑雪比赛于2024年2月14日开赛以来，来自重庆队的王强先后在男子双追逐（15公里传统技术+15公里自由技术）、男子15公里（间隔出发自由技术）、男子个人短距离（传统技术）、男子团体短距离（自由技术）、男子50公里集体出发（传统技术）中获得金牌。

★2024年2月24日，重庆队选手王强在比赛中。（新华社记者赵子硕摄）

"今天体力分配得特别好，50 公里和短距离还是不一样，特别考验运动员的耐力。"走出赛场，王强十分振奋，"比赛时的我看着轻松，是因为我会在赛前的训练中折磨自己。'要想人前显贵，就得人后遭罪'，这是我一直坚信的。"

对于"十四冬"的越野滑雪比赛，王强有着自己的观察和思考，他希望能有更多运动员参与其中。"我观察到，有的长距离项目选手，这次没有参加短距离项目比赛，而我是从头到尾一直参与到最后，一直不放弃。"

出生于 1993 年的他还想继续拼搏。"我特别爱这项事业。我想让越野滑雪在国内发展得更好，让更多人能够认识这个项目，参与进来。其实，越野滑雪 50 公里集体出发比赛就是冬季马拉松，简单易上手。"

王强一直把"十四冬"视作一次全面的"大检验""大练兵"，因为他还有更大的目标。他说："我一直想在世界杯上崭露头角，就是想让我们年轻一代的运动员看到机会和希望——我们中国越野滑雪在世界上不是不可以（出成绩）。"

"当一切尘埃落定后，还要回归平静的生活。接下来我将继续努力，走好脚下每一步，迎接亚冬会、世锦赛和米兰冬奥会。"王强对自己、对中国越野滑雪的未来，充满信心。

新华社呼和浩特 2024 年 2 月 24 日电

新华社记者：王靖、张睿

"十四冬"之星：久违的短道名将回来了

2024 年 2 月 15 日，第十四届全国冬季运动会短道速滑项目进行了第一个比赛日的争夺。当日众星云集，武大靖、任子威、刘氏兄弟、林孝埈等多位冬奥冠军悉数亮相。在男子 1500 米比赛中，淡出赛场许久的名将韩天宇在第二组第三道登场，现场观众报以热烈掌声。

当日正值正月初六，赛场上春节氛围浓厚，中国结、福字等元素随处可见，现场观众为喜爱的运动员加油呐喊，氛围热烈。"现在感觉很兴奋，场

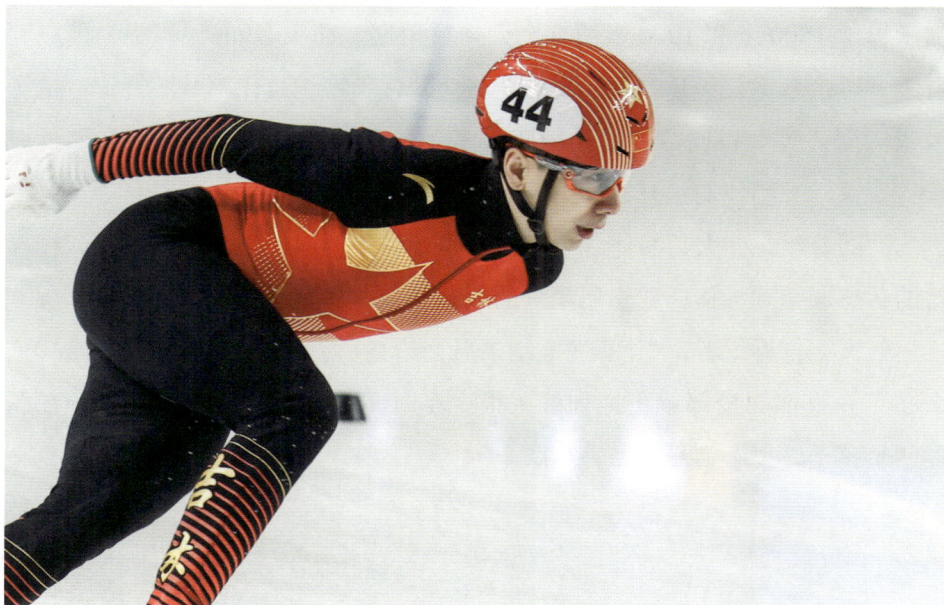

★ 韩天宇在第十四届全国冬季运动会短道速滑项目比赛中。（新华社记者李博摄）

馆环境条件和氛围都很好，又回到了我熟悉和热爱的冰场。"韩天宇赛后说。

27 岁的韩天宇可谓年少成名。2012 年，15 岁的他进入国家队，随后在2014 年索契冬奥会上收获男子 1500 米银牌，创造中国选手在该项目的冬奥最好成绩。在 2016 年世锦赛上，韩天宇独揽三金，其中包括男子 1500 米冠军。这是世锦赛 41 年历史上，中国选手在该项目上获得的首枚金牌。此外，他还在这届世锦赛上获得个人全能和 5000 米接力两项冠军。

尝过出道即巅峰的甜蜜，也感受过伤病困扰的苦涩。2018 年在平昌冬奥会获得男子 5000 米接力银牌后，受困于伤病等多方面原因，韩天宇在一段时间内逐渐淡出赛场，并错过了北京冬奥会。

上届全冬会上，韩天宇收获男子 1500 米、1000 米金牌和 500 米银牌。八年后再次回到全冬会赛场，韩天宇已经是两个孩子的父亲，对于短道速滑的热爱让他坚守到现在。"我还是热爱这个冰场，不想这么轻易就放弃，这一辈子的青春都奉献给短道速滑了，不想这么快就结束。"

虽然一切并不容易，但他表示自己会尽力。此次"十四冬"，韩天宇参加了男子 1500 米和 1000 米两个个人项目角逐。在 15 日的比赛中，他顺利晋级。对于名将云集和新人辈出的全冬会，韩天宇坦言比赛并不好比。"竞争很激烈，我觉得比赛能达到国际水平。现在的年轻运动员比我们那批成长得要快，看到他们很开心。"

"随着年纪变大，身体各方面恢复得比较慢，但还是会积极比赛，把自己的状态调整到最佳，我想用最好的表现回报冰迷们。"韩天宇说。

韩天宇告诉记者，"十四冬"结束后会给自己放个假，多陪陪家人。"这么多年一直都在按部就班地训练，很少有时间陪家人，一直都是妻子在照顾两个孩子，很不容易。"

新华社呼和浩特 2024 年 2 月 16 日电
新华社记者：李典、李春宇、王君宝、魏婧宇

"十四冬"之星：澳门花滑选手何智轩的"逆风翱翔"

　　鸟鸣伴着音乐响起，何智轩舒展双臂上下抖动，如同在冰面上张开了翅膀。起跳，摔倒，再起跳，又摔倒，实时技术分亮起一串红灯，何智轩跌跌撞撞完成了"十四冬"男单自由滑的表演，成绩虽然不理想，却是一次无悔的"逆风翱翔"。

　　对于全冬会赛场，何智轩并不陌生。"十三冬"时，他曾作为澳门花滑队的"独苗"参加青年组比赛，并获得第七名。那时还未满 17 岁的何智轩刚步入职业生涯的巅峰期，正准备在赛场上一显身手，然而意外比明天更早降临了。

　　"'十三冬'结束几个月后，我隐约感觉身体出现了问题，每个月都无缘无故地发高烧，康复后又反复发烧。"2016 年秋天，何智轩被确诊为急性淋巴细胞白血病，不得不离开冰场，开始了长达两年的抗癌治疗。"那两年不能滑冰，但我做梦都是在冰场上，完成一个又一个两周跳，做着那些生病前对我来说很容易的动作。"

　　何智轩一次次往返香港、澳门的医院进行治疗，在完成脐带血移植并进入稳定期后，他找到医生，劝医生同意自己重返冰场。"医生说我可以滑，但是不能做剧烈动作。我在完成每周的化疗后，终于能去冰场了。"

　　在何智轩心中，"冰场就是另外一个家"。训练有半个小时休息时间，何智轩不舍得回家，累了就在冰场的休息区躺一会儿，"那段时间我和冰

★ 2024 年 2 月 25 日，何智轩在男单短节
目比赛中。（新华社记者连振摄）

场的联系更深了"。

大病初愈的何智轩，追公交车都会崴脚摔倒，在冰场上更是无力完成曾经熟悉的跳跃和旋转。因此，他只能通过教小朋友滑冰来重启自己的花滑人生。"因为教小朋友只需要在旁边扶着他们滑，能慢慢把自己的腿部肌肉练起来，然后再加入难度训练，从一周跳开始重新学。"

为了备战"十四冬"，何智轩从去年开始每周三次往返于珠海和澳门之间，因为"澳门现在没有冰场，我们只能去珠海训练"。好消息是身边多了两名队友，异地训练也没那么孤单了。"八年前备战全冬会，每次训练中间都不休息，不敢浪费包冰场的时间。现在和队友一起，训练时互相帮助，压力没有那么大，中间能够歇一歇，真的开心多了。"

时隔八年又踏上全冬会的赛场，何智轩从"独苗"变成了"大哥"。"澳门队有 3 名选手参加'十四冬'，除了我还有一名青年组女单和一名公开组女单选手。"何智轩说，"澳门虽然人口不多，但是这几年参与花滑的人越来越多。我在做运动员的同时，也成为了一名教练。"

完成在"十四冬"舞台上的最后一套表演后，何智轩大汗淋漓，嘴唇发白，但是满脸笑容。"我的体力还不是很好，有时候血没有供上来就会头晕，到后边人都软了，能坚持做完整套动作，我就完成了赛前的目标。"

告别"十四冬"，何智轩依依不舍，同时也对未来充满期待。"现在已经过了五年的观察期，目前身体状态还算稳定，虽然不知道以后身体会怎样，但我想自己不会离开花滑。"何智轩说，"以后参加这种大型赛事的机会应该很少了，我还会再比赛一两年，然后继续做教练。"

正在读大四的何智轩，学的专业是旅游管理，他还想把旅游跟体育结合起来，向更多人展现澳门的特色。"就先从我的专长花滑开始结合吧！"

在冰场上"起飞"的何智轩，穿越人生的疾风骤雨，翱翔于更广阔的天空。

新华社呼和浩特 2024 年 2 月 26 日电
新华社记者：魏婧宇、乐文婉、黄耀漫

何金博"逆风"夺冠

在 2024 年 2 月 22 日于内蒙古扎兰屯进行的"十四冬"自由式滑雪公开组男子坡面障碍技巧决赛中，河南选手何金博克服大风等不利因素，以全场唯一超 90 分的成绩夺冠。

当天比赛过程中风力大、风向不定，不少选手的发挥因此受到影响。比赛赛制临时改为两轮决胜负，更增加了赛果的不确定性。何金博在第一轮中得到 84 分，排名第二。第二轮中，他在不少选手甚至难以完成比赛的情况下发挥出色，将全场最高分刷新为 92 分，夺得冠军。山东队的张世豪和贵州队的刘鑫鹏分获第二、第三名。

"（站在出发区）我肯定是紧张的，这个大风对心理来说肯定也是有影响的，但是我觉得这些都是控制不了的因素，我唯一能控制的就是自己的身体（姿态）、速度，其他东西确实不在我的操控范围之内。但我想如果能控制好自己，其实就能够避免失误。"何金博说。

这名 19 岁的小将参加过北京冬奥会自由式滑雪大跳台和坡面障碍技巧比赛。在国际雪联世界杯分站赛中，他已累计 9 次出赛，最好成绩为第 26 名。

何金博表示，参加北京冬奥会的经历锻炼了他的心理素质。"备战北京冬奥会的时候，我比了很多比赛，但那时候我内心就像有个'魔咒'一样，基本上每次比赛在第一轮滑行时都会摔，然后第二轮就得顶着很大的压力去完成自己想完成的动作。"

"参加完北京冬奥会，我感觉自己在比赛心态上有了一个非常大的进

★ 2024 年 2 月 22 日，河南队选手何金博
在比赛中。（新华社记者谢剑飞摄）

步。在面对其他赛事的时候，我感觉更自如了，滑行、做动作也能更好地控制自己了。"

经历过冬奥会和不少国际比赛"大场面"的何金博，坦言和国际高水平相比，国内的男子自由式滑雪项目发展仍有待提高。"差距是肉眼可见的。我觉得自己还有很长的路要走，得虚心学习，才能向更高的领奖台发起冲击。"

在训练和比赛之余，何金博还开设了自己的社交媒体账号，并积累了不少粉丝。他账号上的主要内容就是分享自己的比赛画面、解锁新动作的画面。在最新一期分享视频中，他的配文是"滑雪即解药"。

"我觉得要想提高中国自由式滑雪的整体水平，就应该把这些项目推广到大众视野。我个人觉得它们是很酷、很自由的。这个项目也让我变得更自信，我是非常热爱这个项目。"何金博说。

新华社呼和浩特 2024 年 2 月 22 日电
新华社记者：卢星吉、刘博、谷训、梁婉珊

家门口夺冠　杨昊吃了八年来第一顿春节团圆饭

2024 年 2 月 23 日晚，结束了"十四冬"的比赛任务，19 岁的杨昊向队里请假，回到扎兰屯市卧牛河镇五星村七组的家里。母亲给他包了三鲜馅饺子，准备了一大桌饭菜。这是杨昊离家训练八年来，全家人第一次在过年的时候吃上团圆饭。

杨昊从金龙山滑雪场驱车半个小时，经过五公里的狭窄硬化路面和五公里的崎岖山路，到了五星村七组的家中。这是镶着白色瓷砖的三间瓦房，房子前面是一个宽敞的大院，院子里停着一辆农用拖拉机，门口有个牲口棚，养着 20 多头牛和 20 多匹马。

得知儿子要回来，杨昊的母亲在厨房忙活了一下午，父亲杨金福则一直等在大门口，看到杨昊下车，杨金福立刻点燃了准备好的爆竹。为了能够见到弟弟，已经出嫁的姐姐带着不满周岁的孩子，正月里一直待在娘家。院门上挂着的大红灯笼、贴着的崭新对联和福字、清脆的爆竹声，都烘托着过年的喜庆。

对于冬季项目来说，春节前后正是训练、比赛的关键时期，回家吃上一顿年夜饭很难。杨昊是幸运的，他参加的"十四冬"自由式滑雪大跳台和坡面障碍技巧比赛，赛场就在家门口的金龙山滑雪场，所以才能吃上这顿春节团圆饭。更幸运的是，杨昊在家门口获得了他运动生涯迄今最具分量的奖牌——全国冬运会冠军。

17 日，在自由式滑雪公开组男子大跳台决赛中，杨昊前两轮发挥出色，

第一滑就得到全场唯一的 90 分以上的高分，最终以 174.75 分夺冠。

得益于比赛在家门口举行，杨金福八年来第一次在现场看儿子比赛。杨昊的妈妈没敢进现场，一直在雪场门口等消息。赛道上，杨昊每一次做动作，杨金福都紧张得屏住呼吸，心提到嗓子眼，看到杨昊平稳落地后才长舒一口气。赛道终点，观众们欢呼雀跃，纷纷向杨昊挥手致意，杨金福则把头扭开，把自己"藏"在人群里。

"不敢让他知道我来了。"杨金福说，本来说好一家人都不去现场，担心杨昊看到家人会分心，可是赛前一个晚上，老杨怎么都睡不着，还是一大早就带着杨昊妈妈偷偷跑去了赛场。

"爸爸妈妈，我表现得不错，快来看我领奖吧。"杨昊前两跳的得分基本可以锁定奖牌，看到有望登上领奖台，他在比赛间隙第一时间给父亲打了电话。夺冠后，看到人群中的父母，杨昊立即冲过来紧紧抱住了他们。

杨金福夫妇平时在家务农，家里有230亩地，种地是家里主要的收入来源。最近几年，牛马行情不好，靠着200多亩玉米地，家里每年能有10万元左右的收入。杨昊接受滑雪训练这八年来，没能参加国际比赛。自2018年开始参加国内赛事，到2021—2022赛季在全国自由式滑雪冠军赛上拿到坡障冠军后，杨昊得到了内蒙古自治区体育局的临时编制，也有了固定收入，但不足以实现经济独立，日常开支仍需要家里支持。2023年7月，内蒙古队训练间歇期，杨昊选择自费去成都训练，提前算了算交通、食宿和气垫场地费用，他跟父亲要了10万元，这是家里近年来最大的一笔开支。为了节省费用，杨昊租了房子，每天自己做饭。今年，杨昊成为正式编制人员，每月的固定收入有6000元，父母肩上的担子终于轻了下来。

2018年，13岁的杨昊在训练中动作失误导致落地受伤。父母知道后十分心疼，杨金福劝他不要再练了，可是杨昊坚持要继续下去，杨金福也只能妥协，继续默默支持儿子。其实早在2016年，扎兰屯业余体校到卧牛河明德小学选材，田径项目出众的杨昊被选中练习滑雪，从没有滑过雪的小杨昊决定进入体校尝试这种让他好奇的运动，当时杨金福就不太情愿，但最后也遵从了孩子的选择。这些年来，杨昊挥洒了汗水，训练也带来了伤病，如今站上了全冬会的最高领奖台，付出得到了回报。

11岁就离开家乡的杨昊，2016年作为外训人员到新疆训练。"很多队员都是从其他（相关的）项目转过来的，有一些基础，我完全是从零开始。"杨昊回忆说，当时他要从最基础的空翻练起，经过一年多的基础训练后，才开始滑雪训练。

"2019年冬天，我有机会在北京奥森公园的气垫滑雪场训练，这是我的一个重要转折点。"杨昊用了七天时间，第一次完成了左侧两周偏轴转体1080和1260的动作，此前他只能通过观看外国选手的视频学习这些动作。之后，他在长白山训练时，再次在真实雪道上完成了这个动作，引起了国家队教练的关注。2019年冬天，杨昊被选入国家集训队。

杨昊坦言，自己不是天赋型选手，但他对训练的态度和能吃苦的劲头，超过绝大多数人。"每次训练我都抓紧时间上缆车，每一趟上山下山节约几分钟，每天就能比别人多滑几趟。"

走上专业训练的道路后，杨昊每年只能在春假时回到家里待一两个月。这两年看到父母日渐苍老，他每次回家心里都酸酸的，春播的时候会主动帮父亲干一些农活，但杨金福始终舍不得让儿子干重活。

"既然选择了这条路，我就一定会坚持下去。"杨昊说，他的梦想是登上奥运赛场为国争光，但参加冬奥会需要有足够的积分，得到这些积分需要不断去国外参赛。对于目前还从未参加过国际比赛的他来说，一切还都是未知。

吃完这次团圆饭，杨昊当晚就要返回队里，在全冬会后奔赴长白山备战下一个赛事，一步一个脚印向前走。

新华社呼和浩特 2024 年 2 月 24 日电
新华社记者：张荣锋、贺书琛、王雪冰

金博洋的"守得云开见月明"

"这是一切美好的开始，这是一切崭新的开始……"悠扬的英文歌曲响起，代表北京队出战花样滑冰团体赛的金博洋翩然起舞，仿佛将他近年来的经历娓娓道来。

2024年2月22日，金博洋再次亮相"十四冬"赛场，以短节目第一名晋级团体赛自由滑的他较为顺利地完成后外点冰四周跳、阿克塞尔三周跳接后内结环三周夹心跳等动作。

"因为这是一切美好的开始，你就是一切的开始。"自由滑末尾处，音乐渐弱，金博洋却旋转得越来越快，而后他陡然停下，抬起头，坚定地举起右臂。同一时刻，欢呼声与掌声响起，象征着观众认可与喜爱的毛绒玩偶似雨点一般从看台区飞向冰场。金博洋笑着向四周观众挥手、鞠躬致意。

走出赛场，以领先第二名20多分的成绩帮助北京队再下一城的金博洋神情轻松，被问及给自己的自由滑表现打多少分时，他笑着说"80分"。"今天整体来说，（动作）全都成了。因为后面还有两套节目，我觉得能在比赛中滑出一整套，让自己有一个很好的调整（就是成功的）。"

自本月初的四大洲锦标赛以来，金博洋身体状态一直不佳。"一直在感冒，上周抵达海拉尔赛区后，还发烧了一次，对体力还是影响很大。希望通过昨天和今天的这两次比赛，调整自己的状态。希望在个人赛中，能增加更多的难度。"

金博洋是两届世锦赛季军。2018年，他在平昌冬奥会上获得第四名，

★ 2024 年 2 月 22 日，北京队选手金博洋在比赛中。（新华社记者连振摄）

创造中国在冬奥会男子单人滑项目上的最佳成绩。尽管近年来状态有所下滑，但他依然是毫无争议的中国男单领军人物。

在北京冬奥会取得第九名后，金博洋先是做了阑尾炎手术，接着又受到伤病困扰。随后，他的训练地点换到加拿大，一切都在适应中。

本赛季，金博洋的自由滑音乐沿用上赛季的曲目《这》。"编曲在吉他原声的基础上加入了大提琴的音色，后期钢琴的融入更是多了一分'守得云开见月明'的意境。"在金博洋看来，这首曲子，表达了他到加拿大训练后的状态。"一切都是全新的：新的环境、新的生活、新的团队。"

"外训后，我对自己的状态有了重新的认知。可能有些东西，我本来是这样想，但外训练习很多不一样的东西后，我对花滑有了新的理解，感觉有很多东西都可以转变。"金博洋说，"如果我当教练，可能会用一种全新的模式，帮助小朋友从小打基础。"

近期，金博洋的竞技状态有所回升：上海超级杯大奖赛获得铜牌，四大洲锦标赛获得第五，克罗地亚金色旋转杯夺冠。他的心理也变得更加强大。"现在我不会去在意别人的看法。一直滑到现在，我已经很满意了。作为一名运动员，我每一天都比前一天更努力，这种收获让我感觉很幸福。"

又一次站上全冬会赛场，金博洋坦言"感觉很好"。"疫情以来，已经很长时间没有见到这么多观众到现场支持我了。我很兴奋，也很感谢大家。"

"我的目标是，以现在的模式继续练习，在比赛和训练中，保持好的状态和心态。希望我能保持这种状态，在大框架的训练节奏里慢慢添加细节。"金博洋说。

新华社呼和浩特 2024 年 2 月 22 日电
新华社记者：乐文婉、黄耀漫、魏婧宇

"这里有家乡一样的辽阔"
——藏族运动员绽放"十四冬"赛场

　　冲过终点线的那一刻，曲桑卓玛喘着粗气，扔掉雪杖，趴在了雪地中。"太累了，今天的比赛对我来说确实是个很大的考验。"走入混采区，这位只有 19 岁的藏族姑娘如是说。

　　2024 年 2 月 15 日，第十四届全国冬季运动会冬季两项迎来首个比赛日。当日，内蒙古乌兰察布凉城赛区气温缓升，队员们以饱满的状态走上雪道。

　　首先进行的公开组女子 7.5 公里短距离比赛中，30 名进入决赛的队员需在滑行中依次完成卧射和立射。冠军最终被河北队选手褚源蒙摘得，而首次参加全国大赛的曲桑卓玛名列第 15 位。"占中间水平，还得继续努力。"曲桑卓玛说。

　　曲桑卓玛家住青海省海西蒙古族藏族自治州德令哈市柯鲁柯镇，13 岁进入青海省体校，经过一段时间中长跑训练后，开始练习冬季两项。

　　青海省冬季两项队教练李俊业说，队员们平时训练的青海多巴国家高原体育训练基地海拔超过 2000 米，非常适合耐力项目训练。北京冬奥会前，为了组建高原冰雪队伍，很多像曲桑卓玛一样的孩子通过跨界选材进入冬季两项和越野滑雪等队伍。

　　"藏族孩子特有的淳朴和韧劲感染了我，虽然我们队伍成立的时间较晚，但队员们成长速度很快，他们不断突破自我，让高原冰雪运动队伍有了厚度。"李俊业说。

曲桑卓玛的家乡德令哈是一个浪漫的地方，诗人海子曾路过这里，写下《姐姐，今夜我在德令哈》。"这是雨水中一座荒凉的城……"在海子眼里，这座位于巴音河畔的高原小镇只有戈壁和草原。

体育之梦，就像一道光，让青藏高原的孩子在追梦路上有了更多选择。对于"十四冬"举办地内蒙古，曲桑卓玛并不陌生。每年冬季训练期，他们的队伍多半时间在呼伦贝尔牙克石市训练。

"热爱这里的淳朴，这里有家乡一样的辽阔。"曲桑卓玛动情地说。

当日进行的冬季两项公开组男子 10 公里短距离比赛中，来自青海的藏族运动员东智多杰只取得第 29 名的成绩，但这位来自青海海东市的小伙感恩每一次在大赛中成长的机会。

23 岁的东智多杰曾练过中长跑和越野滑雪，最终选择练习冬季两项，从小在高原长大的他对雪有着特殊的感情，小时候和伙伴们推着冰车在河道里滑冰的场景，是他最美好的童年记忆。

"对我来说，这个项目最大的挑战在动静之间的转化。我们需要在滑行过程中精准完成射击，这不仅考验着体能素质，也需要很好地掌握射击技巧。"东智多杰说。

这些年，他随队在东北、内蒙古、青海等地训练，团队的付出，队员之间的鼓励让他在前进路上充满力量。

"春节期间，家人会在电话里鼓励我加油，刻苦训练，但说的最多的还是在外注意安全，保重身体。他们的话就像一杯酥油茶，让我在外也能感受到家的温暖。"

新华社呼和浩特 2024 年 2 月 15 日电

新华社记者：李琳海、恩浩

特写：凯歌踏雪而来

眼前这位有着小麦色皮肤，说话时眼睛放光的蒙古族小伙叫渐凯歌。在内蒙古乌兰察布市凉城县的"十四冬"赛区驻地，记者与他相遇。

2024 年 2 月 18 日，"十四冬"冬季两项公开组男子 20 公里个人比赛中，渐凯歌收获了一枚宝贵的银牌。赛场上，他就像一匹蒙古马，驰骋在茫茫雪原。近十年的付出，他终于在家门口站上领奖台，奏响了属于自己的凯歌……

22 岁的渐凯歌家住内蒙古根河市，根河被誉为"中国冷极"，这里的最低温度曾达到零下 58 摄氏度。他的父母都是当地林区的职工，从小在极寒之地长大的他对雪有种天然的亲近，从记事起他就踩着雪板在山野间尽情驰骋。

他的运动生涯起步较晚，但成长的脚步却很快。14 岁进入市体校练习滑雪，一年后，渐凯歌便成为自治区越野滑雪队的一员。

"从小就好动的我学东西比较快，雪感好，在雪地上滑行时一下子就有感觉了。"渐凯歌说。

天赋加努力让他的成绩有了起色，2019 年他进入越野滑雪国家集训队，有了更加坚实的滑雪基础。2021 年，他拿起枪，转项至冬季两项。

"冬季两项需要滑行加射击，偶然性大也意味着有更大的机会。我相信只要努力，奖牌一定属于我。"

冬去春来，渐凯歌一直保持着高强度的体能和雪上训练，每天还要打100 多发子弹……慢慢地，他的滑行和射击技术渐入佳境，进入赛场，他就像一个扛枪的战士，自信而威武。

"北京冬奥会让我看到了来自世界各地的'天花板'级运动员，当时作为试滑员的我也感受了奥运赛道，当时心想自己能代表国家参加冬奥会该有多好，这也更加坚定了我走好这条冰雪路。"

渐凯歌坦言，和前辈们相比，现在国家对冰雪队员的服务保障有了翻天覆地的变化，老队员们经常讲起以前训练时的艰苦状态：一双雪鞋就是破了洞还得穿。都说一个好射手是子弹"喂"出来的，但当时子弹有限，队员们只能练架枪，不断熟悉射击动作和稳定性。

如今，他和年轻队员们有了更多去国外比赛和训练的机会。这些年，他去过挪威、瑞典、德国、俄罗斯等冰雪项目强国。

"我特别享受在北欧国家滑雪的感觉，一座山、一条无尽的雪道、一股从山谷里吹来的风，会感觉非常舒服。一些还没我腿高的小孩子在雪地里踏板而行，滑雪已真正融入了他们的生活。"渐凯歌说。

谈起这些年对自己影响最大的人，他说，是自己的母亲全立娟。"我给母亲说过，我就是喜欢滑雪，我要靠体育养活自己。无论是成功还是失败，她总是默默为我打气，让我做更勇敢的自己。"

谈及未来，渐凯歌希望更多年轻人能够参加冬季两项等冰雪项目。他说，现在中国的冬季两项专业场地确实比较少，但初学者可以用滑轮入手，这样可以更加高效简便地模拟雪上滑行技术。

渐凯歌说："新年新气象。我希望通过自己不断的努力站到米兰冬奥会的赛场。"

新华社呼和浩特 2024 年 2 月 19 日电

新华社记者：李琳海、恩浩

单板女孩拥青拉姆：愿每朵雪花带给我幸运

　　藏族姑娘拥青拉姆的竞技体育之路充满艰辛，从家乡到拉萨练习足球时，她在母亲白玛群宗的陪伴下，光大巴就坐了两天一夜。从足球"转行"到单板滑雪，再到成为"十四冬"的青年冠军，又是数年时光。

　　拥青拉姆的家乡在西藏昌都市左贡县旺达镇普绒村，这个静谧的村庄海拔超过 3000 米，当地很多人过着游牧生活。2017 年，一次偶然的机会，她成为西藏自治区体育运动技术学校的一名足球选手，从此，开启了自己的体育之路。

　　在左贡县小学上学时，拥青拉姆自称文化课不好也不差，但特别爱跑步，体育老师特别喜欢她。真正要成为运动员时，她有些惶恐，此前她去过最远的地方是和父母去昌都转山。"听说我要去拉萨练足球了，村里很多人都来我家祝贺，给我献上了圣洁的哈达。远行前，家里人在山顶撒风马旗，希望我一切顺利。"

　　坐了两天一夜的大巴，她终于到了拉萨，当看到平时只能在电视上看到的布达拉宫，拥青拉姆兴奋了很久。但很快，高强度的训练让她回归到运动员生活。一年后，她经过跨界跨项选材，成为一名单板滑雪运动员。

　　接下来的几年里，她随队在江苏、吉林、河北等地进行专业训练。拥青拉姆永远忘不了上雪道前，在旱雪上练习推坡的场景——他们需要在形似"金针菇"的树脂材料仿真雪上滑行。"当时摔了一跤又一跤，屁股疼了几天后，我渐渐明白，只要滑行时不往后坐就不会倒下，我逐步掌握了滑

★ 2024 年 2 月 19 日，西藏队选手拥青拉姆（右）在夺
冠后庆祝。（新华社记者李志鹏摄）

行技巧。"

　　第一次在吉林松花湖接触真雪时，拥青拉姆紧张又兴奋。"在雪上练 S
弯顺利了很多，我还挺喜欢在雪地里自由滑行的感觉，仿佛有了翅膀奔跑
在草原一样。"

　　法国人马塞尔是拥青拉姆的启蒙教练，在他的指导下，拥青拉姆渐入佳
境，2021—2022 赛季国际雪联单板滑雪障碍追逐世界杯俄罗斯站比赛中，
拥青拉姆获得第 17 名，并获得北京冬奥会参赛资格。

　　但老天好像和她开了个玩笑。北京冬奥会前一次公开训练中，她意外受
伤，憾别奥运赛场。

　　两年多之后，2024 年 2 月 19 日，在全国冬季运动会单板滑雪障碍追逐
项目青年女子组的激烈角逐中，拥青拉姆斩获冠军。"这枚金牌弥补了之
前冬奥会我受伤未上场的遗憾，"她说。

拥青拉姆的父母有四个孩子，她排行老四。父母虽然不懂得怎么帮女儿提高成绩，但每次回家，一大早他们都会催着拥青拉姆起来跑步。"父亲答应我晨跑8公里后，用他破旧的小车把我接回家……以后等我有钱了，一定给父亲买一辆好一点的车。"拥青拉姆说。

结束"十四冬"比赛，过几天拥青拉姆就能和家人团聚了。"在回家之前，我应该先要去北京做个膝盖手术。"这句话，她说得云淡风轻。

拉姆，在藏语中意为仙女。"希望就像我的名字一样，愿每朵雪花都能带给我幸运。"

新华社呼和浩特2024年2月20日电
新华社记者：李琳海、恩浩

巴德鑫："90 后"冰壶老将的新期待

2024 年 2 月 20 日，在第十四届全国冬季运动会冰壶（公开组）混双决赛中，黑龙江队以 7 ：6 战胜福建队，获得金牌。

"对手的体力比我们强一些，我们就是沉住气，凭借自己的经验，尽量将比赛拖到最后，看谁紧张。"赛后，黑龙江队选手巴德鑫说，他和搭档姜懿伦在工作之余备战一年多，尽管过程艰辛，但两人在赛场上享受到了比赛的乐趣。

1990 年出生的巴德鑫 16 岁开始成为一名冰壶运动员，2019 年退役回到哈尔滨队担任冰壶教练，后来进入哈尔滨体育学院成为一名老师。在这项运动中，这位 "90 后"也成了老将。

黑龙江队冰壶教练马永俊在 2008 年就是巴德鑫的教练。"巴德鑫在 2014 年索契冬奥会随中国男队获得第四名，2016 年冰壶世锦赛混双亚军，参赛经验丰富，也非常自律。"马永俊说，巴德鑫对自己要求很高，经常和年轻队员交流，即使现在是一名老师，也从未远离冰场。

当天决赛巴德鑫沉着冷静，几次在落后情况下将局面逆转，赢得观众的阵阵掌声。"再次回到赛场我非常珍惜，对我来说参赛过程比结果更重要一点。"

福建队选手王智宇称呼巴德鑫为 "大哥哥"，队友姜懿伦叫他 "巴哥"。姜懿伦说："这次比赛我从第二轮开始就生病了，大家压力也非常大，巴哥在生活中比较照顾我，是一个暖男。我在赛场上会专注自己，其他情况他负责得更多一些。"

　　在 18 日进行的混双第八轮循环赛中，当四川队选手周妍想把巴德鑫投的冰壶擦出得分区域时，巴德鑫笑道："早知道你擦，我就不擦了。"周妍和周围工作人员笑了起来，作为自带幽默感的东北人，巴德鑫总能让原本紧张的比赛氛围变得轻松。

　　"我们很熟了，已经是十几年的老队友了，大家非常了解彼此，比赛中也会互相调侃，调节气氛。"巴德鑫说，各冰壶队的选手们平时很多是在一起训练的，其中有在冬奥会上并肩作战的队友，也有"95 后""00 后"的弟弟妹妹，大家私下经常交流，切磋技术。

　　作为一名高校老师，巴德鑫也在尽其所能地推广冰壶项目。"从教练到老师，除了想换一种生活方式，我也想给更多学生传递冰壶知识，期待更多人参与到这项运动中。"巴德鑫说，希望冰壶能够走进校园，通过开设冰壶课、建设冰壶场馆等方式让更多人爱上冰壶。

　　从运动员到教练再到老师，对巴德鑫来说，变换的是身份，不变的是对冰壶的热爱和对冰雪运动的热情。"冰壶是我一辈子从事的运动和工作，能把我的爱好和工作结合到一起，我觉得是一件挺幸运的事。"巴德鑫说。

新华社呼和浩特 2024 年 2 月 20 日电

新华社记者：戴锦镕、赵泽辉、刘艺淳

站上冰壶领奖台的"贵州娃"

一个基因里看似和冰雪无缘的"贵州娃"，乘着"南展西扩东进"的东风，执拗地飞往"冰城"哈尔滨，开启冰壶生涯。从踉跄上冰，到成为"十四冬"男子冰壶公开组冠军，费学清带着热爱前行，可他却笑着说："不是我选择了冰壶，而是冰壶选择了我。"

2024年2月26日晚，代表河北队出战的费学清不遗余力地擦拭着冰面，等待队友兼教练徐晓明在末局一"壶"定音。打定！得1分！河北队以5∶4战胜福建队摘得桂冠，以11场全胜战绩结束"十四冬"之旅。不善言辞的费学清说："这感觉太奇妙，无以言表。"

21岁的"贵州娃"费学清生于风景如画的六盘水，这里地处乌蒙山区，常见云海变幻、雄奇灵峰。起初他热爱奔跑，却被田径教练评价为"努力但天赋不够"，后来机遇来临，六盘水市组织高中生去哈尔滨参加冰雪人才选拔。15岁的费学清不顾妈妈反对，"先斩后奏"来到三千里之外的"冰城"。

本想练滑雪的他，却阴差阳错地来到冰壶赛道。"这机会很难得，我想试试。"虽然第一次上冰踉踉跄跄，但多亏扎实的体育底子，费学清"学得快""做得稳"，和老乡谢兴银等六人在近百名"南方娃"中脱颖而出。

当他获得2018—2019赛季冰壶混双冠军赛亚军时，妈妈才认可道："原来这玩意儿确实能搞出名堂。"

日复一日的封闭训练后，费学清于2022年入选国家青年集训队，同年随队奔赴芬兰与各国高手同台竞技，最终斩获世界冰壶青年锦标赛冠军。

在贵州老乡的支持下，在当地媒体的关注下，在老将徐晓明的指挥下，首次站在全国冬运会舞台上的费学清多次上演绝地反击。顶着稚气的脸，他却收获很多次"少年老成"的评价。教练说他关键时刻"靠谱"，队友说他性格沉稳。

"在场上我只想着怎么投好每一只壶，我享受冰壶的变化多端，享受'胜负只在一瞬间'的感觉。"费学清说，"最大的梦想是站在冬奥会的赛场。"

与他并肩各大赛场的一垒谢兴银也是贵州人，比他们更小的贵州人谭斯婷/赵泽源在"十四冬"冰壶（青年组）混双比赛中摘铜……当越来越多的"南方娃"站上冰壶领奖台，更多梦想的种子破土而出。

新华社呼和浩特 2024 年 2 月 27 日电
新华社记者：刘艺淳、戴锦镕

彭程／王磊：老骥伏枥，仍是一步一脚印

　　2024 年 2 月 25 日，尽管两个单跳出现失误，花滑老将彭程／王磊凭借短节目的稳定发挥，最终以总分 198.39 分获得"十四冬"花样滑冰双人滑金牌。

　　等分时，彭程抿紧嘴唇，紧张与失落写在了脸上。"大风大浪也经历了

★ 2024 年 2 月 25 日，北京队组合彭程（右）／王磊
在双人滑自由滑比赛中。（新华社记者胥冰洁摄）

很多，最重要的还是做好自己，但今天可能遗憾的还是没有做好自己。"

虽然取得本赛季最好成绩，但彭程认为自己发挥得并不好。"今天问题出在我的'千古难题'——单跳，两个（失误）都是单跳。"彭程在赛后说。王磊站在旁边，轻轻拍了拍她的肩膀，安慰道："失败了不要紧，只要在挫折中去成长，为接下来的比赛做好准备（就好）。"

过去五天，彭程 / 王磊接连进行了四场比赛，这对两位老将的体力是不小的挑战。"换成任何人来说，都已经相当疲惫了，但大家还坚持在赛场上。"彭程说。

26 岁的彭程是冬奥会"三朝元老"，如今站在"十四冬"赛场上的，已是她的第四任双人滑搭档；35 岁的王磊，参加过三届花滑世锦赛，此前和王雪涵长期搭档，曾是国家队重点组合。

八年前，在"十三冬"获得亚军的王磊没想过自己还能有机会在全冬会上夺得奖牌；而一年多以前，彭程也以为自己再也没有机会登上赛场。

两位壮志未酬的老将在 2023 年组成新搭档，重新出发。"很感谢我的搭档，我们还能站在赛场上，就是最开心的。"王磊说。

尽管这一年，王磊的腕伤加重、握力下降；彭程的左脚伤势反复，需要吃止疼药或打封闭才能上场，他们仍然一步一个脚印，尽力参加国际比赛，并在上海超级杯大奖赛获得冠军，在中国杯大奖赛摘得铜牌。

没有过多时间休整，十几天后，彭程与王磊将再次启程，前往加拿大备战世锦赛。"我们打算提前适应冰场、适应时差，再让（编导）劳瑞帮我们细化一下节目。"彭程说。

"接下来会针对性地解决（这次）比赛中出现的问题，期待在世锦赛上，滑出本赛季最后两套完整的节目。"王磊说。

新华社呼和浩特 2024 年 2 月 25 日电
新华社记者：乐文婉、魏婧宇、黄耀漫

年龄不是鸿沟，是传承的桥梁

——"十四冬"冰雪赛场上的老少协奏曲

在第十四届全国冬季运动会群众比赛越野滑雪男子 4×1500 米团体接力赛的预赛中，12 岁的赵尉钧接过最后一棒时，前面还有两名对手，但他没有放弃，奋力追赶，最终将团队的成绩定格在小组第二名。

赵尉钧的表现让滑第一棒的刘国伟十分欣慰，58 岁的他说："我能做的就是拼尽全力，尽量不给后面的年轻人落下太多。赵尉钧的表现让我很感动，他是一位优秀的年轻运动员。"

在 2024 年 1 月 13 日开赛的"十四冬"群众比赛中，越野滑雪和速度滑冰均规定，各代表队必须有一名 8 岁到 14 岁的队员和一名 50 岁到 60 岁的队员。在赛场上，老将凭借丰富的经验和沉稳的气度，为年轻运动员提供了宝贵的指导。而小将则凭借青春活力和拼搏精神，传承前辈们手中的"接力棒"。

在内蒙古队中，刘国伟和赵尉钧就是一对"老少搭档"。刘国伟来自冰雪之乡呼伦贝尔，从小就热爱和参与冰雪运动。赵尉钧则是海拉尔体校的学生，一年前开始练习越野滑雪。

两人在训练中配合默契，互相学习、互相帮助。刘国伟教赵尉钧如何掌握技术动作，如何进行准备活动和拉伸放松；赵尉钧则给接力团队带来了青春活力。

新疆队的沙芭海提和教练员爸爸，则上演了另一段充满温情的故事。小学六年级开始接触冰雪的沙芭海提，如今已是经验丰富的运动员。这次参加"十四冬"，她和爸爸立下约定，如果能进决赛就让她养一只猫。最终，新疆队顺利进入决赛。赛后，爸爸紧紧拥抱了自己的女儿。

速度滑冰项目裁判长、越野滑雪项目竞赛长刘仁辉表示，这种不同年龄层搭配的设计，一方面是为了增强比赛的群众性和观赏性，普及推广冰雪运动，另一方面也考验选手之间协作的默契度。

山东队的越野滑雪教练温明建深知队员间默契配合的重要性。他根据队员在赛场的实训情况和心理状态，精心调整人员安排，将技术和体能最强的队员放在第三棒，为保障团队的整体发挥找到了最优解。

温明建说，山东队的优势在于老少队员是同一所学校的师生，彼此间充满包容和关爱，沟通顺畅，配合默契，为训练和比赛提供了强大助力。

在冰雪赛场上，年龄不是鸿沟，而是传承的桥梁。老将们的沉稳经验遇上新秀的青春活力，冰面上交织着拼搏与传承，协作与感动。

新华社呼和浩特 2024 年 1 月 14 日电

新华社记者：赵泽辉、贺书琛

赛事报道

"十四冬"女子冰球：广东队提前夺冠

在 2023 年 7 月 20 日进行的第十四届全国冬季运动会女子冰球比赛中，实力强劲的广东队继续保持全胜战绩，提前一轮获得本届赛事的冠军。

积分榜头名广东队在当天对阵陕西队的比赛中从开始就牢牢把握比赛节奏。首节比赛，方新和康木兰为广东队进球。第二节成为广东队的进球表演，于柏巍、朱瑞、张喜芳和文露连续打入 5 球，其中朱瑞独中两元。第三节，张喜芳将比分锁定为 8：0。

赛后广东队方新表示"获胜在意料之中"。对于中国女子冰球的未来发展，方新希望出现"百花齐放"的场景，"所有队伍都强起来，才会形成良性竞争，推动中国冰球运动的发展和提高。"

排名第二的黑龙江队与四川队的比赛也不出意外地呈现一边倒的局面，黑龙江队首节比赛就取得 3：0 的领先优势，并在随后两节比赛中各入一球，将比分定格在 5：0。

由于广东队在此前的比赛中战胜黑龙江队，在两队胜负关系上占优，因此即使最后一轮输球也无碍夺冠，广东队从而提前一轮锁定冠军。

当天最后一场比赛在北京队与上海队之间展开，本场比赛前，上海、河北、北京队排名第三至第五。最终北京队以 3：1 击败上海队，积分反超河北队升至第四，上海队继续排在第三。

2023 年 7 月 21 日将是本次赛事的最后一个比赛日，由于上海队轮空，北京队与河北队的直接对话将决定季军的归属。

新华社呼和浩特 2023 年 7 月 20 日电

新华社记者：王春燕、赵泽辉

"十四冬"男子冰球：北京队战胜内蒙古队夺冠

在 2023 年 8 月 6 日进行的第十四届全国冬季运动会男子冰球决赛中，北京队以 15 ： 0 大胜东道主内蒙古队，以不败战绩夺得冠军，内蒙古队获得亚军。

开场后，内蒙古队利用积极拼抢打出了两次极具威胁的反击；而北京队稳扎稳打率先取得进球，随后更是攻势如潮，在第一节一共打进 9 球。第二节和第三节中，北京队虽然攻势受限，但仍然分别打进 3 球，最终以 15 ： 0 胜出。

北京队是本届赛事中公认的"王者之师"，参赛的 23 名运动员中，有 10 位出战过北京冬奥会。从小组赛到决赛的 7 场比赛，北京队场场大胜对手，共打进 127 球，仅失 5 球。

在当日进行的铜牌争夺战中，陕西队以 3 ： 0 小胜重庆队获得铜牌。当日还进行了第五名至第八名的排位赛，天津队以 9 ： 1 战胜黑龙江队，辽宁队以 11 ： 3 战胜安徽队。最终天津队、黑龙江队、辽宁队、安徽队分列五至八名。小组未出线的四川队位列第九。

新华社呼和浩特 2023 年 8 月 6 日电
新华社记者：叶紫嫣

扫码看视频 | 十四冬"男子冰球：北京队战胜内蒙古队夺冠

"十四冬"雪车：怀明明、李纯键/吴青泽分获女子单人和男子双人冠军

2023 年 11 月 24 日，第十四届全国冬季运动会雪车项目在北京延庆的国家雪车雪橇中心结束了女子单人和男子双人比赛的争夺。吉林队选手怀明明摘得女子单人雪车桂冠，河北队李纯键搭档吉林队选手吴青泽夺得男子双人雪车冠军。

★2023 年 11 月 24 日，李纯键/吴青泽在比赛中。（新华社记者鞠焕宗摄）

在北京冬奥会女子单人雪车比赛中，怀明明与应清分列第六和第九位。本次"十四冬"比赛，怀明明在 23 日的前两轮滑行过后，领先上海队的应清 0.27 秒，并在 24 日的最后两轮滑行中继续稳定发挥，最终以 4 分 17 秒 97 的成绩夺冠，应清以 0.49 秒之差获得银牌，重庆队谭颖慧位列第三。

在 18 日举办的国际雪车联合会雪车和钢架雪车世界杯延庆站男子四人雪车比赛中，孙楷智、丁嵩与队友携手摘铜，夺得中国男子四人雪车首枚世界杯奖牌。孙楷智和丁嵩在"十四冬"的赛场上分别代表辽宁队和天津队出战，在 23 日的男子双人雪车前两轮滑行过后领先李纯键 / 吴青泽 0.1 秒。

李纯键 / 吴青泽在 24 日的最后两轮发力，两次滑行均排名第一，最终以 3 分 59 秒 72 的成绩夺冠，总成绩领先第二名孙楷智 / 丁嵩 0.46 秒。陕西队的朱自龙搭档山东队的匙翔宇获得季军。

当日还进行了钢架雪车比赛，两轮滑行过后，天津队闫文港、内蒙古队赵丹分别暂居男子、女子钢架雪车第一名，该项目最后两轮滑行将于 25 日进行。

新华社北京 2023 年 11 月 24 日电

新华社记者：李春宇、王春燕

"十四冬"钢架雪车：闫文港、赵丹分获男女冠军

2023 年 11 月 25 日，第十四届全国冬季运动会钢架雪车项目在国家雪车雪橇中心结束了男子、女子比赛最后两轮滑行。最终，天津队闫文港、内蒙古队赵丹分获该项目男女冠军。

北京冬奥会上，闫文港在男子钢架雪车比赛中摘铜，夺得中国首枚钢架雪车冬奥奖牌。本赛季开始前，闫文港表示，经过近期的训练和队内选拔，已为新赛季的国际国内赛事做了充分准备，力争登上最高领奖台。

在 17 日举办的国际雪车联合会雪车和钢架雪车世界杯延庆站男子钢架雪车比赛中，闫文港在首轮滑行过后排名第一，但在次轮被北京冬奥会冠军、德国名将格罗特赫尔和中国选手陈文浩反超，最终收获铜牌。赵丹同样是在

★ 2023 年 11 月 25 日，内蒙古队选手赵丹夺冠后庆祝。（新华社记者王楷焱摄）

★2023 年 11 月 25 日，天津队选手闫文港在比赛中抵达终点。（新华社记者王楷焱摄）

该站世界杯女子钢架雪车首轮滑行过后位居第一，但在全部两轮滑行过后，落后德国选手蒂娜·赫尔曼 0.02 秒，遗憾摘银。

本次"十四冬"，闫文港和赵丹延续良好状态，在 24 日的前两轮滑行过后，两人就分别暂居男子、女子钢架雪车第一名，并在 25 日的最后两轮滑行中稳定发挥，锁定冠军。

闫文港以 4 分 02 秒 10 的总成绩夺冠，河北队殷正、辽宁队陈文浩分列第二、三位。在女子钢架雪车比赛中，赵丹以 4 分 07 秒 97 的绝对优势摘得桂冠，领先获得亚军的浙江队宋思娇 1.73 秒，四川队黎禹汐获得铜牌。

27 日至 28 日，"十四冬"钢架雪车混合团体、女子双人雪车和男子四人雪车比赛还将在国家雪车雪橇中心举办。

新华社北京 2023 年 11 月 25 日电

新华社记者：李春宇、魏婧宇

"十四冬"雪橇比赛首日决出两枚双人项目金牌

2023 年 12 月 16 日，第十四届全国冬季运动会雪橇比赛在国家雪车雪橇中心开赛。

首日比赛中，陕西队居巴依·赛克依搭档内蒙古队侯硕夺得男子双人雪橇冠军，总成绩为 2 分 01 秒 173。新疆队古丽洁乃提·阿迪克尤木和陕西队赵佳颖携手摘得女子双人雪橇桂冠，总成绩为 2 分 10 秒 002。

"十四冬"双人雪橇比赛进行两轮滑行，两轮成绩相加进行排名。其中，男子双人雪橇有两组选手参加，女子双人雪橇有一组选手参加。

男子双人雪橇比赛中，黑龙江队黄叶波搭档广东队彭俊越，在首轮滑行过后排名第一，但在次轮被居巴依·赛克依和侯硕反超，最终以 0.233 秒之差遗憾摘银。

17 日，"十四冬"雪橇比赛还将决出男子单人、女子单人和团体接力金牌。

新华社北京 2023 年 12 月 16 日电
新华社记者：李春宇、王春燕

"十四冬"雪橇比赛：鲍振宇、王沛宣分获男女冠军

在 2023 年 12 月 17 日进行的第十四届全国冬季运动会雪橇比赛中，北京队鲍振宇以 3 分 55 秒 349 的总成绩夺得男子单人雪橇冠军，陕西队王沛宣以 4 分 03 秒 753 的总成绩摘得女子单人雪橇金牌。

"十四冬"单人雪橇项目进行四轮滑行，四轮成绩相加进行排名。鲍

★ 2023 年 12 月 17 日，北京队选手鲍振宇在比赛中。
（新华社记者鞠焕宗摄）

★ 2023 年 12 月 17 日，陕西队选手王沛宣在比赛中。（新华社记者张晨霖摄）

振宇在本次比赛中发挥稳定，四轮滑行成绩均排名第一，以绝对优势夺冠。湖南队李儆和新疆队阿拉巴提·艾合买提分获男子单人雪橇第二、三名。

　　陕西队的两位选手王沛宣和胡慧兰在女子单人雪橇比赛中展开激烈争夺，王沛宣凭借在第一轮和第四轮的出色发挥夺冠，胡慧兰以 0.336 秒之差收获银牌，北京队周梁子婷摘得铜牌。

　　当日还进行了团体接力项目的比赛，两组参赛队伍均为跨省组队。最终，王沛宣、鲍振宇搭档黑龙江队黄叶波和广东队彭俊越夺得金牌。

　　至此，"十四冬"雪橇比赛全部结束，高山滑雪比赛将于 2024 年 1 月 27 日至 2 月 5 日继续在北京延庆举办。

新华社北京 2023 年 12 月 17 日电

新华社记者：李春宇、魏婧宇

首枚全冬会滑雪登山金牌产生

2024 年 1 月 30 日，第十四届全国冬季运动会滑雪登山项目公开组短距离比赛在内蒙古扎兰屯市金龙山滑雪场举行，西藏代表队的玉珍拉姆夺得女子组冠军，这是首枚全冬会滑雪登山项目金牌。

来自西藏林芝的玉珍拉姆在 2023 年 2 月举办的滑雪登山世锦赛上，赢得女子 U20 组短距离项目冠军，这是中国队历史上首枚滑雪登山世锦赛金牌。30 日的决赛中，玉珍拉姆在擅长的止滑带行进登山过程中失误摔倒，后半程发力追赶，最终实现反超。亚军、季军分别由吉林队任彤、湖南队

★ 2024 年 1 月 30 日，西藏选手玉珍拉姆（右）在冲线后庆祝。（新华社记者王楷焱摄）

卯升梅获得。

"在不太擅长的下滑过程中完成反超，这让我感到兴奋。"玉珍拉姆赛后说，在国外集训过程中，针对性训练陡坡速滑降让本来胆小的她不断克服心理恐惧，技术有了明显提升。

男子方面，吉林代表队张成浩斩获冠军，新疆队依斯马尔·托合塔尔艾力、山东队刘建宾分列二、三名。

这是滑雪登山比赛首次在全国冬季运动会设项。"此次比赛完全对照国际规则，按照世界级比赛标准设置场地、项目和竞赛规则。"国家体育总局登山运动管理中心高山运动部主任李文茂介绍，滑雪登山将出现在 2026 年冬奥会上，中国国家队队员通过此次冬运会练兵，为冲击米兰冬奥会奖牌而备战。

据了解，滑雪登山短距离比赛中，每位运动员需要完成约 65 米的赛道爬升和下滑，全线路长度约 600 米，路线包括止滑带行进、背板行进和过旗门下滑，其中登山过程对运动员体能要求高，是决定比赛胜负的关键。生活在高海拔环境中的藏族运动员具有较强耐力优势，此次参加"十四冬"滑雪登山比赛的运动员中，藏族选手超过三分之一。

在滑雪登山短距离比赛中，登山爬坡用时约占总时长的 65%，设备转换时间占 25%，下滑占 10%。"中国选手在登山爬坡中具有优势，在下滑过程中存在差距。"李文茂介绍，通过近期集训，中国队员的下滑技术明显提升。"全国冬季运动会设置滑雪登山项目，会让各地重视后备人才队伍建设，进一步提高国内滑雪登山运动竞技水平。"

新华社呼和浩特 2024 年 1 月 30 日电
新华社记者：贺书琛、王雪冰

四川队夺得"十四冬"冰壶青年组女子冠军

2024 年 1 月 17 日举行的第十四届全国冬季运动会冰壶（青年组）女子决赛中，四川队战胜黑龙江队夺得冠军，湖北队获铜牌。

四川队决赛首局收获 2 分。第二局，双方均未得分。第三局，四川队再得 1 分。黑龙江队在第四局追回 1 分。此后，两队各得 1 分。最终，四川队以 4 ：2 获胜夺冠。

四川队李庆洋赛后说："如果给队友的表现打分，我觉得每个人都是满分。能进入前八名的队伍都是强队，所以比赛的过程也让我们学到了很多。"

在湖北队与贵州队的铜牌争夺战中，双方前三局均未得分。贵州队在第四局打破僵局，以 1 ：0 领先。此后湖北队在第六局收获 2 分反超比分，并在第七局再赢 2 分，最终以 4 ：1 胜出。

新华社呼和浩特 2024 年 1 月 17 日电
新华社记者：朱文哲

天津队夺得"十四冬"冰壶（青年组）男子冠军

  第十四届全国冬季运动会冰壶（青年组）男子决赛于 2024 年 1 月 17 日开赛，天津队击败青海队获得冠军，青海队、贵州队分别摘得银牌和铜牌。

  决赛中，青海队以 1：0 拿下首局，在随后的几局中双方你追我赶，缠斗激烈。第 7 局结束时，双方以 4：4 打平。最终，天津队顶住压力，在第 8 局拿到 4 分，以 8：4 赢得冠军。

  "最后的这场决赛，我们是超常发挥了。"天津队队长李泽泰在赛后表示，赛前天津队是抱着学习的目的来参加比赛的，对比赛的名次并没有过多追求。"大家齐心协力让队伍闯进了半决赛和决赛，没有辜负这么长时间的努力，发挥出了超乎训练时的水平。"李泽泰说。

  贵州队与湖北队的铜牌争夺战同样激烈，在第 8 局结束时双方 5：5 打平。在加局中，贵州队以领先 1 分的优势赢得比赛，获得铜牌。

新华社呼和浩特 2024 年 1 月 17 日电

新华社记者：朱文哲

"十四冬"冰壶混双：黑龙江队夺金

2024 年 2 月 20 日，在第十四届全国冬季运动会冰壶（公开组）混双决赛中，黑龙江队以 7 ∶ 6 险胜福建队，夺得金牌。

决赛前六局，双方战成 4 ∶ 4 平。第七局，黑龙江队最后一壶错失"双飞"机会，让对手拿下 2 分，局面陷入被动。但黑龙江队姜懿伦在第八局顶住压力，最后一壶稳稳放进"圆心"，将比分追至 6 ∶ 6 平，两队进入加局。关键时刻，

★2024 年 2 月 20 日，黑龙江队选手巴德鑫（右二）
庆祝比赛胜利。（新华社记者陈欣波摄）

更为沉稳的黑龙江队等来了对手的失误，福建队王智宇将本方得分壶打出界外，队友朱泽仰旭最后也未能旋壶入营，最终黑龙江队以 1 分优势获胜。

"对手的体能比我们强一些，我们就是沉住气，凭借自己的经验，尽量将比赛拖到最后，看谁更紧张。"黑龙江队选手巴德鑫说。

福建队在决赛中曾三度领先，却无缘冠军，王智宇坦然接受了结果。他表示这次比赛以学习交流为主，重要的是与自己较量。"对手是前辈，也是国家队的老将，能进入决赛已经满足。"

当天的铜牌争夺战中，北京队凌智 / 韩雨逆风翻盘，以 11：8 战胜吉林队韩鹏 / 韩丝雨。韩雨赛后表示，随着国内冰壶比赛不断增多，各队选手进步很快，压力比较大。凌智认为比赛激烈程度超乎预期，对心态充满挑战。

21 日，"十四冬"冰壶项目将展开公开组男、女子循环赛的较量。

新华社呼和浩特 2024 年 2 月 20 日电
新华社记者：刘艺淳、赵泽辉、戴锦镕

"十四冬"速度滑冰（公开组）：高亭宇、韩梅夺金

第十四届全国冬季运动会速度滑冰（公开组）比赛于 2024 年 1 月 12 日产生 3 枚金牌，北京冬奥会冠军高亭宇在右腿有伤的情况下依旧强势夺金，内蒙古选手韩梅则在全场观众的加油声中获得女子 1500 米冠军。

在速滑男子 500 米比赛中，代表黑龙江队出战的高亭宇无疑是最引人注

★ 2024 年 1 月 12 日，冠军黑龙江队选手高亭宇（中）、亚军辽宁队选手杨涛（左）、季军河北队选手李添龙在颁奖仪式上合影。（新华社记者王楷焱摄）

目的选手，但他在出发阶段脚下不稳，险些摔倒，随后迅速找回重心，顺利完成比赛，并以34秒95的成绩获得冠军。辽宁队的杨涛仅落后高亭宇0.02秒获得银牌，河北队的李添龙以35秒25获得铜牌。

高亭宇赛后对出发阶段出现的问题进行了解释："赛前训练的时候摔了一跤，右腿有点发不上力，就有了这个突发状况。"尽管在外人看来，高亭宇"险些摔倒"并没有影响最终的结果，但他表示"对成绩影响很大，差一点就摔倒了，但结果是好的"。

谈及未来，高亭宇不仅将目标放在个人发展上，还希望冰雪项目发展得越来越好，速度滑冰能涌现出更多的人才。"我们这个项目不太冷门，本来也是个大项，可能在国内的受众基础还是相对薄弱一些。希望以后通过我们的努力，让这个项目越来越好。"

在女子1500米比赛中，前一天登上女子1000米领奖台的三位选手再次包揽前三名，只不过换了一下顺序。内蒙古选手韩梅以1分56秒90的成绩获得冠军，亚军被新疆队的殷琦获得，成绩是1分57秒29，吉林队的

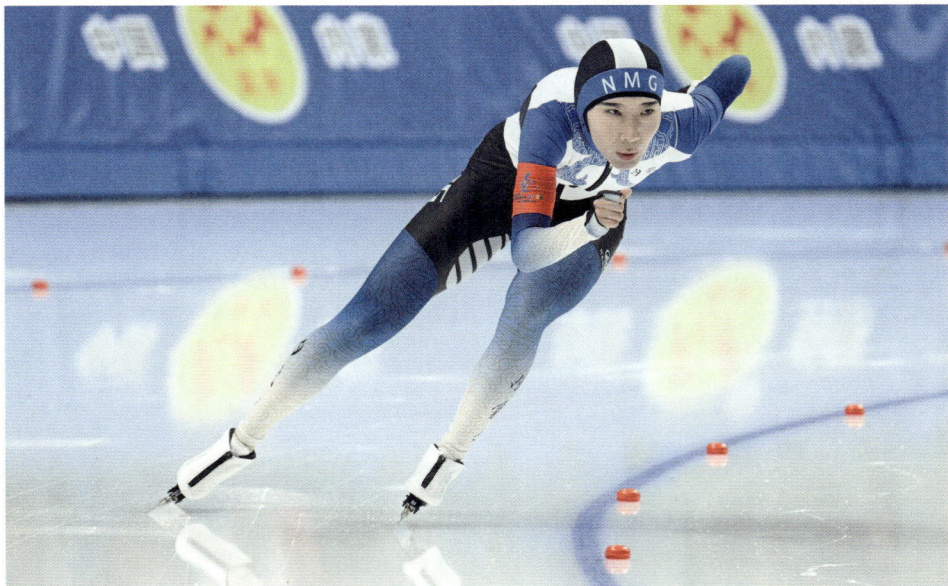

★2024年1月12日，内蒙古队选手韩梅在比赛中。（新华社记者连振摄）

李奇时以 1 分 57 秒 74 获得铜牌。

2016 年的新疆冬运会上，韩梅是这个项目青年组的冠军，她不由得感慨："8 年真的可以使一个人蜕变。过去的这 8 年，心态、经验、体能都在成长、成熟。"

这届"十四冬"，韩梅报了 5 项个人项目，包括 3000 米、5000 米这种长距离项目，也因此被称为"全能劳模"。要面对 5000 米这种超长距离的挑战，韩梅表示："我也很怕累啊，5000 米确实是很难啃的一块骨头。但教练给了我很大的帮助和信心，包括今年跟外教团队训练，我看到了更高的水平，他们的自律、求胜的欲望，对我来说是特别大的感染。"

对于后面两天的比赛能否继续站上领奖台，韩梅说："储备肯定是已经储备得很充分了，就看到时候发挥怎么样了。大家这几年都在备战这一届冬运会上这四天的比赛。可能对手的赛程更轻松一些，但我不畏惧赛程安排。"

当日还进行了男子 5000 米决赛，辽宁队包揽前三名，其中吴宇以 6 分 26 秒 79 获得冠军，王帅涵和沈晗扬分获二、三名。

新华社呼和浩特 2024 年 1 月 12 日电
新华社记者：王春燕、魏婧宇

"十四冬"速度滑冰（公开组）：名将再登顶

第十四届全国冬季运动会速度滑冰（公开组）比赛于 2024 年 1 月 13 日继续进行，名将宁忠岩、韩梅再次站上最高领奖台；女子 500 米比赛中出现碰撞，新疆队的田芮宁经重赛强势夺冠。

女子 500 米比赛共有 7 组队员参加，田芮宁和北京队选手金京珠被分在第七组。田芮宁在外道出发，即将进入第二个弯道时，她在向内换道时与金京珠发生碰撞，摔出了赛道。根据比赛规则，金京珠被判犯规取消成绩，田芮宁获得一次重赛机会。一个小时后，男子团体追逐四分之一决赛结束，田芮宁重返赛场，一个人完成了比赛，并以 38 秒 39 的成绩夺冠。黑龙江队选手张丽娜以 38 秒 77 的成绩获得亚军，来自吉林的李奇时获得季军，成绩是 38 秒 81。

赛后谈起比赛中的意外，田芮宁说："她（金京珠）没想到我速度冲起来那么快，我也没想到我没过去。吃一堑长一智吧，以后要避免这些问题发生。"尽管获得了冠军，但田芮宁还是有些许遗憾："我觉得今天如果不摔的话，是可以打开 38 秒大关的，因为这个冰场非常好，之前的 1000 米比赛，我也滑出了个人平原的最好成绩。还是有点可惜。"

在女子 3000 米比赛中，堪称"劳模"的韩梅和殷琦再次登场，她俩被分到最后一组。身穿浅色比赛服的韩梅在外道出发，她从第一个 200 米计时点就开始领先对手，并随着圈数的增加逐渐扩大领先优势，最终以 4 分 08 秒 33 的成绩夺冠。来自天津队的杨滨瑜和队友阿合娜尔·阿达克分获二、三名。

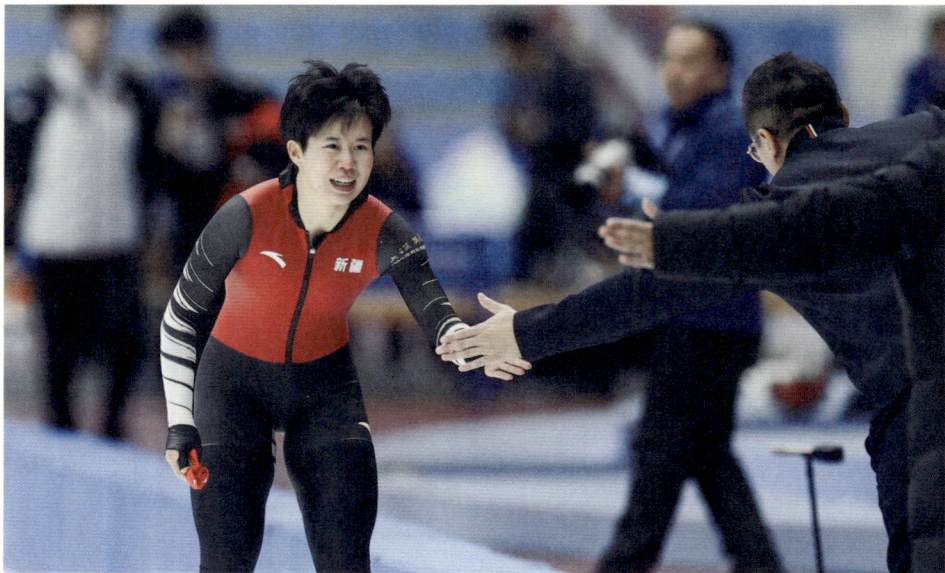

★2024 年 1 月 13 日，新疆队选手田芮宁（左）
夺冠后庆祝。（新华社记者王楷焱摄）

走下女子 3000 米的领奖台，韩梅还要为第二天 5000 米的比赛做准备。谈起密集的赛程安排，韩梅直言"准备好了"，"我们准备了几年就是为了这几天，对于我来说（赛程）不是挑战，我已经为这四天的比赛做了充足准备"。

在男子 1500 米比赛中，宁忠岩以 1 分 46 秒 28 的成绩轻松夺冠，辽宁队选手吴宇获得银牌，铜牌则被辽宁队的另一名选手沈晗扬摘得。宁忠岩已在"十四冬"上获得两金一铜，下周又将出国备战速度滑冰世界杯。他表示，自己正在逐渐进入更好的状态，"从去年 8 月开始出国训练，换了教练、换了环境，现在仍以适应为主，我的成绩可能会在明年或者后年逐渐更好一些"。

短道速滑（青年组）也产生两枚金牌，吉林队的王晔获得女子 500 米冠军；同样来自吉林的张添翼获得男子 500 米金牌，这也是他在"十四冬"上获得的第三枚金牌。

新华社呼和浩特 2024 年 1 月 13 日电
新华社记者：魏婧宇、王春燕

"十四冬"速度滑冰：吴宇破全国纪录夺冠

第十四届全国冬季运动会速度滑冰（公开组）的比赛2024年1月14日收官。当天比赛中，辽宁队选手吴宇以破全国纪录的成绩获得男子10000米冠军；内蒙古队的韩梅再次站上最高领奖台，摘得她的"十四冬"第三金；辽宁队和天津队分获男、女团体追逐项目冠军。

男子10000米辽宁队包揽前三名。吴宇从比赛中段开始就甩开对手，最终以13分16秒51的成绩夺冠，打破了由他本人保持的13分19秒20的全国纪录。沈晗扬和王帅涵分获银牌和铜牌。

对于创造新的全国纪录，吴宇表现得很平静。他说："滑之前就有破纪录的想法，（之前的）纪录是去年创造的，经过一年的训练，加上准备得比较充分，有这个期待。"

吴宇在"十四冬"上收获了5000米和10000米两个长距离项目的金牌，此前还在不同比赛中多次打破长距离项目全国纪录。

"中国的长距离项目在世界赛场上相对是比较弱的，但是从去年开始有了一些起色，也算是一个非常好的方向。"吴宇说，"我今年在国家队整体成绩的提高也是可见的，在不同的成绩水平上看到了不一样的风景，确实有了更高的期待，将目标放在了2026年冬奥会。"

继前一日夺得女子3000米冠军后，内蒙古队的韩梅又在5000米项目中摘金，成绩是7分12秒28。天津队杨滨瑜、河北队黄余琳分获亚军、季军。

韩梅在"十四冬"上共获得三金一银。谈及最难忘的一枚奖牌，她挑了

★ 2024 年 1 月 14 日，辽宁队选手吴宇在夺冠后庆祝。（新华社记者连振摄）

1000 米的银牌。"自己也没想到前 600 米的水平会很高，（最后一圈）想要急于完成一些（动作）的同时，一些细节还是不够充分。"她笑着说，不算遗憾吧，这七八年其实并没有重点练过 1000 米，但确实运气差了一点。

新赛季开始前，韩梅曾去国外跟随日本名将高木美帆的教练团队训练了一段时间。"看到更好、更高水平的运动员的自律和求胜的欲望，对我来说感触颇深。我需要放眼世界杯、世锦赛，更全面地提升自己。"

在男子团体追逐项目中，辽宁队力压黑龙江队夺冠，新疆队获得第三名。天津队将女子团体追逐金牌收入囊中，吉林队和新疆队分获亚军和季军。

短道速滑（青年组）的比赛也于 14 日收官，当天决出 4 枚金牌。黑龙江队的杨婧茹获得女子 1000 米冠军，男子 1000 米冠军被吉林队张添翼获得。女子 3000 米接力的前三名是吉林队、黑龙江队、内蒙古队，男子 5000 米接力前三名为吉林队、河南队、内蒙古队。

"十四冬"速度滑冰（公开组）和短道速滑（青年组）在 4 个比赛日中分别产生 14 枚金牌和 9 枚金牌。

新华社呼和浩特 2024 年 1 月 14 日电
新华社记者：魏婧宇、王春燕

"十四冬"短道速滑开赛　冬奥冠军齐登场

　　2024 年 2 月 15 日，第十四届全国冬季运动会短道速滑比赛在呼伦贝尔市海拉尔区举行，多位冬奥冠军为观众献上精彩比赛。

　　在率先进行的女子 1500 米四分之一决赛中，代表天津出战的冬奥冠军曲春雨顺利晋级。男子 1500 米四分之一决赛中，代表天津出战的刘少林、刘少昂兄弟双双晋级。任子威和林孝埈代表黑龙江出战，也都顺利闯入下一轮。

　　男子 500 米预赛，代表吉林出战的武大靖与林孝埈分在同组，提前为观众上演了"武""林"对决，最终林孝埈、武大靖分获小组前两名进入次轮。刘少林则因犯规未能晋级。

　　老将范可新代表黑龙江出战，在女子 500 米预赛中以小组第一晋级。但与范可新一起获得北京冬奥会混合团体接力金牌的张雨婷状态一般，她在女子 500 米、1000 米比赛中均被淘汰。

　　本次全冬会是参赛选手检验训练成效的重要机会。16 日，短道速滑赛场将决出男女 1500 米和混合团体接力的冠军。

新华社呼和浩特 2024 年 2 月 15 日电

新华社记者：王君宝、魏婧宇

"十四冬"短道速滑：孙龙、张楚桐 500米夺冠

2024年2月17日，第十四届全国冬季运动会短道速滑（公开组）决出两枚金牌，吉林队选手孙龙、张楚桐分别在男子、女子500米项目夺冠。

前一日在男子1500米项目夺冠后，孙龙在500米决赛中延续了神勇表

★ 2024年2月17日，张楚桐（左）冲过终点线后庆祝。（新华社记者胥冰洁摄）

现，从一道出发后便牢牢占据领先位置，以 41 秒 046 的成绩率先冲过终点。天津队的刘少昂获得银牌，黑龙江队任子威获得季军。

孙龙表示，希望能从比赛中发现不足并不断提高。"在前几站的世界杯有一些技术上的不足，回去之后和教练一起复盘，还要向前辈们学习，持续提升自己的技战术水平。"孙龙说，"比赛就要敢打敢拼，保持沉着冷静。"

女子 500 米决赛中，张楚桐以 43 秒 011 的成绩夺得冠军。第二个冲过终点线的山东队选手公俐因犯规被取消成绩，紧随其后冲线的吉林队王艺潮获得亚军，辽宁队的吕晓彤获得铜牌。

在前一天的女子 1500 米比赛中"差一点赢了"的张楚桐，在 500 米决赛中圆了冠军梦，她在赛后表示，运动员没有不想得第一的，前一天的比赛有点可惜，但是没有关系，她一直都在努力。

当日还进行了两个接力项目的半决赛。男子 5000 米接力半决赛中，吉林队、四川队、黑龙江队、天津队、北京队闯入 A 组决赛。女子 3000 米接力则是山东队、吉林队、黑龙江队、辽宁队会师 A 组决赛。

18 日，短道速滑（公开组）将进行最后一个比赛日的较量，将产生男子、女子 1000 米和男子 5000 米接力、女子 3000 米接力共 4 枚金牌。

新华社呼和浩特 2024 年 2 月 17 日电
新华社记者：魏婧宇、王君宝

速滑青年组开赛 "十四冬"飙起青春"速度"

正值中国传统佳节元宵节，"十四冬"速滑馆热闹非凡。当日，速度滑冰青年组开赛，共产生 4 块金牌，一场场速度大战洋溢着蓬勃的青春活力。

在男子 1000 米决赛中，黑龙江选手刘斌最后一组登场，最终他滑出 1 分 10 秒 90，以较大优势夺冠。与他同组出发的河北选手张建获得亚军，东道主内蒙古选手潘宝硕获得铜牌。

"今天的成绩发挥了自己训练的正常水平，接下来还会参加 500 米和 1500 米比赛，希望能取得好成绩并为明年的亚冬会做准备。"刘斌说。

女子 1000 米决赛中，倒数第二组出场的吉林选手刘昀琪以 1 分 18 秒 02 的成绩夺得冠军；新疆队张邵涵以 1 分 19 秒 58 获得银牌；河北队姜佳敏收获铜牌，成绩为 1 分 19 秒 64。

随后进行的女子集体出发比赛中，24 名选手同时起跑，采取跟随滑战术的河北队陈傲禹在前两个冲刺点获得 1 分；最后一圈，她在终点前的直道上加速冲刺，在现场观众的加油助威声中第一个撞线，获得 30 个积分，收获金牌。紧随其后的吉林队刘昀琪获得银牌，收获个人本届全冬会的第二枚奖牌。铜牌归属四川队太智恩。

"我对自己今天的表现很满意，比赛中自己把握住了机会。前半程主要采取跟随战术，保存体力，最后才有余力完成冲刺，整场比赛的战术和路线也比较清晰。"陈傲禹说。

男子集体出发同样竞争激烈，多名选手在比赛过程中摔倒未能完赛，最

★ 2024 年 2 月 24 日，北京队选手丛振龙（前）在比赛中。（新华社记者杨晨光摄）

终北京队的丛振龙力压群雄夺冠，浙江队徐夏鹏和河北队张建分列二、三位。

"十四冬"速度滑冰青年组比赛为期四天，共产生 12 枚金牌。25 日将进行男子 500 米、5000 米和女子 1500 米决赛。

新华社呼和浩特 2024 年 2 月 24 日电
新华社记者：李典、何磊静、朱文哲

"十四冬"：速滑赛场新星闪耀

速滑赛场新星闪耀！第十四届全国冬季运动会速度滑冰青年组比赛25日继续进行，当日三个项目的冠军都获得了本届全冬会的个人第二金。

在男子5000米决赛中，前一日获得男子集体出发冠军的北京队选手丛振龙与队友刘瀚彬几乎同时撞线，最终丛振龙滑出6分35秒92的成绩，以0.49秒的优势险胜队友摘金。

与冠军失之交臂的刘瀚彬泪水在眼眶里打转，红着眼圈的他表示自己还会继续努力。"这场比赛我们比得有来有回，但是很遗憾自己最后耐力还是稍微差了一点点，今后要在训练中继续加强。"刘瀚彬赛后说。

在女子1500米比赛中，该项目冬青奥会亚军、吉林队选手刘昀琪展现出良好的竞技状态，滑出1分59秒28，收获本届全冬会个人的第二枚金牌。

"特别开心，这几年一直都在努力训练，这次比出了个人最好成绩，能获得金牌感觉努力没有白费。"刘昀琪说。

男子500米比赛中多次出现意外情况。青海队周天宇在出发不久后不慎摔倒，经过调整后他坚持完赛，赢得现场观众阵阵掌声。黑龙江队选手刘斌和张艳鹏包揽前两名。

刘斌继前一日获得男子1000米冠军后，又将500米金牌收入囊中。此次比赛，刘斌报名参加男子500米、1000米、1500米以及团体追逐四项比赛，他表示自己将向着收获三枚金牌的目标努力。"1500米也是我的强项，希望明天自己能发挥出最好的水平，这次的目标就是拿到个人项目三块金牌。"

★ 2024年2月25日，第十四届全国冬季运动会速度滑冰项目青年组男子500米A组决赛冠军黑龙江队选手刘斌（中）、亚军黑龙江队选手张艳鹏（左）和季军四川队选手姜殿鹏在颁奖台上合影。（新华社记者杨晨光摄）

刘斌说。

26日，"十四冬"速度滑冰项目将继续进行，将产生女子500米、3000米以及男子1500米三块金牌。

新华社呼和浩特2024年2月25日电
新华社记者：李典、何磊静、朱文哲

"十四冬"花样滑冰：金博洋男单摘金

第十四届全国冬季运动会花样滑冰项目 2024 年 2 月 26 日迎来收官战，北京队将当日的两枚金牌收入囊中，金博洋在男单比赛中登顶，王诗玥/柳鑫宇获得冰舞冠军。

在男单自由滑比赛中，金博洋的动作难度比团体赛时更上一层楼，加上短节目取得的优势，最终他得分 267.49，以 30 多分的巨大优势摘金。广东队的戴大卫和黑龙江队的韩文宝分获第二、三名。

金博洋用"老当益壮"形容自己当天的发挥。"总体来说非常棒，今天上了（我）能力最强的一套节目，还能全部都跳出来。这也是非常辛苦的一套节目，对我来说，26 岁还能保持这样一个状态，非常非常难，每天都是把牙咬碎了，顶着去练的。能够鼓励自己坚持滑下来，我也非常开心。"

冰舞比赛中，融入中国风元素的节目赢得了现场观众的阵阵掌声。天津队的曹路唱/陈建旭演绎的《只此青绿》让人眼前一亮，展现了对中国传统文化的深厚理解和热爱。吉林队的于昕沂/刘天艺则以音乐《长安城》为背景，将中国武术巧妙融入表演，前半程悠扬，后半段激昂。

"这一套节目想表达中国的历史、文化，是我们第一次滑中国风的节目，心里有一种亲切感，希望通过这个音乐向世界传达更多中国故事。花滑不光是外国人的项目，也是中国人的项目。"刘天艺说。

于昕沂还介绍了自己的"考斯滕"：绣着梅花图案，背后还有中国传统楼阁的镂空图案，与他们的音乐和动作相得益彰。"服装上的梅花图案和

★ 2024 年 2 月 26 日，北京队选手金博洋在男子单人滑自由滑比赛结束后。（新华社记者黄伟摄）

音乐很搭，而且'梅花香自苦寒来'，我很喜欢这句诗。"于昕沂说。

最终，王诗玥 / 柳鑫宇以 191.71 分获得冰舞冠军，黑龙江队的陈溪梓 / 邢珈宁摘得银牌，广东队的肖紫兮 / 何凌昊获得铜牌。

至此，"十四冬"花样滑冰结束所有项目比赛。27 日将进行花样滑冰赛后表演。

新华社呼伦贝尔 2024 年 2 月 26 日电
新华社记者：黄耀漫、乐文婉、魏婧宇

"十四冬"花样滑冰：金书贤女单摘金

第十四届全国冬季运动会花样滑冰（公开组）2024年2月25日产生两枚金牌，北京队的彭程/王磊获得双人滑冠军，四川队的金书贤在女单比赛中登顶。

在双人滑自由滑比赛中，一袭黑裙的彭程美丽而魅惑，与翩翩白衣的王磊表演张力十足，但彭程在单跳中出现失误，这套节目得到126.62分，落

★2024年2月25日，四川队选手金书贤在女子单人滑自由滑比赛中。（新华社记者李博摄）

后于天津队张嘉轩 / 黄一航 0.36 分，位列自由滑第二。最终彭程 / 王磊凭借短节目的高分，以 198.39 的总分摘得双人滑冠军，张嘉轩 / 黄一航获得亚军。

在女单自由滑中，倒数第二个出场的金书贤伴随着《阿里郎》的音乐，完成了一套出色的表演。赛后采访结束后，金书贤迟迟没有离开，而是在混采区的电视前关注着场上情况，当得知自己以 185.27 的总分获得冠军后，她哭着抱住了自己的教练。"这个赛季我没有拿到几块金牌，在这么大的赛场取得这样的成绩，我非常激动。"金书贤说，"马上还会有冠军赛，接下来要巩固三周跳和三三连跳。"

北京队的安香怡获得女单亚军，季军是吉林队的张梦琪。

当日还进行了男单短节目的较量，北京队的金博洋以 93.60 分位列第一，广东队的戴大卫和黑龙江队的韩文宝分列第二、三名。"今天是超常发挥。"金博洋说，上场前热身时才决定要尝试勾手四周跳，在比赛音乐中改了新的（滑行）路线，所以跳跃跟平时的节奏不一样，这套配置（勾手四周连跳）很长时间没有跳过，观众非常热情，给他很大的动力。

26 日，花样滑冰（公开组）将决出男单和冰舞两枚金牌。

新华社呼和浩特 2024 年 2 月 25 日电
新华社记者：魏婧宇、乐文婉、黄耀漫

牛佳琪全冬会单板滑雪平行大回转三连冠

在 2024 年 1 月 24 日结束的第十四届全国冬季运动会单板滑雪平行大回转女子公开组比赛中，吉林队老将牛佳琪夺冠，赛后她非常激动，反复说着"如愿了"——这是牛佳琪连续第三次获得全冬会该项目金牌。

★ 2024 年 1 月 24 日，吉林队选手牛佳琪庆祝夺冠。（新华社记者刘磊摄）

33 岁的牛佳琪是本次平行大回转女子公开组比赛中年龄最大的选手。在"十四冬"达成三连冠，是她此次参赛的最大心愿。当天的冠亚军争夺赛中，最初牛佳琪落后于 2002 年出生的湖北选手白欣卉，但她后程发力，最终抢先冲过终点。

赛后记者提问获胜的关键是什么，牛佳琪说："跟年轻选手相比，我知道我的劣势在前半程。同时,我又非常明白自己的优势是在通过最后三组旗门的加速上。状态稳定、经验丰富,让我最终拿下了冠军。"

"年龄越大,越觉得竞争对手不是别人,正是自己,你越是与别人较劲,越是容易乱了方寸。每次比赛都是自己与自己的竞争,赢下了自己的不足和弱点,其实就赢下了比赛。"牛佳琪说。

牛佳琪希望这次没有取得理想成绩的"妹妹们"不要气馁,她说:"我即将退役,而妹妹们还有大把的时间训练,祝福她们能在米兰冬奥会等国际赛事上为国家争取更多荣誉。"

"十四冬"单板滑雪平行大回转的比赛地点位于内蒙古赤峰市喀喇沁旗的美林谷滑雪场,该项目男子公开组比赛将在 25 日进行。

新华社呼和浩特 2024 年 1 月 24 日电
新华社记者:王靖、恩浩

"十四冬"单板滑雪：蔡雪桐、王梓阳夺金

2024 年 2 月 17 日，第十四届全国冬季运动会单板滑雪 U 型场地技巧比赛迎来金牌日。黑龙江队老将蔡雪桐凭借第一轮的出色发挥摘得女子公开组金牌，北京队的 20 岁小将王梓阳则是凭借最后一轮的高难度动作获得男子公开组冠军。

在女子公开组决赛中，蔡雪桐第一轮就发挥出色，拿到 85.75 分。这个成绩直到比赛结束也没有被超越。在自己的第四届冬运会上，蔡雪桐终于拿到了这枚个人项目金牌。

"冬奥会之后，我的心情一度很低落。但我喜欢单板滑雪，也一直在享受滑雪给我带来的乐趣。今天天气也好，身体状态也好，能够拿到冠军，我有种如释重负的感觉。这对我个人来说，也是一个里程碑。"蔡雪桐说。

黑龙江队的刘佳宇和四川队的邱冷分列二、三位。12 岁"超新星"周苡竹在决赛阶段发挥不佳，最终成绩为 68.25 分，未能登上领奖台。

男子公开组比赛中，王梓阳最后一轮以一套高难度动作征服评委，获得 94.25 分的高分，力压队友张义威获得金牌。在顺利完成最后一个动作后，王梓阳发出一声怒吼。

"完成了比赛后，我就想宣泄一下。我这次的目标就是拿冠军，最后一轮出发之前，我一直在思考，应该用什么样的动作来反超比分。最后顺利夺冠，拿到本次'十四冬'的'开门红'，我感觉特别开心。"王梓阳说。

银牌获得者张义威赛后表示，尽管动作上有一些瑕疵，但自己能够时隔

十二年再度站上冬运会的赛场，已经是一种成功。他也表达了对年轻运动员的肯定："像王梓阳等年轻人都很优秀，我期待他们未来取得更好的成绩。"

在当日进行的青年组比赛中，河北队的刘一波以 86.00 分的成绩拿到女子组金牌，队友艾妍伊和辽宁队的胡馨予分别获得银牌和铜牌。男子组比赛中，辽宁队的任重硕凭借稳健发挥，以 94.25 分的成绩夺金，河北队的张心昊和孟则分列二、三位。

新华社呼和浩特 2024 年 2 月 17 日电
新华社记者：张武岳、焦子琦、贺书琛

单板滑雪大跳台苏翊鸣强势夺金

2024 年 2 月 23 日，第十四届全国冬季运动会单板滑雪公开组大跳台比赛在扎兰屯金龙山滑雪场进行。北京冬奥冠军苏翊鸣代表山西队强势夺金，广西小将甘佳佳夺得女子组金牌。

在上午男子组的比赛中，明星选手苏翊鸣的亮相吸引了大量观众现场观战。在大风影响下，很多选手第一轮都出现失误，苏翊鸣也发挥不佳，第一轮得分仅排在第六。

第二轮，苏翊鸣顶住压力，得到了该轮最高的 89.2 分，但他仍需要在第三轮平稳落地并取得尽可能高的分数才能登上领奖台。结果他在第三轮不负众望，拿下 93.4 分，跃居总分第一。

为了超越苏翊鸣的总分，安徽队杨文龙在第三轮尝试更高难度，但出现失误。最终苏翊鸣以总分 182.6 分锁定金牌，杨文龙以 175.6 分获得银牌，河北队孙振栋以 159.2 分获得铜牌。

赛后苏翊鸣说，脚伤是影响比赛心态和状态的原因之一，尽管还未完全恢复，但第三轮还是成功地完成了自己想做的动作。这是苏翊鸣第一次参加全国冬季运动会，"所以这枚金牌对我来说是意义非凡的"。

谈到北京冬奥会夺冠之后的变化，苏翊鸣说自己初心未变，"还是一个特别喜欢单板滑雪的小孩子，只是肩上的责任更重了"。他说，在现场看到了很多喜欢单板的观众来加油，让这个赛场的氛围很好，"我知道很多人把我当作他们学习的榜样，所以我要督促自己变得越来越好，给大家做

★ 2024 年 2 月 23 日，山西队选手苏翊鸣
在比赛中。（新华社记者李嘉南摄）

出表率"。他表示，现阶段最重要的目标就是备战 2026 年米兰冬奥会，会
努力在训练和大学学习生活之间找到一个平衡。

下午进行的公开组女子大跳台比赛，出现了全国冬运会赛场上罕见的由
南方省份选手"霸榜"的局面。

17 岁广西小将甘佳佳前两轮表现稳定，排名第二。她在第三轮成功挑
战了平时成功率不太高的难度动作，以总分 149.6 分登顶。云南选手陈铝道
和四川选手何廷佳以 143.8 分和 139.6 分获银牌和铜牌。

新华社呼伦贝尔 2024 年 2 月 23 日电
新华社记者：谷训、卢星吉、刘博、梁婉珊

扫码看视频｜单板滑雪大跳台苏翊鸣强势夺金

"十四冬"北欧两项：赵嘉文再获一金

2024 年 1 月 27 日，第十四届全国冬季运动会（以下简称"十四冬"）北欧两项比赛在河北省张家口市崇礼区继续进行，赵嘉文在个人大跳台 +10 公里越野滑雪项目上再获一金。

本次比赛在国家跳台滑雪中心和国家冬季两项中心举行，产生个人标准台 +10 公里越野滑雪、个人大跳台 +10 公里越野滑雪、团体赛三枚金牌，共有 41 名运动员参加，比赛将于 28 日结束。

前一个比赛日，赵嘉文斩获个人标准台 +10 公里越野滑雪项目金牌。

当天进行了个人大跳台 +10 公里越野滑雪项目争夺。在个人大跳台较量中，赵嘉文展现强大实力，以 110.0 分位居榜首。之后的 10 公里越野滑雪比赛中，他的成绩为 29 分 06 秒 2。最终，赵嘉文毫无悬念地夺冠，范海斌和赵子贺分列第二、三位。

"今天上午比赛还挺惊险的，差点摔倒了，能取得这个成绩还是挺高兴的。"赵嘉文说。

28 日，"十四冬"北欧两项赛将展开团体赛的争夺。

新华社石家庄 2024 年 1 月 27 日电

新华社记者：杨帆、董意行

"十四冬"北欧两项团体赛黑龙江队摘金

2024年1月28日，第十四届全国冬季运动会北欧两项比赛在河北省张家口市崇礼区收官，黑龙江队夺得男子团体大跳台+4×5公里越野滑雪接力赛金牌。

本次比赛在国家跳台滑雪中心和国家冬季两项中心举行，产生个人标准台+10公里越野滑雪、个人大跳台+10公里越野滑雪、男子团体大跳台+4×5公里越野滑雪接力赛共三枚金牌，共有41名运动员参加。

当天上午展开的男子团体大跳台较量中，黑龙江队展现强劲实力，北京冬奥会上为中国队在北欧两项比赛中取得突破的赵嘉文跳出了全场最高的116.3分。下午的越野滑雪接力赛争夺中，王嘉磊第一棒出发表现出色，赵嘉文第四棒全力收尾，力保黑龙江队获得这枚团体赛金牌。

赵嘉文在本次比赛共获三金，在此前结束的个人项目中，他先后斩获个人标准台+10公里越野滑雪、个人大跳台+10公里越野滑雪两个项目的金牌。

赛后赵嘉文说："能和大家一起拿到这枚金牌，今天应该是这几天比赛中最开心的一天了。最近感冒了，所以直到今天才感觉自己进入了比赛状态，整个人非常清醒。北京冬奥会之后，能够重新回到这片场地，自己在各方面都有很多提高，所以这次比赛有很不一样的感觉。"

新华社石家庄2024年1月28日电
新华社记者：杨帆、董意行

"十四冬"跳台滑雪比赛决出多枚金牌

日前，第十四届全国冬季运动会（以下简称"十四冬"）跳台滑雪比赛在河北省张家口市崇礼区展开，先后决出多枚金牌。

本次比赛在位于崇礼冬奥核心区的国家跳台滑雪中心"雪如意"举行，进行男子标准台、女子标准台、混合团体、男子个人大跳台、女子个人大跳台、男子团体标准台共6个项目争夺，共12个省份的126名运动员参加，比赛将于2024年2月4日结束。

吉林队在1月31日比赛中成为最大赢家，包揽两枚标准台项目金牌。男子方面，吉林队宋祺武以较大优势摘金，队友甄炜杰获得铜牌，在北京冬奥会北欧两项上为中国队取得突破的赵嘉文拿到一枚跳台银牌。女子方面，吉林队刘奇摘金，四川队董冰获得银牌，云南队彭清玥获得铜牌。

1日展开混合团体比赛，共有9支队伍参与争夺。实力强劲的吉林队延续优势，李雪尧、甄炜杰、刘奇、宋祺武先后出场，斩获金牌。河南队、黑龙江队分获银牌、铜牌。

3日，"十四冬"跳台滑雪比赛将展开男子、女子个人大跳台项目的争夺。

新华社河北崇礼2024年2月1日电
新华社记者：杨帆、张玮华

"十四冬"高山滑雪：首日决出滑降两金

2024 年 1 月 29 日，第十四届全国冬季运动会高山滑雪比赛在位于北京市延庆区的国家高山滑雪中心"雪飞燕"开赛，吉林队徐铭甫、黑龙江队朱天慧分获滑降项目男子、女子冠军。

2024 年 1 月，"雪飞燕"陆续举办国际雪联高山滑雪远东杯延庆站、全国高山滑雪锦标赛等多项高水平赛事，运动员们也通过比赛熟悉场地、提升状态，充分备战"十四冬"。

在首日比赛中，徐铭甫以 1 分 08 秒 70 的成绩获得男子滑降冠军，湖北队蒋涵和内蒙古队高群分列二、三位。女子滑降项目中，朱天慧以 1 分 11 秒 69 的成绩摘得桂冠，队友倪悦名以 0.67 秒之差收获银牌，铜牌归属陕西队马永琪。

"十四冬"高山滑雪比赛预计持续至 2 月 4 日，还将举办全能、回转、大回转和超级大回转项目比赛。

新华社北京 2024 年 1 月 29 日电

新华社记者：李春宇

"十四冬"高山滑雪：张洋铭、张玉营分获男女全能冠军

2024 年 1 月 30 日，第十四届全国冬季运动会（以下简称"十四冬"）高山滑雪比赛结束全能项目争夺，滑降和回转成绩相加进行排名。最终，吉林队张洋铭、黑龙江队张玉营分获男子、女子全能冠军。

吉林队包揽男子全能前三名。张洋铭以 1 分 49 秒 80 的总成绩夺冠；队友刘校辰虽然在回转项目中排名第一，但是总成绩落后张洋铭 0.31 秒，收获银牌；另一名吉林队选手阿克卓力·木拉提位列第三。

在女子全能项目中，张玉营以领先第二名 2 秒 47 的绝对优势摘得桂冠，总成绩为 1 分 54 秒 96。黑龙江队倪悦名、湖北队丁杰分列二、三位。

31 日，"十四冬"高山滑雪男子、女子超级大回转比赛将继续在国家高山滑雪中心进行。

新华社北京 2024 年 1 月 30 日电

新华社记者：李春宇

"十四冬"高山滑雪：超级大回转决出两金

2024年1月31日，第十四届全国冬季运动会高山滑雪比赛在国家高山滑雪中心继续进行。吉林队徐铭甫、黑龙江队朱天慧分获男子、女子超级大回转冠军。

首日比赛中，徐铭甫和朱天慧都曾在滑降项目摘金，并将良好的状态延续到了超级大回转项目。

徐铭甫以1分09秒98的成绩夺得男子超级大回转金牌，队友张洋铭以0.04秒之差摘银，湖北队蒋涵获得铜牌。

黑龙江队包揽女子超级大回转前三名。朱天慧以0.03秒的微弱优势险胜夺金，成绩为1分13秒06。倪悦名和张玉营分列二、三位。

新华社北京2024年1月31日电
新华社记者：李春宇

"十四冬"高山滑雪：大回转决出两金

2024年2月2日，第十四届全国冬季运动会（以下简称"十四冬"）高山滑雪比赛决出大回转项目金牌，吉林队徐铭甫、黑龙江队张玉莹分获男子、女子冠军。

大回转项目进行两轮滑行。徐铭甫以1分19秒47的总成绩夺冠，这是他在"十四冬"高山滑雪比赛中收获的第三金。另一名吉林队选手刘校辰摘得男子大回转银牌，内蒙古队高群位列第三。

女子组比赛中，黑龙江队选手包揽前三名。张玉莹以1分23秒33的总成绩夺冠，银牌和铜牌分别归属倪悦名和王美霞。

4日，"十四冬"高山滑雪赛场将进行最后一项回转比赛。

新华社北京2024年2月2日电
新华社记者：李春宇

"十四冬"自由式滑雪障碍追逐：
竞争白热化　奖牌"银变金"

2024 年 2 月 20 日，第十四届全国冬季运动会乌兰察布市凉城赛区飘起雪花，运动员们迎风冒雪，展开角逐。在竞争激烈的公开组女子障碍追逐决赛中，四川队潘禹辰奖牌"银变金"。

自由式滑雪障碍追逐既具备竞速类项目的高速度和刺激感，也有技巧类

★2024 年 2 月 20 日，四川队选手潘禹辰（左）在与黑龙江队选手张雪莲（右）发生碰撞后倒地。（新华社记者赵子硕摄）

项目的跳跃、腾空等动作，在一个包含不同回转、跳台、波浪等地貌的赛道上展开，将难度和速度融为一体，堪称"肩并肩的高速较量"。

在公开组女子障碍追逐预赛中，黑龙江队张雪莲以 1 分 09 秒 87 的成绩力压潘禹辰位列第一。潘禹辰曾在 2022—2023 赛季全国自由式及单板滑雪障碍追逐锦标赛中获得冠军，两人均为此次比赛冠军的热门人选。

决赛中，滑到最后一个波浪坡时，张雪莲跳跃后落地，明显重心不稳，雪板也跟着发生偏移，撞向几乎并驾齐驱的潘禹辰，导致后者摔倒在地。最终，张雪莲第一个滑过终点，潘禹辰位列第二。

正当观众对潘禹辰的成绩感到遗憾、潘禹辰自己也觉得委屈时，比赛结果反转——对于决赛最后时刻的接触，裁判组判罚张雪莲冲撞犯规，获得银牌，潘禹辰获得金牌，云南队普蕊获得铜牌。

同日，吉林队哈斯提尔·阿德力江获得公开组男子障碍追逐冠军；辽宁队李雪莹获得青年组女子冠军，辽宁队赵伟博获得青年组男子冠军。

新华社呼和浩特 2024 年 2 月 20 日电
新华社记者：王靖、张睿

"十四冬"自由式滑雪：内蒙古队获空中技巧混合团体冠军

2024 年 2 月 23 日，第十四届全国冬季运动会自由式滑雪空中技巧公开组混合团体决赛在扎兰屯金龙山滑雪场进行。内蒙古队凭借邵琪、李伯颜、杨龙啸三人的稳定发挥，以 315.43 分的成绩击败由冬奥冠军徐梦桃领衔的辽宁队，站上最高领奖台。

★ 2024 年 2 月 23 日，冠军内蒙古队选手杨龙啸、邵琪、李伯颜（从左至右）在颁奖仪式上庆祝。（新华社记者王楷焱摄）

预赛中，由"十四冬"空中技巧女子个人赛冠军孔凡钰领衔的黑龙江队和男子个人赛冠军陈硕领衔的河南队遭到淘汰。由徐梦桃、贾宗洋和王心迪组成的辽宁队得到 322.26 分，以预赛第一的成绩晋级决赛。

决赛中，徐梦桃第四个登场，她完成三周台动作，拿到 93.58 分，在所有女选手中排名第一。完赛后，她连吼五声，似乎要将个人赛仅名列第五的愤懑一扫而空。可惜辽宁队第二个出场的贾宗洋在着陆时出现较大失误，仅拿到 106.64 分。内蒙古队李伯颜在贾宗洋之前出场，拿到 120.36 分，这让东道主在决赛各队还剩最后一跳的情况下，反超辽宁队攀升至第一位。

最后一跳，内蒙古队杨龙啸落地并不理想，得到 104.98 分，这让辽宁队看到争冠的机会。不过，徐梦桃的爱人兼队友王心迪随后也出现失误，着陆时背部率先着地，这让辽宁这支该项目最大的夺冠热门队伍最终只得到 301.99 分，落后内蒙古队 13.44 分屈居亚军。吉林队在决赛开局不利的情况下，凭借李天马获全场最高分 130.05 分的完美一跳，以 301.41 分获得铜牌。

"今天从训练到比赛是我这个冬天跳得最好的时候，我们三个人承担三份力量，赛前我就想着必须要顶住这股劲，不能给队友丢人。我的动作在落地之前有视野盲区，必须听从教练的指挥，今天与教练的配合也特别好。今天获得冠军是在意料之外的，赛前我们的目标就是进入决赛。"李伯颜说。

谈及接下来的目标，李伯颜表示将为米兰冬奥会积极准备，继续加强三周台动作的训练，在保证安全的前提下提高动作难度。

24 日，"十四冬"自由式滑雪空中技巧项目将决出青年组混合团体项目的金牌。

新华社呼和浩特 2024 年 2 月 23 日电
新华社记者：王雪冰、姚友明、季嘉东

王强加冕"五金王"

2024 年 2 月 24 日，重庆队的王强拿下"十四冬"越野滑雪公开组男子 50 公里集体出发（传统技术）金牌，这是他本届冬运会的第五枚金牌。这也使他成为"十四冬"获得金牌最多的选手。

在同日进行的越野滑雪公开组女子 30 公里集体出发（传统技术）比赛中，黑龙江代表队李馨"幸运"夺冠。

赛前已经夺得多枚金牌的王强是本场比赛焦点人物。他一改前几日出发

★ 2024 年 2 月 24 日，重庆队选手王强在冲刺时庆祝。（新华社记者赵子硕摄）

后便迅速领先的滑法，采用跟随战术；一直到最后一圈时，他突然发力完成超越，最终顺利拿下他本届赛事的最后一枚金牌。

赛后，王强对于此次冬运会的成绩表示非常满意。"感谢自己有一颗前进的心，一直不放弃。"他说。

作为中国越野滑雪的领军人物，2022 年，王强曾代表中国参加北京冬奥会、越野滑雪世界杯，两度刷新中国越野滑雪的最好成绩。"我会把自己所有最好的技术都传授给国内这些年轻运动员们，我也看到他们进步得非常快。我们需要一些时间，在国际上展现更好的自己。"

在女子比赛中，来自黑龙江、吉林和新疆队的选手始终居于第一梯队。最终新疆队迪妮格尔·衣拉木江率先冲过终点线，李馨紧随其后到达终点，黑龙江队选手池春雪第三个抵达。

正当新疆队沉浸在夺冠的喜悦中时，大会宣布组委会复核成绩时发现，迪妮格尔·衣拉木江和池春雪在终点前最后一个上坡转弯处有违规动作，两人成绩被取消，选手排名依次顺延。李馨从第二名跃居第一名，同样来自黑龙江队的孟红莲摘银，吉林队李磊拿下铜牌。

新华社呼和浩特 2024 年 2 月 24 日电

新华社记者：张睿、王靖

"十四冬"越野滑雪收官：个人闪耀　团队凯旋

2024年2月26日，"十四冬"乌兰察布市凉城赛区举行的越野滑雪比赛迎来收官战，黑龙江队、吉林队分别在4×5公里接力（2传统技术+2自由技术）青年组女子、青年组男子比赛中夺冠。

在该项目上，年仅18岁的黑龙江队靳然在"十四冬"共摘得三块金牌，堪称冉冉升起的"新星"。

青年组女子比赛中，黑龙江队派杨帆、靳然、周景丽、李婕出战。一棒杨帆领先第二名9秒3交棒，靳然接棒后将领先优势扩大至1分39秒4，随后的两名队友继续保持领先优势至完赛。最终，黑龙江队用时59分21秒9，将金牌毫无悬念地收入囊中。

"我昨天获得个人短距离金牌后，今天的比赛也是奔着冠军来的。"靳然赛后说，获得接力金牌是一种集体荣誉，和三位队友再度合作非常开心。这位小将一直表示，未来的目标是参加亚冬会和冬奥会，会全力拼得好成绩。

青年组男子比赛中，由古龙择仁、刘静超、姜奕鑫、潘梦男组成的吉林队，以2秒9的微弱优势，阻止了新疆队的有力挑战，拿下本届冬运会越野滑雪最后一金。"昨天决赛失利，对我信心打击挺大的，不过这也是历练，有失必有得。"刘静超说。

26日，"十四冬"乌兰察布市凉城赛区的越野滑雪等比赛全部顺利完赛，共产生38枚金牌。重庆队王强在越野滑雪比赛中，以取得五块金牌的

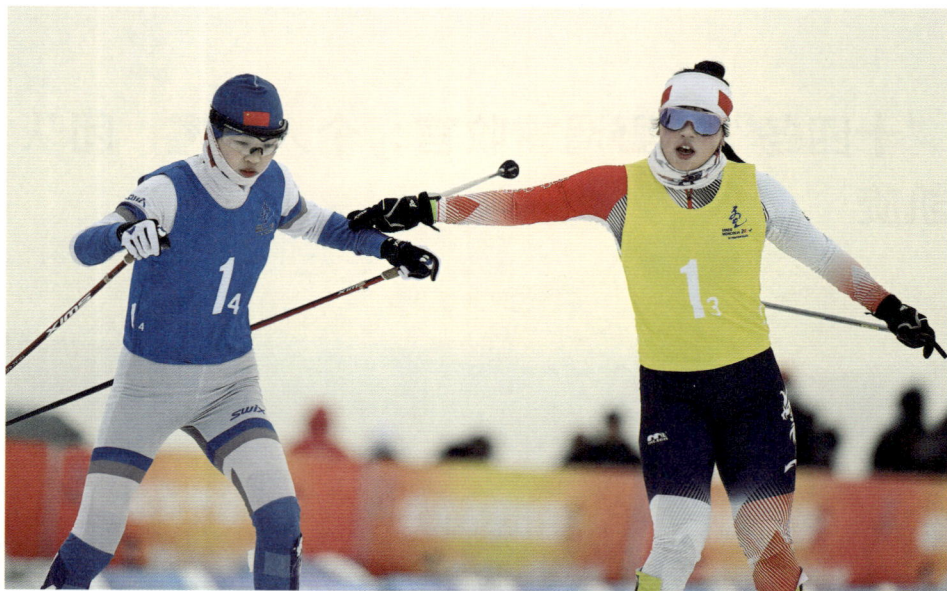

★2024 年 2 月 26 日，黑龙江队选手周景丽（右）和李婕
在比赛中进行接力。（新华社记者赵子硕摄）

好成绩，成为"十四冬"凉城赛区以及整个"十四冬"的最大赢家。王强、
靳然等人在"十四冬"赛场"冒尖"，也为中国越野滑雪走向世界积攒了实力。

新华社呼和浩特 2024 年 2 月 26 日电

新华社记者：王靖、张睿

冬季两项接力赛辽宁队包揽两金

2024 年 2 月 22 日，在乌兰察布市凉城赛区进行的第十四届全国冬季运动会冬季两项比赛中，辽宁队包揽公开组女子 4×6 公里接力、公开组男子 4×7.5 公里接力金牌。

此前，辽宁队在冬季两项女子比赛中仅入账 3 枚铜牌。当日比赛中，由郑冬雪、李昊容、唐佳琳、杨连红组成的辽宁队发挥出色，迎来首金。"因为河北队的最后一棒选手褚源蒙是非常强劲的对手，比赛时我想着不管怎样都要全力以赴冲第一，为队友争取更多时间。"李昊容说。最终，河北队和内蒙古队分获银牌和铜牌。

男子比赛中，辽宁队以领先第二名内蒙古队 2 分 18 秒的优势摘得金牌。内蒙古队首棒包宝财在卧射环节出现失误，交棒时队伍排名倒数第一。好在接下来出场的队友发挥出色，庄盛宇、勾振东更是滑出所处棒次的最快成绩。拥有张春雨、朱朕宇两名北京冬奥会选手的黑龙江队获得铜牌。

据了解，在接力赛中，每位选手在完成自己的滑行任务后，接下来的队友将继续赛程。每位选手需滑行三圈，中间需要射击 2 次，每次 5 发子弹。与冬季两项其他比赛不同的是，参加接力赛的每名选手有额外 3 发备用子弹，如果备用子弹用尽后仍有脱靶的情况，那么将按脱靶个数加罚滑行 150 米长的圈道。到达终点时，用时最少的队伍为胜者。

23 日，凉城赛区将决出冬季两项最后一枚金牌。

新华社呼和浩特 2024 年 2 月 22 日电
新华社记者：恩浩、李琳海

河北队获冬季两项收官战冠军

    2024 年 2 月 23 日，第十四届全国冬季运动会冬季两项公开组混合接力（4×6 公里）决赛在内蒙古乌兰察布市凉城滑雪场进行，河北队以 1 小时 12 分 38 秒 9 的成绩获得冠军，辽宁队和内蒙古队分获亚军和季军。至此，"十四冬"冬季两项比赛 11 枚金牌全部决出。

    冬季两项混合接力赛各队由男、女各两名队员组成，每人滑行 6 公里，

★2024 年 2 月 23 日，河北队选手闫星元在比赛后庆祝。（新华社记者李志鹏摄）

射击两次，每次射击可用 5 发子弹和 3 发备用弹。如运动员使用备用弹仍未击中目标靶，则需在 150 米长的惩罚赛道加滑一圈。

当日决赛共有七支队伍参加。第一棒，辽宁队老将唐佳琳以 29 秒的领先优势第一个完赛。第二棒，河北队名将褚源蒙顶住压力，不仅射击全中，滑行也十分出色，帮助队伍反超至头名，领先辽宁队 24 秒 8。

最后一棒，河北队闫星元和辽宁队程方明这对老对手再次交锋。赛程中两人距离几度拉近，射击环节都出现了失误，但闫星元凭借前三棒队友积攒下来的优势和自己稳定的滑行能力，最终守住了胜果。

"今天大家都发挥出了训练时的水平，我为队友感到骄傲。我相信冬运会上良好的表现会成为年轻队员前进的动力。"闫星元说。

新华社呼和浩特 2024 年 2 月 23 日电
新华社记者：李琳海、恩浩

场外报道

特写：碰撞、摔倒、重赛

——一枚波折的金牌

换道区碰撞、摔倒，一小时后一个人重赛……经历了这一系列波折后，新疆运动员田芮宁最终如愿拿到第十四届全国冬季运动会速度滑冰（公开组）女子 500 米金牌。

2024 年 1 月 13 日的女子 500 米比赛共有 7 组队员参加，田芮宁和北京队选手金京珠被分在了最后一组，她俩比完后，这个项目的金牌就将尘埃落定。

速度滑冰赛道一圈为 400 米，500 米比赛要滑过两个弯道，外道出发的选手在第二个弯道时换入内道，内道出发的选手则要换入外道。

田芮宁外道出发，在即将进入第二个弯道时，田芮宁与金京珠齐头并进，这也意味着即将换入内道的田芮宁速度要快于对手。

根据比赛规则，在进入换道区时，出内道换外道的运动员不能妨碍其对手从外道换入内道的正常滑行，即使不是因内道换外道的选手出现阻碍动作而发生碰撞，也要由他（或她）负责。

意外就发生在换道区。两人的冰刀磕到了一起，田芮宁摔倒在地，金京珠没有受到影响，她顺利进入外道，随后完成了比赛。田芮宁重新站起来后，做出了一个摊手动作。

随后，金京珠的比赛成绩被取消，田芮宁被安排重赛。

"她（金京珠）没想到我速度冲起来那么快，我也没想到我没过去。这就是吃一堑长一智吧，以后要避免这些问题发生。"田芮宁说，换道区发生的碰撞，"彼此都有点判断失误"。

因为之后还有男子团体追逐四分之一决赛，田芮宁要在这之后重赛，女子 500 米颁奖仪式也要等她重赛后再举行。

一个小时后，男子团体追逐赛结束了，偌大的冰场一下子空旷起来。田芮宁的重赛要开始了。她一个人出现在赛场，一边滑行一边重新紧了紧鞋带。再滑行一圈，她把外套脱掉扔到场边，来到外道出发的起点。

全场瞬间安静下来，所有人似乎都屏住了呼吸。发令枪的声音打破了这片宁静，田芮宁像离弦的箭一般冲出起跑线。尽管赛道上只有她一人，但仿佛还有一个如影随形的对手紧追不舍。田芮宁从出发阶段就拼尽全力，现场的观众一起为她鼓掌加油。冲刺、冲刺。第二个弯道，田芮宁顺利转入内道，出弯道后，田芮宁的速度稍稍慢了下来，现场的加油声更大了。

双手摆臂，进行最后的冲刺。冲过终点，38 秒 39，冠军！观众席沸腾了。

"刚才是哪儿都没感觉，现在比完了，手也疼，腰也疼，疼痛感就上来了。"赛后田芮宁说，摔倒了身体还是有些不舒服，重赛的时候对动作也有些影响。

尽管获得了冠军，但田芮宁还是有些许遗憾。"我觉得今天如果不摔的话，是可以打开 38 秒大关的，因为这个冰场非常好，之前的 1000 米比赛，我也滑出了个人平原的最好成绩。还是有点可惜。"

新华社呼和浩特 2024 年 1 月 13 日电
新华社记者：王春燕、魏婧宇

"逆流而上"的希望

19岁的赛木哈尔·赛力克在冲过终点线的那一刻筋疲力尽，卸掉雪板坐在地上，张开嘴大口呼吸，北国凛冽新鲜的空气撞进少年的胸膛，眸子间满是完赛的骄傲和喜悦。经历一场10公里的越野滑雪后，赛力克完成了他在全国冬运会上的首次"演出"。

与大多数雪上项目不同，越野滑雪不仅有比拼速度的向下俯冲，漫长赛道中还有极其考验耐力的平地与上坡，因此越野滑雪也被称为"逆流而上"的雪上项目。在"十四冬"越野滑雪赛场，有一批平均年龄不到20岁的"小将"，为中国越野滑雪运动带来希望。

在青年组男子和女子10公里（间隔出发自由技术）的比赛中，新疆队的赛木哈尔·赛力克最终在男子组比赛中位列第十，而这仅仅是他正式进行越野滑雪训练的第三个年头。

赛木哈尔·赛力克来自新疆阿勒泰地区，通过"冰雪进校园"活动，他在15岁的时候接触到滑雪运动。"初中时家乡周边的滑雪场慢慢多了起来，学校也会组织专业的教练带我们到雪场里熟悉滑雪运动。第一次非常好奇，时间久了就慢慢喜欢上滑雪的感觉了。"

赛力克身材高大，性格则有点腼腆，面对记者提问时话语并不多，不过谈及越野滑雪，少年明显眼睛一亮。"我觉得越野滑雪最好的一点，就是它能让你直接感受到自己的努力与付出是如何回馈你的，只要你刻苦训练，只要你不放弃，那下一次比赛成绩就会有提高，我很享受这种挑战自己极限的过程。"

这些朝气蓬勃的孩子心怀梦想，这让他们充满力量。

"最大的梦想就是好好训练，取得好成绩，争取进入国家队。"代表辽宁队的郭婉如今年 17 岁，练习越野滑雪已经 4 年了。

性格开朗的郭婉如出生于吉林省吉林市，自幼学习滑雪，已经参加了不少比赛。由于常年在外训练比赛，她已有好几年没回家过年了，不过对于自己选择的这条道路，郭婉如并不后悔："越野滑雪其实到最后就是比拼意志力，每一次比赛我都告诉自己，再累再疼都要坚持下去，不能给自己留下遗憾，最开心的事情就是能够帮助团队拿到奖牌。"

在少雪的南方高山密林中，同样有在滑雪上展露天赋的孩子，贵州队的敖子云就是其中一员。

今年 16 岁的敖子云来自贵州省六盘水市，在 2021 年的冬天，他首次接触到了滑雪。"起初只是因为好奇，因为身边很多小伙伴都在滑，后来滑了几次以后我自己很喜欢，父母也非常支持我，经过多次训练和选拔，我就进入到了贵州越野滑雪队。"据敖子云介绍，尽管家乡在南方，但近些年参与冰雪运动的人越来越多，自己也是受到雪场火热氛围的感染才选择这项运动的。

由于海拔高、湿度大、山地多，冬天的六盘水便成为我国南方难得的"雪乡"。据了解，本次冬运会也是贵州首次组团参赛。

2024 年 2 月 23 日，本届冬运会越野滑雪青年组的比赛正式开赛。这些来自全国各地、代表着中国越野滑雪未来的年轻人，未来三天将继续在这片赛场追逐梦想，激扬青春。

新华社呼和浩特 2024 年 2 月 23 日电
新华社记者：张睿、王靖

闲记：珍惜赛场，热爱相聚

阴云被阳光驱散，音乐震荡在山巅；滑过雪坡，翻过跳台，冲向一片真诚的喝彩。"十四冬"自由式滑雪雪上技巧的比赛少了些竞技的紧张，多了些聚会的欢乐。

在 2024 年 2 月 18 日的公开组比赛中，北京队选手龙昊和河南队选手郝丽赟分获男、女个人金牌，他们的出色表现得到了许多选手的祝贺。而让记者印象最深的，是当一个红色身影出现在山顶时，人群中传出一声响亮的"付神"。

"付神"，是河南队付俊逸在圈内的名号，这场比赛他收获了一枚铜牌。付俊逸的滑行和空翻技巧都比较出色，用他自己的话说，每一趟训练的"质量、速度和成功率都会很高，所以他们有些人也会在我身上学一些东西"。

19 日的公开组男子双人雪上技巧比赛中，付俊逸弥补了前一日的遗憾，在大家的注目下摘得金牌。付俊逸 2018 年才开始练习雪上技巧，拿下这枚金牌后，他希望未来能代表国家走向国际。

自由式滑雪雪上技巧在中国起步较晚，可选择的训练场地不多，风头也比不过空中技巧，一些选手源自跨项选材。参加"十四冬"的选手经常在一起训练，输赢似乎没那么重要。他们滑过扎兰屯，穿行可可托海，在三十多度的"高级道"上并肩下山，彼此之间的关系早已不是对手，是实现梦想的另一只手。

"创意"是许多雪上项目的特点，选手们要在数十秒的比赛时间里完成多个复杂的技巧动作。"随意"是他们的性格，把背包排在场地边，在雪地上搞出一块平地，放一把折叠椅；教练都站着，选手都坐着。"笑意"是对彼此的尊重，他们为所有人鼓掌、加油，也给即将出发的自己调动情绪。宁琴就在这群人里。

宁琴是我国首位冬奥会雪上技巧项目参赛选手，她参加了 2014 年索契冬奥会并闯入决赛。在因伤接连错过 2018 年和 2022 年两届冬奥会后，她在 2023 年成为了一位母亲。一心复出的她在训练了十个月后再也忍耐不了伤痛，转身成为吉林队的教练，继续留在热爱的项目上。

可能是扎兰屯的空气太冷，宁琴戴上了黑色头盔，她的脸微圆，几缕挑染了蓝色的发丝贴着面颊。当说到错过北京冬奥会时，她说："人嘛，总有些遗憾。"

19 日，北部的寒流让比赛所在地的最低气温降到了零下 20 摄氏度，选手们完赛后纷纷挤进裁判间取暖。这时候，最能表达关心的问候莫过于"去房间里暖和一下"。这块不大的空间里有志愿者、运动员、记者等等。阳光穿过玻璃，把这里烘托成温室，人们彼此寒暄，珍惜这次相遇。

新华社呼和浩特 2024 年 2 月 19 日电
新华社记者：季嘉东

闲记：空中技巧训练中你"看不见的事"

2024年2月20日，受天气影响，原本要于当天在扎兰屯金龙山滑雪场开赛的第十四届全国冬季运动会自由式滑雪大跳台和坡面障碍技巧等赛事推迟举行。查看扎兰屯赛区的日程安排，记者发现只有21日即将开赛的自由式滑雪空中技巧项目在20日仍有公开训练计划，于是决定去现场看看。

刚走出住处大门，我们就险些被迎面吹来的刺骨寒风原地"劝退"。手机上信息显示，实时温度已低至零下23摄氏度，就算只是简单呼吸，你都能感觉到吸入的冷空气在鼻腔里结成了冰晶。进入金龙山滑雪场，自由式滑雪空中技巧的比赛场地在U型场地的隔壁，前几日单板滑雪比赛时，现场观众给世界冠军蔡雪桐、冬奥会亚军刘佳宇和"超新星"周苡竹送上的热烈掌声犹在耳侧。21日起，冬奥冠军徐梦桃、齐广璞和世界冠军贾宗洋等人的比赛，势必会再度让这里变得热气腾腾。

沿着场地的楼梯拾级而上，记者在训练开始前10分钟走到了场地上跳台所在的高度位置。跳台前，只有一两名运动员在训练。雪坡上，几道红色的线十分显眼，运动员们并没有练习腾空和着陆的动作，而是"倒车"滑下台，着重练习"起飞"前的相关动作。即使穿着毛衣、厚棉裤和长款羽绒服，自认耐寒能力不错的记者也只在室外停留了20多分钟，就钻进了跳台旁边的小楼，发现不少参加公开训练的运动员都"猫"在屋里。

"这个温度虽然低，但其实这么多年我们也基本都习惯了，只是这会儿风有点大，出于保护运动员的角度，我们想再等等再让大家出去。"辽宁队领队潘宇嘉说，"那些红线就相当于田径运动员的跑道，它的作用是帮助运动员们顺利冲上跳台。"

在等待合适训练时机的时候，记者看到了此次即将代表湖南队参赛的19岁小将李林。李林在14岁时，从蹦床选手转型成为一名自由式滑雪空中技巧运动员。因为是辽宁和湖南联合培养的选手，所以她有机会常年跟随辽宁队在阿尔山以及吉林长春的莲花山滑雪场训练。记者问她，这次要和徐梦桃这样的大姐姐同场竞技，感受如何？李林回答，感觉大姐姐做空中动作得心应手，自己要向大姐姐好好学习。

10时左右，当阳光倾洒在雪坡上，越来越多的运动员走出小楼，开始训练。李林也跟我们道别，说她要去测速了。我们眼前冒出一串问号：空中技巧又不是竞速类项目，为啥还要测速？潘宇嘉解释说，测速是空中技巧运动员适应场地训练的一项重要工作，"想要呈现出完美的空中动作，速度既不能太快，也不能慢。女子选手跳两周台动作，时速一般在50多公里，男子选手上三周台前，时速不能超过70公里。所以说如何在助滑坡获得合适的速度，对选手来说很关键。"

随着李天马、陈硕相继在训练中做出三周台的动作并稳稳落地，小楼里的运动员和教练员们发出一阵欢呼和惊叹。在几位运动员尝试做出完整动作之后，立刻有几个人拿着铁锹冲到跳台下的着陆区，把着陆点附近的雪铲松、整平；因为气温极低，所以他们需要频繁进行这项工作。挥舞着的铁锹，火热生动的劳动景象，保护了运动员们的安全，保障着训练和比赛的顺利进行。

究竟是老将老而弥坚，还是新人崭露头角？当安静的雪场再度喧嚣，一切自会见分晓。

"我不喜欢做赛前预测，这样的比赛如果真有年轻人冲出来，那么他可能就会是下一个巨星。"潘宇嘉说。

新华社呼和浩特2024年2月20日电
新华社记者：姚友明、季嘉东、王雪冰

闲记：冰壶场上没有年龄焦虑

当时钟敲响，玻璃杯叮当碰撞，我们为新一年干杯，同时也年长一岁。

有人说，如果你想乘雪板换个角度看世界，最好在 30 岁之前，要是想脚尖点冰、婉若游龙，可能要更早，毕竟强如俄罗斯花滑"三娃"，都面临着青春期发育关——如果因增重丢掉技术动作，则泯然众人矣。

鉴于人体生理机能的限制，专业运动员往往被认为是吃"青春饭"的职业，特别是和"残酷"的冰雪项目打交道，好像多早都不算早。

"十四冬"赛场上，12 岁的单板滑雪"明日之星"周苡竹震撼亮相；20 岁的冬奥冠军苏翊鸣逆风翻盘，收获个人冬运会首金；"00 后"孙龙加冕短道速滑"四金王"……"上山的人"正拥抱世界，而攀过顶峰后的"下山人"，曾让我们热血沸腾，也让我们感叹：年少有为的背面，往往写着岁月难敌。

"时间车轮"滚滚向前，但在"十四冬"项目中，却有一个例外——冰壶。在被称为"冰上国际象棋"的赛场，年龄不是枷锁，而是经历的勋章。

"那是王冰玉吧。""感觉没变样。"2024 年 2 月 22 日，女子冰壶赛场的观众席上不太平静，退役数年的王冰玉、岳清爽、周妍重回赛场，让大家直呼："梦回 2010"。就连她们也感叹："看到昔日队友，好像回到了温哥华。"

2009 年，她们和队友柳荫"四朵金花"首夺世锦赛金牌，并在次年温哥华冬奥会摘铜。如今，走上教练、教师岗位的她们，面对胜负心态平和。

"这次能和老队友一起参赛机会非常难得，四年一次的全国冬运会来之不易，我觉得能参与就很幸运。很多人选择离开一段时间又回来，这也是冰壶项目的魅力。"王冰玉说。

队友周妍也更看重"在场"。她说："想把对项目的执着、奉献、热爱传递给年轻队员。"

像她们一样，男子冰壶赛场上，巴德鑫、臧嘉亮、邹强、徐晓明等老将也纷纷亮相，有的兼任教练与运动员，有的是全冬会"满勤"选手。在2014年索契冬奥会随中国男队获得第四名的巴德鑫，选择在退役后回归全冬会，而他宝刀未老，在混双决赛对阵福建队时，通过加局加强防守"偷"分成功，帮助黑龙江队以7：6险胜夺金。

"对手的体能比我们强一些，我们就是沉住气，凭借自己的经验，尽量将比赛拖到最后，看谁更紧张。"巴德鑫说。

用幽默将紧张气氛化解，是巴德鑫的一贯做法。16岁才接触冰壶，34岁也未曾离开，他笑言自己的冰壶生涯比别人稍晚一些。"从运动员、教练到老师，除了想换一种生活方式，我也想给更多学生传递冰壶知识，期待更多人参与到这项运动中。"巴德鑫说，希望冰壶能够走进校园，通过开设冰壶课、建设冰壶场馆等方式让更多人爱上冰壶。

年龄让他更从容，也赋予更多冰壶老将阅历和沉淀。

纵观历届冬奥会夺牌队伍可以发现，在冰壶"江湖"中，"资历老"、大赛经验多是获胜的关键因素。北京冬奥会上，面对"多朝元老"坐镇的欧洲劲旅，平均年龄超过29岁的中国男子冰壶队算是"后生"，他们的对手挪威冰壶运动员托格·内尔高年过四旬。"妈妈"级别的加拿大冰壶女队队长琼斯也在采访中表示，虽然年龄是很多对手的两倍有余，但依然觉得自己很年轻。

"就像下棋一样，你遇到的情况越多，解法就越多。"代表黑龙江队出战"十四冬"的马秀玥受访时表示，回望两年前的北京冬奥会经历，仍觉得遗憾。"我们参加的国际大赛太少，发挥不太稳定，也缺少对关键局的细节把控。"

"下到刚会走，上到九十九，冰壶几乎没有年龄限制。"曾任中国女子冰壶队教练的谭伟东笑道，"稳定的技术、从容的比赛气质和沉稳的心态往往决定冰壶比赛的结果，而这些可能只有时光才能赐予。"

当"剑拔弩张"的赛场成为"老友聚会"、往日热爱的证明和一场心灵的旅程，年龄不过是单纯的数字。

新华社呼和浩特 2024 年 2 月 25 日电
新华社记者：刘艺淳、戴锦镕

闲记：冰壶比赛　我们在看什么？

　　早上 8:30，呼伦贝尔室外气温零下 20 多摄氏度，第十四届全国冬季运动会的冰壶赛场内却热闹非凡。

　　从 2024 年 2 月 14 日到"十四冬"闭幕当天，冰壶比赛每天都有，赛程长，场次多，最晚的比赛甚至到凌晨一点才结束，对运动员和赛场工作人员来说都是不小的挑战，观众也需要起早贪黑。

　　初次接触冰壶的人，大概会"一脸懵"。不似花样滑冰般梦幻优雅，不同于短道速滑的紧张刺激，冰壶每场比赛约 150 分钟，运动员在场上不仅需要一定的体能来"刷冰"改变冰壶的路线和滑行速度，还要通过将冰壶"排兵布阵"，把对方的冰壶打出大本营。

　　喜欢看冰壶比赛的人，究竟在看什么？

　　"我平时就喜欢看别人下棋，冰壶是'冰上国际象棋'，门道差不多。"60 岁的海拉尔市民马先生说，冰壶动静结合，观赏性高，看高手对决，能悟到其中精妙。他还充当身旁观众的"解说员"，"占位壶""打定""打甩"等专业词汇不时从他口中蹦出。

　　已经练习冰壶 14 年的福建队队员苑明杰认为，和其他项目相比，冰壶更有感染力的是双方在战术上的博弈。"冰壶需要布局，每一个球都需要去安排战术，有限时间内要计划出最优路线，很考验人。"

　　"冰壶比赛不到最后一秒谁都不能确定结果。"获得公开组男子金牌的河北选手费学清说，赛场上原本领先的队伍可能在一局比赛中被逆转，不确定性很大，这也是冰壶的魅力所在。

兼具动静之美，注重技巧和谋略，冰壶也受到很多小朋友的喜爱。27日的公开组女子冰壶决赛中，6岁的田雨含乖巧地坐在观众席上，视线随着冰壶移动。"我比较内向，不喜欢特别激烈的运动，感觉冰壶比较优雅。"她说，自己有机会也想体验冰壶。

从天津来内蒙古探亲的王令带着6岁半的儿子看了两场冰壶比赛。"之前孩子就对冰壶有过了解，上过线上冰壶课，这次特意带他感受现场氛围。"王令说，冰壶既能锻炼身体也能益智，希望孩子以后能进行更专业的学习。

老少皆宜的冰壶运动是不少人的青春记忆。当现场大屏幕里的中国女子冰壶"黄金一代"再现"十四冬"赛场，当王冰玉投壶后高声向队友周妍喊着战术，不少"90后"观众直呼"青春回来了"！

除了战术上的博弈、赛场上的动静之美，老将们的精彩表现，"冰壶精神"也值得回味。"冰壶运动员不发生身体接触""有时本方壶被对方误碰，也不会特意指出""对手认定得分后就会把壶移走，裁判的存在感较弱"……采访中，运动员们对"冰壶精神"的理解不同，但内核一致——冰壶是可看、可爱的绅士运动。

"希望更多观众能认识、了解冰壶，感受冰壶的魅力。"王冰玉说。

新华社呼和浩特2024年2月27日电

新华社记者：戴锦镕、刘艺淳

没上过雪的体育老师和他的越野滑雪队

　　来到呼和浩特，站到第十四届全国冬季运动会群众比赛的赛场上，对山东人温明建和他的队员们来说，是激动人心的历史性时刻——这是这支越野滑雪代表队全员第一次上雪。

　　这支队伍来自山东，他们都是滨州市阳信县第四实验中学的师生。温明建是他们的教练，也是这所学校的体育老师。

　　他说，相对于冰雪资源丰富的东北地区来说，他的家乡缺乏自然条件，也没什么雪上运动的传统，学练越野滑雪就是通过在校园里练越野滑轮。

　　通常来说，越野滑轮是越野滑雪在非雪季的训练方法，运动员可以通过滑轮训练来提升技巧和能力。而这个办法成了大部分缺冰少雪地区"冰雪运动进校园"的有效方式，可以帮助孩子们打好雪上运动的基础。

　　温明建说："我以前教轮滑，就是俗称的'滑旱冰'，至于后来转教越野滑轮，再与冰雪运动结缘，说起来还有一段故事。"

　　2010年，温明建来到当地一所学校教轮滑。上课时，看着操场上寥寥无几的身影，他有些心酸。当时轮滑运动在小县城还是空白，家长们不太支持，孩子们也缺乏兴趣。

　　但温明建没有气馁，他组建了学校第一个轮滑社团，利用休息时间，手把手地教孩子们。从不会平衡到优雅滑行，孩子们感受到运动的快乐，也渐渐点燃了温明建的希望。

　　在温明建带的第一批学生中，一个叫王烨的男孩令他印象深刻。温明建回忆说："王烨当时上三年级，学习成绩一般，但是非常能吃苦，他的家人就想让他试试体育这条路。"王烨跟随温明建训练到小学毕业，后来进入体校。

2015年，北京获得2022年冬奥会的举办权，冰雪运动在国内逐渐升温。温明建说，当时国家越野滑雪队来遴选队员，主要考察的正是轮滑。最终王烨凭借这项优势，被选拔进入国家越野滑雪队。

"没想到我的努力改变了孩子的命运。"温明建说，他意识到冰雪运动发展会越来越好，但苦于没有合适的训练和参与方式。有一次王烨回家休整，温明建和他交流后了解到，越野滑轮是培养雪上项目人才的有效方式，便萌生了开展越野滑轮项目的想法。

2021年，温明建调到新成立的阳信县第四实验中学。他决心再次"拓荒"。

起初，家长们对这个陌生的项目一头雾水，甚至有些抵触。温明建没有灰心，他带着孩子们在操场上展示越野滑轮的魅力，流畅的动作和飞扬的神采，让孩子们目不转睛，跃跃欲试。他耐心地跟家长沟通，解释这项运动对身体素质和意志力的锻炼，最终打消了他们的疑虑。

随着训练的深入，温明建又一次看到了孩子们身上的巨大变化。一个郁郁寡欢的小姑娘变得开朗自信，还有一个沉迷游戏的男孩重拾活力，后来成功入选国家青年滑雪登山队。

一个个鲜活的例子，让温明建深感欣慰。他切身体会到自己不仅在教孩子们一项运动技能，更是用体育运动、冰雪运动的坚韧精神，塑造着孩子们的未来。孩子们参与的热情也越来越高，参加越野滑轮课程的学生从一开始的30多名增加到如今的75名。

站上"十四冬"群众比赛的赛道，成为温明建和学生们的重大时刻。尽管比赛现场非常冷，孩子们也多少有些紧张，但从跑道到雪道，从县城到国家级赛场，他们的梦想跨出了重要的一步。

温明建说，他的冰雪梦不止于此。他想让更多人参与越野滑轮，还计划在学校开设射箭和射击课程，力争为冬季两项运动输送人才。他说，这条路没有终点，他会一直奔跑下去，为家乡的孩子们铺设一条通往冰雪世界的道路。

新华社呼和浩特2024年1月15日电

新华社记者：赵泽辉、贺书琛

当"十四冬"坐上科技的"雪车"

　　"十四冬"开幕式的场地是内蒙古冰上运动训练中心速度滑冰馆,为了在有限空间里展示丰富元素,开幕式团队创新运用了顶部环形投影、可编程珠链幕、AR虚拟视效等先进技术,实现了"数实交融",让"小"场地里的视觉空间极大延展:开幕式上,观众时而置身于冰雪世界,时而漫步在辽阔草原,沉浸感满满。

　　多形式技术手段、多维度演出空间、多层次视听呈现,一场体现时代特征、弘扬体育精神、彰显文化自信的体育文化盛宴,通过"十四冬"开幕式得以精彩呈现。不过,这些只是科技创新成果运用于"十四冬"的冰山一角。

　　在备战过程中,各队纷纷借助科技提升训练保障水平。"我们通过高速摄像机拍摄队员训练画面,再通过软件记录分析冰壶线路、投壶力量等数据,使训练更加数字化、精细化。"内蒙古冰壶队教练郭文利说。

　　天津队的训练基地则配备了高压氧舱、低压氧舱、液氮冷疗舱等高科技设施。"以液氮冷疗舱为例,低温环境有助于运动员快速摆脱肌肉酸痛与疲劳。"天津市体育局局长李克敏说。

　　"十四冬"主会场内蒙古冰上运动训练中心是由速滑馆、短道速滑馆、冰球冰壶馆等建筑组成的场馆群。在这片场馆群里,观众如何快速找到座位区域,记者如何精准"锁定"摄影点位,通过场馆仿真系统可以在虚拟世界中了解、预演真实世界中的场景。

　　呼伦贝尔市冰上运动中心副主任羡雪瑞介绍道,通过数字孪生、虚拟仿真技术，构建出高精度的数字虚拟空间，打造了内蒙古冰上运动训练中心的数字建筑孪生基础模型。"有些人不在场馆里，但是又想了解场馆里的准确情况，比如运动员沿哪条动线活动、裁判员从哪几个门进入场地、电视直播选择哪些机位，都可以通过场馆仿真系统生成小视频进行演示，就仿佛置身在场馆中。"

短道速滑、冰壶等冰上项目比赛对场地冰面要求很高，任何小的瑕疵都可能对比赛产生影响，因此，需要对场馆内的温度、湿度等关键数据做到实时、精准监测。

"近期场馆内温度过高，可能对比赛有影响，你们能监测到场馆高处的温湿度等数据吗？"2024 年 2 月 12 日，内蒙古冰上运动训练中心短道速滑馆长于洋提出一个新需求。"没问题，交给我！""十四冬"呼伦贝尔市气象分中心技术保障组组长王涵的回答底气十足。

"气温 11.6 摄氏度，相对湿度 14.3%。"王涵拿出一部手机大小的设备讲解道："这个小不点，名叫穿戴式多功能袖珍手持气象站，是特别为保障短道速滑场馆赛事准备的。它适合安装在场馆内的狭窄空间，能够实时监测气温、湿度、风速、气压、冰面温度等气象要素，数据监测频率可达秒级，同时无线传输到气象分中心，为场馆温度、湿度等控制提供精准依据。"

此外，比赛用具里也隐藏着"黑科技"。例如，在"十四冬"比赛使用的冰壶中，就安装了智能传感器，能够监测出运动员手部与手柄的离合状态，自动识别运动员投掷出手时是否违规，确保比赛公平。

新华社呼和浩特 2024 年 2 月 20 日电

新华社记者：恩浩、魏婧宇、王雪冰

冬奥经验助力"十四冬"精准把脉天气

2024年2月18日,第十四届全国冬季运动会扎兰屯赛区飘起雪花。张晨阳比往日出发得更早,他脚穿冰爪,深一脚浅一脚地行进,认真巡检山上山下的每一处气象监测设施,清除设备积雪,确保正常运作。遍布雪道的15个点位都走一遍后,两个小时已经过去。这是扎兰屯赛区气象服务团队每天的工作之一。

"下雪天气,赛场内的路途更加难走,要早一点出发。而且运动员训练的时间也提前了,必须赶在他们使用场地之前完成巡检。"作为气象服务团队的一员,张晨阳完成每日巡检之后,又和同事一起,开始观察卫星云图,研判天气变化走势。

扎兰屯赛区处于大兴安岭山脉的东侧背风坡,在冬季风盛行的条件下,天气情况复杂,系统性规律很难找到。"雪上项目,天气因素造成的影响较大,必须根据情况随时调整比赛时间,因此相对准确的天气预报必不可少。"扎兰屯赛区气象服务团队负责人王颖说。

从团队驻训经验交流,尽快补齐山地气象知识,到每日徒步登山,实地感受不同赛道点位要素差异,不断复盘订正预报结论,再到成员间磨合互补,优化前后方工作协作流程……团队快速成长,稳稳"拿捏"扎兰屯雪场的"怪脾气"。

翻开滑雪场气象专报的文件夹,各点位每小时的天气、气温、相对湿度、风速、雪深、能见度等各项指标都一目了然。"每一条赛道的气温、风速都

★气象服务团队成员正在分析研判天气情况。
（新华社记者张武岳摄）

有差别，微尺度天气的研判是工作重点。我们已经做到了'百米级、分钟级'的精细化预报，为赛事顺利进行提供了充分气象信息保障。"王颖说。

据工作人员介绍，对天气情况的精确预报，还有赖于布设在赛区各个角落的气象监测"千里眼"。"比如'气象方舱'曾经服务过成都大运会。"王颖说，这是一套地基遥感垂直观测系统，集成了微波辐射计、毫米波云雷达、激光测风雷达等多种设备。除了"气象方舱"，自动气象站、应急保障车、便携式气象站等设施协同"把脉"，实现地基、空基、天基全时空、立体化监测。

2022年，北京冬奥会在天气精准预报方面实现质的飞跃。在"十四冬"赛场上，北京市气象台基于人工智能的多方法集成预报技术、国家气象中心基于深度学习的站点集成预报方法等两项北京冬奥会成熟预报技术成果再次得以应用。扎兰屯赛区16名团队成员中，有五名曾经服务保障过北京冬奥会。

　　"我们最大的底气与信心来自北京冬奥会的经验，但我们利用冬奥遗产，并不是简单的拿来主义。"王颖说，在已有的技术和人才基础上，气象部门新开发了"十四冬"气象预报制作系统和气象现场服务系统，嵌入各类预报模式，进一步提升了各方获取气象信息的便捷性和时效性。

　　记者走访了解到，除了为赛事保驾护航，各类气象专项服务产品的发布，还将便利延续至公众观赛、交通出行、供电供气、扫雪铲冰等各个领域，惠及更多部门和群众。

新华社呼和浩特 2024 年 2 月 19 日电
新华社记者：张荣锋、张武岳、贺书琛

"十四冬"雪场上的"哪吒"医疗队

在"十四冬"滑雪赛场上，总能看到站得笔直的深红色身影，他们脚踩滑雪板，肩背医疗包，时刻准备展开紧急救援。

一旦有运动员出现意外，得到竞赛长指示后，他们动若脱兔，第一时间冲向受伤运动员。滑雪板好似"风火轮"，手里的绷带如同"混天绫"，这些滑雪医生仿佛化身一身神通的"哪吒"，及时出现在需要救助的人身旁。

"我们的目标是三分钟内完成轻伤运动员和赛场其他伤病人员的救治和转移。"扎兰屯赛区医疗保障团队总指挥姜波介绍，扎兰屯赛场共有114名医护人员参与医疗保障，其中包括23名滑雪医生，覆盖赛道上的16个点位。2023年3月以来，医疗保障队员进行过20多次的专项培训、演练，全力保障"十四冬"赛场上各类人员的身体安全。

23名雪场"哪吒"中，有15人来自北京、河北等地，其中多人参与过北京冬奥会医疗保障工作。"四点半就要起床，七点要赶到赛场。"来自北京的滑雪医生李秋军介绍，工作的强度和节奏虽然不比冬奥会，但一天在山上站七八个小时也是常态。"随时准备进场开展救援，紧绷的神经一刻都不能松。"

56岁的姜云燕是扎兰屯本地人，有十多年滑雪经验，得知家乡要承办"十四冬"部分雪上项目，她主动报名参与医疗保障。"我十分热爱滑雪，作为医生能参与滑雪比赛的保障工作，虽然辛苦，但很幸福。"作为团队里年龄较大的成员，姜云燕和年轻人一样每天到半山腰的雪道旁值守，顶着零下20摄氏度的严寒，穿好纸尿裤，一站就是几个小时。由于寒冷和劳累，姜云燕18日有了感冒症状。"滑雪'发烧友'还真的发烧了。"她打趣说。但她仍坚守岗位，参与强度小些的机动工作。

为了确保受伤人员能够第一时间得到救治，医疗保障团队反复演练流程，通过训练缩短救治衔接时间。15日进行的单板滑雪U型场地技巧比赛中，有运动员受伤较重，当时无法站立。"U型场地有运动员受伤，请山下做好救治准备。"从接收到对讲机指令，到滑雪医生进场查看，对伤员进行固定，再到救援队搬运担架，由雪地摩托把伤员运往赛场医疗站，总共用时9分钟。

"遇到严重伤情，我们在运动员医疗站进行初步处置后，会迅速通过现场守候的急救车转运至18公里外的指定医院。"姜波说，公安部门也会迅速介入开路，确保20分钟内将伤员送到医院，指定医院也开设好了绿色通道接待伤员，做到争分夺秒。

为保障赛区所有时段、所有人员的安全，医疗团队每天都最先到达雪场守候，所有人离开赛场后他们才离开。"晚上还要盘点医疗设备的损耗情况，对医疗保障的难点进行分析研判。"姜波说，比如工作中发现低温影响自动体外除颤器工作效能，他们群策群力分析讨论，找到了用电热水袋包裹设备的办法。

自2023年底"十四冬"资格赛开赛以来，扎兰屯赛区医疗保障团队共进行了数十次医疗救治，送往医院22人次。身着印有"中国卫生"制服的"哪吒"们，正用他们"风驰电掣"的速度、"三头六臂"的技能和咬紧牙关的劲头，为"十四冬"保驾护航。

新华社呼和浩特2024年2月18日电

新华社记者：张荣锋、贺书琛、张武岳、王雪冰

来自"速滑王国"的点赞

——荷兰籍裁判长的"十四冬"印象

"印象深刻！唯一遗憾的是今晚我就要离开呼伦贝尔这座美丽的城市了。"2024年2月27日，"十四冬"速滑赛场所有比赛结束，约翰·海德曼在冰道周边来回踱步，和工作人员依依惜别。

当天，速度滑冰青年组迎来收官，12枚金牌各有归属，来自荷兰的裁判长海德曼也结束了他的"十四冬"之旅。他在接受新华社记者专访时表示："这里的一切都很难忘，相信中国的速度滑冰未来可期。"

荷兰被誉为"速滑王国"，荷兰也是冬奥历史上获得速度滑冰项目奖牌最多的国家，占比超过20%。

本次"十四冬"是海德曼第三次来到中国执裁。最后一个项目男子团体追逐比赛结束后，海德曼和裁判团队成员击掌致意。"整个比赛的运行团队、工作人员和志愿者们都很好，我们相处得很愉快。"海德曼说。

从事裁判工作多年以来，海德曼是世界各地大赛的"常客"，但他最喜欢来到亚洲执裁。"我在世界各地都执裁比赛，见过很多其他国家（和地区）的青年运动员，'十四冬'是我见过的水平很高的比赛，一些纪录接连被破。我印象很深刻的女子3000米冠军成绩也接近全国青年纪录，我为他们的表现感到高兴。"

2018年，海德曼首次来到中国，参与在长春举行的速滑短距离世锦赛裁判工作。2022年北京冬奥会，他作为速滑项目裁判再次来到中国，在"冰丝带"见证了中国运动员高亭宇获得男子 500 米冠军的历史性时刻。

"那场比赛真的令人印象深刻，赛前我们更看好其他选手，但高亭宇的表现真的令人惊讶，他发挥得太出色了。"海德曼说。

海德曼认为，近年来中国速度滑冰一直在进步。"今年中国运动员在国际赛场的发挥就比去年好。在中短距离上，他们具有世界级水平，在世界杯的成绩很好。在长距离上，我认为未来他们可以做得更好。"

"在我的国家有很多人造冰场，年轻运动员通过参加各类比赛进行选拔，成绩好的可以进入国家级训练队，我们国家有 5 支这样的'国家队'。年轻运动员加入后通过训练不断提高，一些成绩好的运动员，他们可以心无旁骛地训练，走上职业化道路。"

海德曼告诉记者，当晚他就将离开呼伦贝尔市，他很留恋这里的一切。"我对这座城市的街景印象深刻，这里特别美丽。街道两旁的树上挂满了彩灯，路旁还有很多美丽的雪雕和冰雕，让我印象深刻。"

期待在海德曼的见证下，未来有更多的中国速滑选手登上国际赛场，再创佳绩。

新华社呼和浩特 2024 年 2 月 27 日电
新华社记者：李典、何磊静、朱文哲

香港"冰花"盛放"十四冬"

再次踏上全冬会的赛场，香港花样滑冰队领队叶丹丹感觉熟悉又陌生。19 年前，她和搭档孤军奋战"十运会"，获得冰舞第五名，创造了香港花滑的历史；如今她带领 6 名选手出征"十四冬"花样滑冰公开组比赛，还首次在团体赛中亮相，书写着香港花滑的新故事。

自香江畔的朵朵"冰花"，在"十四冬"盛放，交织出一段关于热爱、坚持与传承的"花滑奇缘"。

一份突破　一份收获

怀着"要比昨天的自己更好"的心情踏上"十四冬"的冰场，香港队觉得每一天都有惊喜，每场比赛都有收获。

香港队的第一个惊喜，来自团体赛的亮相。"这次团体赛香港队没有双人滑选手，但是时隔多年有了冰舞运动员，上一次香港有冰舞选手，已是十几年前的事情了。"叶丹丹说，冰舞组合康然 / 邹函运在搭档很短时间就有很大进步，他们的努力也给了其他队员很大的激励。

在男单短节目比赛中，香港选手赵向黎的得分比团体赛时高了接近 6 分，看到分数后，他激动地挥舞双臂，和身旁的叶丹丹击掌拥抱。赵向黎说："第一次参加这种全国大赛，特别兴奋，也有点紧张，就想把自己做好。"

"我们在等分时是不是太活跃了？"赛后采访时，叶丹丹不好意思地问记者。"我们当然希望能取得好成绩，但是更希望运动员能感受比赛的气氛，

★ 2024 年 2 月 24 日，香港队组合康然（右）/邹函运
在比赛中。（新华社记者李博摄）

去享受比赛。"

在女单选手苏怡看来，赛场的氛围给了她力量，这片冰场是她的"福地"。"前两天训练时状态不太好，但是比赛时心情一下就好了，是现场观众的加油让我兴奋起来。"苏怡说，"这次比赛的目标就是战胜自己，我觉得自己做到了。"

虽然香港花滑队没能在"十四冬"上获得奖牌，但是一次次的突破和超越，依旧令他们收获满满。

因为热爱 无悔坚持

香港花滑队既有"10 后"小将，也有年近 30 岁的老将。不论选手多大年龄、滑哪个项目，谈起花滑时总会提到"热爱"与"坚持"。

"把热爱变成对项目的坚持，我觉得这是我们最大的优点。"叶丹丹说，香港的训练条件有限，很多小选手要离开香港，离开父母，在异地训练，支持他们走下去的就是对项目的热爱。

每一代香港花滑人，都有自己的坚持。"我的坚持是要让所有想滑冰的孩子都能好好滑冰。"叶丹丹说，她的妈妈坚持二十多年，从"花滑妈妈"成为中国香港滑冰联盟主席，在香港开创了地区性比赛。"那时，我还是运动员，一边当运动员，一边帮比赛计分。"

如今叶丹丹已从妈妈手中接过接力棒，成为新一任中国香港滑冰联盟主席。"要继续一步一步走下去，给运动员们提供更多机会，去参加更多比赛。"

香港队的袁立勤、苏怡都是一边做教练，一边坚持着做运动员。"现在的重心主要在教练上，但是每天哪怕只有30分钟（空闲）也会坚持训练，大赛前再集中训练。"男单选手袁立勤说，像他这样从运动员做到教练的香港选手并不少见，他们都希望能带动更多香港孩子走上冰场，感受花滑的魅力。

"在冰上滑的时候，能感觉到风从耳边吹过，听着音乐去表达自己，这个项目太让人'上头'了。"叶丹丹说，对成绩的考虑是放在后面的，所有的坚持是为了让更多人在花滑里感受快乐。

编织梦想　无限可能

在无冰无雪的香港，花滑为什么能引得这么多人"上头"？

听到这个问题时，叶丹丹先是哈哈大笑道："可能因为香港特别热，大家都需要乘凉。"随即补充道："花样滑冰在哪里都会有很多人喜欢，这是一个创造梦想、创造无限可能的项目。"

"花样滑冰在香港一直是热门项目，练花滑的小孩子很多，但是走运动员路线的并不是特别多。"叶丹丹说，"北京冬奥会给大家带来了希望，让大家看到顶级赛事就在身边，孩子们看到了未来的另一种可能性。"

回忆起花滑在香港的发展历程，叶丹丹满是感慨："20年前，香港的选手只能做两周跳，然后有了第一个攻克两周半（跳跃）的人，又有了第一个跳三周的人，（这样的变化）我们要特别感谢祖国的支持。"

赛后采访时，香港选手既能用粤语回答问题，也能用流利的普通话和记

★ 2024 年 2 月 21 日，香港队选手郭幸仪在女子单人滑短节目比赛中。（新华社记者胥冰洁摄）

者侃侃而谈。"香港有不少来自内地的花滑教练，我们也送运动员到北京、哈尔滨等地训练，现在运动员们不仅普通话流利，还能说几句东北话。"叶丹丹说。

13 岁的女单选手郭幸仪已在哈尔滨训练一年有余，康然 / 邹函运参加了中国花样滑冰协会与北京舞蹈学院联办的花样滑冰专项人才联合培养项目。"冰舞很需要大环境，正因为在一个很好的训练环境里面，还有很好的队友，康然 / 邹函运才有了很大的进步。"叶丹丹说。

"因为祖国的支持，我们的冰雪运动发展得越来越好。"叶丹丹说，"香港短道速滑队已经五次参加冬奥会，希望未来花滑队也能踏上冬奥会的赛场。"

新华社呼和浩特 2024 年 2 月 26 日电
新华社记者：魏婧宇、乐文婉、黄耀漫

同享冰雪　共迎春阳

——"十四冬"上闹元宵

2024年2月24日正值中国传统节日元宵节，第十四届全国冬季运动会雪上技巧项目举办地扎兰屯天气回暖，阳光和煦。上午10点钟，扎兰屯市吊桥公园的广场上，当地群众身穿鲜艳服装，伴随喜庆音乐送上传统秧歌和舞龙表演，不时引来观众连连喝彩。

"这次表演，不仅是庆祝元宵节，更是为家乡举办的'十四冬'增光添彩。咱都加油，让全国各地的朋友看到咱扎兰屯的精气神！"表演间隙，记者听到演员们的交谈，质朴话语中，饱含着对新年的期盼和对运动健儿的祝福。

"十四冬"已经进入后程，多个项目的角逐进入白热化阶段。在扎兰屯赛区，自由式滑雪U型场地技巧、单板滑雪坡面障碍技巧、单板滑雪大跳台等项目同时展开，运动员在赛场上奋力拼搏，度过了一个"忙碌"的元宵节。

元宵节是辽宁队老将、自由式滑雪空中技巧选手贾宗洋的农历33周岁生日，也是他儿子的生日。队友徐梦桃接受采访时说，她本打算和爱人王心迪一起拿下混合团体赛金牌，作为节日礼物和生日礼物，送给贾宗洋父子；虽然最后未能如愿，但大家聚在一起过节，仍然很有意义。

贾宗洋也表示，经过这次比赛，他的内心依然炙热，也对连续五次参加冬奥会充满期待。

比赛之余，一些运动员还深入体验了驻地元宵节的喜庆氛围。在凉城赛区，"岱海之春"元宵节群众文化活动之民间吹打乐汇演活动特地邀请运动员和工作人员参加。

活动现场，各支队伍都铆足了劲，纷纷拿出精品曲目和绝活。《挂红灯》《打金钱》《拜大年》等唢呐曲目，时而开朗豪放、高亢嘹亮、激越雄壮，时而低沉委婉、悠扬缠绵、柔情四溢，把现场气氛一次次带入高潮。

"希望我们的演出能给全县父老乡亲以及参与'十四冬'的运动员和工作人员带来欢乐。同时，也希望非物质文化遗产双山道情可以传承和发扬光大。"传统戏曲剧种双山道情的自治区级传承人王晓敏说。

记者在"十四冬"各赛区走访发现，节日氛围感染着赛场内外的所有人。在冰球馆，分布在入口处、走廊里、观众席两侧的48名志愿者化身"出谜者"，举着元宵节主题的"十四冬"纪念牌，与观众进行"快来和我猜灯谜"活动。

"什么花没有叶子？""烟花。""不对，是雪花。"几名小朋友围着出灯谜的志愿者，争先恐后地猜答案，答对的会收到奶糖等小礼品。

为观众带去快乐的志愿者们，也迎来了属于自己的元宵节活动。23日，位于海拉尔的主媒体中心里，新闻发布厅被红灯笼和五彩拉花装扮一新，十余名在"十四冬"期间过生日的记者和志愿者欢度了一场以"共享冬运，同闹元宵"为主题的生日会。

来自呼伦贝尔学院的志愿者宋永佳一边吃着蛋糕，一边和同伴们热烈地猜着灯谜。"灯谜中有传统文化，有'十四冬'期间的回忆，还有很多奇思妙想，真是又烧脑又有趣。"宋永佳说。

呼伦贝尔学院志愿者带队老师盛超介绍说，元宵节生日会是由志愿者"小雪团儿"们设计策划的，既通过赏花灯、猜灯谜来营造传统元宵节的氛围，也有跳手势舞、唱草原歌曲等环节，让大家一起玩起来，过一个热热闹闹的元宵节。

生日会一结束，志愿者高子兴就赶回了工作岗位，继续场馆区内的车辆保障工作。坐在摆渡车里，看着车窗外流光溢彩的场馆，高子兴说："今年的春节和生日都没有和父母团聚。但和小伙伴们集体过生日、庆祝元宵节，是更多人的大团圆。"

在扎兰屯赛区，志愿服务工作组为扎兰屯职业学院的志愿者送来元宵和礼品，组织志愿者在工作之余猜灯谜、吃元宵，节日氛围浓烈而温暖。元宵节当天，志愿者手中激励徽章的最后一部分圆满集齐，象征他们的服务工作即将圆满完成。

"参与到这场盛会中，我深切感到梦想的实现来自坚持不懈的努力。我将带着从'十四冬'上感悟到的体育精神，以更加饱满的热情面对今后的工作学习。"志愿者钱梦圆说。

新华社呼和浩特 2024 年 2 月 24 日电
新华社记者：张武岳、姚友明、贺书琛、魏婧宇、乐文婉、黄耀漫、恩浩、王靖

"中国红"邂逅"冰雪白"

——"十四冬"上年味浓

当一天的激烈赛事结束，秧歌队员们身着喜庆艳丽的服装，伴着欢快的锣鼓声，载歌载舞穿行在第十四届全国冬季运动会凉城赛区，向运动员、教练员和工作人员拜年。现场的人们纷纷举起手机，记录眼前这热闹的景象。

★2024 年 2 月 14 日，图为秧歌队在"十四冬"乌兰察布市凉城赛区驻地进行拜年演出。（新华社记者恩浩摄）

"十四冬"恰逢春节假期，赛事如火如荼进行，各种冬运元素与浓厚年味共同扮靓各赛区，"中国红"与"冰雪白"撞了个满怀。

运动员：在新春祝福中奋力拼搏

参加冬季两项比赛的辽宁队选手唐佳琳一来到驻地，就收到了东道主热情的新春祝福。"在春节期间，工作人员和我们一样没有回家过年，全力为我们提供服务保障，让我感受到了凉城人的热情，像在家里一样温暖！"唐佳琳说，她将在赛场上尽力发挥出自己的最佳水平，不负期待。

"不少运动员和教练员大年三十便抵达赛区，县里特意为他们组织了专场晚会，还准备了年夜饭，让大家在赛区也能感受到浓厚的年味。"凉城县文旅局局长张霄飞说。

2024年2月14日，"十四冬"冰壶（公开组）比赛正式开赛，备受关注的东道主内蒙古队取得"开门红"，他们以10∶5战胜重庆队。

"春节期间，队里年味很足。在紧张的备战之余，我们在一起包了饺子，还放了烟花。"内蒙古队男队员郝兆卉在当日赛后说，"我们会一场一场地拼搏，在家门口打出最好的成绩。"

带着家人、朋友的新年期待，运动员们在赛场上奋力拼搏。在很多运动员看来，良好的成绩就是给自己和所有支持者的最佳新年礼物。

"我想要得个奖牌，拿回去给爷爷奶奶看。"单板滑雪U型场地技巧运动员周苡竹对记者说。

这名12岁的滑雪"超新星"，往年的春节常常是在国外训练。今年她正好借参加"十四冬"的机会，回国过了春节，心里很满足："这几天，我可以陪着爸爸妈妈和妹妹一起滑雪，大家一起团聚。我希望能在比赛中站上领奖台，以此感谢所有支持我的人。"

工作人员：站好每班有"年味"的岗

在呼伦贝尔市内蒙古冰上运动训练中心冰球冰壶馆的信息展示板上，画

★ 2024 年 2 月 16 日，内蒙古队选手贺丹（中）在比
赛中擦冰。（新华社记者陈欣波摄）

有一条腾飞的龙，它映衬在后，与手持球杆、目光如炬的冰球运动员画像
相得益彰。

"我想给展示板增添一些色彩，就把龙元素和冰壶、冰球项目融合，
让场馆多点年味，也让大家伙快乐工作。"作者杨雨霏是冰球冰壶馆的宣
传工作部志愿者，赛事期间，他和志愿者伙伴们分别承担了场地器材维护、
医疗卫生、市场开发等 11 项工作。而作为呼伦贝尔学院美术专业的大四学生，
他还抓住机会在这里发挥了专长。

为了给赛区营造过年的氛围，凉城县组织了 13 支秧歌队，在城区的街道

和赛区驻地轮番巡演，并且将一直持续到正月十五。张霄飞告诉记者："我们把秧歌演出定在每天下午没有比赛的时段，不打扰运动员们恢复和休息。"

坚守岗位的工作人员和志愿者们自己也收获了难忘的经历。

今年18岁的山东姑娘李钰滢，是呼伦贝尔职业技术学院的大一新生，今年的春节是她第一次离家过年。"我们年夜饭的饺子是猪肉酸菜馅的，过去在老家没吃过，今年感觉这个馅的饺子真香。"李钰滢说，"我还吃到了一个包着红枣的饺子，那个饺子是旁边姐姐分享给我的，她说这叫'有福同享'。"

尽管没能回家过年，但李钰滢并不觉得遗憾。"能在大学期间参与重大赛事的志愿服务让我感到很自豪。"李钰滢说，"大伙把志愿者叫作'小雪团'，作为一个新'内蒙古人'，我和'小雪团'们在海拉尔欢迎大家来看精彩的'十四冬'。"

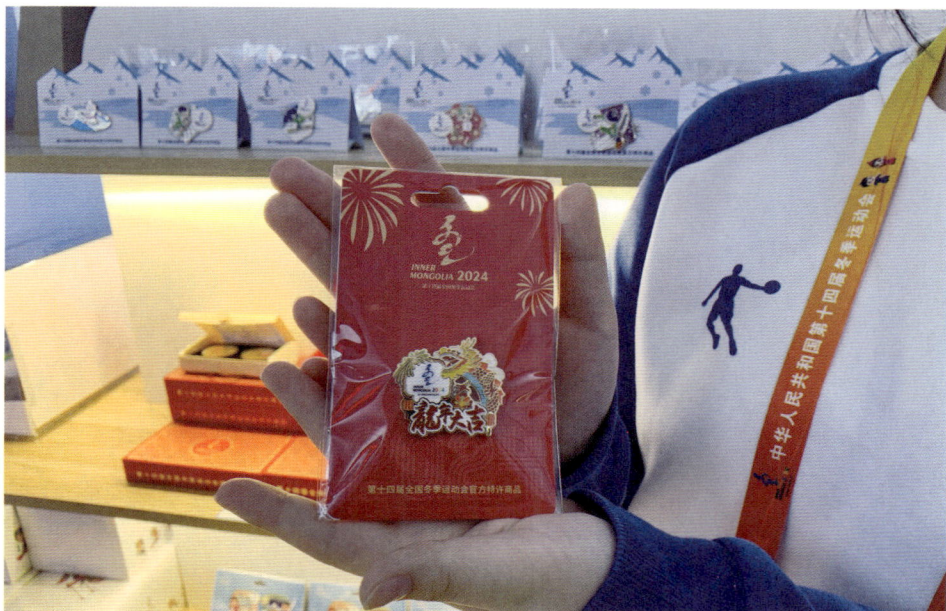

★ 2024年2月14日，志愿者在冰球冰壶馆的"十四冬"官方特许商品零售专区展示"龙年大吉"徽章。（新华社记者朱文哲摄）

市民、观众：冰天雪地中感受火热春节氛围

入夜时分，扎兰屯市地标景点吊桥公园里的花灯亮起。各色灯光映衬下，表现"十四冬"会徽和扎兰屯赛区 7 项赛事的一排冰雕吸引了不少人围观。

扎兰屯市文体旅游广电局副局长张淇说："我们推出了以喜迎'十四冬'、'冬韵扎兰·新年灯会'为主题的春节文化季系列活动，包括各式各样的花灯、冰灯展示，结合冬运会元素，将春节氛围感拉满。"

除了琳琅满目的花灯外，展台上展示的"十四冬"非遗剪纸作品也引起记者注意。79 岁的手工艺人庞全和用喜庆的红色彩纸，创作出一幅幅栩栩如生的滑雪运动员和"十四冬"吉祥物的形象。"这些作品不但引来市民和游客的关注，而且销量也不错！"庞全和笑道。

在海拉尔区的呼伦贝尔古城"十四冬"特许零售文创店里，吉祥物"安达""赛努"及带有"十四冬"元素的盲盒、手办等文创产品受到人们欢迎，小屋内挤满了人。从小屋内走出，古城街道上大红灯笼随处可见，手握冰

★ 2024 年 2 月 14 日，游客在呼伦贝尔历史博物馆广场雪雕前自拍纪念照。（王正摄）

糖葫芦的人们和亲朋好友拍照打卡,一派热闹景象。

"我从赤峰市过来看比赛,大年初四就到了。刚才买了几个纪念品,感觉这里的春节气氛很浓。"游客张章说。

"'龙年大吉'徽章尤其畅销。"在冰球冰壶馆的"十四冬"官方特许商品零售专区,销售员陈佳佳介绍,徽章将"十四冬"会徽和龙的图案相结合,搭配红色的"龙年大吉"字样,体现出浓浓的年味。"两个元素集中在一枚小小的徽章上,可以让大家在赛后依旧能回忆起这场在龙年春节举办的冰雪运动盛宴。"

新华社呼和浩特 2024 年 2 月 17 日电

新华社记者:张武岳、贺书琛、朱文哲、恩浩、王靖、刘艺淳、戴锦镕、王君宝、李春宇、魏婧宇

亮丽北疆

内蒙古

冰雪的选择　精彩的答卷

——全冬会铭刻内蒙古印记

热闹喧嚣的赛场总会归于平静，寒冷寂寥的冬天总会等来春暖花开，燃烧了 11 天的冬运圣火也终将熄灭，第十四届全国冬季运动会将于 2024 年 2 月 27 日晚落下帷幕。

"十四冬"与内蒙古的牵手是冰雪的选择，是难得的机遇，内蒙古以一往无前的精神交出一份精彩答卷，不仅掀起了自治区冰雪热潮，更为各地与冰雪的"双向奔赴"留下生动注脚。

全冬会需要走出去

回顾全冬会的历史，从 1959 年首届全冬会起，举办地就有着鲜明的地域特色：黑龙江、吉林、北京、新疆。

神州大地幅员辽阔，气候差异明显，冰雪运动在北方地区已融入普通人的生活中，但在南方一些地区却基本不开展。因此，黑龙江、吉林、辽宁、北京、河北、新疆等地的运动员成了全冬会上的常客，极富感染力的东北话也逐渐发展成全冬会的"官方语言"。

随着经济社会发展，我国冰雪运动也取得了长足进步。中国 1980 年派出代表团征战普莱西德湖冬奥会，短道速滑名将杨扬在 2002 年盐湖城冬奥会上为中国实现了冬奥金牌"零的突破"，2015 年北京成功申办冬奥会……带动"三亿人参与冰雪运动"的庄严承诺，意味着全冬会需要摆脱地域和

★2024 年 2 月 17 日，内蒙古自治区体育代表团在开幕式上入场。（新华社记者李欣摄）

气候的束缚，冰雪运动也需要走入大江南北的寻常百姓家。

2016 年新疆承办"十三冬"，让人们领略到新疆的冰雪魅力。同一年，内蒙古接过全冬会的会旗。冰雪赛事要走向更广阔的全国舞台，内蒙古成为重要的一级阶梯。在祖国北疆，冰雪运动的发展齿轮从那一刻开始加快转动。

内蒙古的热切期待

内蒙古的冬季，拥有优质丰富的冰雪资源。冬季的内蒙古，几乎集合了中国各地的冰雪美景，辽阔无垠的雪原，连绵起伏的群山，温暖滋润的温泉，交错的河流、湖泊、沙漠、森林，形成了震撼人心的冰雪画卷。

在壮美辽阔的风景中，民俗节庆活动遍布各盟市，冰雪那达慕、冰雪

"伊萨仁"、冬捕节、圣火文化节、银冬驼文化节等,游客沉浸于冰雪文化的欢乐氛围中,醇正鲜美的内蒙古味道令人难忘。

漫长的冬季,使生活在这里的人们对冰雪运动并不陌生,在20世纪内蒙古还算得上是冰雪运动强区,涌现出很多优秀选手。但随着20世纪末各专业队的解散,内蒙古冰雪运动发展一度陷入停滞。

2011年,内蒙古冬季运动管理中心成立,陆续组建了短道速滑队、速度滑冰队、冬季两项队等专业队,并涌现出短道速滑选手李靳宇、钢架雪车选手耿文强、速度滑冰选手韩梅等佼佼者。内蒙古冰雪运动的发展,进入生机勃勃的阶段。

如今,内蒙古群众对冰雪运动、冰雪赛事的需求也在逐渐增加。原本习惯"猫冬"的内蒙古开始打造各种冰雪旅游场景,很多人发现冰雪运动离自己并不遥远。

内蒙古在冰天雪地中的别样魅力渴望被更多人看到,萌芽起步的冰雪运动渴望更多人参与,群众对冰雪的热情渴望被更多活动满足……千呼万唤汇成一句期盼,渴望通过"十四冬"唤醒沉睡的冰雪资源。

打开更多"双向奔赴"

"十四冬"开幕以来的11天,运动健儿奋勇争先,现场观众激情澎湃,赛事保障周到热情,内蒙古向全国人民奉献了一场"简约、安全、精彩"的体育盛会。

在内蒙古冰上运动训练中心,花样滑冰、速度滑冰、冰壶、冰球项目同时开赛且互不影响。在这个组团式场馆群中,运动员和观众的体验被放在首位,工作人员场馆仿真系统不断预演并优化着真实世界中的场景,确保各项比赛顺利进行。

清晨6点半,冰壶馆里的志愿者手持专业工具,开始清理碎冰;零下25摄氏度,交通保障志愿者引导观众有序入场,在户外一站就是很久。"十四冬"公开招募的2000多名志愿者,被亲切地称为"小雪团",为各方来宾提供热情的服务。

开幕式上，演员和观众嗨跳《站在草原望北京》；花滑赛场上，观众热情的加油令香港选手苏怡直说"内蒙古是我的'福地'"；自由式滑雪比赛中，百余名观众顶着寒风为选手送上"热辣滚烫"的加油呐喊……热情的观众成为"十四冬"上的另一道风景线，与运动员们共同书写精彩的冬运故事。

赛场外同样热闹。巡游古城沉浸式体验、"天天冰雪那达慕"等活动将传统与现代紧紧连接，吸引运动员和宾客在比赛之余感受多彩的北疆文化。

"十四冬"来到内蒙古，内蒙古用最大的热情与之相拥，成就了"双向奔赴"。内蒙古建成了冰上项目比赛场馆，培养锻炼了一批赛事裁判和场地器材维护保养专业技术人才，为今后承办高水平冰雪赛事奠定扎实基础。全区举办"冬运惠民"系列赛事活动，全民参与冰雪运动的热情空前高涨。

从内蒙古接过"十四冬"会旗那一刻，就注定了一段新的冰雪奇缘。人们有理由相信，"十四冬"的成功举办，将会打开更多的"双向奔赴"。

新华社呼和浩特 2024 年 2 月 27 日电

新华社记者：张云龙、王春燕、魏婧宇

内蒙古巧借"冬"风　银色"文旅体"起飞

第十四届全国冬季运动会即将拉开帷幕，借助这股"冬"风，东道主内蒙古的冰雪产业近年来迎来发展新机遇，银色"文旅体"产业融合发展释放出巨量红利。

"冬运"遇见"冬韵"

冬日的呼伦贝尔，原本是一张幽静的水墨画。但申办"十四冬"以来，雪原林海画风突变：冰雪那达慕、冬季英雄会、冰雪伊萨仁……诸多喜迎全冬会的节庆活动"你方唱罢我登场"，动辄成千上万人参与，火遍网络。

"我们对冬季风光向往已久，这次计划在呼伦贝尔游玩九天，看遍草原森林。"来自广州的游客阿蓉说，此行遇到了不少广东游客，有的全家出动，有的旅行团包机前来，"以前是内蒙古人像候鸟一般去南方过冬，现在反过来了"。

呼伦贝尔市文化旅游广电局局长臧著强表示，当地围绕"十四冬"，近期已推出天天那达慕、汽车凌驾风雪、跟着赛事去旅游、冬运场馆来打卡等特色活动产品，打造冰雪旅游目的地品牌。

近年来，内蒙古丰富产品和服务供给，打造居游共享的冬季旅游目的地，推进冰雪文化、旅游、体育融合发展，进一步延伸冰雪休闲产业链条。

呼和浩特欢乐冰雪节、阿尔山冰雪节、锡林郭勒冬季冰雪那达慕、鄂尔多斯冰雪文化旅游节，各盟市都在打造具有代表性的冬季旅游品牌。元旦

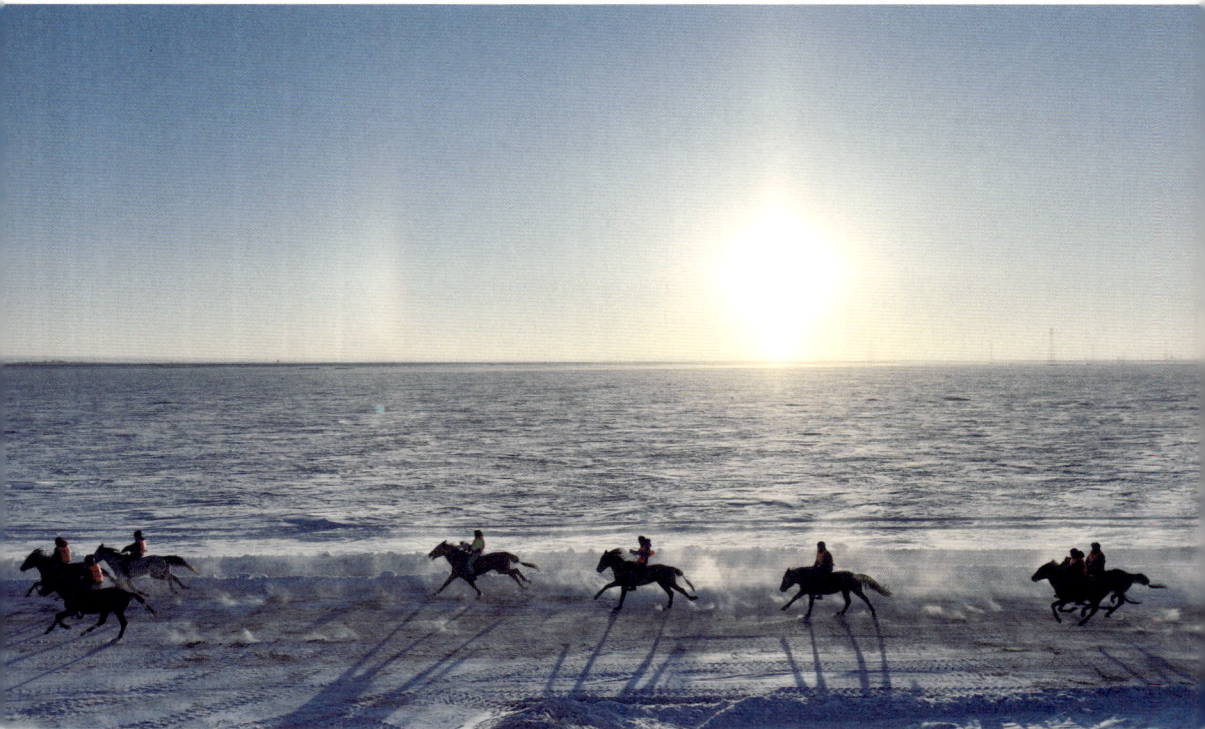

★ 2023 年 12 月 17 日，选手在内蒙古自治区第二十届冰雪那达慕耐力赛马比赛中（无人机照片）。（新华社记者贝赫摄）

假期，仅呼和浩特市就接待国内游客 135.35 万人次，同比增长 205.7%；实现国内旅游收入 8.91 亿元，同比增长 336%。

2024 年 1 月 5 日，"2024 中国冰雪旅游发展论坛"在哈尔滨市举办。呼伦贝尔市连续八次获得"冰雪旅游十佳城市"殊荣；冰雪那达慕、满洲里中俄蒙国际冰雪节与阿尔山冰雪节共同入选了"2024 年冰雪旅游十佳节庆"。

主打激情热情

已是"三九"天气，中国"最冷"城市根河的"中国冷极塔"下游客络绎不绝。

"极寒的冬季让根河市成为'极寒挑战''泼水成冰'首选地。"根河市副市长赵鹏说，冷极点、敖鲁古雅使鹿部落景区、冷极塔作为网红打卡点位，深受广大游客青睐。

根河市结合冷资源、冰雪资源、文化资源优势，近年来打造了冷极冰雪季系列活动、冷极马拉松赛事两项冬季文旅品牌活动，已具有一定的规模和影响力。

据第十届中国冷极马拉松活动组委会统计，比赛吸引了北京、上海、广东、黑龙江、内蒙古等地以及蒙古国的近千名运动员参赛，创历届之最。获得女子半程马拉松季军的蒙古国选手萨仁高娃表示，如此低温下进行比赛非常刺激，沿途的雾凇和雪景让人非常兴奋。

在呼伦贝尔市海拉尔区，75 岁的俄罗斯冬泳爱好者费什同样为"挑战极寒"而来。"冬泳对身体非常有好处，来参加中俄蒙国际冬泳邀请赛认

★2023 年 12 月 19 日在内蒙古呼伦贝尔市鄂温克族自治旗拍摄的大兴安岭风光（无人机照片）。（新华社记者贝赫摄）

识了很多志同道合的朋友。"他说。

海拉尔冬泳协会会长员峰表示，海拉尔是全国冬泳年持续时间最长、温度最低的冬泳基地，已连续举办七届国际冬泳邀请赛，吸引越来越多冬泳挑战者和游客关注。

在鄂伦春自治旗，雪地骑射原野赛、"本布利"雪地足球赛等鄂伦春族传统体育竞技项目，也在极寒天气中火热开展。鄂伦春自治旗文化和旅游局长张亮说："如果说江南烟雨比较温婉，鄂伦春冰雪旅游主打的则是激情和热情。"

冷资源变热产业

近年来，内蒙古各级政府投入加大，不少滑雪场软硬件达到新高度。

扎兰屯金龙山滑雪场新建标准坡面障碍场地和大跳台场地，具备承办七项国家级体育赛事基础条件，改扩建滑雪接待大厅至 5696 平方米，能同时容纳 800 人。

"为了迎接全冬会，整座城市的软硬件都在升级，北京冬奥会冠军徐梦桃担任扎兰屯市文化旅游体育形象大使，进一步提升了城市的知名度和美誉度。"扎兰屯市委宣传部长刘国华说。

在呼和浩特市，第三届呼和浩特欢乐冰雪节园区总体规划面积为 27 万平方米，规划三大主题区。打造企鹅冰雪首秀、300 米的八滑道最长冰滑梯、10000+ 立方米精品冰雕等六大特色亮点。

"前些年玩冷了只能蜷缩在车内，现在这种情况越来越少。"来自海南的游客王洋说，宽敞的游客大厅、暖和的卫生间、宏伟大气的现代化蒙古包已随处可见。

"内蒙古正在构建全域全季全业旅游新格局，推动生态旅游高质量发展。"内蒙古自治区文化和旅游厅厅长秦艳说。

目前，内蒙古已成立第一家以冰雪产业为核心，以冰雪经济、冰雪文化、冰雪旅游为研究方向的机构——海拉尔区冰雪产业研究院。在该机构的主

★ 2024 年 1 月 11 日，呼和浩特市民在东河冰场
上掷冰壶。（新华社记者贝赫摄）

导下，海拉尔成功举办多项以冰雪为主题的活动。

寒地冰雪装备测试体验活动将冰雪旅游与试车产业深度融合，尝试把自然资源优势转化为经济优势。首届呼伦贝尔·海拉尔冰雪产品冬季展销会把产品展销、论坛研讨、合作交流、项目对接等各项活动有机结合，形成完整的产业和经济链条。

呼伦贝尔市市长及永乾表示，要借势承办"十四冬"，丰富冰雪文旅产品和服务供给，完善基础设施，加强宣传推介，持续提升特色冰雪品牌影响力吸引力，推动冰雪旅游、冰雪体育、冰雪文化、冰雪装备融合发展，切实把"冷资源"变成"热产业"。

新华社呼和浩特 2024 年 1 月 13 日电

新华社记者：邹俭朴

"十四冬"激发内蒙古冰雪新动能

冰雪之约，神州同乐。2024 年 2 月 17 日，第十四届全国冬季运动会在内蒙古自治区呼伦贝尔市隆重开幕，内蒙古举全区之力高质量、高标准、高要求做好各项筹备工作，倾心为全国人民奉献一场精彩纷呈的冰雪运动盛会。

借力"十四冬"东风，内蒙古冰雪运动蓬勃发展，冰雪产业热力四溢，为奋力书写中国式现代化内蒙古新篇章作出贡献。

冰雪盛会点燃冬日内蒙古

2 月 17 日晚，内蒙古自治区冰上运动训练中心速度滑冰馆璀璨夺目、激情四溢，以"燃情冰雪 筑梦北疆"为主题的"十四冬"开幕式在此精彩上演。馆内流光溢彩，馆外心潮澎湃，"十四冬"将内蒙古群众对冰雪运动的热爱推向高潮。

开幕式当晚，"数实交融"方式点燃"十四冬"主火炬塔。"高科技太神奇了，开幕式跟比赛同样精彩！"在电视机前观看完开幕式的呼和浩特市民纪晓慧，连用多个"精彩"评价开幕式，她兴奋地说："作为一名土生土长的内蒙古人，我无比激动。开幕式不仅点燃了主火炬，更点燃了每一个内蒙古人的自豪感。"

作为北京冬奥会后首次举办的全国冬季项目综合性体育赛事，"十四冬"在项目设置、竞赛规则上与米兰冬奥会全面接轨。据内蒙古自治区体育局局长、"十四冬"组委会副秘书长杜伯军介绍，"十四冬"在内蒙古呼伦贝尔市、赤峰市、乌兰察布市三地设了四个比赛场馆场地，其中，主场馆内蒙古自治区冰上运动训练中心，建设了速度滑冰馆、短道速滑馆、冰球冰壶馆、媒体中心及运动员公寓以及设备用房，承担着开幕式和全部冰上项目比赛任务。

同时，"十四冬"在呼伦贝尔市扎兰屯金龙山滑雪场、乌兰察布市凉城滑雪场、赤峰市喀喇沁旗美林谷滑雪场设置分赛场。扎兰屯金龙山滑雪场是国家体育总局命名的国家滑雪队训练基地。凉城滑雪场已建成高、中、初级等滑雪道共12条。美林谷滑雪场植被茂密，为运动员和观赛者营造出"世外桃源"。

2月17日下午，"十四冬"自由式滑雪公开组男子大跳台比赛紧张刺激。东道主内蒙古队的杨昊最终勇夺金牌。"能在家乡扎兰屯获得这块金牌，给我们内蒙古争光，我开心我自豪！"赛后采访中，杨昊兴奋地说。

近年，内蒙古把握后冬奥时代冰雪运动发展契机和借助"十四冬"的有利时机，通过大力发展优势冰雪竞技项目，搭建好冰雪竞技人才培养输送体系，构建开放共享的冰雪体育区域融合发展平台，加强本土教练员的培养工作等一系列举措，全面促进了内蒙古冰雪运动竞技水平显著提升。

冰雪运动飞入寻常百姓家

内蒙古的冬季漫长又寒冷，很多人一到冬天就开启"猫冬模式"。"十四冬"的举办，唤醒了"猫冬"的内蒙古，各地推动冰雪场地设施建设，充分营造冰雪运动浓厚氛围，进一步增强了广大群众特别是青少年体育健身意识。

在呼和浩特市东河冰场，市民刘晶晶带着6岁的女儿到冰场练习滑冰，小女孩的脸蛋冻得红扑扑的，依旧一圈圈地滑着不肯停下来。刘晶晶说："孩子今年冬天刚学会滑冰，每天都想来冰场玩。"

目前，内蒙古已建成冰雪运动场地129个，其中滑冰场地81个、滑雪场地48个，还利用公园水域、城市空闲地等建设室外冰场，打造群众身边的冰雪运动场地。尤其是"十四冬"场馆场地，也成为了群众参与冰雪运动的重要场地。

冰雪赛事活动是群众参与冰雪运动的有效载体。杜伯军表示，这个冬季，内蒙古共举办"冬运惠民"系列赛事活动共240余场次，直接参与25万人次，辐射带动健身爱好者近300万人次。

冬天的呼伦贝尔市扎兰屯市雅鲁河畔，一群仅着泳衣的冬泳爱好者却不畏严寒。66岁的张思炜飞身跃入水中，悠然地向前游去。"冰雪冬泳人，助力'十四冬'。"张思炜说，扎兰屯市在1月底举办了大众冬泳挑战赛，100多名冬泳爱好者参赛，通过这种方式带动更多人参与冰雪运动。

为调动群众开展冰雪运动积极性，内蒙古近年通过评选"推动群众冰雪突出贡献个人"等方式，引导更多社会力量参与冰雪运动普及发展。通过实施冰雪运动进家庭、进校园、进社区、进农村牧区活动等，冰雪运动覆盖面和参与度不断扩大。

呼伦贝尔作为"十四冬"主办城市，青少年冰雪运动得到了长足发展。当地中小学校开设冰雪体育课，积极推进速度滑冰、滑雪和冰球运动。呼伦贝尔市海拉尔区新桥小学在2020年开展越野滑雪运动项目，得到了学生和家长的积极响应。教练张强介绍："学校结合实际情况，春、夏、秋季在学校操场以滑轮项目为辅助练习，冬季利用东山滑雪场等场地进行越野滑雪训练。"

一场冰雪盛会，点燃全民热情。以筹办"十四冬"为契机，内蒙古群众对参与冰雪运动的热情达到了新高潮，健康内蒙古建设在冬日里有了新抓手、打开新局面。

冰天雪地开辟发展新赛道

借助举办"十四冬"，内蒙古厚植冰雪优势、释放冰雪红利，冰雪旅游、冰雪赛事、冰雪运动、冰雪美食等冰雪资源优势正在加速转化利用，充分展

★ 2023 年 8 月 7 日，内蒙古乌兰察布市，游客在旅游打卡新地标——"乌兰察布之夜"游玩。（CICPHOTO/ 汤德宏摄）

现了"冰天雪地也是金山银山"的美好图景，为内蒙古实现"闯新路、进中游"目标注入新动能。

夜幕降临，乌兰察布市的特色街区"乌兰察布之夜"霓虹闪烁，人流涌动。在街区东北处开阔的冰雪嘉年华游玩区，雪地卡丁车、雪国小火车等 20 多种趣味中带着刺激的冰雪项目，让人们玩得不亦乐乎。游客张翠芝高兴地说："以前过年，晚上没什么事可做。'乌兰察布之夜'真是提供了一个好去处，冰雪嘉年华让大人小孩在春节动了起来，热闹而有趣。"

内蒙古具有得天独厚的冰雪旅游资源，冰雪与草原、森林、沙漠、河湖、温泉、火山遗迹等地质景观相呼应，自然资源与民俗生活、地域风情、历史遗迹等人文资源相融合，形成了雄浑大气的冰雪景观和灵动透彻的冰雪文化。

这个冬天，整个内蒙古的冰雪旅游"热辣滚烫"。在满洲里，中俄蒙国际冰雪节多姿多彩，吸引国内外游客争相打卡；在根河，"冷极马拉松"火热开跑，生动诠释"越冷越热情"……数据显示，仅2024年春节期间，全区接待国内游客3140.55万人次，是2023年同期的5.76倍；实现旅游收入221.22亿元，是2023年同期的7.63倍。

这几年，内蒙古在坚守生态红线的前提下，对发展冰雪经济的政策布局更加积极，投资力度更大。各盟市注重因地制宜、因城施策，差异化打造冰雪新体验，让冰雪成为激发消费潜能、展示城市形象、推动区域发展的着力点和加速器。各地结合优势，在"冰雪＋测试""冰雪＋民俗""冰雪＋展会""冰雪＋民宿"等方面持续发力，不断开拓新赛道。

这个冬天，呼伦贝尔市牙克石市的中汽研冬季汽车试验场内，轮胎掀起阵阵雪雾。当地通过开展寒地冰雪装备测试体验活动和服务，努力把自然优势转化为经济优势。呼伦贝尔市海拉尔区还成立了冰雪产业研究院，确保冰雪产业在资源开发、投资决策等一系列问题上的规范化和科学性，同时为冰雪产业健康可持续发展提供重要人力资源保障。

"十四冬"的筹办和举办，激活了内蒙古各地的冰雪资源，为冰雪经济发展创造了广阔的前景。内蒙古已经着手谋划赛后工作，将更好利用"十四冬"的场馆设施和影响力提升内蒙古冰雪产业。

新华网呼和浩特2024年2月25日电
新华社记者：刘伟、张云龙、王靖、魏婧宇、王春燕、恩浩

扫码看视频｜"十四冬"激发内蒙古冰雪新动能

内蒙古"冰雪热"持续升温

　　家住内蒙古自治区呼伦贝尔市陈巴尔虎旗的孟克，前几天刚刚在内蒙古第二十届冰雪那达慕赛马中获得了第四名。接下来，他还有个新目标：从牧区回到市区，开始学习单板滑雪。

　　"滑雪运动很有趣，从高处向下滑时有种飞翔的感觉。过去，人们冬季主要活动是参加那达慕。这几年，冰雪运动成为新时尚，男女老少都开始

★ 这是 2023 年 12 月 27 日拍摄的呼和浩特市马鬃山滑雪场（无人机照片）。（新华社记者李志鹏摄）

★2023 年 12 月 27 日，游客在呼和浩特市马鬃山滑雪场
体验滑雪。（新华社记者李志鹏摄）

体验滑雪滑冰的乐趣了。"孟克说。

入冬以后，内蒙古各地分外热闹。冰雪那达慕、冰雪嘉年华接连开幕，冰雪旅游、冰雪运动持续升温，滑雪场、滑冰场人气暴涨。群众对冰雪运动的追捧，得益于近年来内蒙古冰雪产业的快速发展。

在乌兰察布市集宁区察汗营滑雪场，高山滑雪运动爱好者们尽情驰骋，在一旁的初级滑雪道上，滑雪教练正在教新学员们滑雪动作要领。

"今年来学滑雪的人很多，教练有点忙不过来，不过这也是好现象，证明有越来越多的人喜爱这项运动了。"教练李慕说。

为了给不同滑雪需求的群众提供更好的体验，察汗营滑雪场设置了初级、中级等 6 条不同坡度的高山滑雪道，还安排了几十名滑雪教练和救护人员，随时提供服务。

据了解，目前，内蒙古共有冰雪运动场地 129 个，其中滑冰场地 81 个、滑雪场地 48 个。此外，内蒙古还利用公园水域、城市空闲地等建设室外滑冰场，打造群众身边的冰雪运动场地，群众冰雪运动热火朝天。

2024 年冬天，内蒙古多地还掀起了"冰雪 +"热潮，推出了"冰雪 + 节庆""冰雪 + 演艺""冰雪 + 展会"等多种精彩冰雪活动，将冰雪资源与民俗文化、运动休闲等旅游要素有机结合，打造全要素冰雪旅游体系，将冰雪"产业链"和"市场面"做实做大。

来自广州的游客李欣说，她尤其喜欢内蒙古各地"越冷越刺激"的冰雪体育活动，"把特色文化融入冰雪活动，为冰雪活动增添了不少趣味"。

为让更多青少年参与冰雪运动，内蒙古积极推行"百万青少年上冰雪"和"校园冰雪"计划，在具备条件的中小学推广滑冰滑雪等课程。截至目前，冰雪运动已走进内蒙古全区 300 余所学校，有 20 多万青少年参与冰雪运动。

第十四届全国冬季运动会将于 2024 年 2 月 17 日在内蒙古拉开帷幕，呼伦贝尔市作为"十四冬"主赛区，承担着开幕式、闭幕式和 5 个大项、8 个分项、96 个小项的举办任务。

呼伦贝尔市委常委、常务副市长胡兆民介绍，当前，第十四届全国冬季运动会的辐射效应不断显现，群众参与冰雪运动的热情持续高涨，冰雪产品供给不断创新，与文化、旅游、教育、科技、康养等产业融合更加深入，不断涌现新产品、新业态，冰雪运动已成一种新潮流、新风尚。

新华社呼和浩特 2024 年 1 月 6 日电
新华社记者：哈丽娜

内蒙古冰雪那达慕激活"白色资源"

草原群众迎寒放歌，各地游客踏雪起舞。内蒙古自治区第二十届冰雪那达慕 2023 年 12 月 17 日在呼伦贝尔市陈巴尔虎旗开幕，上万人在零下 40℃ 的极寒天气中参加了这场冬日文化盛宴，冬季草原正释放出更多冰雪红利。

深冬的呼伦贝尔草原白雾缭绕。在"中国那达慕文化之乡"陈巴尔虎旗 的出城公路上，各种车辆排起了长龙。"十几年前从没想过冬天会有这样 的火爆景象，"50 岁的当地居民格日勒图说，"游客越冷越兴奋，来参加 冰雪那达慕的外地朋友一届比一届多。"

那达慕会场的蒙古包里，来自广州的阿蓉一家四口正在围炉烤火，杯中 奶香四溢。"我们对内蒙古的冰雪那达慕向往已久，这次计划在呼伦贝尔 游玩 9 天，看遍草原森林冬季风光。"阿蓉说，此行遇到了许多广东游客， 多数都要参加冰雪那达慕。

"冰雪那达慕影响力日渐深远，本届更是走向了国际化。"呼伦贝尔市 文化旅游广电局局长臧著强告诉记者，来自俄罗斯、蒙古国、马来西亚等 的 300 余名游客参加了开幕式。

臧著强表示，冰雪那达慕促消费增活力，在不断创新商旅融合模式、增 强体验感的同时，增强市场活力动能。"冰雪那达慕开幕式开设冰雪大集， 有'呼伦贝尔涮'火锅季品鉴、冰雪装备、冰雪乐园、汽车试驾体验等 30 余种'旅游+'业态，以及来自 14 个旗市区、内蒙古森工集团和呼伦贝尔 农垦集团的 6 大类 120 余种商品的线上线下销售。现场观众超万人，来自

★内蒙古自治区第二十届冰雪那达慕会场上的马队。（新华社记者王楷焱摄）

全国各地的游客超过 5000 人。"他说。

记者从活动组委会获悉，本届冰雪那达慕以"喜迎十四冬·遇见那达慕"为主题，以实现"冰天雪地也是金山银山"为目标。其间，呼伦贝尔将举办多项冬季传统赛事。在现场设置了非遗文创、冰雪装备展示区等，通过线上搭建"冰雪带货直通车"，吸引全国网红直播带货，并同步承办优质绿色农畜产品推荐季直播活动。冰雪那达慕期间，游客可参与牧户游体验，激情四射的速度赛马、搏克摔跤、雪地摩托，童趣满满的卡通雪雕、冰雪滑梯等。系列活动历时 30 天左右。

内蒙古第二十届冰雪那达慕落下帷幕后，陈巴尔虎旗仍将举行为期 50 天的"天天冰雪那达慕"系列活动，游客可体验越冷越热情的雪地大火锅、牧户游、冬令营研学、草原过大年等活动。

那达慕意为"娱乐、游戏"，是一种涵盖竞技、表演、交流等内容的民族喜庆集会。近年来，通过冰雪那达慕品牌效应，带动和促进内蒙古冬季旅游效益明显。仅在呼伦贝尔市，参与人数就超过 10 万人次，带动冰雪相关消费 5000 万元以上。

新华网呼和浩特 2023 年 12 月 17 日电
新华社记者：邹俭朴、达日罕

"硬核"！内蒙古人这样玩冰雪

第十四届全国冬季运动会即将在内蒙古开幕，除了"十四冬"设置的比赛项目，内蒙古人平日里怎么玩冰雪呢？方式很多，但关键词就两个字——"硬核"。

内蒙古冬季漫长，冰雪资源极为丰富。每到冬季，从茫茫林海到西部戈壁，到处是银装素裹、冰天雪地，随处都可以体验到冰雪的魅力。无论是参与冰雪运动，还是观赏冰雪景观，"玩冰雪"已经成为当地百姓冬季里

★ 2024年1月27日，首届"蒙古马精神杯"锡林郭勒蒙古马超级联赛总决赛在内蒙古锡林郭勒盟锡林浩特市开赛。（新华社记者彭源摄）

的娱乐风尚。

凌冽的寒风中,数百匹蒙古马奔驰在茫茫雪原,激起阵阵雪雾。这是在锡林郭勒盟举行的蒙古马超级联赛,也被当地人称为"马超"。锡林郭勒盟马文化底蕴丰厚,赛马比赛一直深受当地牧民喜爱。

"马超"采取四级联赛形式,从嘎查(村)级比赛开始,逐级选拔,最终角逐锡林郭勒盟总决赛。从 2023 年 11 月起,"马超"历时两个多月,举办了 100 多场比赛,上万名骑手参赛,让人见识到了"马背民族"的飒爽英姿和豪迈勇猛。

茫茫草原能赛马,茫茫沙漠就能赛骆驼。2023 年底在阿拉善右旗举行的阿拉善万峰驼那达慕大会上,设置了骆驼短距离速度赛、长距离耐力赛、接力赛等,还有驼球表演赛。按照当地牧民的说法,赛骆驼就得在冬天,因为冬天的骆驼最漂亮。

赤峰市克什克腾旗达日罕乌拉苏木第十二届银冬驼文化节上,除了赛

★ 参赛选手在骆驼速度赛中。(新华社记者刘磊摄)

★ 冬泳已经是呼伦贝尔的一项特色冬季运动。

马、赛骆驼，还能在结冰的达里湖冰面上进行赛车比赛。冰面上设置了一个总长四公里的"龍"字形赛道，赛车手要在光滑的冰面上连续挑战多个弯道。

牧民毕力格图看赛车比赛过足了眼瘾，在参加完赛骆驼比赛后得出一个结论："骆驼就相当于牧民的越野车，骑着骆驼在雪原中奔跑，比赛车还刺激。"

除此之外，内蒙古还有更"硬核"的冬季项目，比如极寒天气下的冬泳和"冷极"马拉松。

即使当地气温低至零下 40 摄氏度，伊敏河畔的海拉尔冬泳基地还是会出现冬泳爱好者们的身影。海拉尔地区一年冬泳时间长达七个多月，海拉尔冬泳人常年坚持游泳，既磨炼了意志又锻炼了身体。

海拉尔冬泳协会会长员峰说："现在冬泳已经是呼伦贝尔的一项特色冬季运动，每年都有许多人来看我们冬泳。我们希望能吸引更多人来到呼伦贝尔旅游，体验呼伦贝尔的冬天。"

"冷极"马拉松，顾名思义，就是在"中国冷极"根河市举行的马拉松

★ 2021 年 1 月 27 日，夜幕下根河市的万家灯火（无人机照片）。（新华社记者刘磊摄）

比赛。根河市位于呼伦贝尔市，每年的供暖期长达九个月，当地测出的极端最低气温为零下 58 摄氏度，因此被称为"中国冷极"。

每年的"冷极"马拉松只设置半程马拉松和五公里跑，通常在 12 月底举行，气温一般都在零下 40 摄氏度左右。在这样的低温下，别说跑马拉松了，只是生活在这里，就已经很"硬核"了。

新华社呼和浩特 2024 年 2 月 13 日电

新华社记者：王春燕、朱文哲

"十四冬"唤醒"猫冬"的内蒙古

22岁的黄明阳第一次发现，冬天也能像夏天一样忙碌。

黄明阳是内蒙古自治区兴安盟科尔沁右翼前旗居力很镇红心村的村民，往年他在夏天忙着外出打工，到了冬天返乡后则是"猫着没事干"。而这个冬季，作为雪村滑雪场的安全员，黄明阳每天都要上岗工作，过年期间也没休息。

雪村滑雪场位于红心村外的山上。"这里以前是110亩荒山，村里在2018年引进一家企业，建起了滑雪场。"红心村党支部书记李英辉说，雪场建起来后，人气越来越旺，村民们的冬天都忙了起来。

雪村滑雪场第一年营业的时候，都是外聘教练，后来红心村的村民学会了滑雪，第二年就有六七名村民成了雪场教练。李英辉说："村里现在有将近40人在雪场就业，有的做教练，有的做安全员，会滑雪的村民越来越多了。"

乘着"十四冬"的东风，雪村滑雪场在这个雪季越来越热闹，每天都有滑雪竞技赛，游客可以现场报名参赛，还有冬季研学等活动，吸引更多群众接触滑雪。雪场年接待游客从最初的不到5000人次，到这个雪季预计将超过10万人次。

冬季的内蒙古，千里冰封，万里雪飘，寒冷的气候曾使很多人一到冬天就开启"猫冬模式"。"十四冬"的举办，唤醒了"猫冬"的内蒙古，各地厚植冰雪优势、释放冰雪红利，目前全区已建成冰雪运动场地129个，

其中滑冰场地 81 个、滑雪场地 48 个，还利用公园水域、城市空闲地等建设室外冰场，打造群众身边的冰雪运动场地。丰富多彩的冰雪活动令人目不暇接，冬天的北疆大地到处回荡着冰雪运动点燃的激情。

包头市劳动公园的人工湖上，滑冰声、撞击声、欢呼声交织在一起，激烈的冰球比赛每日都在冰冻的湖面上进行。转弯、冲刺、击球一气呵成，南为民在冰场上格外显眼，如果不是鬓角的白发，很难想象他已经 71 岁了。

"虽然现在年纪大了，我也想圆年轻时候的运动梦。"南为民说，"这两年冬天出来运动的人越来越多，冰球队里年纪大的有六七十岁，年纪小的才十一二岁。每天在冰场玩两三个小时，是我们一天中的快乐时光。"

呼伦贝尔市鄂温克族自治旗伊敏苏木牧民尚野的快乐时光，是在自家院里的冰场上做"孩子王"。伊敏苏木离市区将近 100 公里，看到周围的孩子们难以去市区的冰雪乐园玩耍，尚野就在院里浇出了一块 500 平方米的简易冰场。

★ 内蒙古呼伦贝尔市扎兰屯市的冬泳爱好者在进行冬泳。
（温秀华摄 新华社发）

　　院里挂着红灯笼，一面墙上绘着雪花图案和"喜迎十四冬"的标语，中间是平整的冰面，靠墙的位置有一个小雪坡，孩子们在尚野家的"小院冰场"滑冰、坐雪车、抽冰尜、玩简易冰壶，玩到天黑都不愿意回家。"我的家乡要办'十四冬'了，我希望出一份力，让牧区的孩子们也能体验到冰雪运动的快乐。"尚野说。

　　冬天的呼伦贝尔扎兰屯市，街上行人裹着厚厚的羽绒服疾行而过，不愿在寒冷的室外多做停留。然而在郊外的雅鲁河畔，一群仅着泳衣的冬泳爱好者却不畏严寒，做着下水前的热身活动。

　　冰封的河面被凿出了一个约300平方米的大冰窟窿，66岁的张思炜飞身跃入水中，双臂划开水面，悠然地向前游去。在张思炜旁边，几名冬泳爱好者漂浮在水中，任身体随水波摇摆。

岸边的小房子是冬泳者的更衣室，这里从早上 9 点一直开到晚上 9 点。"如今冬泳的不止我们老年人，很多年轻人下班后也来游一会，冬泳协会现在有 100 多人了。"张思炜说。

受"十四冬"的带动，很多人发现冬季运动离自己并不遥远。"以前提起冬天，除了冷还是冷，现在的冬天是越冷越好玩。"张思炜说。

新华社呼和浩特 2024 年 2 月 15 日电
新华社记者：魏婧宇

呼伦贝尔

高润喜：当好东道主　提升一座城

第十四届全国冬季运动会正在内蒙古自治区举行。"十四冬"主赛区组委会主任、呼伦贝尔市委书记高润喜在接受新华网访谈时表示，呼伦贝尔要当好东道主，办好一个会，提升一座城，借力"十四冬"东风，大力发展冰雪产业，助推高质量发展。

精益求精 做好保障服务工作

作为"十四冬"主赛区，呼伦贝尔市承担着开闭幕式和 5 个大项 8 个分项 96 个小项的承办任务。筹办以来，当地聚焦"办好一个会、提升一座城"目标，始终坚持"当好东道主、诚迎八方客，文明办赛事、展现新风尚"，精益求精做好各项筹办组织和保障服务工作。

高润喜介绍，为了承办好各项任务，呼伦贝尔市成立以主要负责同志为组长的呼伦贝尔赛区组委会和执委会，紧盯场馆维修、赛事组织、大型活动、接待服务、安全保卫、综合保障、宣传报道等重点任务，加强调研指导、督帮落实，压紧压实执委会和属地部门责任，现场办公解决各类问题，组织编制印发具体工作方案及任务推进表、制度汇编等，推动构建起市旗两级"一把手"负总责、分管领导抓落实、各部门齐抓共管的组织体系。

同时，组委会按照竞赛技术要求，制定比赛场馆场地硬件设施和器材设备维修改造及提档升级方案，确保了各类提升改造工程如期完成。精准优化各环节工作方案，精细完善服务保障工作流程和规范，高标准高质量做好接待和服务工作。

影响深远 带动经济社会发展

"第十四届全国冬季运动会是北京冬奥会后我国举办的最高级别冬季项目赛事，也是呼伦贝尔第一次承办全国性大型体育运动会，意义重大、影响深远。"高润喜表示，"十四冬"的举办，将为呼伦贝尔市带来广泛持续的经济效益和社会效益。

一是有力带动特色产业发展。呼伦贝尔市拥有独特的区位优势、优美的自然风光、多彩的民族文化、丰富的冰雪资源。"十四冬"的举办将助推呼伦贝尔在更大平台、更高起点上系统开发寒地资源、做热做火冬季旅游，吸引更多项目投资和旅游消费，进一步推动相关产业补链延链、提质增效、集聚成群。

二是助推提高城市治理水平。呼伦贝尔市坚持以会促建、以赛营城、办会为民，在筹办"十四冬"过程中不断谋深抓实城市精细化管理，完善提升公共服务设施品质，为打造功能完善、生态宜居、充满活力的现代化城市奠定了坚实基础，实现筹办冬运盛会与推动城市发展、增进民生福祉相互促进、相得益彰。

三是全面宣传良好发展形象。借助筹办"十四冬"重要契机，呼伦贝尔市精心打造"文艺之都""油画之城""冰雪运动名城""国家优秀旅游城市"等城市品牌，全景呈现这座新时代草原城市的无限壮美风景、多元民俗文化、蓬勃发展气息、现代时尚活力和整体形象品质，全面提高呼伦贝尔品牌在国内外的知名度、美誉度和影响力、竞争力。

四是点燃群众冰雪运动热情。呼伦贝尔市充分发挥场馆设施和竞技赛事的支撑带动作用，大力推动冰雪运动和群众健康事业发展，积极推进便民冰雪场地建设，开展了一系列群众性冰雪赛事活动，推动所有中小学校开设冰雪体育课，储备后备人才，提升竞技水平，群众参与冰雪运动成果持续巩固拓展。

迎"风"起舞 提升冰雪产业能级

呼伦贝尔市冬季平均温度 -25℃左右，冰封期长达 6 个月，42 个民族在这里共同生活，冬猎、冬捕等传统生活方式和冰雪娱乐方式延续传承，孕育并发展了独具特色的冰雪文化、各具魅力的冰雪风情、交相辉映的冰雪民俗，为开拓冰雪旅游产业发展空间奠定了基础。

几年来，呼伦贝尔市以筹办"十四冬"为契机，坚持全域全季全业发展文旅产业，深入挖掘寒地冰雪优势潜力，打造特色产品、完善设施服务，丰富产品业态、延伸产业链条，工业品耐冷性测试产业取得新进展，冬季旅游热度持续攀升、质效不断提高，连续几年被评为中国十佳冰雪旅游城市，冰雪经济高质量发展迈上了新台阶。

高润喜表示，下一步，呼伦贝尔市将充分发挥得天独厚的地缘、资源优势，加快推动冰雪旅游、冰雪运动、冰雪文化、冰雪装备制造融合发展。大力推动冰雪旅游发力成势，推进复合型冰雪体育运动场地、冰雪主题旅游景区、冰雪科技服务及人才培训体系建设，因地制宜培育打造一批文化底蕴深厚、冰雪特色鲜明的旅游目的地、精品线路和特色产品，积极推进中国冷极村景区建设，营造独特的冬季文旅画卷。多措并举提升冰雪产业能级，深入实施工业品耐冷性测试、冰雪装备制造提档、冰雪现代服务业培育、冰雪人才教育提升工程，着力提升工业品耐冷性测试产业服务保障能力，逐步发展壮大造雪机、压雪车、索道、雪地摩托车等冰雪装备制造产业，加快形成新的经济增长点。

"我们将加速推动'冷资源'变'热效应'，转化为经济社会转型发展、绿色发展、高质量发展的新动能。"高润喜说。

新华网呼和浩特 2024 年 2 月 20 日电

新华社记者：邹俭朴、郝芳芳

王波：筹办"十四冬"与本地发展相得益彰

随着"十四冬"赛事在扎兰屯举办，这座以冰雪闻名的老城正焕发生机。扎兰屯市委副书记、市长王波表示，在筹办"十四冬"过程中，扎兰屯市积极实施城市精细化管理，完善提升公共服务设施建设，实现筹办冬运盛会与推动城市发展、增进民生福祉相互促进、相得益彰。

高标准、高质量、高效率筹办"十四冬"

扎兰屯位于呼伦贝尔市南端，背靠大兴安岭，面眺松嫩平原，被誉为"北国江南，塞外苏杭"，冬季漫长而晴朗，雪情好、雪期长，每年有效滑雪期平均可达 130 天，适宜开展冰雪运动。

作为"十四冬"的分赛区之一，扎兰屯赛区金龙山滑雪场承担着"十四冬"极具看点的自由式滑雪空中技巧、自由式滑雪 U 型场地技巧、滑雪登山等 7 项比赛。筹办以来，扎兰屯把承办"十四冬"作为重大政治任务，举全市之力高标准、高质量、高水平推进。

王波介绍，扎兰屯市成立了党政主要负责同志任双组长的赛事运行指挥中心，建立了会议、督办、采购、审计等各项规范制度，对金龙山滑雪场水热电、造雪系统、竞赛场地、安全保障、服务保障等方面实施 7 类 125 项提升改造工程，全面强化基础设施水平，满足了承办赛事需求。

同时强化安全保障和服务保障。牢固树立"大安全"工作理念，成立赛场安保指挥部并聘请专业雪地救援团队和滑雪医生，设置赛道医疗保障点位、室内运动员和观众医疗室，确立定点医院，设立专用病房，全力保障赛事安全；打造了一批具有"十四冬"元素和文旅风情的主题房间，推出体现地域特色的食谱。不断完善信息网络、水、电、暖、气象、道路交通等各项服务保障，确保参赛运动员及游客能够感受到热情周到细致的服务。

加速推进冰雪产业市场化进程

"扎兰屯市将冬季旅游作为冰雪产业发展的破题主攻方向，加快推进冰雪'冷'资源变成消费'热'产业的市场化进程。"王波表示，"十四冬"拉开了全市冰雪旅游大融合大发展的帷幕。

王波介绍，扎兰屯市积极实施城市精细化管理，完善提升公共服务设施建设，突出精心布局，统筹生产、生活、生态需要，推动城市发展向循序渐进、内涵提升转变，突出精雕细琢，依托依山傍水的自然禀赋，打造城市的美丽风光和独特韵味，精心打造"塞外苏杭 北国江南""国家优秀旅游城市"等城市品牌，开展了一系列群众性冰雪赛事活动，使城市消费火起来、群众乐起来、人气聚起来，实现筹办冬运盛会与推动城市发展、增进民生福祉相互促进、相得益彰。

据统计，扎兰屯市金龙山滑雪场建成至今已经营15个雪季，累计接待游客超百万人次。特别是2023—2024年雪季，在"十四冬"影响下，吸引了国内外大批滑雪爱好者，较往年同期接待游客数增长30%，旅游收入同比增长152%，为扎兰屯市冰雪产业发展提供了新动能。大量游客的到来也激发了扎兰屯市餐饮、住宿、娱乐等多产业快速发展。

做好"冰雪+"文体旅商融合文章

"借势'十四冬'，扎兰屯市致力于做好'冰雪+'文体旅商融合文章，着重规划、聚力、运作，聚力打造富含本地特色的大众滑雪赛、冰球赛、速度滑冰赛、冬泳赛、雪地足球赛、雪地摩托体验、雪地露营等系列冬季群众体育活动，全面激发群众参与热情。"王波说。

王波介绍，扎兰屯市聘请北京冬奥冠军徐梦桃担任扎兰屯市文化旅游体育形象大使，谋划35项主题文化活动，精心策划知识答题和夜间观影等活动，进一步提升游客出游体验。依托呼伦贝尔市教育实训基地作为国家级教学营地的有利条件，与金龙山滑雪场联合开展冰雪研学活动，吸引全国各地青少年游客，做足研学文章。以雪为"媒"，以"灯"会友，以"会"兴城，举办的"冬韵扎兰·新年灯会"受到大量游客和市民喜爱，元旦期间接待游客达25万人次，进一步推进了扎兰屯市文旅产业提标提效发展。

扎兰屯市体育赛事带来的"流量"正在转变为文旅消费"留量"。数据显示，2023年11月份至2024年2月中旬，扎兰屯市实现接待游客114.7万人次，旅游收入7.8亿元。

王波表示，扎兰屯市将充分发挥得天独厚的资源优势，加快推动冰雪旅游、冰雪运动、冰雪文化深度融合发展，推进冰雪运动人才培训体系建设，培育打造一批文化底蕴深厚、冰雪特色鲜明的旅游目的地、精品线路和特色产品和以冰雪为主题的文化作品，多措并举提升冰雪产业能级，营造独特的冬季文旅画卷，加快形成新的经济增长点。

新华网呼和浩特2024年2月26日电

邹俭朴、石毅

臧著强：借"十四冬"东风　走旅游全域全季全业发展路子

　　雪花隐去、圣火熄灭。2024 年 2 月 27 日晚，第十四届全国冬季运动会（以下简称"十四冬"）正式落下帷幕。在呼伦贝尔，赛场内冰雪赛事已经结束，赛场外，"十四冬"文创产品备受追捧，冰雪旅游成新潮流。

　　呼伦贝尔市文旅广（文物）局局长臧著强在接受新华网专访时表示，呼伦贝尔市将借"十四冬"的东风，把冰雪旅游作为四季均衡发展的重点和拉动消费的基础，走旅游全域全季全业发展路子，让呼伦贝尔四季美景转化为四季产品。

"十四冬"让呼伦贝尔旅游"热"起来

　　夜幕降临，呼伦贝尔古城国家级旅游休闲街区（以下简称"呼伦贝尔古城"）开始热闹起来。"十四冬"期间，来自各地的游客涌入呼伦贝尔古城，观冰雕、看文创、品美食……开启了"边观赛、边旅游"模式。

　　在筹备和举办"十四冬"期间，呼伦贝尔积极谋划、创新供给，让赛事经济发挥更大效益。130 场文化惠民演出、25 场冰雪文化运动旅游主题系列活动、10 项促消费政策、完善全市冬季旅游基础设施、研发 300 余款"十四冬"文创产品……"十四冬"成为展示呼伦贝尔壮美山水、多彩文化的舞台，呼伦贝尔紧抓冰雪经济高质量发展的机遇，进一步释放文旅融合发展新动能。

臧著强介绍，2023 年 11 月至 2024 年 1 月，呼伦贝尔市接待国内游客 323.99 万人次，同比增长 116.4%；实现旅游收入 42.07 亿元，同比增长 171.95%。特别是旅行社接待国外团队游客同比 2019 年增长 65%。春节假期接待游客 166.63 万人次，收入 11.44 亿元，分别是 2023 年同期的 9 倍和 11 倍。

与之而来的是文旅市场主体信心倍增。3 个月来，呼伦贝尔市文旅市场主体增加 152 家，同比增长 16%。

2023 年，呼伦贝尔市摘得 10 余个国字号品牌。陈巴尔虎旗呼伦贝尔大草原·莫尔格勒河景区晋升国家 5A 级旅游景区、牙克石获评国家级滑雪旅游度假地、极致草原多彩非遗之旅线路入选国家 20 条非遗旅游线路……

以游客满意度为导向　优化旅游环境

"游客的声音、愿望就是我们努力的方向。"臧著强说。

延长图书馆、博物馆、文化馆开放时间至晚八点。春节及"十四冬"开闭幕式期间组织展览展示、灯光秀演出等活动 107 场，惠及游客市民 51 万人次。开展热门景点集章打卡赠送旅游纪念品活动。

臧著强表示，呼伦贝尔市将进一步加强管理，树立"以客为先、以客为尊、以客为友、以客为亲"理念，继续实施百家文旅市场主体文明示范承诺行动，建立重点培育清单，深入一线指导督帮市场主体，推动符合条件的文旅企业升规纳统，引领全市旅游业赢得好口碑。

此外，全面强化旅游市场执法监管，推进异地执法办案、典型案例实名曝光、行政处罚与信用惩戒相衔接工作。

全域全季全业发展 将赛事"大流量"转变为四季"长流量"

"办好一个会，提升一座城"。"十四冬"让呼伦贝尔在宣传效应上收获了一波"大流量"。臧著强表示，呼伦贝尔要把冰雪旅游作为四季均衡发展的重点和拉动消费的基础，走旅游全域全季全业发展路子，将赛事"大流量"转化为四季"长流量"。

呼伦贝尔有丰富的生态类型,山水林田湖草沙冰生态共同体协同发展,是发展全域旅游的资源富集区。

臧著强表示,针对旅游发展四季不均衡的情况,呼伦贝尔要点对点突破:夏季提质提效,严控接待上限,推出高端产品,加大力度培育大兴安岭南部地区文旅产品;秋季丰富业态,重点发展行摄旅拍、采风等旅游新业态;冬春补齐短板,培育冰雪那达慕、冬季英雄会等品牌,发展文博场馆、非遗项目等,培育文博研学、红色演艺,提升驿站、如厕、通讯等旅游公共服务水平,使旅游资源得到充分利用。最终实现夏秋做精做特做优,冬春做活做火做强。

"呼伦贝尔将延续冬运承办地热度,集合以上品牌优势,重点打造'冬韵之城'。"臧著强介绍,呼伦贝尔文旅产业提标提效发展行动计划实施以来,在呼伦贝尔大草原市域公用品牌引领下,呼伦贝尔市已持续打造冰雪运动名城、文化艺术之都、油画之城品牌。

新华网呼和浩特 2024 年 2 月 29 日电

邹俭朴、李倩

王成石：抓生态、强冰雪、促转型　打造冰雪旅游品牌

在第十四届全国冬季运动会开幕式上，一首《冰雪之约》让观众"沉浸式"感受了"驯鹿林中散步、林海雪原琴声回荡"的壮美，更加激发了人们对"中国冷极"根河的无限向往和探索欲望。

呼伦贝尔市副市长、根河市委书记王成石在接受新华网专访时表示，根河将积极借助"中国冷极""敖鲁古雅"两大品牌，树立中国冷极冰雪文化形象，以项目建设促进冬季旅游事业发展，努力打造国内一流的冰雪生态旅游基地和冰雪旅游品牌。

做足冰雪文章　"冷经济"热起来

当地人戏称，根河市只有两个季节，一个是冬季，一个是大约在冬季。这让游客在这座极寒之城拥有了更多极致体验。2023年12月30日，投入资金1.35亿元建设的冷极村（一期）投入运营，为内蒙古冰雪旅游增添了一张新名片。

这个冬季，冷极马拉松、冷极冰雪季等冰雪活动接续上线，"冷极天天过大年"和"做一天敖鲁古雅人"两条精品旅游线路持续火爆，迎接全国各地游客前来游冰雪、赏美景。

"十四冬"期间，根河市推出短途游、周边游、亲子游等定制产品，通过线上、线下发放餐饮、景区消费券的方式，激发春节期间游客、市民消

费热情。市域内游客取暖场所供给、旅游厕所驿站开放、自驾游车辆停放等特色贴心服务，让游客到冷极根河感受越冷越热情、越冷越过瘾。

王成石介绍，根河市依托"中国冷极""敖鲁古雅"两块金字招牌，借势"十四冬"，着力打造冰雪旅游产品，扎实推进冰雪旅游发展。在保障方面，根河市加强冬季旅游市场监管，打造安全舒心旅游环境，规范旅游市场环境，让游客玩得舒心、游得放心、吃得安心。

截至目前，根河市 2023—2024 冰雪季接待游客数量 28.72 万人次，实现旅游收入 4.38 亿元。

以项目建设促进文旅产业提标提效

2023 年冬季，根河市一直在"忙冬"中度过。

推土车、吊车、运输车等机械高速运转，机器轰鸣声不绝于耳，施工人员们正争分夺秒赶进度、保工期，最终冷极村如约与游客见面。

春节假期期间，中国冷极村推出"林海雪原、别样新年"特别策划，为游客提供在林区人家过年的机会。游客可以体验林区特色美食，如冷极大铜锅、冷极"八大碗"等，品尝原生态的山珍美味；也可以体验林区特色民俗，如在东北大火炕上睡一晚，在冰雪中开雪地摩托、乘坐驯鹿拉雪橇等，感受冷极独特的文化风情。

中国冷极村项目以精品民宿、商业街区、冰雪乐园等为主要业态，打造冰雪美景、精品旅游线路，依托森工文化、使鹿文化等文化内核，为游客提供有特色的冰雪场景、沉浸式的冬游体验、参与感强的文化熏陶和多元化消费模式。

近年来，根河市牢固树立"项目为王"理念，坚持生态优先、绿色发展，充分发挥根河市中国冷极特色、民俗文化独特、赛事品牌响亮、冰雪运动丰富等优势，一体谋划、全市统筹、联动推进，努力打造国内一流的冰雪生态旅游基地和冰雪旅游品牌。

2022 年，敖鲁古雅使鹿部落晋升为国家 4A 级景区；2024 年，敖鲁古雅冷极温泉酒店、西乌乞亚撮罗子营地（二期）、美食城、沐渡水世界等旅游项目将陆续开工建设，景区要素将不断丰富完善。

王成石介绍，近年通过一系列文旅产业项目建设，根河市实现了文旅产业提标提效发展。

发挥生态优势，推动经济转型

冬季的根河是一片冰天雪地；夏季，这里便"换装"成绿水青山。

根河市地处祖国北疆大兴安岭腹地，是国家重点生态功能区，拥有集中连片的寒温带原始针叶林，有"天然动植物宝库"之称。

近年来，根河市委、市政府高度重视经济转型和结构调整工作，明确"生态立市、绿色发展"定位，立足于产业基础和优势资源，从生态文化旅游、绿色食品开发、特色种植养殖、矿产资源开发等方面入手，努力打造产业多元发展格局，推动经济转型。

王成石介绍，根河市依托得天独厚的生态资源，深度挖掘绿水青山潜在价值，凝练"生态＋"的转化模式，逐步形成了"生态＋文化旅游、生态＋绿色产品加工、生态＋新兴产业"等产业支撑体系，培植绿色发展优势，促进生态价值转化，打造区域生态文明建设样板和示范。

王成石表示，根河市将继续立足实际、突出特色，发挥资源优势，挖掘绿色经济潜力，变"风景"为"产业"，化"美丽"为"财富"，以全域全季全业旅游激活经济高质量发展。

新华网呼和浩特 2024 年 2 月 29 日电
邹俭朴、李倩

文进磊：打造宜居宜业宜游的额尔古纳

额尔古纳市委书记文进磊在接受新华网专访时表示，额尔古纳市将借势"十四冬"，打造精品特色旅游品牌；以文塑旅、以旅彰文，推进文旅产业高质量发展；坚持绿色发展，打造宜居宜业宜游和美城乡。

推进"冷资源"变"热经济"

在额尔古纳市盛大城市绿地南侧，13米高的永久性雕塑大雪人"雪圆圆"引人注目，成为这座城市的IP形象、网红打卡地。在市区主要街道、广场等地，额尔古纳市共建造了200个"雪人宝宝"供游客与市民打卡留念。

除了"雪圆圆"IP形象，这里还有冰雪欢乐汇、星空观景、俄罗斯族民族文化旅游度假区等众多网红打卡地，提升冬季旅游影响力和吸引力。

额尔古纳市拥有独特的地域人文风情，丰富的自然冰雪资源优势和气候条件。文进磊介绍，近年来，额尔古纳市持续开发冬季特色旅游产品，打造文旅发展热点；培育冬季城市旅游名片，提升区域品牌形象；挖掘冬季特色文创产品，扩大市场营销广度；推出特色冰雪旅游活动，点燃冰雪旅游热情。打破地区冬季旅游产品单一的瓶颈，打造集冰雪运动、冰雪民俗、冰雪娱乐、生态康养为一体的冬季北疆旅游目的地。

"十四冬"的举行，为额尔古纳文旅产业的发展带来了更大机遇。

额尔古纳市将持续深入贯彻"冰天雪地也是金山银山"的发展理念，以推进"两个打造"、感悟中华文化、畅游祖国北疆为依托，全力实施文旅产业提标提效发展行动计划，将丰富的自然冰雪资源与多彩的民俗文化相结合，打造精品特色旅游品牌，加速推进"冷资源"变"热经济"。"随着'冰雪＋'理念不断深入，额尔古纳市的冰雪风光更加魅力多姿、冰雪文化更加绚丽多彩、冰雪运动更加充满活力。"文进磊说。

推动文旅产业高质量发展

额尔古纳市素有"呼伦贝尔缩影"美誉，在大力塑造冰雪品牌的同时，紧扣生态和文化两大特色，以文塑旅、以旅彰文。

文进磊说，额尔古纳市以文旅产业提标提效为抓手，创新政府主导、市场主体、游客主角发展方式，强化文旅、农旅、林旅、工旅三次产业深度融合，在规划设计、硬件设施、服务水平、市场环境上增质提标，在产业升级、业态创新、产品开发、消费促进上加速提效，积极探索具有额尔古纳特色的文旅产业高质量发展之路。

他介绍，额尔古纳市持续整合资源优势，培育文旅发展新业态。立足各苏木乡镇街道特色、功能、定位，推动旅游资源主题化、集群化、协同化发展，创建 A 级景区 10 家，全力打造特色旅游品牌，持续推进重点旅游景区提档升级，加快发展森林康养产业，不断加大传统村落的保护和利用，擦亮了旅游名片。

同时，提升管理水平，打造文旅发展新样板。以城乡精细化管理、市域社会治理现代化为抓手，以产城融合为路径，持续提升旅游城市颜值和品质。着力规范整治旅游市场秩序，打造内蒙古首个先行赔付试点，推出呼伦贝尔市首个"无讼创建示范景区"，开通 12345 热线及文旅、公安涉旅调解赔付专线，切实保障游客合法权益。积极开展平安创建活动，在各大旅游景区相继设立快警服务站，为全市旅游健康发展保驾护航。

文进磊表示，额尔古纳市要继续深化文化赋能，深度挖掘文化内涵潜力，用文化丰富旅游内涵、提升旅游品位，加大保护和传承优秀传统文化力度，将红色文化、戍边文化、北疆文化、民俗文化、非遗文化融入旅游景观陈列、文旅产品开发等方面，促进文化和旅游深度融合发展，丰富优质旅游产品和服务供给，推进文旅产业高质量发展。

打造宜居宜业宜游和美城乡

额尔古纳市拥有 209 万公顷原始森林、27 万公顷天然草场、"亚洲第一湿地"，以及 81 条流域面积超过 100 平方公里的河流，构成了祖国北疆生态安全屏障的第一道防线。文进磊表示，额尔古纳市牢固树立"绿水青山就是金山银山"发展理念，在绿色发展中更好地实现经济高质量发展。

近年来，额尔古纳市以创建国家生态文明建设示范市和"两山"实践创新基地建设为抓手，系统推进生态高水平保护，保持了森林、草原、河流、湿地完好的生态本底。同时，将保护生态环境融入经济高质量发展过程，深入推进生态保护与建设，打造出一条生态产业化、产业生态化的创新模式，稳步实现生态惠民、生态利民、生态为民。

以"生态优先、绿色发展"为导向，额尔古纳市扎实推动一二三产融合发展，实施"延链、补链、强链"行动，发展农产品精深加工，不断延长产业链、提升价值链。全面加强新能源开发利用，积极推进风电、光伏发电项目建设，扎实推动煤层气开发。大力发展旅游经济，形成网红经济、夜间经济、体验经济等落地发展新模式，实现更大范围和更广领域的文旅产业链整合、价值链提升。

立足丰厚的自然生态资源和优越的区位优势，额尔古纳市加快口岸经济发展，释放口岸动能，扩宽贸易领域，全力推动"经济通道"向"通道经济"转变。大力推动企业走出去、外商引进来，抢抓外贸订单，实现口岸整车出口零的突破。探索新型招商方式，聚焦特色产业，打破引进外资多年为零的局面。

"额尔古纳市将持续以更高站位、更宽视野、更大力度谋划和推进生态保护工作，以生态环境高水平保护推进经济高质量发展，切实打造宜居宜业宜游和美城乡。"文进磊说。

新华网呼和浩特 2024 年 2 月 26 日电
邹俭朴、郝芳芳、李倩

绿色"十四冬"：北国画卷里的生态跃动

2024 年 2 月 17 日，第十四届全国冬季运动会在内蒙古自治区呼伦贝尔市开幕。

作为"十四冬"的主赛区，此时的呼伦贝尔已"换装"为冰天雪地的白色世界。8 万多平方公里天然草场，13 万多平方公里林海，3000 多条河流，500 多个湖泊……呼伦贝尔大草原、大湿地、大森林、大湖泊、大雪原，犹如一幅气势恢宏的画卷。这画卷，夏日宜人、冬日壮美。

得天独厚的自然生态资源与呼伦贝尔一以贯之的"生态优先 绿色发展"理念在这里有机融合，绿色低碳与冰雪赛事、冰雪产业在这里交织碰撞。呼伦贝尔正用美丽与热情为"十四冬"添彩增色，"十四冬"也打开了呼伦贝尔"办好一个会，提升一座城"的发展新窗口，点亮了呼伦贝尔办赛、营城、兴业、惠民的发展之路。

办一场绿色低碳的"十四冬"

数九寒冬，雪绒花盛放在内蒙古自治区呼伦贝尔 25.3 万平方公里的广袤大地上，诉说着圣洁与宁静、激情与梦想。

"十四冬"是北京冬奥会后首次举办的冬季项目全国重大体育赛事，也是内蒙古首次承办全国综合性运动会。作为赛事主赛区，呼伦贝尔市坚持"绿色、共享、开放、廉洁"的办赛理念，"超越、精彩、和谐、平安"的办赛宗旨，高质量、高标准、高水平推进各项筹备工作，努力将"十四冬"

办成一届绿色低碳的体育盛会。

坐落于海拉尔区的"十四冬"主场馆——内蒙古冰上运动训练中心全面完成了场馆升级改造工作,竞赛灯光更换为 LED 照明,空调新风系统全面维修维护,冰球界墙、弱电系统等设备以及绿化美化亮化全面更新。在场馆周边,实施了绿化提升改造工程 PPP 项目,选用抗寒、抗旱、耐贫瘠的本地乡土植物以保证其生态性与经济性,打造极具草原特色的城市道路。

清洁电刮起"绿色风"。为实现"十四冬"场馆 100% 清洁能源供应,国网呼伦贝尔供电公司持续加大清洁能源风电的引入力度。比赛期间,场馆将使用绿电 340 万千瓦时,可减少标准煤燃烧 1133 吨、减排二氧化碳 2946 吨。海拉尔区购入 90 辆新能源纯电力公交车,承担赛事通勤保障重任,保障"十四冬"绿色出行。

绿色建筑、绿色景观、绿色交通,能效和环保兼具,绿色理念与体育精神紧密结合,体现了呼伦贝尔将绿色办赛理念贯彻到底的决心,简约高效和体育能量将在这场赛事中充分迸发。

绿色理念不仅体现在办赛细节中,更融入了呼伦贝尔市民的日常生活。党员干部、群众和志愿者主动践行低碳生活方式,推行绿色办公、乘坐公共交通、开展垃圾分类,争做生态文明建设的引领者、参与者、贡献者,让绿色低碳生活蔚然成风。

擦亮高质量发展生态底色

2023 年夏天,呼伦贝尔一位牧民在草原上以蓝天为"幕布",自拍蓝底证件照的视频火遍全网,打卡"内蒙古蓝"成为朋友圈新时尚。

没有特效、滤镜,天蓝的没有一点瑕疵、云白的不染一丝纤尘、草绿的好似一幅油画。呼伦贝尔的美源于大自然的恩赐,更源于呼伦贝尔人对绿色的坚守。

呼伦贝尔是内蒙古乃至全国生态要素最完整、功能最完备的地区,在建设我国北方重要生态安全屏障上具有重要的战略位置。近年来，呼伦贝尔市始终保持加强生态文明建设的战略定力，统筹山水林田湖草沙系统治理，持之以恒推行草原森林河流湖泊湿地休养生息，统筹推进呼伦湖流域生态综合治理、"三北"工程攻坚战等重大任务和重点项目，坚定不移、知行合一走好生态优先、绿色发展之路，让绿色成为高质量发展的最美底色。

——统筹山水林田湖草沙系统治理，全面落实退牧还草、草畜平衡等政策措施，2023 年，呼伦贝尔市草原植被盖度达 76.24%，连续 5 年位列全区第一。大力实施天然林保护、"三北"防护林建设、森林质量提升等重点工程，荣获"国家森林城市"称号。

——强化河湖湿地综合治理，建立四级河湖长制体系。突出抓好呼伦湖生态综合治理，流域生态环境持续好转。截至 2023 年 9 月底，呼伦湖水面面积扩大至 2237.1 平方公里，水量达 134.6 亿立方米，接近历史最好水平。

——深入打好污染防治攻坚战，统筹推进大气污染防治，解决影响群众健康的突出生态环境问题。空气质量优良天数比例达 100%、位居全区第一，地表水国考断面水质优良比例达 77.1%，土壤环境质量整体良好。

——大力实施中心城区一体化，优化绿地空间布局，全面践行绿色生活，持续提升人居环境质量。

探索绿色发展的呼伦贝尔实践

生态是呼伦贝尔的最大财富、最大优势、最大品牌。

在守护好这片绿水青山的同时，呼伦贝尔市不断拓宽"绿水青山"向"金山银山"转化通道，协同推进产业生态化、生态产业化，推深做实产业发展"五大行动计划"，不断挖掘和培育新的经济增长点，探索出一条增绿与增收的双赢之路。

——传统产业创新创优发展。围绕产业基础高级化、产业链现代化，加快煤电、冶金、化工等企业全方位转型升级，不断提高传统产业高端化、绿色化、智能化水平。驰宏矿业、国森矿业等重点企业节能技术改造项目

★ 2023年6月29日，牛群在草原上觅食。正值夏日，内蒙古呼伦贝尔大草原全面返青，景色宜人。（新华社记者连振摄）

进展顺利，华能伊敏煤电、国能宝日希勒矿卡5G+无人驾驶智能化改造完成。截至2023年末，呼伦贝尔市共有2家国家级绿色工厂、11家自治区级绿色工厂和1户自治区级绿色园区。

——生态产业乘时乘势发展。全面提升生态产品价值总量，扎实推进林草湿碳汇产品开发。森工集团《天然次生林修复碳汇项目方法学》填补了国内天然林碳汇领域空白，呼伦贝尔林业集团与华能伊敏煤电公司签订碳汇预售协议750万元，在自治区范围内率先实现森林生态产品价值转化，全力争创国家生态产品价值实现机制试点，不断拓宽生态产品价值转化通道。

——新兴产业集约集聚发展。聚焦新兴产业融合化、集群化、生态化发展，大力推进生物科技、冰雪经济、通航临空、高端装备等新兴产业发展，伊穆直流、华能火电厂灵活性改造配建风电等新能源项目在岭东地区陆续落地，冰雪装备制造产业园成功吸引企业入驻，工业品耐寒测试技术示范应用领域不断拓展。

近年来，呼伦贝尔市抢抓承办"十四冬"机遇，统筹推动冰雪产业、冰雪运动、冰雪旅游、冰雪文化融合发展，积极谋划推进"冰雪＋体育""冰雪＋赛事""冰雪＋旅游""冰雪＋文化"等绿色业态和项目，将大雪节气设立为"呼伦贝尔冰雪日"，举办冬季冰雪那达慕、呼伦贝尔冰雪文化运动旅游季、冰雪艺术展演、冰雪民俗体验等活动，不断满足市民和游客对冰雪旅游和冰雪运动的多元需求。

如今，借助绿水青山和冰天雪地这两个最大优势、最大品牌，呼伦贝尔孕育出众多新产业新赛道，汇聚成高质量发展的新动能新优势，城市绿色发展能级不断攀升。

在新征程上全力奔跑的呼伦贝尔，向世界递上了"冬运之城"的亮丽名片，世界将通过"十四冬"的窗口看见呼伦贝尔的碧海蓝天、琼枝玉树，呼伦贝尔也将紧紧把握机遇砥砺奋进，向世界分享壮美风光中绿色发展的呼伦贝尔实践，展现冰天雪地中的中国魅力和中国热度。

新华网呼和浩特 2024 年 2 月 19 日电

李倩、董博

白色"十四冬"：冰天雪地里的城市向往

冰雪皑皑，2024年2月的呼伦贝尔，正在上演着"十四冬"的速度与激情，白色成为这座北疆魅力城市的主色调。

雪地蒙古马竞速赛、摩托车竞速赛、"男儿三艺"……两个月前，内蒙古自治区第二十届冰雪那达慕在呼伦贝尔市盛大开幕，此次活动以"喜迎十四冬·遇见那达慕"为主题，来自俄罗斯、蒙古国、马来西亚及中国各地的万余名游客在赏火热赛事中共同感受呼伦贝尔大雪原的冰雪魅力。呼伦贝尔（海拉尔）冬季英雄会、根河冷极马拉松、鄂伦春冰雪"伊萨仁"等15项独具特色的活动随之展开。

乘着"十四冬"的东风，呼伦贝尔的冰天雪地，正在人们关于北国之冬白色梦幻的畅想中，迎来厚积薄发大有可为的黄金期。

北国风光里的冰雪乐章

在"十四冬"倒计时近百天时，呼伦贝尔市召开2023—2024年冬季文旅产品发布会。发布会推出10条呼伦贝尔旅游冬季精品线路和2条跨境旅游线路，"嬉冰驭雪·穿越兴安"畅游冰雪呼伦贝尔之旅、"极致雪原·多彩民俗"呼伦贝尔非遗体验之旅、中俄"冰雪丝路·挑战双极"跨境极寒体验之旅等冬季旅游线路，神秘有趣，令人向往。

冬季，被誉为中国最美草原的呼伦贝尔大草原换上银装素裹的"冬装"，成为一望无际的呼伦贝尔大雪原。

地处北纬 47°—53° 的冰雪黄金纬度，横跨内蒙古高原、大兴安岭、松嫩平原的地貌，长达 200 多天的冰雪期，赋予呼伦贝尔发展冬季旅游得天独厚的冰雪资源。

这里有中国最美草原、天下第一曲水、亚洲第一湿地、北方最大湖泊，这里全年空气质量优良天数比例为 100%，每立方厘米有 1.8 万负氧离子……这里是美丽辽阔的呼伦贝尔。

呼伦贝尔是中国优秀旅游城市、全国唯一的草原旅游重点开发地区、国家级旅游业改革创新先行区、"中国最佳民族风情魅力城市""2023 冰雪旅游城市十二佳"……呼伦贝尔旅游资源"家底"丰厚。

"办好一个会，提升一座城"，在"十四冬"加持下，用好生态资源和气候环境优势，进一步打好冬季旅游这张牌，打造呼伦贝尔大雪原品牌，呼伦贝尔政策暖心、产品创新、服务用心。

目前，呼伦贝尔市有 40 家 A 级旅游景区、11 家星级乡村（牧区）接待户、6 家乡村旅游重点村盛装待客。"在这个冬季，内蒙古自治区第二十届冰雪那达慕、冰雪'伊萨仁'、冷极马拉松等 161 项文旅活动，让游客尽享呼伦贝尔冬季旅游的极致魅力。"呼伦贝尔市文化旅游广电局副局长杨红说。

业态融合中的激情组曲

"冰雪运动从户外兴起，从群众运动而来，呼伦贝尔作为北方地区，有冰雪运动的群众基础，我们可以借助'十四冬'进一步推广冰雪文化，为'带动三亿人参与冰雪运动'作出呼伦贝尔贡献。""十四冬"呼伦贝尔市执委会副主任刘兆奎说。

借势数年筹备"十四冬"，呼伦贝尔深入践行"绿水青山就是金山银山，冰天雪地也是金山银山"发展理念，积极响应"带动三亿人参与冰雪运动"号召，坚持全域全季全业发展理念，明确一体规划、一体建设、一体发展路径，探索生态、生产、生活"三生"融合发展业态。

呼伦贝尔市年降雪期长达 7 个月，积雪厚度可达 30 厘米以上，雪量丰沛、雪质优良，冰钓、冰雕、雪雕、雪地赛马、雪地足球赛等广泛的群众运动，冬猎、冬捕等传统生活方式和冰雪娱乐方式为冰雪产业发展带来无限可能。

冰面打滑哧溜、冰上抽冰杂、雪地爬犁……在冰天雪地的呼伦贝尔，这些趣味冰雪活动为广大市民及游客带来了浓浓的冰雪乐趣，"冰雪 + 休闲观光""冰雪 + 康养""冰雪 + 运动""冰雪 + 研学"等多种游购娱模式也快速兴起。

呼伦贝尔连续多年被评为十佳冰雪旅游城市，连续多年举办冰雪那达慕、冬季英雄会、冷极马拉松，呼伦贝尔大雪原品牌在国内冰雪旅游市场已具有较强影响力和辨识度。倾力打造"呼伦贝尔大雪原"冬季旅游品牌形象，借力服务平台，呼伦贝尔全力做好智慧文旅服务。

"微信小程序搜索'指尖上的呼伦贝尔'，它由呼伦贝尔市文化旅游广电局开发，整合了呼伦贝尔全市文旅资源，载入文旅要素 8000 余项，有在线直播、场馆预约、活动日历、慢直播、旅游攻略、文创好物、精品慕课等 30 余个模块，可以实现自由定制，方便游客品尝当地特色美食、打卡网红景点景区。"呼伦贝尔市文化旅游事业发展中心数字化运行办公室负责人冯青北拿出手机演示。

搭乘"数字快车"，"呼伦贝尔市数字文旅平台"已将呼伦贝尔市文旅行业监管的 900 多家市场主体纳入统筹，通过可视化管理手段可清晰获取行业主体安全信息，提升政府部门的动态安全监管能力，为市民及游客营造安全良好的旅游环境。

茫茫雪原上的文化交响

呼伦贝尔历史悠久、文化灿烂，48 个民族在这里共同生活，全国仅有的 3 个少数民族自治旗——莫力达瓦达斡尔族自治旗、鄂伦春自治旗、鄂温克族自治旗都在这里，国内唯一的俄罗斯民族乡也在这里。同时，呼伦贝尔地处中俄蒙三国交会处，雪期长、多民俗、国际化，大气磅礴的自然之美，悠久厚重的历史底蕴，多姿多彩的民俗文化，独具特色的异域风情，

★ 2021 年 8 月 6 日，在鄂伦春自治旗大杨树镇多布库尔猎民村，
游人们在景区观光。（新华社记者连振摄）

呼伦贝尔的神秘多彩仿佛具有魔力般吸引着无数游客前来探访。

2023 年 11 月初，来自俄罗斯的几百名师生在呼伦贝尔市开启为期 5 天的研学之旅。他们观看"十四冬"速度滑冰资格赛；打卡呼伦贝尔历史博物馆观看冰雪主题展；与中国志愿者家庭结对包饺子做剪纸体验中国文化。

锚定高端化、差异化、品牌化、特色化、品质化、开放化、融合化"七化"协同发展目标，呼伦贝尔培树"游憩自然、游牧心灵、游历人生"文化内核，引领文旅产业高质量发展。

打造跨省域的"呼伦贝尔号"旅游专列；推出天天那达慕、达斡尔冰钓、鄂伦春"伊萨仁"等沉浸式民俗游；打造融长调、摔跤、"巴斯克节"表演、冰上舞蹈、冰上特技为一体的《非遗中的呼伦贝尔大雪原》演出……

呼伦贝尔极致草原多彩非遗之旅线路被列入国家 20 条非遗旅游线路；额尔古纳市、鄂伦春自治旗、阿荣旗等线路入选全国乡村旅游精品线路；鄂伦春自治旗多布库尔猎民村、拓跋鲜卑历史文化园和莫力达瓦达斡尔族自治旗腾克达斡尔民俗村形成农旅文旅融合示范；海拉尔区打造的红星不夜城、西山夜市等夜经济示范项目融夜游、夜娱、夜食、夜购等夜经济于一体，"一业兴百业"效应叠加释放。

呼伦贝尔充分释放"十四冬"筹办"乘数效应"，"十四冬"进校园、进社区活动火爆，"十四冬"文创产品也火了起来。

如果说四季分明的气候条件与丰饶富集的自然资源为旅游业蓬勃发展支撑起"四梁八柱"，那么得天独厚的地理优势与悠久绚丽的历史文化则为呼伦贝尔文旅融合发展奠定了坚实基础。

作为森林文化、草原文化、农耕文化水乳交融之地，呼伦贝尔市有国家级非遗名录 18 项，自治区级非遗名录 123 项，呼伦贝尔市级非遗名录 239 项，旗市区级非遗名录 457 项；申报国家级传承人 10 人次，自治区级传承人 155 人次，公布市级传承人 465 人次，旗县级传承人 785 人次。

"十四冬"雪上项目赛区之一的扎兰屯赛区，小城拥有达斡尔民俗博物馆、鄂伦春民俗博物馆等 12 座博物馆，各级重点文物保护单位 162 处。其中中东铁路博物馆是全国最早一家展示中东铁路时期历史的特色专题馆。

"百年前，当中东铁路穿行在呼伦贝尔大地，便传来了欧洲文化，也埋下了呼伦贝尔建设'油画之城'的种子。百余年的发展，让油画文化在此生根。"呼伦贝尔美术家协会副主席姜传峰说。

新华网呼和浩特 2024 年 2 月 19 日电
李倩、蒋铁英

金色"十四冬"：辽阔天地间的产业脉动

呼伦贝尔大草原，因入眼苍翠为世人所向往；呼伦贝尔大雪原，也将因一场冰雪盛会惊艳世人。

"十四冬"是北京冬奥会后，群众性冰雪运动热情倍级增长后迎来的全国最大的冰雪赛事。作为"十四冬"主赛区的呼伦贝尔市，经济发展按下了"快进键"。

"办好一个会，提升一座城"，呼伦贝尔的皑皑白雪中，涌动着经济蓬勃发展的金色脉动。

"猫冬"变忙冬 "冷资源"释放"热效应"

在人们普遍认为北方应该"猫冬"的季节，近些年，呼伦贝尔却一直在"忙冬"中度过。

在落实《呼伦贝尔市冰雪产业发展规划（2019—2025 年）》过程中，呼伦贝尔市各旗市区相继形成品牌和特色活动，冰雪那达慕、冬季英雄会、中国冷极马拉松等特色冰雪品牌影响力日益增强，带动冰雪相关消费 5000 万元以上，冰雪资源已经成为呼伦贝尔新经济增长极。

呼伦贝尔市作为内蒙古自治区开展冰雪运动的典型代表地区，有着得天独厚的冰雪资源优势和广泛的冰雪运动基础。牢固树立"绿水青山就是金山银山，冰天雪地也是金山银山"的理念，呼伦贝尔多年来强力推动"冷资源"释放"热效应"。

每到冬天，牙克石凤凰山景区内都热闹非凡，2023 年 11 月下旬，保时捷、奔驰、宝马、兰博基尼等各类车均已汇聚于此，进行高寒测试和试驾试乘活动。

呼伦贝尔市冬季平均气温在零下 25℃ 左右，极寒气温可达零下 58℃，拥有独一无二的"中国冷极"品牌。得天独厚的冷资源为发展机动车、航空器等工业品耐冷性测试创造了绝佳条件。

中国商飞公司、哈尔滨飞机工业集团、中国飞行试验研究院等知名企业、研究院多年来在呼伦贝尔进行了多种机型的耐寒测试。

2022 年，根河市依托"中国冷极"品牌和冷资源优势成立根河市冷资源研究院，联合中国飞行试验研究院等50家单位和个人共同创办"中国冷极"冷资源技术创新中心，谋划布局大数据中心和清洁供暖一体化、模拟北极温湿度环境控制室、极寒环境下装备材料损伤失效与寿命预测试验场、飞行器测试基地基础设施扩建等22个重点在研项目。2022年下半年至2023年底，中国直升机设计研究所、河海大学、长城汽车等15家会员单位、400余人专家团队开展18项科研任务，测试项目116个，测量参数近5000个。

风景变项目 新产业跑出新天地

北国风光带来的，有前沿技术的应用场景，城市基建的开发完善，还有更广泛领域综合性经济社会重大项目的加速推进。

2023 年 11 月 17 日，在根河市中国冷极村建设项目施工现场，推土车、吊车、运输车等机械高速运转，机器轰鸣声不绝于耳，施工人员正争分夺秒地赶进度、保工期。

该项目规划面积 19.53 公顷，总投资 1.35 亿元，由接待区、林宿区、自驾车营地 3 个区域组成，是集聚高端住宿餐饮、休闲娱乐、观光度假、冰雪体验等多功能的综合体。

冷极村距根河市区 53 公里，冬季严寒漫长，历史最低气温低至零下58℃。根河市立足实际挖掘绿色经济潜力，变风景为"产业"，化"美丽"为"财富"，以全域全季全业旅游激活经济高质量发展。

经济高质量发展，重点项目建设是关键。2023 年，呼伦贝尔市主要领导高频次外出招商引资、洽谈重点项目，从北京到广州、从上海到云南，跨越山海，对接筹划。当年全市上下各级开展招商引资考察走访对接 608 次，举办招商引资项目签约、推介等专项活动 801 场，达成国内（区外）新签约项目 323 个。

坚持谋划一批、争跑一批、招引一批、开工一批、投产一批的"五个一批"模式，呼伦贝尔市深化"放管服"改革，让项目落地和建设驶入"快车道"。

2023 年，呼伦贝尔市 366 个市级重点项目全部开工，开复工率 100%，累计完成投资 277 亿元，投资完成率 105%。投资总量和投资完成率实现"新双高"，创造历年最好成绩。

同时，高新技术企业数量创历史新高，科技型中小企业提前三年完成"双倍增"任务，中国科学院两个 A 类先导科技专项取得阶段性成效，多家企业获批国家级企业技术中心、自治区级企业技术中心。国能宝日希勒能源有限公司的极寒型复杂气候环境露天矿 5G ＋智慧矿山项目参评国家 2023 年物联网赋能行业发展典型案例。

呼伦贝尔经济在转型升级中走上高质量发展之路。煤炭、电力、有色金属、化工等工业重点领域逐步壮大；大数据、云计算、光伏发电等新兴产业蓬勃发展，城市经济活力迸发。

资源变资产 新理念提升新能级

在呼伦贝尔大草原上，一座座巨型"风车"迎风旋转，叶片旋转产生的绿电，通过电网输送到"十四冬"场馆中，大草原上的风，点亮了"十四冬"主场馆的灯。"十四冬"将实现主场馆 100% 绿色电能供应。

纵横呼伦贝尔大地的坚强电网错综交织，涌动的绿色电能成为其实现生态优先、绿色发展的新动能。"绿电"的推广应用，为加快推进呼伦贝尔市绿色现代产业体系建设铺展了更优图景，呼伦贝尔市的经济发展也迎来新契机。

2023 年 11 月 5 日，呼伦贝尔市重点项目之一华能蒙东伊穆直流阿荣旗20 万千瓦风电项目首台风电机组并网发电。当该项目的 32 台风电机组全部

2021 年 1 月 15 日，在内蒙古呼伦贝尔市陈巴尔虎旗巴彦库仁镇，两名小朋友参与草原上的实景演出。（新华社发　王正摄）

并网发电后，年发电量将达 5.5 亿千瓦时，年节约标准煤 17 万吨，减少二氧化硫排放 64 吨，氮氧化物排放 91 吨，烟尘排放 19 吨。

华能蒙东伊穆直流阿荣旗 20 万千瓦风电工程集控中心是呼伦贝尔岭东地区扎兰屯市、阿荣旗、莫力达瓦达斡尔族自治旗共 3 个风电项目和一个光伏项目的总控制中心，以清洁能源为主的战略性新兴产业集群雏形显现。

呼伦贝尔市依托境内丰富的风能和太阳能资源，积极打造能源输出基地。随着阿荣旗整县屋顶分布式光伏、岭东新能源基地、扎兰屯清洁供暖和乡村绿色低碳示范窗口等一批新能源项目的落地实施，充足可靠的清洁电能正成为呼伦贝尔经济转型的动力引擎。

2023 年以来，呼伦贝尔市新能源产业发展不断加速，全年计划实施自治区级新能源重大项目 12 项，总装机 208 万千瓦，总投资 113 亿元，年内计划完成投资 39.7 亿元。

呼伦贝尔也是中国向北开放的前沿窗口。2023 年 1—12 月份，满洲里口岸进出口货物 2259.8 万吨，同比增长 39.6%。其中，铁路口岸 2107.4 万吨，同比增长 35.4%；公路口岸 152.4 万吨，同比增长 146.6%。进出境中欧班列 5116 列，同比增长 6.2%。

一趟趟中欧班列呼啸而过，一辆辆载货卡车往返穿梭，一个个企业扎根生长，满洲里铁路、公路、航空口岸，新巴尔虎右旗阿日哈沙特口岸，新巴尔虎左旗额布都格口岸……在呼伦贝尔广袤的土地上，8 个对外开放口岸串点成线、连线成面，构建起祖国北疆的"黄金通道"。

经济发展强劲脉动，城市繁荣能量澎湃。在呼伦贝尔大地上，一场全民狂欢、深度参与的全国赛事为这座城市的经济发展注入新动力。"办好一个会，提升一座城"，呼伦贝尔在办赛中进一步提升城市能级，奋力书写中国式现代化呼伦贝尔发展新篇章，内蒙古东北角一片"新"潮澎湃。

新华网呼和浩特 2024 年 2 月 21 日电
李国栋、庄嘉慧、陈静文

蓝色"十四冬"：自然智慧里的绚丽畅享

激情冰雪盛宴，创新步履不停。更高更快更强的执着追求、动力澎湃的科技赋能，在"十四冬"主赛区呼伦贝尔热烈碰撞、精彩绽放。

内蒙古自治区冰上运动训练中心，"十四冬"运行指挥调度中心建成集协同指挥、应急处置、安全监控、赛事管理、公共服务等于一体的信息化平台，无人机编队巡检和机器人智能巡检让"人海供电保障"跨越到"科技供电保障"；金龙山滑雪场，国际场地塑形专家就落差参数等进行专业指导，气象人员紧盯多要素和高时空分辨率综合观测系统为预报预警和赛场服务提供气象保障……

一项项场内外深蓝技术与冰雪赛事"无缝衔接"，让这场冰雪盛宴因智能而更加便捷，让呼伦贝尔这座城市因智慧而更加美好。

创新之城活力涌动

在"十四冬"短道速滑馆，高标准的冰面让健儿们纵享丝滑；冰面之下，密密麻麻的管道和专业的制冰设备保障着冰面的厚度、硬度等指标能够满足不同类别冰上赛事要求。

走进位于地下的制冰控制室，仿佛穿越到机械世界。"24 小时值守，2 小时一次巡检，保障质量控制的精细。""十四冬"机电负责人王宁介绍。

在科技赋能下，"十四冬"场馆场地设施更加绿色更加智能，比赛体验更加流畅更加极致。

　　"十四冬"主场馆内蒙古自治区冰上运动训练中心是自治区首个能够同时举办大道速滑、短道速滑、冰球、冰壶、花样滑冰等大型国内、国际 A 级赛事的冰上运动场馆。走进"十四冬"运行指挥调度中心，一块显示着观赛人数、运动员抵离信息等实时变动数据的蓝色大屏引人注目。大屏幕上汇总了值班、赛事、人员、场馆等信息，借助 5G 数据传输系统，数据监控区接入各赛区、海拉尔区城市交通调度平台以及天眼系统，通过主屏幕和远端 3 万多个探头可看到各场馆不同方位的画面，更好地保障赛事运行调度。主场馆 400 米跑道 26 米回转半径可以承办国际 A 级赛事。11 层制冰工艺使冰面硬度均匀、平整丝滑，有利于运动员创造更快的速度。

　　在追求性能的同时，场馆还更加绿色低碳。灯光照明系统进行了升级，不仅照度提升了近 1 倍，4 片冰场上的低碳照明节约了 30% 电费。为践行环保理念，场馆附近建设了分布式光伏电站。

　　"办好一个会，提升一座城"，赛事对城市发展的提升，创新对城市发展的促进，在赛场内，也在赛场外。呼伦贝尔处处涌动着激情似火的创新热潮。

　　呼伦贝尔智能环保包装产品项目正在进行试生产，从制造到"智造"，项目投产后可实现年产 1.6 亿平方米环保包装制品。

　　"L- 谷氨酸高效绿色制造关键技术研究"项目成功优化谷氨酸发酵和提取工艺，年产 40 万吨谷氨酸生产过程的能耗、物耗和二氧化碳排放降低 20% 以上，生产成本下降 12% 以上。

　　"智能控制履带自走式圆捆机"技术弥补国内外市场空白，实现规模量产，推动草业和畜牧业提速升级。

　　紧扣产业链供应链部署创新链，呼伦贝尔以"五大任务"为方向，以全市 8 大产业集群和 10 条产业链为重点，布局了一大批"揭榜挂帅""科技兴市"和应用技术研发重点专项科技项目，推动生态环境保护、种业振兴、草牧业、双碳、装备制造等重点领域开展关键技术攻关和成果转化。目前全市自治区级以上创新平台载体达到百余家。

一系列项目突破核心技术、补齐产业链"短板"，为呼伦贝尔市产业转型升级、高质量发展注入动力，也为"十四冬"在呼伦贝尔的顺利举办奠定了坚实基础。

智慧之城幸福加码

"十四冬"的牵引和辐射作用，广泛涉及呼伦贝尔城市发展、设施建设、民生服务各领域。

海拉尔区市政道路机械化清扫率达到 90%，市政道路和公共建筑无障碍设施配建率达到 100%。海拉尔赛区和扎兰屯赛区新建和改扩建了一批功能齐全的体育场馆，这些场馆和设施在满足赛事需求的同时，为市民提供了更多的健身场所。

科技赋能城市治理，手机可以预约体育场馆运动时间、办理线上缴费、查看公交车进度行程、了解热门景区实时拥堵数据……随着智慧化建设在城市市政基础设施、群众就医、社区服务等领域逐步普及，越来越多的百姓从中受益，数字惠民科技惠民服务不断从"能用"向"好用"升级。

冬景如韵，冬运如期。冰天雪地的运动热情需要温暖如春的供暖保障。

在呼伦贝尔长达 7 个半月的供热周期中，为解决长距离大温差供热难题，呼伦贝尔市实施了海拉尔区高寒地区长距离网源协同与城市智慧供热关键技术研究项目，成功研发高寒地区长距离网源协同智慧供热系统。系统通过平台智能决策控制，实现了供热全流程网源协同调度，以低碳节能运营，保障"冬运之城"高质量供暖。

为确保比赛场馆及运动员休息中心的各项指标达到国际赛事标准，呼伦贝尔市成立供热保障团队，为"十四冬"主场馆增加远程温湿度检测系统，研发了恒温换热站智慧一体机及"十四冬"供热智慧应急救援系统，通过场馆内外温湿度的变化和云平台大数据计算，自动调节换热站各个参数和阀门开度，更加科学和精细化地控制场馆温度。

呼伦贝尔的智慧工地，利用智慧监控中心、实名制管理系统、环境监测系统、塔吊监控系统等清晰直观地呈现工地现场情况，施工透明化为安全生产保驾护航；智慧呼伦湖，实现科研监测、智能分析和数字化管理一体化；智慧应急，对交通路口、河道、小区等动态监管，第一时间掌握雨情、雪情、水情、灾情，保障居民安全……

科技之韵犹如一首美妙的乐章，贯穿于城乡发展方方面面，推动城乡治理体系和治理能力现代化，让管理既有"精度"又有"温度"。

智慧之城逐渐成形，在为居民提供便捷服务的同时，也为因"十四冬"开幕和各项赛事吸引来的大批冰雪爱好者，提供了更好的城市体验和更多的打卡选择。

追梦之城魅力无限

体育梦想绽放呼伦贝尔，"十四冬"是一场大考，也是城市升级的重要机遇，呼伦贝尔通过各种方式引进人才，提升城市能级。

2023年10月，通过招标，"十四冬"呼伦贝尔市执委会聘请专业制冰团队，负责"十四冬"冰壶场地的制冰保障工作，团队中的谭伟东是国际一级制冰师，也是中国首批制冰师。

2023年11月19日，扎兰屯市邀请坡面障碍大跳台U型场地国家级裁判、2022冬奥会坡面障碍赛道长毛德昌等到金龙山滑雪场做赛前场地指导。"十四冬"期间，金龙山滑雪场进行自由式滑雪空中技巧、自由式滑雪U型场地、单板滑雪U型场地、自由式滑雪雪上技巧、自由式滑雪大跳台、自由式滑雪坡面障碍等赛事。专家组对起跳台的位置、高度、仰角、抛物线长度和角度等进行了精准指导。

不止体育领域，在呼伦贝尔市经济社会各领域，人才的倍增作用正在显现，人才的引进措施正在升级。

对刚性引进的人才给予20万到200万不等的安家科研补贴，柔性引进的人才入驻专家公寓；围绕重点领域和优势特色产业引进的科技领军人才和创新团队，通过"一事一议"给予专项资金扶持；对高层次人才创业团队在呼伦贝尔市注册创办企业的给予资金扶持。2023 年 9 月，呼伦贝尔市发布的招商引资和产业扶持措施诚意满满广受关注。

呼伦贝尔市发布人才需求目录，围绕现代农牧业、生物制药、现代装备制造等重点领域和特色产业，通过"人才 + 项目"引才模式，引进高层次科技人才团队。

勇出硬招实招，呼伦贝尔全力打造追梦之城——

强化政策支持，千方百计激发创新活力。出台《呼伦贝尔市人民政府关于落实"科技兴蒙"行动促进科技创新若干政策措施》《呼伦贝尔市"科技兴市"三年行动实施方案（2021—2023）》等，明确提出围绕重大关键技术攻关、科技创新主体培育、科技人才引领实施五大专项行动。

加强科技服务，提升基层创新能力。实施"一苏木乡镇一名科技特派员"计划，面向全市选派科技特派员 422 人，实现对全市 105 个苏木乡镇科技服务全覆盖。实施"一旗市区一科技副总"计划，并选派高校人才到企业挂任"科技副总"，助力企业创新能力提升。

一系列举措优化了创新环境，让创新活力充分涌流。2023 年，呼伦贝尔市高新技术企业数量创历史新高，提前 2 年完成高新技术企业和科技型中小企业"双倍增"行动。呼伦贝尔市成为全国 35 个"科创中国"试点城市（园区）之一。

奋力扬帆科创蓝海，呼伦贝尔人的生活更加便捷更加幸福，呼伦贝尔市现代化城市的蓬勃活力竞相迸发。

"我们来了来了，相约在银色世界；我们来了来了，相逢在辽阔雪原……"踏着《冰雪之约》的节拍，伴着创新不断的"体育 +"节奏，"冬运之城"呼伦贝尔正在创新创造中绽放出更加迷人的光彩。

新华网呼和浩特 2024 年 2 月 22 日电
李国栋、道日苏木吉、赛汉

这就是呼伦贝尔

——借力"十四冬"，打造冬韵之城

呼伦贝尔拥有大草原、大森林、大湖泊、大湿地等丰富自然景观，一曲传唱大江南北的《呼伦贝尔大草原》，展现了呼伦贝尔的夏季美景，随着"十四冬"的成功举办，呼伦贝尔的冬季韵味也逐渐揭开了面纱。

呼伦贝尔总面积约 25.3 万平方公里，近日的寒潮天气也让参加"十四冬"的人们领略了"冬"的味道。呼伦贝尔历史悠久，文化灿烂，48 个民族在

★ 2022 年 7 月 25 日拍摄的呼伦贝尔莫尔格勒河草原风光。（新华社记者任军川摄）

★ 2024 年 2 月 14 日拍摄的"十四冬"速滑馆
夜景。（新华社记者朱文哲摄）

这里共同生活，有鄂伦春自治旗、鄂温克族自治旗、莫力达瓦达斡尔族自治旗 3 个少数民族自治旗，还有国内唯一的俄罗斯民族乡，森林文化、草原文化、农耕文化水乳交融。

呼伦贝尔市常务副市长胡兆民说，呼伦贝尔的冰雪资源丰富，有自然资源的优势、有地形地貌的优势，有边境口岸的优势，也有人文历史的优势，筹办"十四冬"让呼伦贝尔拥有了成型配套的冰雪运动场馆集群，发展冰雪产业可谓万事俱备。

如今，呼伦贝尔的冰雪与体育、文旅、新兴产业等加速融合，各旗（市、区）相继形成品牌和特色活动，冰雪那达慕、冬季英雄会、中国冷极马拉松等特色冰雪品牌影响力日益增强，同时，呼伦贝尔文旅活动异彩纷呈，旅游市场火爆，2023 年共接待游客近 3000 万人次，实现旅游收入近 500 亿元。

★ 选手在参加海拉尔"冬季英雄会"。（新华社发
呼伦贝尔市海拉尔区文化旅游体育局供图）

　　呼伦贝尔降雪量充沛，初雪早、终雪迟、雪期长，冬季平均气温在零下
25 摄氏度左右，为高寒环境下工业品暴露检测实验创造了优质条件。多年
来，中国商飞公司、哈尔滨飞机工业集团、中国飞行试验研究院等知名企业、
研究院在呼伦贝尔进行了多种机型的耐寒测试。各家汽车厂商的车辆冬测
也常年"落户"有着"中国冰雪之都"美称的林中小城牙克石。

　　"牙克石汽车冬测产业的发展始于 2006 年。"牙克石高新技术产业开
发区经济管理委员会经济发展局局长刘伟介绍说，经过 10 余年的产业培育，
牙克石形成了以汽车整车冬季测试、汽车冬季零部件测试、高端汽车冬季
试乘试驾和冬季汽车旅游的汽车冬季测试体系。"2023 年，牙克石已测试
车辆 2 千余台次，接待近 300 家车企的 5 万余人次测试工程师，营业收入 1.2

亿元。"

呼伦贝尔致力于让"冷资源"释放"热效应"。近年来，全市不仅煤炭、电力、有色金属、化工等工业重点领域进一步壮大，大数据、云计算、光伏发电等新兴产业呈现蓬勃势头，冰雪装备制造、冰雪现代服务业培育和冰雪人才教育等冰雪产业也不断提档升级，造雪机、压雪车、索道、雪地摩托车等冰雪装备制造产业逐步发展起来。2023年，呼伦贝尔市地区生产总值实现1595.57亿元，同比增长6.1%，创7年来最高增速。

"办好一个会，提升一座城。"呼伦贝尔市委书记高润喜表示，呼伦贝尔将充分发挥得天独厚的地缘、资源优势，大力推动冰雪旅游发力成势，多措并举提升冰雪产业能级，促进冰雪运动文化事业发展，以赛为媒撬动冰雪事业蓬勃发展，加快推动"冷资源"转化为推动经济社会转型发展、绿色发展、高质量发展的新动能。

新华社呼和浩特 2024 年 2 月 22 日电

新华社记者：赵泽辉、朱文哲

海拉尔：草原明珠盛开冰雪产业之花

冬运圣火，熊熊燃烧！位于内蒙古自治区呼伦贝尔市海拉尔区的内蒙古冰上运动训练中心，已成为游客们的重要打卡地。正在这里举行的第十四届全国冬季运动会，让海拉尔在这个冬季拥有了超高人气。

海拉尔，蒙古语意为"长满野韭菜的地方"。地处呼伦贝尔大草原腹地，夏季景色优美、气候凉爽的海拉尔，是人们向往的旅游目的地。

★ 2024 年 2 月 21 日拍摄的"十四冬"
主火炬塔。（新华社记者朱文哲摄）

地处北纬 49 度的海拉尔每年有 200 余天的冰雪期。在这里，冰雪运动有很多"打开方式"：冰雪骑行、雪地越野、马拉雪橇……丰富的体验让冬天的呼伦贝尔草原展现出独特的魅力。"十四冬"的举办进一步激发了群众参与冰雪运动的热情。

"众多冰雪赛事的举办为海拉尔聚了人气、增了'流量'，也进一步推动了海拉尔冰雪运动的发展。"海拉尔区文化旅游体育局局长德雪辉说，目前海拉尔在中小学校和全民健身中心总计浇筑了 20 余块冰场，加上东山滑雪场和苍狼白鹿冰雪运动基地等经营类冰雪运动场地，当地为广大群众特别是青少年广泛参与冰雪运动提供了充足的场地保障。

以筹办"十四冬"为契机，依托禀赋出众的冬季资源，海拉尔加快冰雪旅游基地提档升级，在延伸冰雪产业链条的同时促进多业态融合发展，持续发力"冰雪+"，积极打造本地区冰雪旅游品牌，推动冰雪产业高质量发展。

★孩子们在教练的带领下练习滑雪。
（新华社发　朱铁鹰摄）

★ 2024 年 2 月 20 日，游客在呼伦贝尔古城国家级旅
　游休闲街区游览。（新华社记者朱文哲摄）

　　呼伦贝尔古城国家级旅游休闲街区以"冰雪＋夜游"模式将冰雪元素与夜间经济有机衔接，街区内 33 座冰雕、冰建景观让这里的夜不再单调，区内店铺也延长了营业时间，街区仅 2024 年 2 月 14 日至 2 月 20 日就接待游客 15.5 万人次。

　　"过去海拉尔的旅游在夏天火爆，这两年冬天的游客也多了，尤其是来玩冰雪的人，我们家的特色皮货产品销量也是蹭蹭地涨。"海拉尔一家特色皮货店店主白文睿说。

　　2023 年底举办的首届呼伦贝尔·海拉尔冰雪产品冬季展销会实现意向签约项目 21 个，现场交易额达 9785 万元，这让海拉尔区冰雪产业研究院负责人宣明梅对未来充满了信心。"无论是参与展销会的企业还是现场交易金额，都大大超出了我们的预期。"宣明梅说，展销会展示了海拉尔的冰雪经济优势，也激发了冰雪产业活力。

新华社呼和浩特 2024 年 2 月 22 日电
新华社记者：张云龙、朱文哲、王春燕

这就是根河

——以极寒"破冰"发展

　　尽管第十四届全国冬季运动会在呼伦贝尔市有两个赛区：海拉尔区和扎兰屯市，但根河市的名气可能更胜一筹，因为根河市有着"中国冷极"的美誉。

　　很多人因为"十四冬"第一次踏足冬季的呼伦贝尔，又因为"中国冷极"的名号，想要去根河市一探究竟。

　　根河每年的供暖期长达9个月，历史记载最低气温零下58摄氏度，冬天的根河就是一个天然的"大冰箱"。

　　根河的冷，冷得很具体。极寒天气下，人站在户外，冷空气仿佛从地面伸出的无形之手，迅速包裹住双脚、双腿直至全身。冷风吹过，每一寸皮肤仿佛都被锋利的刀刃滑过。帽子、手套、围巾、羽绒服、棉裤、雪地靴，一个都不能少，有时候甚至一套还不够。

　　冰棍、冻鱼、冻鸡……总之，你能想象的一切应该放在冰箱冷冻室内的东西，都可以放在户外，因为冷冻室的温度也不过零下20摄氏度而已，远不及这里的"常温"。

　　尽管冬季的根河如此冷，但已经举办了十届中国冷极马拉松，对那些既爱奔跑又想体验极寒天气的人来说充满吸引力。

　　极寒对于游客来说也许仅仅是难忘的体验，但对于根河来说，极寒却是地方转型发展的"破冰"口。

　　根河是以林业为主导产业的城市，经济结构单一，为了保护大兴安岭森

★ 2023 年 1 月 12 日拍摄的驯鹿饲养人在大兴安岭林区深处的临时放牧点（无人机照片）。（新华社记者彭源摄）

林，2015 年当地全面停止天然林商业性采伐，地方经济一度跌入"冰"点。

正是这样的倒逼，促使当地转变了发展理念，重新认识到极致寒冷和敖鲁古雅鄂温克族文化的稀缺性，谋划启动了冰雪旅游产业发展之路。

生活在森林中的敖鲁古雅鄂温克族世代与驯鹿为伴，有"中国最后的狩猎部落"之称。虽然他们搬出森林过上了现代化的生活，但仍然在森林中保留着驯鹿养殖点，传承着桦树皮画、兽皮画等传统民族手工艺。

阿尤莎是当地驯鹿养殖者之一，这几天她除了照顾 40 多头驯鹿之外，一直在忙着接待游客。"'十四冬'吸引了非常多游客，驯鹿形象还出现在了开幕式上，感觉这里的游客会越来越多。"阿尤莎说。

近年来，根河市加快冰雪文旅深度融合，推动冰雪产业全链条发展，充分利用"中国冷极"这块金字招牌，推进冰雪文旅产业高质量发展，让"冷资源"产生"热效益"。

一个月前，以林业生产作业点为基础改建的中国冷极村正式投入使用，游客可以住在大森林里，吃着林区里采摘的山珍特产，体验一个宛如童话

★2019年12月25日，一名参赛选手冲过终点。当日，2019中国冷极马拉松在内蒙古自治区根河市开跑。（新华社记者徐钦摄）

世界般的冰雪森林。

中国冷极村负责人蔡勇说："我们围绕内蒙古大兴安岭林区'越冷越热情'和'兴安之巅、冷极之源'等特色主题，努力将冷极村打造成为康养旅游佳选地、冬季旅游必选地。"

在这里，游客可以通过雪地摩托、鹿拉雪橇、个人越野车或者徒步等方式前往猎民点，近距离和驯鹿接触，体验制作弓箭、射箭、炉火烤肉等原生态活动。小朋友们还可以在冰雪乐园中玩滑雪圈、雪地迷宫和雪地碰碰车等有趣的游戏。

今年初，来自安徽的马文国在短视频平台看到驯鹿后，专门来到中国冷极村附近的驯鹿养殖点"打卡"。他说："这个地方太神奇了，寻鹿和赏雪之旅同步进行，还有独特的鄂温克民俗风情，传统与现代在这里交融，真是别具一格的体验。"

以"十四冬"为契机，根河市与旅行社合作推出"十四冬"期间短途游、

★ 2023 年 12 月 30 日，夜幕中的中国冷极村民宿。
（新华社发）

周边游、亲子游等定制产品，通过优惠政策激发游客消费热情。这个冬季以来，根河市冰雪季接待游客数量超过 28 万人次，实现旅游收入 4 亿多元。

根河市市长孙尚国表示，文旅产业是根河的立市产业和主攻方向，接下来将借助根河"中国冷极""敖鲁古雅"两大品牌的唯一性、独特性，树立冰雪文化形象，以项目建设促进冬季文旅事业发展，努力打造国内一流的冰雪生态文旅基地和冰雪文旅品牌。

新华社呼和浩特 2024 年 2 月 23 日电
新华社记者：赵泽辉 王春燕

这就是鄂温克

——送你一朵太阳花

在第十四届全国冬季运动会赛场内外，一朵朵以皮毛为花瓣、五彩珠子为花蕊的太阳花尽情"绽放"。

这些太阳花是鄂温克族的传统手工艺品，也是鄂温克族神话传说中象征温暖与光明的吉祥物。在鄂温克族神话中，太阳的化身是一位名叫希温·乌娜吉的姑娘，她将光明和温暖带给生活在密林深处的鄂温克人。为了纪念太阳姑娘，鄂温克族百姓就有了佩戴太阳花的传统。

在"十四冬"开幕式上，鄂温克族小演员头上佩戴的太阳花头饰格外吸睛；在"十四冬"媒体包里，雪花造型花蕊的太阳花让记者们惊喜不已；在"十四冬"特许商品经销店内，一面是"十四冬"会徽、一面是传统花纹图案的太阳花挂饰销量一直不错……

鄂温克族自治旗不仅拥有多彩的文化，也有丰富的地貌，森林、草原、河流、湖泊、湿地……处处风景如画。

锡尼河与河畔热爱足球的牧民们一起，成为这里最亮眼的名片之一。已经举办了37届的"锡尼河杯"足球赛，最初只有两支球队参赛，如今已经成为草原上球迷们的狂欢，吸引着方圆百里的牧民们身着盛装前来观看。

鄂温克族自治旗的冬季漫长，雪地足球赛还可以继续踢。当然，冬季的休闲不止于此。在红花尔基樟子松国家森林公园，雪地攻防箭、拉爬犁和滑雪圈顶多算"小意思"，驾驶越野车穿越樟子松林，才是属于这里的独特体验。

★ 2024 年 2 月 21 日，内蒙古呼伦贝尔市鄂温克族自治旗一家手工艺品工作室内展示的太阳花。（新华社记者于嘉摄）

★ 2024 年 1 月 16 日，红花尔基樟子松国家森林公园冰雪游玩活动现场。（新华社发）

近年来，"冰雪＋文旅"让鄂温克族自治旗找到了产业发展的新出口，与冰雪挂钩的民俗游、景点游、自驾游不断丰富着人们的"玩冰雪"体验，成为这座北方小城新的消费增长极。

"我们将以'十四冬'为契机，打造更为响亮的'鄂温克冬日旅游'品牌，助力鄂温克族自治旗做好冰雪经济文章。"鄂温克族自治旗文体旅游广电局局长索日娅说。

新华社呼和浩特 2024 年 2 月 23 日电

新华社记者：朱文哲、王春燕

这就是扎兰屯

——雪上绘梦的百年老城

随着"十四冬"赛事在扎兰屯举办，吊桥周围披上华彩，冰雪元素琳琅满目。在扎兰屯冬季纯白的梦幻世界，有挥洒的汗水，有冒严寒的坚守，也有小孩子眼里闪烁的光芒。在这里，不同年龄、不同行业的扎兰屯人绘写着各样的冰雪梦想。

"得知家乡扎兰屯要举办'十四冬'赛事，我第一时间主动报名，作为一名医生穿着雪板站上国家级比赛的赛场，感到很骄傲。"56岁的姜云燕已有十多年的滑雪经验，借此契机，如愿成为26名滑雪医生之一。

天色微亮，姜云燕就坐上了上山的摆渡车，作为"十四冬"赛事保障医疗队员，她和同事们最早赶到赛场，等所有人走后才离开赛场。姜云燕值守点位在半山腰的雪道旁，顶着零下20摄氏度的严寒，一站就是几个小时。

扎兰屯赛区医疗服务保障团队有114人，其中94人来自本地。"十四冬"扎兰屯赛区的安保组、志愿服务团队、后勤保障团队等服务赛事的群体，都主要由扎兰屯地方人员支撑。

赛场上穿梭忙碌的"扎兰屯雪警"，留在学校过年的"小雪团儿"志愿者，每天超过2万步数的气象团队巡检员，步履不停电话不断的协调工作人员……在不同岗位，赛场内外的扎兰屯人都以兢兢业业、热情饱满的状态，展示扎兰屯的风采。

冰雪运动的热情点燃了扎兰屯市本来寂静的冬日。三十多万人口的小城，

★ 2022 年 1 月 7 日，小枣在扎兰屯市金龙山滑雪场练习单板滑雪。（新华社记者贝赫摄）

因为冰雪文化变得更有魅力，扎兰屯市成为首批"国家级滑雪旅游度假地"。扎兰屯市这个雪季相较以往，接待游客数量增长 30%，旅游收入增长 152%。

扎兰屯市有 29 个单项体育协会，其中，滑雪、滑冰、冬泳、冰球、汽车摩托车运动五个冬季单项体育协会，共有 1000 余名会员。目前，滑雪、速滑、冰球、冬泳已成为品牌赛事。

扎兰屯市雪情好，雪期长，平均气温零下 12 摄氏度，冬季有效滑雪期平均可达 130 天。金龙山滑雪场既是国家队训练基地，也是滑雪爱好者的度假首选地。此次"十四冬"的 7 项滑雪项目在这里举行。

小枣家住在金龙山脚下，从窗户就能看到滑雪场。四岁的小枣是金龙山滑雪场的"明星"，几乎每个工作人员都认识她，19 个月大时，她就在这片雪场上滑雪了。

"我很享受滑雪带来的快乐。"小枣说，在滑雪场她有很多好朋友，一有时间就想去滑雪。在教练的指导下，小枣已经能上高级道了。

这几天，小枣经常趴着窗户看金龙山滑雪场上"十四冬"比赛。小枣说：

"我也希望能拿一个冠军。"

和小枣一样，杨昊的梦想也从扎兰屯开始。

这段时间，几乎所有扎兰屯人都知道了杨昊的名字，大街上众人奔走相告：卧牛河镇五星村的杨昊，拿了"十四冬"的金牌！

2024 年 2 月 17 日，在自由式滑雪公开组男子大跳台比赛当天，到场的观众远多于往日，杨昊腾飞、翻转、平稳落地，每一跳都引起现场观众欢呼呐喊。熙攘的观赛人群角落，有一个老汉，紧张得说不出话。他就是杨昊的父亲杨金福。

杨金福的家距离比赛雪场只有十公里，对于老杨来说，这短短的距离却格外漫长。11 岁的杨昊离家踏上滑雪职业道路，老杨一家无时无刻不担心挂念，可是真当儿子回来家门口比赛，老杨却既担心儿子看到自己会紧张，影响发挥，也害怕看到儿子受伤。

比赛当天，老杨瞒着儿子一大早就来到滑雪场，躲到人群之中偷看杨昊比赛。前两轮，杨昊拿出了绝佳表现，几乎锁定金牌。"爸爸妈妈，我表现不错，快来看我领奖吧。"比赛间隙，杨昊给父母打去电话。

看到家人，杨昊立马冲到人群中送去了拥抱。随着比赛成绩出炉，在场的观众都在为这一全冬会新晋冠军鼓掌、喝彩，家人们知道，为了这一天杨昊付出了多少艰辛和努力。

杨昊捧起扎兰屯雪场的雪，"这是我梦想起航的地方，这里的雪怎么看都觉得亲切。"杨昊说，他的梦想是能带着家乡人的希望，走上奥运赛场为国争光。

百年老城扎兰屯，不仅背靠大兴安岭，有着清新洁净的空气和清爽的气候，更因为冰雪文化赋予这里独特的人文气质。

扎兰屯的雪，摹绘着一个又一个冰雪梦想，这些梦想传达一个共同的心愿：希望将冰雪运动的快乐和美好传递给更多人。

新华社呼和浩特 2024 年 2 月 24 日电
新华社记者：贺书琛

天天都有那达慕，这里是陈巴尔虎旗

初春的呼伦贝尔大草原，依然银装素裹。在陈巴尔虎旗，一场场精彩的冰雪那达慕正在上演，热闹非凡。因"十四冬"而来的游客也被精彩的冰雪盛会吸引，他们欢呼雀跃，体验着别样的冰雪乐趣。

"天天冰雪那达慕"是陈巴尔虎旗打造的特色旅游品牌，旨在让游客每天都能体验到那达慕的热闹和喜庆。在现场，身着蒙古族传统服饰的摔跤

★ 2023 年 12 月 15 日，陈巴尔虎旗牧民乃日嘎（右）和伊吉力在草原上骑马训练。（新华社记者贝赫摄）

手们在雪地上展开激烈角逐，引得观众们阵阵欢呼；演员们载歌载舞，表达着对美好生活的向往。

陈巴尔虎旗是呼伦贝尔市重要旅游地，拥有丰富的草原、森林、湿地等自然资源和独特的蒙古族文化，莫尔格勒河在这里静静流淌。近年来，陈巴尔虎旗大力发展文化旅游产业，以"天天那达慕"为品牌，打造了一系列特色旅游产品，吸引了越来越多的游客前来观光旅游。

2024 年 2 月 6 日，呼伦贝尔大草原·莫尔格勒河景区成功晋升为国家 5A 级旅游景区，为当地生态环境保护和经济发展注入了强劲动力。

陈巴尔虎旗文化旅游广电局局长道日娜介绍，在建设景区过程中，当地一方面投入资金发展生态，另一方面不断完善景区基础设施。此外，陈巴尔虎旗搭建了牧旅融合平台，为游客提供牧户深度游体验的同时，增加牧民收入，助力乡村振兴。

陈巴尔虎旗旗长陶丽表示，景区坚持"生态草原、草原生态"的建设理念，

★ 2023 年 7 月 18 日在呼伦贝尔市陈巴尔虎旗境内拍摄的莫尔格勒河景色。（新华社发　王正摄）

敞开怀抱迎接八方来客。"我们希望游客在欣赏草原美景、体验原生态草原文化的同时，能更加崇敬自然。"陶丽说。

陈巴尔虎旗投入 5.5 亿元，在呼伦贝尔大草原·莫尔格勒河景区建设了两个游客中心和三个观景台，大大提升游客的接待和观赏体验。游客可以住进蒙古包，亲身体验牧民的生活方式；可以漫步草原之上，感受草原的清新与自然；还可以品尝特色美食，领略草原风情的独特魅力。

与此同时，景区不断丰富业态，推出了诸如"万马奔腾文化节""天天那达慕"等品牌活动，吸引了大量游客的关注和青睐。据统计，2023 年景区共接待游客 150 多万人次，实现旅游收入 7500 万元。

"景区开业是好事，不仅给我带来经济效益，也让更多人了解蒙古族文化。"陈巴尔虎旗牧民巴图苏和说，"十四冬"的举办，为当地带来了大量游客，也为他的生活带来了巨大变化。

为进一步丰富游客体验，陈巴尔虎旗在冰雪旅游方面不断发力。借助当地丰富的冰雪资源和民俗文化底蕴，景区推出了雪地足球、雪地拔河、冰壶体验等一系列别开生面的冰雪赛事，让游客尽情体验冰雪运动的乐趣。

陶丽表示，陈巴尔虎旗将重点在产业规划、品牌塑造、文旅融合等方面聚焦聚力，做大做强冬季冰雪文旅，更好将生态优势转化为经济优势，推动全旗文旅产业提标提效快速发展。

新华社呼和浩特 2024 年 2 月 26 日电
新华社记者：赵泽辉

小城冰雪热腾腾

　　内蒙古扎兰屯市背靠大兴安岭，这座仅三十多万人口的小城入冬后本应寂静冷清，如今这里的冰天雪地却处处冒着烟火气，街道上各地方言如织。人们口中议论的，是即将在此举办的第十四届全国冬季运动会的雪上项目比赛，苏翊鸣、徐梦桃等明星运动员的参赛，将为这座冰雪小城更添热度。

　　"十四冬"期间，扎兰屯赛区将举办自由式滑雪空中技巧、单板滑雪U型场地技巧等雪上赛事。2月初，"十四冬"滑雪登山项目在扎兰屯市金龙山滑雪场收官，这是该项目在全国冬季运动会的首次亮相，共产生三枚金牌。

★ 2024年2月1日拍摄的滑雪登山混合接力比赛现场（无人机照片）。（新华社记者贺书琛摄）

春节假期，小城里仍是一片热火朝天。为了做好赛事服务保障，不少"十四冬"工作人员留在扎兰屯市，在劳动中迎来农历新年。大年初一清晨六时，太阳还没越过扎兰屯市的山脊，"十四冬"气象预报服务保障团队预报员春花已经坐在办公桌前，分析研判未来几天的天气趋势，制作气象服务预报。

"扎兰屯赛区处于大兴安岭山脉的东侧背风坡，在冬季风盛行条件下，过山后气候变得复杂，很难找到系统性规律。"春花说，为了摸清扎兰屯赛区山地气候的"怪脾气"，队员们每日徒步登山，实地感受赛道点位要素差异。

"我们沿用北京冬奥会的模式，按照'一场一策''一项一策'原则，建立了前后方高效协同的预报机制。"团队负责人王颖介绍，此次扎兰屯赛区现场天气预报服务保障团队有16名成员，其中五名专家参与过北京冬奥会服务保障，还有三名省、市级首席预报员，以及八名熟知当地情况的基层预报员。不仅是这个春节，还有过去的很多个节假日，队员们都全身

★ 在扎兰屯赛区 U 型场地，志愿者帮助搬运器材、布置场地。（图片由受访单位提供）

心投入这项工作，为科学安排赛事提供精准的天气服务保障。

同样为赛事提供细致服务保障的还有志愿者团队，他们用贴心周到的服务暖化赛场的寒气。扎兰屯市的机场、火车站、酒店、赛场、媒体工作间等各个角落都有志愿者的身影，350名志愿者既有学生也有青年教师，他们身穿白蓝色外衣，脸上洋溢着笑容，被人们亲切地称为"小雪团"，这个称呼寓意本次"十四冬"赛事的青年志愿者团结协作，为赛会提供热情、周到、优质服务。

赛场内外，总能看到拎着暖水壶的"小雪团"，看到有搓手取暖的运动员和工作人员，志愿者就主动送上一杯热水。在媒体工作间，忙碌的记者工位上，总放着"小雪团"端来的热气腾腾的泡面。

"我们对志愿者进行了应急救护、通用礼仪、冰雪知识、赛事服务等各方面、共计百余次的专项培训。"扎兰屯赛区志愿者服务工作组执委会部门副部长赵越介绍，当地还专门为志愿者进行了扎兰屯市美食、美景以及当地特色文化的培训，并发放了指南手册。

"我们的热情是扎兰屯的缩影，希望我们的热情服务能让大家更加全面了解这座冰雪小城的风土人情。"志愿者陈萍萍说。

春节假期期间，"十四冬"比赛承办场地金龙山滑雪场十分热闹，全国各地的滑雪爱好者纷至沓来。滑雪场上，踩着雪板的藏蓝色身影忙碌不迭，一个月前成立的"雪警队"成为了这里的一道靓丽风景。

"4号缆车下面雪道的警示标线倒了，请重新立好""雪道有人倒地疑似受伤，请迅速前往查看""有一个小孩被困在雪道中间，请护送下山"……"雪警队"里年龄最小的陈闯巡逻时，时刻注意着对讲机里传出的指令，他和队里的20名队员一起，肩负着滑雪场应急救援、纠纷化解、安全防控等工作职责。

"金龙山滑雪场占地面积大，比赛场地多，山势地形复杂，我们对掌握滑雪技能的民辅警进行训练，利用雪地摩托和雪板的机动性，提升安全处置工作效率。"队长王超介绍，随着多项比赛临近，队员们无畏严寒天气，

★扎兰屯"雪警队"正在进行训练。
（图片由受访单位提供）

开展高频次雪上训练，练习雪地长跑、托举轮胎等项目，全力保障赛事平稳运行。

扎兰屯市委宣传部副部长张洪洋介绍，扎兰屯冬季漫长且晴天多，雪情好、雪期长，冬季有效存雪期平均可达130天。2013年，金龙山滑雪场被国家体育总局命名为国家队训练基地，并连续多年承办国家级高水平赛事。2022年，扎兰屯市荣登首批"国家级滑雪旅游度假地"名单，冬泳、冰球、滑雪等冬季运动成为这座冰雪小城的全新名片，累计带动全民参与冰雪运动100万人次以上。

待"十四冬"赛事拉开帷幕，扎兰屯的冰雪运动热潮将一浪高过一浪，继续散发出独特的魅力。

新华社呼和浩特2024年2月13日电

新华社记者：贺书琛

"十四冬"与牧民巴图苏和的"忙冬"

2024年2月15日上午10点，内蒙古呼伦贝尔市陈巴尔虎旗的牧民巴图苏和换上蒙古袍，放起动感的蒙古族传统音乐。随后，他走出蒙古包、迈起舞步，迎接远道而来的游客。

第十四届全国冬季运动会将于17日在呼伦贝尔开幕，3700余名运动员将参加176个小项，是历届全国冬季运动会中规模最大、项目最多的一届。位于呼伦贝尔的内蒙古冰上运动训练中心将承办全部冰上项目，这里牧民的"猫冬"也因此变为"忙冬"。

50岁的巴图苏和从事文化旅游业已有12年，这是他印象中最为忙碌的一个冬天。"'十四冬'的带动效应很明显，这个冬天，游客多起来了，各方面的活动也多了很多。"他说。

为迎接"十四冬"，巴图苏和与合伙人在莫尔格勒河景区开发推出"天天冰雪那达慕"活动，设雪地搏克、骑马射箭、"冰地嘎拉哈"、骆驼爬犁等项目，让游客沉浸式体验蒙古族文化与传统运动。

莫尔格勒河发源于素有"天堂草原"美誉的陈巴尔虎旗，意为"弯弯曲曲的河"，作家老舍曾将它称作"天下第一曲水"。眼下，呼伦贝尔的温度近零下30摄氏度，一望无际的草原被积雪覆盖，盖上"雪被"的莫尔格勒河也难辨踪影，但这并不影响游客玩冰赏雪的心情。

在一片欢呼声中，首次尝试雪地搏克的河北固安游客张瑞堂使出全力，将同龄的蒙古族少年推出比赛场地，获得胜利。不远处，他的姐姐张瑞阳

★ 2024年2月15日，巴图苏和（右一）在"天天冰雪那达慕"活动上与游客互动。（新华社记者乐文婉摄）

举着手机记录下这段珍贵的经历。

14岁的张瑞阳练习短道速滑一年有余，是运动员林孝埈的粉丝。这个春节，她的父母专程带她和弟弟到呼伦贝尔"追星"。五天的行程，张瑞阳一家将连续观看三天短道速滑比赛。

"往年过年我们都会在单位值班，今年我们特意请了假，来陪孩子实现近距离看国家队选手比赛的愿望。"张瑞阳的妈妈郑鲜说，"按往年情况来看，冬季应该是呼伦贝尔的旅游淡季，但今年来呼伦贝尔的票很难订。我们在航班上，还听到不少人说自己是来看'十四冬'比赛的。"

随着冰雪运动不断"升温"，巴图苏和也将蒙古族传统游戏"嘎拉哈"调整为冰上游戏。在他设置的赛道上，游戏体验者需站在起点处，用手掷出原色嘎拉哈（羊膝盖骨），去撞击赛道终点处颜色各异的嘎拉哈。"撞

★ 2024 年 2 月 15 日，河北固安游客张瑞堂（右二）在呼伦贝尔莫尔格勒河景区体验雪地搏克。（新华社记者乐文婉摄）

击不同颜色的嘎拉哈将获得不同的分数，这可以说是我们蒙古族的冰壶。"巴图苏和对游客们说。

浙江游客沈女士的儿子在尝试几次后，击中了分值最高的红色嘎拉哈，高兴地跳了起来。"北京冬奥会举办后，大家对冰雪的热情一下子就上来了。我们身边滑雪的人越来越多，孩子们也很想体验一番，所以我们就来了。在这里既能感受民俗风情，又能体验冰雪运动，感觉很不错。"沈女士说。

那达慕结束，巴图苏和邀请游客们到他的蒙古包里驱寒、闲聊、品尝当地特色零食。

"这是呼伦贝尔首次举办如此大型的赛事活动，我特别自豪，我的孩子将在'十四冬'开幕式上表演，我也通过组织那达慕迎接远方的客人。"说着，巴图苏和动情地说了一段蒙古语，并情不自禁地抬起手臂做出欢迎姿态。"我

★ 2024 年 2 月 15 日，游客在呼伦贝尔莫尔格勒河景区体验"冰地嘎拉哈"项目。（新华社记者乐文婉摄）

刚才说的是，预祝在我们家乡举办的'十四冬'圆满成功。"巴图苏和翻译道。

冰雪运动的火热，让呼伦贝尔的旅游淡季热闹起来，也让巴图苏和看到事业发展的新希望。"新的一年，我的愿望是继续做好游牧文化活动、开发实景演出项目，让远方游客更好地体验蒙古族文化与风情。"他说。

新华社呼伦贝尔 2024 年 2 月 15 日电
新华社记者：乐文婉、黄耀漫、王春燕
参与采写：魏婧宇、叶紫嫣

"中国冷极村"　热闹迎新春

　　"一二三，跳！泼出的弧线非常漂亮！"在内蒙古自治区根河市境内的"中国冷极村"，游客们在零下35摄氏度的极寒天气下体验"泼水成冰"，旅拍摄影师张焱不停地按动快门，为游客们留下精彩瞬间。

　　"自打'冷极村'开业，我就没休息过一天，拍民族服饰、泼水成冰的游客特别多，收入不比夏天少。"张焱说。

　　新春将至，"冷极村"里小木屋门前大红灯笼高高挂。夜幕降临，红彤彤的灯笼、暖黄的灯带将整个"冷极村"装点得温馨祥和。为了提供独特的冬季旅游体验，"冷极村"推出"林海雪原、别样新年"特别策划，为游客提供在林区人家过年的机会。

　　游客可以体验林区特色美食，如雪地百人火锅、冷极"八大碗"等，品尝原生态的山珍美味；也可以体验林区特色民俗，如在东北大火炕上睡一晚，在冰雪中开雪地摩托、乘坐驯鹿拉雪橇等，感受"冷极"独特的文化风情。

　　"中国冷极村"位于根河市金林林场，说是"村"，其实曾是大兴安岭林业生产的一处作业点。这里最低温度曾达到零下58摄氏度，是冬季中国境内出现的最低温度，因而得名"中国冷极"。2023年，这个位于大兴安岭森林深处，有60多年历史的"村子"得到全面升级，并于2024年1月18日正式开放。

　　"我们围绕内蒙古大兴安岭林区'越冷越热情'和'兴安之巅、冷极之源'等特色主题，努力将'冷极村'打造成为夏季旅游必选地、康养旅游佳选地、冬季旅游必选地。""中国冷极村"负责人蔡勇说,自2024年1月1日试营业以来,"中国冷极村"共接待游客3300多人次,实现旅游收入20余万元。

"中国冷极村"项目总投资1.35亿元,以精品民宿、商业街区、冰雪乐园等为主要业态,打造冰雪美景、精品旅游线路,依托森工文化、使鹿文化等文化内核,为游客提供有特色的冰雪场景、沉浸式的冬游体验、参与感强的文化熏陶和多元化的消费模式。

不久前,鄂温克族的驯鹿在哈尔滨"出圈"。鄂温克驯鹿习俗非遗传承人布冬霞牵着驯鹿走上哈尔滨的中央大街,向全国游客宣传"驯鹿文化",介绍美丽根河,吸引了众多游客的目光。来自安徽的马文国通过短视频平台看到可爱的驯鹿后,立即改变行程,将原定的赏雪之旅变为"寻鹿之旅"。

在距离"冷极村"七公里处的驯鹿养殖点,马文国跟着养鹿人一起在冰雪覆盖的森林里寻找驯鹿,沿途欣赏大兴安岭林区特色景观。他感慨道:"这个地方太神奇了,寻鹿和赏雪之旅同步进行,森工文化与驯鹿文化完美融合,还有独特的鄂温克族民俗风情,传统与现代在这里交融,真是别具一格的体验。"

新华社呼和浩特2024年1月27日电

新华社记者:赵泽辉

这里的孩子"贼扛造"

——莫力达瓦的另类冰雪热

"贼扛造",是东北话中形容结实耐用的极高评价。深冬时节,这话拿来形容内蒙古莫力达瓦达斡尔族自治旗(以下简称"莫旗")的孩子不但贴切,而且传神。锤炼和摔打,是莫旗的"野"孩子成长过程中的必修课。

"涂锴润,靠边滑安全!"张书云话音未落,她的儿子已从二层楼高的台阶上"出溜"下来,两脚扎进护栏前的积雪中,扬起几片雪花。

在莫旗文化体育活动中心,看台上的积雪被压实后,已成为孩子们的雪滑梯,有的嫌坐着滑不过瘾,竟大头朝下"飞"了下来,惊出家长们一身冷汗。

活动中心后面的长台阶,也成了天然雪道,孩子们坐着雪圈飞身而下,尖叫声、笑声不断,空气中充斥着快乐和童真。

"冬天多摔打,孩子才能越来越皮实。"作为母亲,张书云与孩子形影不离,但她并不过多干涉孩子的户外锻炼,如今涂锴润已"摔打"成呼伦贝尔市第五届冬运会速度滑冰丁组的 1000 米冠军。

对于莫旗的孩子来说,这种"野"场地早已司空见惯。体育活动中心里有个大操场,为了让喜欢滑冰的孩子能有块像样的场地,涂锴润的滑冰教练陈波带着家长们,一圈圈地浇筑出冰场,经过几年训练,孩子们在各类赛事中屡创佳绩,远近闻名。

"莫旗的小孩能吃苦、有天赋,不在意寒冷和摔打,一点都不娇气。"陈波说,莫旗好多孩子都是渔猎民族的后代,长大后体质非常好,"这与孩子们从小玩得'野',有很大关系"。

莫旗位于呼伦贝尔市最东部、大兴安岭东麓中段、嫩江西岸。独特的地理位置和多元文化，让这里的冬季运动与传统民俗文化联系紧密。闲暇之余，达斡尔民俗专家郭连锁会带着孩子们上山体验最原始的滑雪活动，"'肯古楞'就是达斡尔族最早的滑雪板，对我们来说山林里到处都是滑雪场"。

据郭连锁介绍，"肯古楞"的板底粘满了动物鬃毛，下山滑行时可以减少摩擦力，徒步上山时又如倒刺般防滑稳定。穿上古老的"肯古楞"，莫旗孩子基因中的滑雪记忆瞬间被唤醒，很快就能在山林中健步如飞。

山上是滑雪、打雪仗的游乐场，江面则成了"遛娃"的欢乐谷。陆地的玩具木马一旦上冰，就化身为全地形爬犁，当地居民赵天翼把四岁的女儿放在木马上，潇洒地"御马"滑行。一不留神，女儿就跌下"马"来，父女俩拍拍身上的雪，继续乐呵呵地前行。

"我们这代人从小想咋玩就咋玩，感觉比现在的孩子更快乐。莫旗冰雪资源这么好，处处都是冰雪乐园，不能辜负了大自然的恩赐，得带着孩子玩起来。"赵天翼说。

莫旗的冰雪运动"设备"，只有想不到，没有做不到。在尼尔基镇七家子村，大马力拖拉机也参与进来，在广袤的冰面上，拖拉机拉着雪圈起舞旋转，孩子们的欢笑声和发动机的轰鸣声混成一片。

夜幕降临，打火球的少年出村了。火球由曲棍球演变而来，莫旗是"曲棍球之乡"，我国第一支专业曲棍球队就在这里诞生，为国家培养出一批又一批优秀的曲棍球运动员，其中多位选手还登上了奥运会和曲棍球世界杯的舞台。

为了满足群众的运动热情，仅 2023 年，莫旗就举办了达斡尔冰钓季速度滑冰挑战赛、雪地足球赛、体育舞蹈大赛等十余场全民健身系列活动。据统计，2023 年冬季，全旗参与冰雪运动的人数达 5 万余人次。

在莫旗人看来，当地每一个体育人才的横空出世，都离不开小时候的"撒野"。

新华社呼和浩特 2024 年 1 月 28 日电
新华社记者：邹俭朴、达日罕、张晟

乌兰察布

这就是乌兰察布

——热"雪"沸腾 文旅红火

第十四届全国冬季运动会一些竞赛项目在内蒙古乌兰察布市凉城赛区火热举行，让这里的名气传遍全国——不仅有碧绿的大草原，更有洁白的大雪原，原来乌兰察布是四季旅游的好去处。

"十四冬"开赛至今，升起耀眼的"明星"。乌兰察布市凉城赛区举行

★ 2024年2月19日，重庆队选手王强在比赛中庆祝胜利。
（新华社记者张晨霖摄）

★ 图为游客在乌兰察布市卓资县林胡古塞景区参观游玩（无人机照片）。（新华社记者贝赫摄）

的越野滑雪比赛中，重庆队王强一举夺得四金。"去年夏天，我就来到内蒙古开始适应性训练。凉城滑雪场简直太棒了，雪期长、雪道宽、雪质好，非常适合比赛，是我的'福地'。"王强高度评价凉城滑雪场。

凉城滑雪场是内蒙古中西部地区规模最大的滑雪场，承担了"十四冬"冬季两项等比赛。乌兰察布市凉城县委书记刘进涛介绍："我们举全县之力，用一流的设施、一流的服务、一流的组织，努力把'十四冬'办成经典难忘的体育盛会。"

不止有凉城滑雪场，乌兰察布市冬季漫长而寒冷，雪期长达 4 个月以上，冰雪旅游资源十分丰富。冬日的乌兰哈达火山，白雪覆盖、银装素裹，形成一幅壮美画卷；走进林胡古塞旅游区，体验运动激情，乐享冰雪之旅；泡入马刨温泉里，尽享严冬里的惬意与舒适……无论北国风光，还是冰雪体验，乌兰察布市都能为游客提供一个难忘的旅游经历。

近年，当地借力"十四冬"，大力厚植冰雪优势，丰富产品和服务供给。全市已建成 3 个滑雪场、9 个室外滑冰场和 1 家室内滑冰馆，通过打造居游

★ 2024 年春节假期期间，大量游客到"乌兰察布之夜"夜间游。（新华社发）

共享的冬季旅游目的地，持续推进冰雪文旅融合发展，用实际行动写出"冰天雪地也是金山银山"的发展新篇章。

夜幕降临，乌兰察布市的特色街区"乌兰察布之夜"霓虹闪烁，人流涌动。在街区东北处开阔的冰雪嘉年华游玩区，雪地卡丁车、雪国小火车等 20 多种趣味中带着刺激的冰雪项目，让人们玩得不亦乐乎。四川游客朱强开心地说："从凉城县体验完滑雪，泡完温泉，又来'乌兰察布之夜'逛特色街区，品美食，戏冰雪，惊喜一个接着一个，真是玩不够。"

乌兰察布市文化旅游体育局局长郝文跃说："为提升游客体验，这个冬天我们推出了系列特色民俗文化活动，举办了乌兰察布'花灯之缘'、察尔湖冬捕节、卓资县'绕九曲'等'冰雪 + 文旅'特色活动，希望人们在观赏的同时，可以沉浸式感受年味。"他介绍，当地以"上冰雪、品美食、观民俗、搞采摘、赏文博、逛街区"等为突破口，使冰雪运动串起全域旅游，多维度满足消费者需求。2023 年 11 月底至 2024 年 3 月底期间，当地策划活动多达 143 项。

★图为游客在乌兰察布市卓资县冰雪文化旅游季活动中滑雪圈。（新华社记者贝赫摄）

　　冰雪旅游红红火火，只是近些年乌兰察布市高质量发展的一个缩影。乌兰察布市还建成了千万千瓦级清洁能源基地，同时新能源、新算力、新装备、新材料等新兴产业崛起。当地干部群众凝心聚力，推动经济社会发展呈现质量更高、生态更好、民生更实的良好局面。

　　2023年，乌兰察布市主要经济指标增速在高基数上实现快增长，地区生产总值达1084.6亿元、增长7.8%。

　　"乌兰察布市将继续做大做强文旅产业，把'乌兰察布之夜''草原之旅''冰雪之恋'等文旅活动和品牌做得更好，把乌兰察布的城市名片擦得更亮。"展望未来，乌兰察布市委书记隋维钧充满信心地说。

新华社呼和浩特2024年2月24日电

新华社记者：王靖、恩浩

内蒙古乌兰察布：城市特色夜间游焕发经济新活力

春节假期，内蒙古自治区乌兰察布市特色街区——"乌兰察布之夜"格外火爆，整个街区灯火通明、人潮涌动，五颜六色的彩灯在夜色中闪闪发光，绚丽的烟花点亮整个夜空，浓浓的年味儿尽显其中。

"今年，春节格外热闹，'乌兰察布之夜'给我们带来了太多惊喜。过去过年，白天走亲访友，晚上没什么事可做。自从'乌兰察布之夜'开街后，城市特色夜间游很火热，春节这几天，'乌兰察布之夜'每晚爆满，大家一起夜游过年，非常有意思。"乌兰察布市民张满庭说。

"乌兰察布之夜"是 2023 年夏季，乌兰察布市察哈尔右翼前旗（以下简称察右前旗）打造的占地 16500 平方米夜景街区，在这里不仅可以沉浸式体验国潮文化，还能游玩特色嘉年华、品尝风味美食，已成为乌兰察布市重要的夜经济圈。

察右前旗旅游投资开发有限公司董事长张娅婷介绍，"乌兰察布之夜"共设置主题演绎舞台 12 处，娱乐打卡装置 18 处，是一处集网红打卡、舞台演艺、休闲娱乐、特色美食等内容于一体的打卡新地标。"乌兰察布之夜"开街 120 天，客流量突破 500 万人次，直接营业额达 1400 余万元，并提供了 2000 余个就业岗位。

乌兰察布市拥有丰富的冰雪资源，2023 年冬季察右前旗立足冰雪优势，在"乌兰察布之夜"基础上打造了乌兰察布"冬之夜"，持续丰富"乌兰

★ 演员正在舞台上表演国风舞蹈节目。（新华社记者哈丽娜摄）

察布之夜"旅游产品，实现城市特色旅游一年四季都火起来。

春节期间，为营造浓厚的节日氛围，进一步丰富冬季旅游业态，察右前旗抢抓春节旅游机遇，更新丰富旅游产品，提升公共服务，投资 3700 万对街区周边进行进一步升级打造，还开展一系列群众喜闻乐见的游玩项目，吸引外地游客到乌兰察布旅游过年。

在"乌兰察布之夜"街区东北处的冰雪嘉年华游玩区，雪地卡丁车、雪国小火车等 20 多种刺激的冰雪项目，让游客玩不够。

"这里的游玩项目实在太多了，我们每晚都来打卡几个项目，大人小孩都能玩，还能看俄罗斯大马戏，玩累了随时能吃到各类美食。"来自北京的游客陈真说。

据了解，截至 2024 年 2 月 14 日，春节假期以来，"乌兰察布之夜"客流量超 64 万人次，营业额近 200 万元。

新华社记者：哈丽娜

特写：凉城不"凉"

立春后，内蒙古乌兰察布市凉城县依旧白雪皑皑，赛道上呼啸奔驰的身影与远处的岱海相映成趣，火热激烈的赛场氛围给这片北国大地增添了一派生机。

凉城，地处阴山南麓和黄土高原东北边缘，是内蒙古、山西、河北交界地带的中心，这里年平均气温 2–5 摄氏度，即便是在最热的七月，平均气温仅为 20.5 摄氏度。当地人说，凉城非常宜居，夏季都不用开空调。

作为第十四届全国冬季运动会分赛区之一，凉城赛区举办越野滑雪、单板滑雪障碍追逐、自由式滑雪障碍追逐、冬季两项比赛。乘着"十四冬"东风，凉城人气爆棚，热潮涌动。

感受凉城活力

在凉城赛区，当"中国红"与"冰雪白"撞个满怀，每位来客都感受着东道主的热情和这座小城的活力。

"欢迎来到山水凉城，愿您吉祥如意！"在驻地酒店门口，志愿者献上的鲜花和哈达，让每一位初到这里的人感受到诚意和温暖。

在越野滑雪公开组女子 10 公里（间隔出发自由技术）比赛现场，尽管天气寒冷，但场边的观众看台座无虚席，欢呼加油声此起彼伏。

39 岁的刘东升是凉城县本地人，得知"十四冬"在家乡举办，又恰逢春节假期，刘东升选择带着妻儿驱车前往现场观看比赛，7 岁的刘莹坐在刘东升肩头，全神贯注地看着参赛选手冲出起点。

　　"听说全国大赛就在自己家门口举办，女儿对滑雪也很感兴趣，我们就特意过来看看，没想到人这么多，都差点没抢到票。"刘东升笑着说。

　　离本次比赛场地凉城滑雪场不远，便是岱海温泉冰雪小镇，当地依托赛事，将"硬设施"与"软环境"全面升级，让游客邂逅一场不一样的冰雪盛宴，让冰雪的"寒流"变成吸引游客玩雪的"暖流"。

凉城洋溢新春气息

　　火红的灯笼、喜庆的春联、温馨的窗花……不少运动员、教练员和赛事工作人员，大年三十便抵达赛区，凉城县特意为他们准备了暖心的专场晚会和年夜饭。

　　参加冬季两项比赛的辽宁队选手唐佳琳说："在春节期间，赛会工作人员和我们一样没有回家过年，全力为我们提供服务保障，让我感受到了凉城人的热情，像在家里一样温暖！"

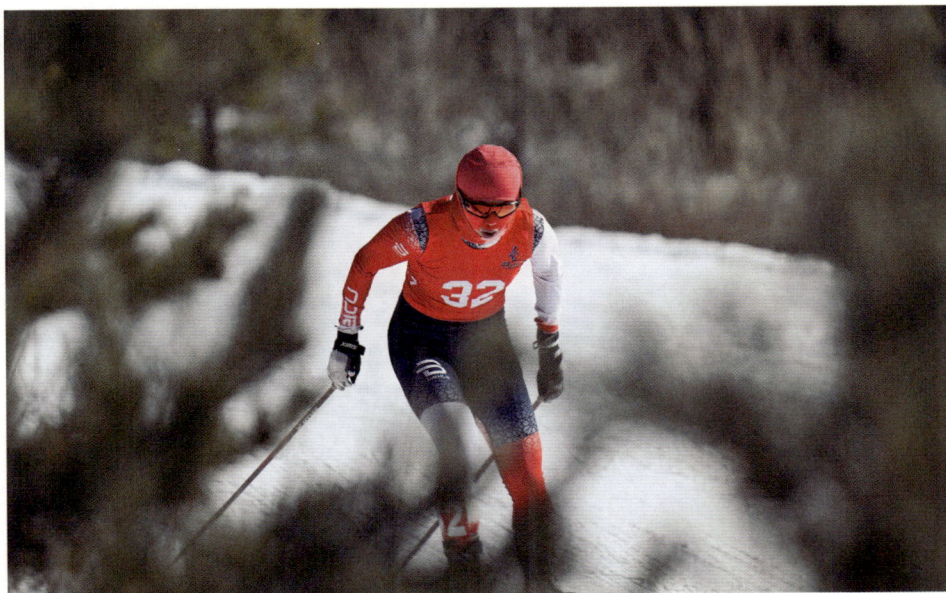

★2024年2月16日，黑龙江队选手李馨在第十四届全国冬季运动会越野滑雪公开组女子10公里（间隔出发自由技术）比赛中。（新华社记者刘磊摄）

当一天的激烈赛事战鼓平息，秧歌队员们身着喜庆艳丽的服装，伴着欢快的锣鼓声，载歌载舞穿行在乌兰察布市凉城赛区，向参加"十四冬"的运动员、教练员，以及服务保障赛事的工作人员拜年。

现场的人们纷纷举起手机，记录眼前这热闹的景象。

"我们把秧歌演出定在每天下午没有比赛的时段，不打扰运动员们恢复和休息。"凉城县文旅局局长张霄飞说，为了给赛区营造过年的氛围，县里组织了 13 支秧歌队，在凉城的街道和赛区驻地轮番巡演，一直持续到正月十五。

凉城走进全国视野

入冬以来，凉城推出"滑雪泡温泉，凉城过大年"冬季旅游产品，不断打造凉城冬季旅游名片，逐步形成全域旅游、四季旅游的新格局。张霄飞说："滑雪和温泉等旅游项目，不仅吸引了当地人前来游玩，还吸引了周边地区，甚至南方等地区的游客。"

赛事"流量"也变成了游客"留量"。据统计，赛事期间，凉城日均接待游客量较平时同比增加 95%，日均收入 26.1 万元，较平时同比增加 104%，带动温泉、宾馆、酒店、民宿人数较平时增长 113%，收入增长 108%。

冰雪热、人气热、产业热，带来了凉城百姓心气热、信心足……很长一段时间，外界眼里的凉城贫困而落后。如今，在当地干部群众奋力拼搏下，凉城县甩掉了"贫困县"的帽子，经济社会发展迎来翻天覆地变化。"十四冬"这样的全国性赛事放在家门口举行，显示出凉城县办出精彩赛事的信心。

"凉城县将举全县之力，用一流的设施、一流的服务、一流的组织，确保把'十四冬'办成精彩文明、经典难忘的体育盛会。"凉城县委书记刘进涛说。

凉城，一个不大的北方小城，正落落大方、自信从容地走进全国视野。

新华社呼和浩特 2024 年 2 月 24 日电
新华社记者：李琳海、恩浩、王靖

冰雪"热"凉城，这里的孩子已经开始憧憬"十五冬"

"十四冬"让凉城县这个北方小城，自信从容地走向全国舞台。

乌兰察布市凉城赛区的赛事虽已收官，但赛场上留下的许多激动人心的瞬间，令凉城少年邢诗尧对全国冬季运动会赛场充满渴望与期待。

在凉城县业余体校校长张巧生眼中，不到 15 岁的邢诗尧是内蒙古高山滑雪项目的"明日之星"。"虽然因为年龄原因，邢诗尧还无法出战'十四冬'，但我们十分期待他在未来的'十五冬'等大赛里大放异彩。"

邢诗尧 5 岁开始接触体育训练，先后学习过轮滑和足球，2019 年他萌生了滑雪的想法，并于当年通过选拔考核，成为凉城县业余体校青少年高山滑雪队的一员。

2021 年 6 月，在张巧生的推荐下，邢诗尧正式成为内蒙古自治区高山滑雪队的一员。而他也没有让支持他的教练和亲友们失望，在 2023 年举办的内蒙古自治区第十五届运动会高山滑雪乙组双板获多项冠军。"我的偶像是高山滑雪名将希尔斯赫，我将会以更高的标准要求自己，努力训练，在未来的大赛中收获好成绩。"邢诗尧说。

2018 年凉城滑雪场建成投入使用后，凉城县业余体校于 2019 年组建了青少年高山滑雪队，成为内蒙古为数不多的青少年高山滑雪项目培训机构。

"我们目前有 58 名队员，年龄在 8 岁到 14 岁之间。除了利用周末和假期开展雪上训练，业余体校还会派教练去孩子们的学校，帮助他们锻炼体能。"张巧生说，近几年，这支青少年高山滑雪队不断在各项赛事里崭露头角，多名队员拿到了国家一级、二级运动员证书。

乘着"十四冬"东风，凉城县借助凉城滑雪场优秀的基础设施条件，持续开展"万名学生上冰雪"研学实践活动，并在全县中小学开设滑雪课，让冰雪运动在这个户籍人口不到 23 万的北方小城里得到推广和普及。

2023 年，凉城县业余体校入选"国家高水平体育后备人才基地"，58 名青少年高山滑雪队员全部被注册到全国青少年滑雪后备人才网。"我希望通过体教融合发展，能让更多凉城县的孩子爱上冰雪运动、走向全冬会赛场，为国家培养、输送更多高质量的竞技体育人才。"

新华社呼和浩特 2024 年 2 月 27 日电
新华社记者：恩浩、王靖

赤峰市

这就是喀喇沁

——"十四冬"比赛的"先行者"

内蒙古自治区赤峰市的喀喇沁旗是第十四届全国冬季运动会的分赛区之一，早在"十四冬"开幕前，赤峰市喀喇沁赛区就举办了单板滑雪平行大回转比赛，为全国冰雪运动爱好者奉上了精彩的赛事。

赤峰市喀喇沁赛区的赛事在"十四冬"开幕前就已全部完成，因此，这里可谓是"十四冬"比赛的"先行者"。

"近些年，赤峰市承办了一系列国际、国内赛事，储备了一批赛事承办人才，总结出了大型赛事承办经验。因此，在今年的'十四冬'筹备、举办期间，我们在组织保障方面比较得心应手。"赤峰市体育局副局长姜博说。

虽然精彩赛事已落幕，但"十四冬"散发出的"热效应"却在不断扩散，让喀喇沁旗的知名度和美誉度不断提高。

在"十四冬"单板滑雪平行大回转比赛场地美林谷滑雪场，松树和白桦树布满山坡，洁白的雪道穿插其中。这里拥有亚洲稀缺的亚高山湿地，空气清新、风景优美、气候宜人，为运动员和游客营造了一个亲近自然、回归自然的世外桃源。因为比赛结束得早，美林谷滑雪场率先拥抱了全国游客。

赤峰美林体育旅游有限公司总经理赵广隆说："我们把雪道的厚度由0.5 米增加到了 1 米，让滑雪爱好者体验专业赛道。这个雪季，我们接待了来自北京、天津等地的 16 支冬令营团队，滑雪场收入也随之增加。"

据统计，截至 2024 年 2 月初，美林谷滑雪场配套酒店预订入住率达

★ 2019 年 10 月 15 日拍摄的位于内蒙古赤峰市喀喇沁旗美林镇的美林谷秋景。（新华社记者任军川摄）

95% 以上，春节期间，这里每天吸引游客上千人次上雪游玩，正月初三、初四更是连续 2 天出现雪具租空的现象。"这次冬运会不仅提升了我们城市的形象，也给我们带来很多商机和就业机会，希望通过这次冬运会，让更多人喜欢上喀喇沁旗。"喀喇沁旗居民邵福江说。

喀喇沁旗的旅游魅力不仅在于冰雪，更展现为四季之景和全域风光。春天来到马鞍山，会与漫山的翠色撞个满怀；夏日，这个清新凉爽的山水小城是烈日里一方葱茏的秘境；金秋，路旁林木间的红橙黄绿，一步一景令人流连忘返。

近年来，喀喇沁旗围绕"建设国家特色文化旅游和生态休闲度假基地"的目标任务，立足"清新喀喇沁、健康生态游"战略定位，紧抓大康养、大旅游市场发展机遇，特色文旅产业和乡村度假游得以快速发展。

2024 年春节期间，喀喇沁旗推出了首届大型新春主题灯会，依托喀喇沁旗王爷府镇得天独厚的历史文化资源，推动非遗民俗、传统文化与旅游

★ 2024 年 2 月 12 日，内蒙古赤峰市喀喇沁旗首届大型新春主题灯会游人如织，图为游客在观灯展。（喀喇沁旗委宣传部供图）

深度融合发展，舞龙、舞狮、杂技、巡游等节庆活动轮番上阵，为游客献上了一场盛大欢腾的春节盛会，参观游客超过 20 万人次，给常住人口仅 26 万的喀喇沁旗注入了文旅经济的强劲动力。

"接下来，我们将继续出台旅游产业相关扶持政策，加大旅游业招商引资力度，加速将生态价值转变为经济价值，推动全域四季游成为喀喇沁旗的支柱产业、特色产业和富民产业。"喀喇沁旗委书记房瑞说。

新华社呼和浩特 2024 年 2 月 25 日电

新华社记者：恩浩、王靖

当"中华玉龙之乡"遇上"十四冬"

　　眼下，第十四届全国冬季运动会正在内蒙古自治区热烈举行。作为"十四冬"分赛区之一，内蒙古赤峰市喀喇沁赛区的精彩赛事虽然提前完赛，但"十四冬"散发出的"热效应"却仍在不断扩散。

　　2024年1月25日，"十四冬"单板滑雪平行大回转比赛决出最后一金

★ 2024年1月25日，在内蒙古赤峰喀喇沁旗举行的第十四届全国冬季运动会单板滑雪公开组男子平行大回转比赛中，内蒙古队选手班学福夺金。（新华社记者刘磊摄）

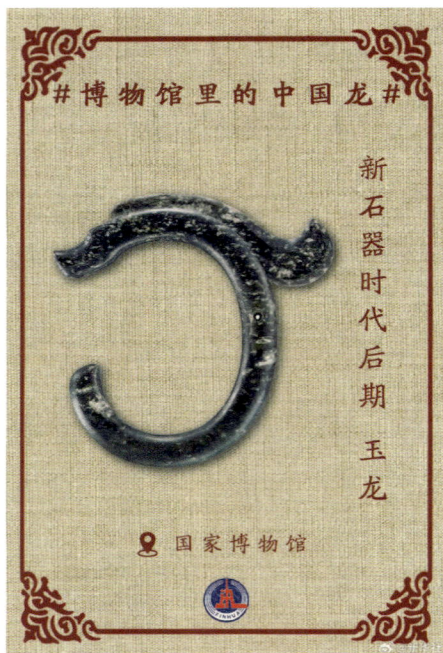

★ 有着"中华第一龙"美誉的新石器时代红山文化玉龙。（新华社发）

后，赛事的举办场地美林谷滑雪场向游客开放，呈现出一派火爆景象：春节期间，这里每天吸引游客上千人次上雪体验"十四冬"赛道，正月初三、初四更是连续2天出现雪具租空的现象。"举办'十四冬'后，我感到这里的硬件设施明显提升，服务也更加周到了。"游客佟玉金满意地说。

美林谷滑雪场的"一板难求"仅是一个缩影。赤峰市地处燕山山脉北麓和大兴安岭南麓的交汇处，这里冬季冰雪资源丰富、雪质纯净，有着发展冰雪经济得天独厚的条件。赤峰市文化和旅游局局长黄河介绍，在这个冰雪季，赤峰市抢抓"十四冬"举办机遇，将冰雪资源与民俗文化、运动休闲等深度融合，推出达里湖冬捕旅游季、城市冰雪那达慕等63项精彩冰雪活动，打造全要素冰雪旅游体系，将冰雪"产业链"和"市场面"做实做大，拉动冰雪经济增长，积极营造"全域旅游无淡季"的浓厚氛围。

刚刚过去的龙年春节，赤峰市文旅市场的"含龙量"很浓。1971年，赤峰市出土了有着"中华第一龙"美誉的红山文化"C"形碧玉龙，让这里被誉为"中华玉龙之乡"。赏花灯、上冰雪、游沙漠、闯草原、观冬捕、看非遗、品年味……赤峰市结合龙年主题推出306项精彩纷呈的活动，让游客在"中华玉龙之乡"度过一个难忘的春节。

赤峰市是连接华北、东北和内蒙古东西部的交通枢纽，自古就有"旱码头"之称。便利的交通条件，吸引了众多外地游客在春节期间相聚赤峰市各个滑雪场和冰雪乐园赏冰嬉雪。"赤峰·鸟巢冰雪嘉年华"项目负责人廖

★ 2018年1月13日，舞龙队在克什克腾旗达里诺尔冬捕节上为游客表演。隆冬时节，内蒙古克什克腾旗大力发展冰雪旅游，广泛开展形式多样、内容丰富的冰雪旅游活动，吸引大批游客参与体验。（新华社发　孙国树摄）

志勇介绍，冰雪嘉年华共设置20多个游玩项目，包括冰壶挑战、冰上自行车、冰爬犁等，颇受欢迎。赤峰还推出城市冰雪那达慕活动，打造精品冰雕景观、传统花灯、雪乡街景等丰富业态，成为网红打卡点。

当"中华龙"和"冰雪白"相遇，赤峰市的春节文旅市场可谓"热辣滚烫"：根据内蒙古自治区文旅厅旅游统计数据，春节假期，赤峰市接待旅游人数达331万人次，实现旅游收入22.8亿元，是2023年同期的2.1倍和4.8倍。

新华社呼和浩特2024年2月25日电
新华社记者：恩浩、王靖